L'Enfant qui voulait disparaître

Jason Mott

L'Enfant qui voulait disparaître

Ou
Les aventures absolument véritables d'un gamin qui fonce la tête la première, né et élevé en Amérique, la tête emplie de rêves et à la vie pleine de désillusions.

Traduit de l'anglais (États-Unis)
par Jérôme Schmidt.

Éditions Autrement **Littératures**

Titre original : *Hell of a book*

Cette édition a été publiée en accord avec Dutton,
une marque de Penguin Publishing Group,
une division de Penguin Random House LLC.
ISBN : 978-2-7467-6300-5

À tous les autres gamins
qui foncent la tête la première.

« – Quand tu te regardes dans un miroir,
tu te trouves beau ?

– J'essaye de ne pas me regarder. Et je pense que pas mal de gens comme moi font pareil.

– Quand tu dis “les gens comme moi”, qu'est-ce que tu sous-entends ? »

Dans le coin du petit salon d'une modeste maison de campagne située au bout d'un chemin de terre écrasé par le ciel bleu de Caroline, le garçonnet de cinq ans à la peau sombre est recroquevillé, les genoux contre sa poitrine, ses bras noirs enserrant ses jambes, occupé à tenter de contenir du mieux possible le fou rire qui agite sa cage thoracique.

Sa mère est assise sur le canapé, les mains noires croisées sur les jambes, le front zébré comme les champs de monsieur Johnson à la fin de l'hiver, et elle souffle longuement, tout en triturant du doigt sa robe grise en lambeaux. Elle a acheté cette robe avant même la naissance du gamin. Elle a vieilli avec lui. Année après année, l'imprimé floral bleu s'est estompé, perdant peu à peu en intensité. Les fils de l'ourlet se sont détachés eux aussi. Ils pendouillent désormais dans toutes les directions possibles. Au bout de sept années de dur labeur, le tissu éreinté de la robe semble ne plus pouvoir tenir encore bien longtemps sans complètement se déchirer.

« – Tu l'as trouvé ? demande la mère du garçon à son mari qui vient d'entrer dans la pièce.

– Non. » répond le père du garçon.

L'homme est longiligne, avec de grands yeux et un corps frêle tout en longueur qui lui a valu le surnom de « Nègre Le Plus Maigre Vivant », lorsqu'il était encore enfant. Ce sobriquet lui a collé à la peau pendant des années, de l'enfance à l'âge adulte, et comme il n'a jamais réussi à combler sa maigreur quasi mythique, il s'est résolu à ne plus porter que des habits à manches longues car l'air qui passe à l'intérieur des vêtements a tendance à le faire passer pour plus solide qu'il n'est. En tout cas, il en est persuadé.

Toute sa vie, il a craint le regard des autres. Pourquoi ne désirerait-il pas que son enfant puisse apprendre l'impossible secret de l'invisibilité ?

« – Ne t'inquiète pas, rajoute-t-il. On finira bien par le trouver. J'en suis certain. Et où qu'il soit, je suis sûr qu'il va bien. C'est un débrouillard. Il s'en sortira toujours. » Il s'assied à côté de sa femme sur le vieux canapé brun, et enroule ses doigts frêles comme des roseaux autour des poings de sa femme, clos comme deux colombes tremblantes. Il les amène à ses lèvres pour les embrasser.

« – C'est un bon gamin, dit le père. Il ne nous abandonnerait pas comme ça. On le retrouvera.

– C'est le meilleur gamin au monde, dit la mère.

Il est peut-être juste parti en forêt pour cueillir des baies. Je suis sûr que c'est quelque chose comme ça.

– Tu crois ? Le père réfléchit quelques instants. Je n'en suis pas certain, mais j'espère que c'est ça, Poupée. »

La mère du garçon glousse en entendant « Poupée », et passe sa main sur son œil. Est-ce qu'elle pleure ?

L'éclat de rire qui monte dans la gorge de l'enfant depuis si longtemps finit par s'éteindre – tandis qu'il est assis à un mètre d'eux à peine invisible – à la vue des larmes de sa mère. Ses bras se crispent autour de ses jambes.

Il n'aurait pas dû. Il n'aurait pas dû les inquiéter comme ça. Ce sont de bons parents, et ils ne supportent pas de se faire du mouron à son sujet. Une boule écrasante de regrets se forme dans le ventre du garçon. Elle vibre et transperce tout son corps. Il doit mettre un terme à ce tour qu'il a voulu leur jouer… Mais comment ?

Que faire ? Il est à quelques dizaines de centimètres de ses parents, mais la culpabilité de voir sa mère pleurer paralyse ses mains qui pourraient l'atteindre, la toucher et lui signaler sa présence. Elle empêche sa langue de lui chantonner son nom et de la délivrer de ses angoisses.

Du haut de ses cinq ans, il ne peut imaginer une manière de leur faire comprendre que tout ça n'était qu'une blague. Il ne pourra jamais leur expliquer que le but était simplement de s'amuser. Mieux que ça, de fêter une victoire ! Il y était arrivé ! Cela faisait trois ans que sa mère et son père s'escrimaient à lui apprendre à devenir transparent, à devenir « L'Invisible ». C'était le nom que son père lui donnait. Il prononçait ce nom d'un ton fiévreux. Il parlait en agitant ses mains, en balayant l'air comme s'il jouait d'un instrument magique. « Tu deviendras l'Invisible, » disait le père du garçon. Il ajoutait parfois un « Oooooh » presque effrayant en guise de conclusion. « Tu seras transparent et à l'abri toute ta vie, disait son père. Tu imagines ?... »

Ces mots, « invisible et en sécurité », donnaient le sourire à son père. C'était le sourire préféré du garçon, comme si son père avait enfin obtenu tout ce dont il rêvait dans la vie.

Invisible et à l'abri.

Des mots bénis.

« – Qu'est-ce qu'on fait ? demande la mère à son mari.

– On devrait peut-être laisser tomber. » répond le père du garçon. Il passe sa main filiforme sur son front, et il a tout à coup l'air paniqué, comme un acteur dans un film. Pourtant, le garçon pense apercevoir le début d'un sourire masqué dans les ombres du visage du père. « S'il a vraiment décidé de ne pas revenir, continue le père, on devrait peut-être se faire une raison, et partir ailleurs. On pourrait faire nos bagages et aller un peu plus à l'ouest. Il paraît que là-bas, il y a des milliers de gamins qui rêveraient de parents comme nous. »

La mère du garçon sourit, comme si son mari venait de faire une bonne blague. Il a de l'humour.

Ses plaisanteries égayent le décor de la maison familiale comme autant de touches d'éclats de rire.

Même s'il sait que son père essaie de faire de l'humour, le garçon prend ses mots au pied de la lettre, il imagine que ses parents vont l'abandonner, et à nouveau, une vague d'angoisse déferle en lui.

« Non, non, non ! » dit la mère.

En un instant, ses peurs refluent.

« – Tu as raison, dit le père. On ne l'abandonnera jamais. Il est bien trop chou. Aucun autre gamin n'est comme lui. Qu'est-ce qu'on fait, alors ?

– J'ai une idée ! » déclare la mère. Elle parle d'un ton enjoué, et son excitation contamine le garçon. Sa mère a toujours des idées incroyables.

« On n'a qu'à cuisiner tout ce qu'il aime. Tout. Un grand repas, comme on en faisait avant. Et l'odeur de la nourriture va recouvrir le monde entier et arrivera jusqu'à lui. Il reviendra à la maison ! »

Le garçon manque d'exploser de joie. Un grand dîner avec tous ses plats préférés. Disposés sur la table de la cuisine, plat après plat. L'idée que l'odeur de la nourriture qu'il aime puisse faire le tour du monde et le trouver… c'est comme dans les histoires qu'on lui lit avant d'aller se coucher : des mythes, des rêves, de la pure splendeur.

Le père du garçon s'allonge quelques instants, les sourcils froncés.

« – Ses plats préférés ? demande-t-il en se caressant son menton fin et foncé. Tu penses que ça pourrait marcher ?

– J'en suis certaine, dit la mère. Il en sentira l'odeur. Du poulet. Des pâtes au fromage. Et peut-être même une ou deux tartes à la patate douce. Il ne peut pas résister à une part de tarte de patate douce.

– De la tarte, tu penses ? demande le père du garçon en se pourléchant les babines. Tu tiens peut-être la bonne solution, oui. Ça tient debout. Comme toi, chérie. » Il embrasse sa femme dans le cou, et elle éclate d'un petit rire léger, le même qu'elle laisse parfois échapper lorsqu'ils sont tous les deux dans leur chambre, tard dans la nuit, porte fermée.

« – Mais arrête ! glousse-t-elle.

– Je ne sais pas, dit le père, en esquissant une grimace. Je pense toujours qu'on pourrait partir loin vers l'ouest, et trouver un nouveau gamin. Il paraît que là-bas, ils en font qui aiment même manger des légumes.

La mère rit, et le garçon s'empêche de l'imiter.

– Non, rigole-t-elle. On va faire à manger, et il reviendra tout seul. Laisse-moi faire. »

Elle se lève et passe les mains sur sa vieille robe, comme à son habitude, avant d'aller à la cuisine. Pendant un moment, le père est toujours dans le salon, et se caresse à nouveau le menton. « Bon, petit, marmonne-t-il, où que tu sois dans le monde, j'espère que tu es conscient que jamais je ne partirai à l'ouest pour trouver un autre fils. Tu es le seul petit morpion que j'ai envie d'avoir dans ma vie. »

Il se lève et rejoint sa femme à la cuisine pour l'aider.

Il ne faut pas beaucoup de temps avant que la maison ne baigne dans un nuage d'odeurs et de bruits émanant des plats favoris du garçon. Le poulet frit dans une grande et lourde poêle noire, tandis que les macaronis cuisent au four, surmontés de bulles de fromage fondu. Il y a des framboises au sucre, du raisin muscat et un reste de gâteau que le garçon avait oublié. Même s'il est encore invisible, son estomac gargouille si fort qu'il a peur d'être démasqué. Mais sa mère et son père n'ont pas l'air de l'entendre, et il reste assis, malgré la faim qui tord son ventre, les yeux fermés, fasciné par le ballet des odeurs qui flottent dans l'air.

À ce moment précis, invisible et noyé dans l'amour de ses parents, il est le plus heureux du monde. Et malgré sa faim, il s'abandonne au sommeil.

Il se réveille quand son père le soulève dans ses bras.

« Ah mais te voilà ! » dit le père.

Il porte son fils dans la salle à manger où la table est recouverte des plats préférés du garçon.

« Tu l'as retrouvé ! » s'exclame la mère du garçon en apercevant son fils. Elle le serre si fort dans les bras qu'il arrive à peine à respirer. C'est son étreinte préférée. Comme s'il entrait en fusion avec le sol chaud des jours d'été.

Après l'avoir relâché, sa mère l'embrasse et lui demande : « – Mais tu étais passé où ?

– J'ai réussi, crie le garçon. J'y suis arrivé !

– Arrivé à quoi ? demande le père.

– J'étais invisible !

– Non ? rigole bruyamment son père, en surjouant à nouveau son émotion comme les acteurs à la télévision.

– Tu y es vraiment arrivé ? rajoute sa mère, sur le même ton.

– Eh oui ! s'exclame le garçon, ivre de joie. J'étais dans le salon pendant tout ce temps. Invisible, comme vous dites. Ça a vraiment marché, Maman ! »

Sa mère le prend à nouveau dans les bras, et ils font une petite danse tous les trois, et ils éclatent de rire, et ils sont heureux comme ils ne l'ont jamais été auparavant. À cet instant, les soucis qui planent tout le temps au-dessus de leurs têtes se sont évaporés. Comme s'ils flottaient tous les trois au-dessus de la terre, dans ce ciel bleu qui recouvre tout l'horizon autour de cette petite maison de campagne qui constitue leur foyer.

Le lendemain, le garçon, toujours ivre de rêves et de sucreries, demandera à son père :

– Tu ne me voyais pas du tout, hier ?

– L'important n'est pas de savoir si je te voyais ou pas, répondra le père. L'important, c'est que tu te sentais à l'abri. »

Il ne faut pas perdre de vue une chose simple : tout cela est une histoire d'amour, rien d'autre. Ne l'oubliez jamais.

Mais le moment n'est pas venu de parler de ça, et faisons connaissance : il est trois heures du matin.

Il est trois heures du matin, et je suis au fin fond du Midwest – dans un de ces États sans relief où tout le monde a l'air plus aimable qu'il ne le devrait. Je suis dans un hôtel. Dans un couloir. Je suis en train de courir. Non, en fait, je fais un sprint. Je cours à toute allure dans le couloir d'un hôtel du Midwest. Est-ce que je vous ai dit que je suis tout nu ? C'est le cas.

Et aussi : je suis poursuivi.

À cinq mètres derrière moi, il y a un type énorme – courant à toute allure également, mais il est habillé – qui me poursuit avec un gros cintre en bois. Parfois, il le brandit comme un bâton. À d'autres moments, il le fait tournoyer au-dessus de sa tête comme une hache de guerre. Pour un type de sa taille, il est étonnamment rapide.

Le type imposant avec le gros cintre en bois porte un ensemble typique de la marque Old Navy : pantalon beige coupé droit en tissu traité, veste brun clair, mocassins bateau qui pourraient bien ne pas être en cuir véritable. Sûrement un bon père de famille. Deux enfants et demi. Un chien surnommé Max. Une chatte, Princesse. Un aquarium qui a déjà vu passer une dizaine de poissons rouges appelés « Lucky ». Il a une Toyota Camry et il vit au fond d'une rue, dans une maison entourée de grillages. Il a construit une piscine intégrée dans son jardin. Il a 401 000 dollars en banque.

C'est un vrai adulte responsable.

Il a l'air d'avoir le même âge que moi – la trentaine décadente dans le rétroviseur, et la quarantaine grisonnante en ligne de mire. Et pendant un court instant – tandis que les pas se font lourds sur la moquette du couloir, que les poumons brûlent à l'intérieur et que le sang bat à toute vitesse dans les veines – j'hésite à m'arrêter et lui demander comment il a obtenu une telle vie. Comment il a réussi à ce que tout se déroule ainsi à la perfection. Comment il a réussi tout ce à quoi j'ai échoué. Je veux connaître son secret.

Mais quand je jette un œil par-dessus mon épaule, je l'aperçois avec le cintre qui tournoie au-dessus de sa tête telle une hache, hurlant : « C'est ma femme ! Ma femme ! La mère de mes enfants ! »

Non. Ce n'est pas le moment de chercher à connaître le secret des gens comme lui. Le mieux à faire, pour le moment, c'est de rester à distance du cintre. Je baisse la tête, et j'essaie de me souvenir des conseils que me donnait mon prof d'athlétisme au lycée : « Monte les genoux. Lève la tête. Et tu courras vite. »

C'est dans ce genre de moments que je me rappelle pourquoi je ne fréquente pas les femmes mariées. Un jour ou l'autre, on finit toujours par croiser leur époux.

Le type en rogne qui me poursuit a une bonne vitesse de pointe, mais je négocie mieux les virages. C'est le secret pour courir vite. C'est aussi mon prof de sport qui m'a appris ça : « En haut, en bas. Bam bam bam bam ! On se dépêche ! On se dépêche ! »

Et c'est ce que je fais. Je me dépêche.

Je pense aussi qu'être nu me confère quelques petits avantages. Ne pas porter de vêtements, c'est devoir déplacer moins de poids. Ça aide toujours à aller plus vite.

Je prends inexorablement de plus en plus d'avance sur lui et son cintre. Le souci c'est que tous ces couloirs ne continuent pas indéfiniment. C'est comme la vie. Ici, au bout, il y a un ascenseur. Et ses portes brillantes coulissent devant moi tandis que lui et moi abordons le couloir final.

Il m'attrapera là. Au niveau de l'ascenseur. Il le sait pertinemment. Et moi aussi. Même le gros cintre en bois qu'il tient dans sa main droite en est conscient.

Je ne suis pas du genre à prier à tout va, mais tout le monde se découvre croyant quand il doit faire face aux foudres d'un cocu. J'en profite pour envoyer une petite prière, tout en me concentrant sur mes genoux qu'il faut monter au maximum.

J'arrive à le distancer un peu plus.

« Notre fille allait devenir cadre chez Target ! » hurle le mari trahi derrière moi. « On est une famille unie ! On n'a pas le droit de détruire une famille comme ça ! »

Dans une autre situation, j'aurais félicité le mec. C'est une putain de réussite, quand même. Target, t'imagines ! Quasiment y arriver... ce n'est pas donné à tout le monde !

Alors que je me rapproche du cul-de-sac où est situé l'ascenseur, et où je devrai m'arrêter pour faire face à ce type imposant et en colère qui pourra enfin m'atteindre de son gros cintre en bois, au dernier moment, le signal de l'ascenseur retentit et ses portes argentées coulissent doucement pour s'ouvrir telles les portes du paradis.

Ma bienfaitrice du jour sort de l'ascenseur. Elle doit bien avoir quatre-vingts ans passés. Petite. Maigrichonne. Quelques boucles éparses de cheveux bleutés couronnent sa tête comme autant de pistils de pissenlits. Une épaisse couche de maquillage blanc, dure comme du stuc. Le dos courbé par les rhumatismes et le poids de deux gros sacs de course s'ajoute à celui de ses quatre-vingts années d'existence.

La raison pour laquelle elle est sortie faire des courses à trois heures du matin ne me semble pas très importante à creuser pour le moment.

« Madame ! » je crie.

Elle lève les yeux. M'aperçoit – mes genoux en hauteur, ma tête relevée, ma vitesse, ma nudité. Puis voit l'homme qui me poursuit avec son cintre pour toute hache. Elle hausse les épaules, tourne les talons et rentre à nouveau dans l'ascenseur.

Je lui hurle : « Vous pouvez m'attendre, madame ? »

L'homme en colère à mes trousses hurle à nouveau quelque chose à propos du coût élevé des appareils dentaires de ses deux filles.

Les portes de l'ascenseur se referment, et je décide d'accélérer à une allure que je ne me connaissais pas. Je ne suis plus qu'une silhouette floue, toute en genoux, coudes et chair nue. Même mes parties génitales ont adopté une forme aérodynamique.

Je suis assez près de l'ascenseur pour tenter d'y plonger tête la première avant que les portes ne se soient totalement refermées. Je saute.

La scène se déroule au ralenti. Je traverse l'air pendant ce qui paraît durer une heure. Alors que je frôle Mamie Blue – juste avant que mon visage ne s'écrase sur le fond de la cabine d'ascenseur – je devine à son rictus qu'elle n'en est pas à son premier vol nocturne. Elle a roulé sa bosse. Elle a déjà fugué à travers le monde interlope de la nuit.

Ma tête heurte le fond de la cabine une fraction de seconde avant le reste de mon corps. J'y reste collé un instant comme un insecte sur un pare-brise, puis la gravité se rappelle à mon bon souvenir et je m'écroule par terre.

« Trente-deuxième étage, s'il vous plaît » dis-je une fois que mon corps dénudé repose enfin sur le plancher de l'ascenseur. Mamie Blue s'exécute et appuie sur le bouton de l'étage.

Nous regardons tous deux les portes se refermer alors que le mari aux yeux assoiffés de sang – un type qui ne doit pas être bien méchant quand on le connaît – atteint l'ascenseur un peu trop tard et ne peut donc plus qu'admirer ma fuite. Il hurle quelque chose d'incompréhensible, et les portes se referment devant son nez. Un truc à propos de la responsabilité. À propos de la famille, du mariage, et de l'amour.

Voilà, il a disparu, et je suis seul avec Mamie Blue. On observe ensemble l'ascenseur égrener les étages de l'hôtel un à un. Ce silence doit lui sembler bizarre. La plupart des gens ne supportent pas le silence. C'est ce que j'ai appris dans mon ancien boulot. J'étais payé pour répondre au téléphone. Toute la journée, je devais parler à des gens. Et je ne suis pas d'un genre très sociable. Je détestais ce boulot. Ironie du sort, c'est là-bas que j'ai appris à bien parler aux gens. Maintenant, je sais comment mettre les gens à l'aise.

« – Sacrée soirée, je dis.

– Oh, je pourrais vous en raconter des anecdotes du genre, réplique Mamie Blue, rapide comme un coup de fouet.

– Je n'en doute pas. Ça se voit.

– La vie n'est que chaos, dit la femme, tel un oracle. Comme un âne paniqué et lancé à toute allure vers la mort.

– Sacré bourrin.

– Un peu, oui. »

D'un coup de tête, je lui indique ses sacs de courses : « – Bonne pêche ?

– De base, répond-elle. Juste les courses de base. » Elle regarde mes attributs masculins exposés au grand air.

« – Vous vous épilez ?

– Ah non, Madame. Je rase.

– C'est aussi précis que ça ?

– Cinq lames. Tête pivotante. Miracle de la modernité. »

La femme hoche la tête en guise d'approbation. Elle se racle la gorge en se caressant le menton, sa vieille bouche émaciée se crispant : « – Vous avez entendu parler de ce gamin ?

– Quel gamin ?

– Regardez la télé. » Elle hoche la tête et ses cheveux bleus s'agitent doucement comme la coiffe d'une nymphe qui aurait connu bien des vagues et des tempêtes de haute mer. « Horrible. Vraiment horrible.

– Bien d'accord avec vous, Madame. » je dis.

En vérité, je ne sais pas du tout de quel gamin elle parle, mais je n'ai pas besoin d'être au courant pour pouvoir communiquer un sentiment de tristesse et d'empathie. De la bouche, j'affiche la même grimace que Mamie Blue. Je ne veux pas trop en faire et m'approprier cette souffrance, quelle qu'elle soit. Mais je ne veux pas non plus ne pas m'exprimer et passer pour un type sans cœur. C'est tout un art de déterminer à quel niveau de tristesse on peut être dans ce genre de situation.

« – Quelle honte, je rajoute. Je n'en reviens pas que ça puisse encore arriver dans notre monde.

La vieille femme déglutit en signe de dégoût.

– C'est triste. Tellement triste. »

Je me tais quelques instants. Je laisse une certaine distance s'installer entre nous. Une minute de silence en l'honneur du triste destin de ce garçon, peu importe la nature de son drame. Je veux que cette merveilleuse inconnue sache que j'ai de l'empathie pour ce malheureux, car l'empathie, c'est ce dont les braves gens savent faire preuve. Et ce qui m'importe le plus, c'est que les gens me considèrent comme quelqu'un de brave.

La sonnerie de l'ascenseur tinte, brisant le silence. Les portes coulissent et s'ouvrent à mon étage.

« Bon, dis-je en sortant dans le couloir vide et moelleux, dépourvu de mari en colère ou de gros cintres en bois. L'heure est venue de nous dire au revoir. Et que Dieu bénisse ce pauvre garçon. » Je la quitte avec un dernier signe de la tête. Je voudrais rajouter quelque chose sur la chance de faire de si belles rencontres inopinées, les merveilles de l'inattendu et le pouvoir des inconnues… ce genre de banalités. Mais rien ne me vient à l'esprit, et je préfère entamer ma marche dénudée en direction de ma chambre.

Au bout de quelques pas, je l'entends m'interpeler : « – Hé !

– Oui ?

– J'ai l'impression de vous connaître. On ne s'est jamais croisés auparavant ? Vous êtes quelqu'un de connu ?

– Ne le sommes-nous pas tous à notre manière ? » dis-je.

Elle acquiesce et fait un pas en arrière, dans l'ascenseur. Les portes se referment. Je ne la reverrai jamais de ma vie. Non pas que je le veuille, mais simplement parce que c'est comme ça. La vie en décide ainsi.

Sur le chemin du retour vers ma chambre, je me sens plutôt bien. Ma soirée aura été une sacrée aventure. Rencontré une jolie femme. Rencontré son mari – qui doit lui aussi être très beau intérieurement, quand on le connaît un peu mieux. Même rencontré une adorable grand-mère qui sait faire la conversation. De l'air frais caresse ma peau dénudée.

Que peut-on demander de plus à la vie ?

En arrivant à la porte de ma chambre, je me rends compte que j'ai laissé mes clés dans la poche arrière de mon pantalon, dans la chambre du mari en colère.

Au cœur de la nuit, la réception de l'hôtel est quasiment vide. L'hôtel est un de ces grands établissements où tout brille, et où le plafond est si haut qu'on s'entend respirer dès qu'on arrête de bouger et que l'on tend l'oreille. Un drôle d'endroit, surtout quand il y a du monde. On se croirait dans un énorme hall de gare. Les voix s'entremêlent pour créer un brouhaha familier et dissonant, et tout à coup toutes les conversations que vous avez déjà eues dans votre vie semblent se rabattre dans votre direction. Il est difficile de ne pas imaginer qu'à tout moment un train va débouler sous vos yeux, juste derrière le comptoir de la réception, et embarquer tous les gens de votre connaissance. C'est étrange, mais je ressens cette sensation à peu près six jours sur sept, dans ma vie.

« – Monsieur, je peux vous aider ? me demande la fille de la réception. Au calme de sa voix, on pourrait penser qu'elle doit s'adresser tous les jours à des clients en tenue d'Adam.

– Je me suis enfermé dehors, dis-je.

– Ah, je suis désolée pour vous, répond-elle sur un ton chantant. Je vais vous aider à régler ce problème. Quel numéro de chambre ?

– 3218.

Elle tape sur le clavier de son ordinateur.

– Vous croisez souvent des gens totalement nus à la réception de l'hôtel au beau milieu de la nuit ?

– Cela dépend de ce que vous entendez par "souvent" » répond-elle avec un large sourire légèrement amusé qui réchauffe le cœur et l'âme. Après avoir consulté son écran, elle demande : « J'ai juste besoin de vérifier votre identité. »

Je tends le bras pour m'emparer d'un magazine disposé derrière elle. Un exemplaire d'*Entertainment Weekly*. Ma magnifique tronche y est représentée en couverture, d'un charisme exceptionnel, faisant même oublier l'accroche évoquant le nouveau film de Nicolas Cage chez Cagetacular. En gros, et en police Helvetica, la Une annonce : LE JEUNE ROMANCIER QUI FAIT RÊVER L'AMÉRIQUE. Je place la couverture du magazine à côté de mon visage : « Ça vous convient, comme ça ? »

Comme le parallèle entre mon visage et la couverture d'*Entertainment Weekly* ne constitue pas une vérification d'identité suffisante pour la réceptionniste, nous nous retrouvons tous deux dans l'ascenseur ensemble. Toujours nu, pour ma part. Cela semble être le cadet de ses soucis. Selon le règlement de l'hôtel, il faut que je lui montre un permis de conduire qui, heureusement, n'était pas dans une poche de mon pantalon – lequel est toujours dans la chambre d'une certaine femme mariée et de son mari au cintre en bois. La réceptionniste m'accompagne donc à ma chambre afin que je lui prouve qui *Entertainment Weekly* et moi-même affirmons être.

Elle dégage une odeur de vanille.

« Vous sentez la pomme, mon vieux » dit-elle, peut-être parce qu'elle peut lire dans mes pensées, ou pas, et elle me lance un grand sourire – sans jamais baisser son regard en-dessous de ma taille. C'est le genre de sourire que je ne sais jamais comment interpréter. Le genre de sourire qui peut vouloir dire qu'elle en pince pour moi. Et, croyez-moi ou pas, je ne sais jamais comment réagir quand une femme me signifie ce genre d'intérêt. Je ne réagis pas, je me demande si c'est une banalité ou non, et elle rajoute sur sa lancée : « – Je sais que c'est banal, bien sûr. Tout ça est banal, non ?

– Bien sûr, bien sûr. » dis-je. Je veux lui dire que « ce truc banal » pourrait bien m'envoyer six pieds sous terre un jour ou l'autre, mais je me dis que cela pourrait être un peu morbide, et je ne crois pas qu'il soit l'heure de faire de l'humour noir. Au lieu d'évoquer ma mise en bière, je lui fais juste remarquer que « c'est dingue toutes ces choses que l'on voit, parfois. On en vient à se demander si elles étaient déjà là avant.

– Je vois tout à fait ce que vous voulez dire, répond-elle. Et j'ai déjà lu que quand on rencontre quelqu'un qui sent la pomme, en fait, c'est l'odeur des phéromones. Vous savez ce que c'est, les phéromones, mon vieux ?

– Les phéromones ? » Je réfléchis un bref instant au mot « phéromones ». Quel beau mot. Il sonne bien dans une page, et au bout de la langue.

« – Mais pourquoi vous m'appelez “Mon vieux”, au fait ?

– Ça vous dérange ? me demande-t-elle. Vous n'avez pas l'air si jeune que ça, non plus. »

Vers le seizième étage, je commence à me demander si elle ne m'allume pas un peu, et même avant cet étage, j'ai remarqué qu'elle avait le charme de sa responsabilité et de son poste, et je me dis que le moment est venu de lui signifier que, bon, je la trouve moi aussi plutôt canon. J'esquisse donc mon plus beau sourire à la Bogart, et je lui sors de but en blanc :

« – Sacrée paire de cannes, dis donc.

– Elle ne me lâchent jamais. » répond-elle du tac au tac. Elle prononce ses répliques comme si elles étaient tirées du même scénario que les miennes. Elle est la caricature d'elle-même, tout comme moi, et pour tout dire, ça me convient parfaitement.

« – Je savais bien que le paradis devait s'appuyer sur quelque chose, dis-je.

– C'est une citation ou de l'original ?

– De l'original. »

Voilà un de ces exemples où je ne sais plus dire si ce moment – comme à peu près tous les instants de ma vie, pour être honnête – est réel et à quel point je le fantasme. J'ai un problème. Enfin, plusieurs problèmes. Le plus intéressant est celui qui apparaît quand mon esprit se met à divaguer. Un rêve éveillé, sauf que je ne m'en réveille pas exactement quand je le désire. Il continue à rôder. Parfois, les autres me disent que c'est une maladie, mais je suis le genre de gars qui divise, et qui ne se contente pas de ces termes bon marché et manichéens.

Oui, je suis un rêveur éveillé. Mais mes rêves éveillés ont tendance à durer plus longtemps et à être plus intenses que ceux des autres. En tout cas, c'est ce que m'a expliqué un médecin que j'ai consulté. La conséquence, c'est que les frontières de la réalité sont très mouvantes dans mon univers. C'est sûrement pour cette raison que je me suis mis à l'écriture au départ.

Autre chose qu'il faut savoir à mon sujet : en plus de ma tendance à développer une imagination hyperactive, je suis obsédé par les films en noir et blanc.

Vous voyez le genre. Ceux où les hommes parlent vite, et les femmes encore plus.

À ce moment précis, moi et mon imaginaire pourrions facilement changer la lumière de l'ascenseur pour nous retrouver dans une scène d'*Assurance sur la mort*, de Billy Wilder. Les mêmes ombres à la découpe et le même dialogue mitraillette. Plus personne ne parle encore comme ces personnages de film. Personne ne s'est d'ailleurs peut-être jamais exprimé ainsi. Et peut-être que cet échange, entre elle et moi, ne s'est pas du tout déroulé de cette manière. Ou peut-être que si. Comme je l'ai déjà dit, j'ai l'impression qu'elle lit le même scénario que moi. Je me soucie rarement des faits, juste de la réalité que mon imagination et moi-même avons choisi d'adopter.

« – Vous êtes du genre sûr de vous, me lance la réceptionniste à l'odeur de vanille. Et sûr du genre de ceux qui me plaisent. Vous voulez m'avouer quelque chose ?

– Vous allez toujours aussi vite ?

– Vous devriez me voir aborder les courbes. »

Et elle me sourit.

Nous entrons collés l'un à l'autre trébuchant dans la chambre d'hôtel. Difficile de dire où mon corps commence et où le sien finit. Nous ne sommes que peau, terminaisons nerveuses et chaleur, et ces petits papillons qui éclosent au creux de l'estomac lorsqu'on sait – que c'est une ÉVIDENCE – qu'on vient de rencontrer quelqu'un d'à part. Quelqu'un qui comptera. Quelqu'un dont on reverra le visage pendant des années et des années, et avec qui la vie sera plus riche et plus pleine.

Elle pourrait bien être *l'élue*. Cela pourrait être l'amour.

Oui, c'est à ce point. Mais l'amour nous tombe parfois ainsi dessus, non ? Un éclair de lumière plutôt qu'une lente marée montante. On rencontre quelqu'un et notre corps est envahi par la chaleur, et lorsqu'elle pose sa main dans la vôtre, on ressent chaque centimètre carré de son corps, comme si on ressentait la puissance de l'océan en trempant simplement son doigt dans un ruisseau.

C'est ce que je ressens avec cette femme. En tout cas, c'est ce que mon imagination me fait ressentir.

Le ciel se lève, et moi aussi, et je ne sais toujours pas dans quelle ville du Midwest je peux bien être, et la réceptionniste a déjà largué les amarres, et elle m'a laissé un petit mot sous son oreiller qui dit : « Mon vieux, tu en veux ! » Et à la lumière de ce jour nouveau, je ne pense plus que cette nuit a été dédiée à l'amour mais en tout cas c'était bien agréable de jouer avec une autre âme que la mienne. Quand on y pense, il aura fallu quatre milliards d'années pour que sa ligne de vie et la mienne se croisent dans cet ascenseur. Si ce n'est pas un truc unique, franchement ?

Alors en me levant, je considère d'un œil positif le destin et mon sort, et même si je suis un vieux qui en veut, j'ai surtout sacrément la dalle. J'ai envie de crêpes, de jus d'orange, et peut-être même d'une goutte de vodka dans ce jus de fruit, histoire de me remettre la pêche.

Je me rhabille et je quitte la chambre.

Au rez-de-chaussée, le buffet du petit-déjeuner est bondé. L'hôtel a beau être luxueux, les clients ne se comportent pas mieux que ceux d'un motel face à la nourriture. Je ne veux pas critiquer cet établissement de qualité mais, à 300 dollars la nuit – même si elle est payée par mon éditeur –, je m'attends à un peu mieux dans mon assiette. Mais comme je ne suis pas bégueule, je fais la queue devant le buffet, je prends un plateau, et m'installe le plus à l'écart possible, avec une vue sur la ville – cette ville dont je ne connais pas le nom – et je me demande de quoi cette journée va être faite.

Au bout d'un moment, j'ai la sensation qu'on m'observe. Une sorte de réflexe animal. Une alerte des plus discrètes et naturelles. Comme si j'étais assis à l'ombre d'un grand arbre et que j'avais le pressentiment qu'il allait s'écraser sur ma tête.

« Hé ! » me lance une voix.

En me retournant, je me retrouve nez à nez avec un gamin debout devant ma table.

Il doit avoir une dizaine d'années. Un peu timide et dégingandé, l'air coincé, comme un môme qui aurait passé trop de temps dans ses bouquins et pas assez à embêter les filles et à leur soulever la jupe. Parfois, chez les gamins, on voit ça d'emblée. On peut lire leur avenir dans leur regard. Et cet enfant est de ce genre-là : tout son avenir est écrit dans ses yeux.

Mais tout cela n'est rien en comparaison de sa peau. Elle est noire. Pas simplement noire, mais du noir le plus profond possible. La peau la plus noire que j'aie jamais vue. Comme un ciel de tempête maritime, couvert de nuages, au cœur de la nuit. Comme de vieilles grottes qui n'auraient jamais été visitées par le soleil. Le genre de noir qui m'incline à penser que ce gamin a dû se peinturlurer le corps. Le genre de noir qui me pousse à me demander si tout cela est bien réel, ou si je suis victime d'un début de maladie oculaire ou d'une crise de nerfs.

Ses lèvres bougent mais je suis tellement choqué par la vue de la couleur de sa peau que je n'entends pas ce qu'il me dit.

« – Qu'est-ce qu'il y a ? je lui demande.

– Je peux m'asseoir avec vous ? » dit-il en désignant la chaise en face de moi, et en s'asseyant sans attendre ma permission.

Le gamin s'est préparé une assiette de crêpes et de saucisses qui ressemble en tous points à la mienne. Alors qu'il entame son repas, je regarde autour de moi en me demandant qui parmi cette foule pourraient bien être ses géniteurs. Je n'ai pas envie que des parents affolés débarquent à ma table en hurlant parce que je prends mon petit-déjeuner avec leur rejeton. C'est le genre de scandale qui peut foutre en l'air la promo de mon livre.

Comme je n'aperçois personne qui pourrait être le concepteur de cette beauté à la peau noire de jais, je me résigne à considérer que je viens simplement de rencontrer un nouvel ami, et je décide de faire la conversation comme je le ferais avec n'importe quel inconnu que je croiserais.

« – Tu as l'air d'avoir pas mal roulé ta bosse, Gamin.

– Il faut croire. » dit le Gamin. Il garde les yeux rivés sur son petit-déjeuner tout en parlant, ce qui me laisse tout loisir d'admirer la profondeur de sa peau d'encre sans le gêner. La noirceur du Gamin est hypnotique. Il faut le voir pour le croire. Regarder la peau de cet enfant me donne l'impression de tomber dans le vide. Comme si tout mon être devenait sien. Comme si je n'avais jamais été séparé de lui depuis le tout début, et que sa peau – sa texture et ses ombres – se contentait de me ramener à mes origines, là où j'étais à l'abri.

« – T'inquiète, dit le Gamin.

– Je devrais m'inquiéter de quoi ?

– Tu peux me regarder. T'inquiète. Pas de souci. Tout le monde fait comme toi. » Il enfourne une autre plâtrée de crêpes dans sa bouche, et je me dis que cette nourriture doit tout de même avoir un goût amer.

« – N'importe quoi, dis-je. Je ne devrais jamais dévisager quelqu'un. Je n'en ai pas du tout le droit. Et dire que pas plus tard qu'hier soir, j'étais dans ce même hôtel, à la réception, complètement à poil. Nu comme un ver, aurait dit mon cher défunt père. Si quelqu'un doit être dévisagé, Gamin, c'est plutôt moi. »

Le Gamin acquiesce, mais ne lève pas le nez de son assiette. Je sais reconnaître le sentiment de honte. Et un frisson de culpabilité me glace les sangs.

« – Et que me vaut l'honneur de ta présence à ma table de petit-déjeuner ? »

Tout en parlant, je jette un coup d'œil à l'écran de télévision accroché à un mur un peu plus loin, juste au moment où les informations parlent d'un enfant mort. Il s'est fait tirer dessus mais je n'ai pas le temps d'apprendre son identité car on change la chaîne pour passer sur ESPN, la chaîne sportive, et il y a tout à coup des images d'adultes qui s'entrechoquent et hurlent pour célébrer un essai. « J'en ai marre de toutes ces conneries » précise un homme apparemment responsable du changement de chaîne. Au vu de la réaction des autres personnes présentes dans la pièce, ils en ont tous marre de ces conneries également. Je me retourne donc vers le Gamin qui n'a pas encore répondu à ma question.

« – Alors ? lui dis-je à nouveau.

– Je me suis dit que c'était le bon moment pour se rencontrer, dit le Gamin. Rien de plus.

– Eh bien, c'est inquiétant, je lui réponds.

– Du tout, dit le Gamin, dévoilant un grand sourire étincelant. En contraste au noir profond de sa peau, c'est peut-être le plus beau sourire que j'aie jamais vu.

– Ce n'est pas du tout le genre de la maison, dit le Gamin. Sa façon de parler révèle un léger accent.

Celui des Noirs du Sud du pays. Il a dû en dire des expressions de sa région, durant sa courte existence. Sa voix rappelle le son des vieilles Cadillac, l'odeur des cacahouètes bouillies, du thé sucré et de son foyer. Elle est aussi belle et douce que sa peau.

« – Ça fait quelques temps que j'avais envie de discuter avec toi, dit le Gamin.

Je lui sers mon sourire « toujours génial de rencontrer ses fans », et j'ajoute :

– Tu veux que je te dédicace un exemplaire de mon livre ?

Le Gamin grimace.

– Nan. Je ne suis pas un fan. Je voulais juste te rencontrer.

– Pas de souci. » dis-je.

J'ai déjà rencontré des nouveaux fans comme lui lors de ma tournée promotionnelle. J'apprends à faire avec. « Très heureux de te rencontrer également. »

Ce gamin a beau être intéressant à regarder, il y a quelque chose de dérangeant en lui. En le regardant manger, je ressens l'envie urgente de m'en éloigner au plus vite. Je veux retourner dans ma chambre. Je veux retourner dans ma chambre et me cacher sous la couette, m'endormir et ne pas le recroiser dans mes rêves.

Je ne peux pas rester assis avec ce gamin plus longtemps. Je ne le supporterais pas. Je n'arrive pas à décoller mon regard de sa peau, tout en me disant qu'il ne faut pas. Je veux le regarder en détail le plus possible, tout autant que j'aimerais ne plus jamais le revoir. Il y a quelque chose en lui qui me submerge, à la fois amour et haine. Je veux le prendre dans mes bras et le repousser. Et je sais bien que tout cela c'est à cause de la couleur inacceptable de sa peau.

Je me demande comment on peut grandir dans ce monde avec une peau comme la sienne. Comment on peut aller à l'école. L'enfer, sûrement. Un putain d'enfer de tous les jours.

« – Bon, je dis, c'était super de te rencontrer, et j'espère que c'était super pour toi aussi. Je voudrais rajouter quelque chose sur la chance de faire de si belles rencontres inopinées, la merveille de l'inattendu et le pouvoir des inconnus... ce genre de banalités. »

– T'inquiète, dit le Gamin. Tu vas bientôt te casser. Je voulais juste que tu me voies. Rien de plus.

– Eh bien, sache que je t'ai vu. » Je mime des doigts un canon de révolver : « Pan ! Pan ! »

Je lui envoie un dernier sourire amical, en honneur de cet échange franc et direct. « Je voulais juste que tu me voies. » Quelle belle chose à dire à l'autre. N'a-t-on pas tous envie d'être vus ?

Avant de partir, je me penche vers lui et lui glisse de ma voix la plus sincère : « Je te vois. »

Puis je retourne à ma chambre d'hôtel.

Je fais l'étoile de mer sur le lit, afin de me reposer avant la prochaine étape de ma tournée promotionnelle. La dernière image que j'aperçois avant de m'endormir dans la pénombre est la noirceur du Gamin. Je vois sa peau. Plus sombre encore que la pénombre du sommeil.

Et il sourit, ses dents perlées luisantes comme la neige sur les cimes des cornouillers.

Puis le Gamin lentement s'efface. Son sourire brille encore, et disparaît.

Alors que le sommeil finit par me harponner, j'ai un éclair d'empathie. « Pauvre gamin », voilà comment je qualifie cet enfant noir jais que j'ai rencontré aujourd'hui. Avoir cette allure et devoir vivre dans ce monde ? Pour rien au monde je ne voudrais passer une telle corde autour du cou de quelqu'un.

L'enfant a dix ans désormais. Cinq ans de plus que lorsque ses parents lui avaient fait croire qu'il pouvait devenir invisible. Et durant les trois années qui ont suivi, il a appris que rien de tout cela n'était vrai. Et le mensonge de ses parents n'était jamais si flagrant que lorsqu'il prenait le bus pour aller à l'école chaque matin.

Il déteste ce trajet plus que tout au monde. C'est de là qu'il a hérité du surnom de « Charbon ».

Charbon. Sept petites lettres accrochées autour de son cou telle une lourde pierre. Tous les jours, alors qu'il observe le bus scolaire arriver cahin-caha sur le chemin de terre, il danse et répète un mantra en boucle : « Fais qu'ils ne te voient pas. Fais qu'ils ne te voient pas. » Même s'il sait que tout le discours de l'Invisible est faux, il est encore assez jeune pour vouloir croire que c'est vrai.

Chaque matin, il tente d'être Invisible.

Il monte dans le bus très calmement – sans rire, ou dire bonjour –, et il regarde le sol tout en cherchant une place où s'installer. Ensuite, il se cale contre une fenêtre, il pose son cartable sur les genoux, et il tire bien en avant la capuche de son sweatshirt. Il regarde au dehors, et il respire lentement et de manière régulière, comme une gazelle au beau milieu des lions.

Parfois, ça fonctionne. Parfois, il est invisible. En tout cas, c'est comme ça qu'il le ressent. Mais c'est une invisibilité désirée, à fleur de peau, teintée d'angoisse. Il passe le trajet à écouter les conversations des autres gamins, à entendre son nom, à subir le mot de six lettres qu'il est devenu : « Charbon ». C'est une manière atroce de se cacher, ce n'est pas le cocon joyeux et sécurisé que son père et sa mère décrivaient quand ils lui avaient parlé de L'Invisible. Mais il n'a jamais trouvé mieux, alors il s'en contente.

Les jours où cela ne fonctionne pas, quand il se cache du mieux possible mais que c'est voué à l'échec, c'est toujours à cause de la même chose, de la même personne.

À chaque fois que le bus s'arrête devant la maison de Tyrone Greene, Charbon se met à trembler. Il se serre encore plus contre la vitre et il retient son souffle tandis que l'élève de quatrième monte dans le bus et dévale la coursive jusqu'à l'arrière, où se retrouvent tous les gamins de son âge.

Tyrone Greene est le quatrième garçon le plus imposant du monde entier. Son père possède une ferme et Tyrone bosse dans les champs tout l'été, ce qui lui donne l'allure et les muscles d'un adulte, alors qu'il vient à peine d'avoir treize ans. C'est le genre de gamin qui est conscient de son corps, et de la puissance qu'il lui confère vis-à-vis des autres. C'est le genre de gamin qui n'a pas peur d'utiliser cette puissance. C'est le genre de gamin qui a décidé de le surnommer « Charbon ».

Pendant les vingt minutes qui suivent, Charbon ne bouge pas d'un cil. Il regarde à travers la vitre, observe les vieilles caravanes, les magnolias, les étendues de verdure qui défilent sous ses yeux. Il décompte les minutes, espérant que l'école va bientôt apparaître à l'horizon, et qu'il pourra enfin reprendre son souffle et détaler hors du bus avant que Tyrone ne le remarque.

« Hé, toi ! » hurle une voix grave depuis l'arrière du bus. Charbon sursaute. « Hé, Charbon ! crie Tyrone. Charbon ? Hé, négro, tu m'entends ? Réponds-moi ! »

La mâchoire de Charbon se crispe jusqu'à lui faire mal et il ferme les yeux aussi fort que possible. Tout son corps est tendu. Il se murmure à lui-même : « Tu es invisible et à l'abri. Tu es invisible et à l'abri. Tu es… »

Son mantra est interrompu par le bruit de la lourde carcasse de Tyrone qui se laisse tomber sur le siège à côté de lui.

« – Charbon, grogne Tyrone, Fais pas semblant de m'ignorer, mon petit négro coincé du cul. Ça me rend dingue.

– Quoi ? » finit par répondre Charbon, le visage toujours collé à la vitre parce qu'il sait qu'il n'est pas loin d'éclater en sanglots et que si possible, il aimerait que personne ne s'en rende compte.

« – Hé, mec ! dit Tyrone, d'une voix tout à coup beaucoup plus douce. Hé, tourne-toi, mon petit négro. Je veux te parler, tu comprends pas ? »

Charbon relève sa capuche, et se tourne vers Tyrone. Il est imposant comme un adulte, avec un nez aquilin, une peau caramel et un sourire légèrement faux-cul. « Pourquoi tu fais semblant de m'ignorer, Charbon ? Tu sais bien que t'es mon petit négro à moi. » Le sourire de Tyrone se fait plus large, comme toujours. « Y'a pas de blème, si ? » Il lui tend une main large et calleuse.

Charbon observe quelques instants la main tendue vers lui. C'est un de ces moments incontournables du petit jeu de Tyrone avec lui. Une horrible cérémonie qui se répète encore et encore, jour après jour, à une époque de la vie, l'adolescence, où on ne rêve que d'une chose : être aimé.

« – Tu veux pas me serrer la pogne ? demande Tyrone. Sa voix a retrouvé son ton agressif : Me fais pas lanterner, Charbon.

Comme il n'a pas d'autre choix, Charbon serre la main de Tyrone.

– Hé ben voilà, jubile Tyrone. Mon bon petit nègre. »

Les autres élèves installés dans le bus observent et écoutent. Eux aussi, de manière volontaire ou non, font partie de cette cérémonie immuable. Ceux de devant se retournent au-dessus du dos de leur siège, et regardent. Certains sourient. D'autres ne montrent aucun signe, mais ils ne détournent pas non plus le regard. Charbon trouve que ce sont les plus étranges. Comment peuvent-ils regarder et ne rien dire ? Ceci dit, il ferait comme eux.

Les quatrièmes assis à l'arrière remontent vers le milieu du bus, et s'installent en demi-cercle autour de Charbon et Tyrone, attirés par la gravité propre à la cruauté.

« – Alors, ça va, Charbon ? Tout roule, mon pote ? Et la famille ? Ça boume ?

– Ouais, répond Charbon.

Il essaie de prononcer le mot de la manière la plus assurée possible, en tentant de faire claquer cette syllabe et de la rendre plus impressionnante qu'elle ne l'est.

– Ouais ? Ah ben, ça fait plaisir à entendre. Ton père est toujours maigre comme un clou, je suis sûr. Tyrone balaie du regard l'assemblée de gamins autour de lui, puis revient à Charbon.

– Hé… je peux te poser une question, mec ? »

Une boule d'angoisse se met en travers de la gorge du garçon. Il essaie de la faire disparaître – la honte, la peur, les larmes qui montent – mais rien n'y fait, elle est bloquée au fond de sa gorge, et il a envie de vomir. Il ravale sa salive et regarde à nouveau vers l'extérieur, espérant que quelque chose va survenir, quelque chose qui pourrait le tirer de tout ça.

Il voudrait disparaître à nouveau, devenir complètement invisible comme ce jour-là. Pendant des années, sa mère et son père lui ont fait fermer les yeux et lui ont répété, « Je suis invisible et à l'abri. Je suis invisible et à l'abri. » Mais cela n'a jamais fonctionné. Parfois, son père poussait un long soupir quand le garçon n'arrivait pas à redevenir invisible. La mère de Charbon était plus patiente, mais aussi plus triste, quand son fils n'arrivait pas à rejouer le même tour.

« – Ça va aller, lui disait-elle, tu vas y arriver.

– Pour de vrai ? demandait Charbon. À l'école, Darryl m'a dit qu'on ne peut pas devenir invisible. Il m'a dit que vous vous moquiez de moi.

– N'écoute pas ce que Darryl te dit à l'école, répondait sa mère. Ce n'est pas parce que personne n'y arrive que tu ne peux pas toi.

– Et toi, tu as déjà réussi ? Et Papa ?

– Non, répondait sa mère, sur un ton quasiment d'excuse. Mais toi, tu vas y arriver. Il faut juste que tu apprennes comment faire.

– Pourquoi ? demandait Charbon.

– Parce qu'il le faut. » C'était toujours la même réponse.

« – Hé, mec, dit Tyrone, tirant Charbon de son rêve d'échappatoire. Je t'ai demandé si je pouvais te poser une question. Tu fais encore semblant de m'ignorer ou quoi, négro ?

– Mais nan, dit Charbon.

Il inspire profondément et Charbon a une première larme qui perle au coin de son œil. Il ne peut plus arrêter le processus. Il espère juste maîtriser le flot, et pleurer le moins possible.

– Je ne t'ignore pas. Qu'est-ce que tu veux savoir ?

– Ah, super. Tu sais que t'es mon petit négro, hein ? commence Tyrone.

– Ouais, dit Charbon. Je sais.

– Alors, mec, faut que je te demande un truc... tu sais que t'es noir, hein ? »

Charbon hésite. Encore une fois, il voudrait juste être invisible. Encore une fois, il a honte de ne pas être invisible et d'être uniquement ce garçon à la peau irrémédiablement noire. Bien sûr qu'il sait qu'il est noir. Pas foncé, mais noir. Noir comme des yeux fermés. Noir comme des nuits sans lune. Noir comme un conduit de cheminée recouvert de suie et de charbon.

Il porte des sweats à capuche et des pantalons longs toute l'année en espérant que les autres gamins croisent moins souvent du regard sa peau noire et trouvent ainsi moins de raisons de lui tomber dessus. Mais c'est sans espoir. Il est celui qu'on surnomme Charbon, et tout le monde semble vouloir le lui rappeler. Il a beau faire, rien ne change.

« – Réponds-moi, Charbon, insiste Tyrone. Tu sais que t'es noir, hein ? »

Tyrone a une peau parfaite. Jaune intense. Appétissante comme du bon beurre. La plus sacrée des bénédictions. La peau claire, ça plaît aux filles. La peau claire, les profs aiment ça. Et à Hollywood, tu peux devenir une star avec une peau comme ça. La peau claire, c'est la base de tout. Et toutes les peaux ou presque étaient plus claires que la sienne ; qu'est-ce que cela laissait augurer pour son propre avenir ?

« – Ouais, ouais, répond Charbon. Je suis au courant. Il sourit, comme si ce sourire pouvait effacer la douleur.

– Ben ouais. Mais t'es pas simplement noir, mon négro. T'es super noir. Je suis certain que ta sueur, c'est du café filtre. » Une première vague de ricanements monte du groupe de gamins installés dans le bus. « C'est comme si t'avais chourré tout le noir du monde, tu vois ? Pourquoi tu te l'es joué perso à ce point-là ? » Quelques rires supplémentaires. À quelques rangs de là, une fille éclate d'un rire très aigu. « Négro, ta petite maman devait être aveugle et elle devait vouloir que tu ressembles à ce qu'elle pouvait voir, hein négro, je suis sûr que quand tu sors de la caisse ton père, le voyant à huile s'affole. » Les ricanements se transforment en gloussements et crises de rire. Tout le bus se moque désormais de lui.

« Mais pourquoi t'as voulu être aussi noir ? demande Tyrone. Enfin, pourquoi, je sais pas, mais comment t'as fait ? Comment t'as pu être aussi noir ? C'est le soleil ? Qu'est-ce que ça peut être d'autre ? Putain, négro, t'es quand même super noir. T'es noir, avec une touche de noir en plus. T'es mon petit négro, hein, mais bordel, quand même… T'as chourré tout le noir qui était dispo ! »

À chaque fois que Tyrone prononce le mot noir, Charbon tressaille et la vague de rire qui l'entoure monte d'un cran. Charbon ravale sa salive à nouveau et essaie de trouver un point où fixer son regard, afin de ne plus voir Tyrone, mais il n'y a nulle part où regarder. Tyrone est le miroir de l'exacte noirceur dont Charbon aurait aimé hériter, et qu'il n'atteindra jamais. Tyrone est d'une noirceur qui n'assène pas sa noirceur. Ses cheveux sont fins et ondulés, sans traitement particulier, et son nez est droit et fin, tout comme sa bouche, et il peut tout de même être noir quand il le décide, ou autre chose si le cœur lui en dit.

N'est-ce pas le rêve de tout le monde ?

« – Non, mais vraiment, insiste Tyrone, pourquoi t'es aussi foncé, négro ? Pourquoi t'es tellement noir ?

Charbon hoche la tête et éclate d'un rire nerveux.

– T'es dingo.

– Je plaisante pas. Pourquoi t'es tellement noir ?

– Mec…

– Pourquoi t'es tellement noir ?

– Allez… arrête. D'accord ?

– Nan. Pas tant que tu m'as pas répondu. Pourquoi t'es aussi noir, bordel ?

– Pourquoi tu me lâches pas ?

– Pourquoi t'es tellement noir ?

– Laisse-moi tranquille.

– Réponds. Pourquoi t'es tellement noir ?

– Allez…

– Pourquoi t'es tellement noir ?

– Tyrone, s'il te plaît…

– Pourquoi t'es tellement noir ?

– Arrête !

– Pourquoi t'es tellement noir ? »

Les joues de Charbon sont noyées dans ses larmes. Des rires éclatent aux quatre coins de la carcasse de métal du bus, faisant vibrer l'endroit comme l'estrade d'une église évangéliste en pleine communion. Ce rire continue jusqu'à ce que Charbon pleure seul dans son coin et que le conducteur du bus se mette enfin à crier aux gamins de retourner à leur place.

Tyrone ne lâche pas. « Pourquoi tu pleures, négro ? Bordel. Tu sais bien que je me fous pas de toi. » Ensuite, il retourne à l'arrière du véhicule, suivi par les autres quatrièmes, heureux et innocents comme des petits angelots.

Plus tard dans la nuit, alors que tout le monde dort, Charbon se relève et essaie de contenir ses larmes. Le bruit de ses sanglots intermittents réveille son père, qui vient le retrouver et s'assied au bout du lit de Charbon et lui dit, tout simplement : « – N'écoute pas ce que te disent les autres. Envoie-les se faire foutre. Tu es beau, mon fils.

– Mais pourquoi est-ce que je ressemble à ça ? » demande Charbon. Ses sanglots hachés se transforment en un torrent de larmes.

« – Un jour, tu devras apprendre à t'aimer comme tu es. » lui dit son père, mais Charbon n'arrive pas à entendre ces mots, étouffés dans sa douleur et sa rancœur. Alors le père de Charbon grimpe dans son lit à ses côtés, et il le serre dans ses bras, et il lui essuie les larmes sur les joues tandis qu'au dehors les étoiles brillent dans le ciel et que la nuit ébène étreint le chant de la terre.

Au fait, désolé. Je ne me suis même pas présenté. Mon nom est… Peut-être avez-vous déjà entendu parler de moi, ou peut-être pas, mais vous devez sûrement connaître mon livre. Il a l'air de plutôt bien se vendre. *L'Enfant qui voulait disparaître*. Et, selon la presse, c'est vraiment un livre d'enfer.

On le trouve dans les librairies en dur. En ligne. En version Kindle ou Kobo, il se lit sur iPad et on peut même l'écouter en version audio sur Audible. Une option a été posée sur ses droits ciné – on dit que Joseph Gordon-Levitt et Donald Glover sont tous les deux intéressés. On est même en discussion pour en faire une version bande-dessinée. Mon éditeur est très content. La société chez qui j'ai un emprunt étudiant est contente. Mon agente et attachée de presse est… enfin… elle est à fond, aussi heureuse qu'on puisse l'être quand on fait un métier comme celui-là.

Mais je ne suis pas venu ici pour vous parler de mon livre. Pas tout de suite. Il faut commencer par le commencement.

J'ai grandi dans une petite maison d'une petite ville de Caroline du Nord dont vous n'avez jamais entendu parler parce qu'elle n'a jamais produit quoi que ce soit de significatif, stagnant dans ses eaux saumâtres tandis que l'histoire avançait.

Vous ne connaissez pas le nom de mes parents, mais je suis certain que vous pouvez l'imaginer. Imaginez mon père, grand et maigre. Il a travaillé toute sa vie dans une scierie. Imaginez ma mère, petite et ronde. Elle a travaillé toute sa vie comme mère au foyer. Au beau milieu de cette équation bien banale, j'ai grandi et suis devenu un gamin efflanqué qui adorait les livres. J'étais dans le ventre mou de la classe. Un véritable prodige de médiocrité.

J'avais quatorze ans quand j'ai décidé de devenir un jour écrivain. À l'époque, tout était plus simple. J'ai commencé par écrire des fins alternatives à mes livres préférés ou à des contes. Dans ma version de *L'Odyssée*, Athéna ne revient jamais et Ulysse affronte ses ennemis dans une énorme bataille rangée. Il perd un bras à cette occasion, mais devient connu sous le nom d'Ulysse l'Estropié, ce qui est tout de même un bien meilleur blaze.

Même quand je me suis mis à l'écriture, je n'arrivais pas à être flamboyant. Mes personnages étaient sans relief. Je n'arrivais pas à écrire une belle scène qui aurait donné du sens à ma vie. Toutes mes phrases finissaient par des adverbes. L'apex de ma carrière de jeune écrivant qui se frottait à la narration et aux descriptions a été atteint la fois où j'ai décrit un arbre en tant que « protubérance haute et boisée dotée de branches, comme un arbre ».

Mais j'aimais raconter des histoires. Finalement, c'était tout ce qu'on demandait à un écrivain à l'époque, quand j'essayais encore devenir l'un d'eux. Ce qui est amusant, c'est que quand j'ai fini par devenir écrivain, je n'ai plus vraiment eu à écrire. Étonnant, non ?

Au lycée, j'étais ce gamin maigrelet couvert d'acné qui n'osait pas parler, et à qui personne ne s'adressait. Je n'étais jamais tombé amoureux. Enfin, j'étais déjà tombé amoureux, mais ce n'était jamais réciproque. Je passais mes vendredi et samedi soir dans ma chambre avec un bol de biscuits au fromage Cheetos, accaparé par une histoire tellement compliquée que j'avais besoin de trois ardoises effaçables pour ne pas m'y perdre. Lors de la fête de fin du lycée, alors que tous les gamins de mon âge passaient la soirée à découvrir l'étrange géométrie de l'autre sexe à l'arrière des voitures ou dans les chambres de parents qui étaient allés voir ailleurs, je suis resté allongé sur le plancher de mon salon, un stylo plume en bouche, avec une cassette des Boys II Men qui murmurait quelques notes. J'essayais de comprendre pourquoi le personnage principal de mon troisième roman – un inspecteur surnommé « I.S. » – avait été injustement traité toute sa vie et en avait beaucoup souffert, mais n'arrivait pas à faire ses lacets tout seul. Je voulais lui donner un peu de profondeur, mais quand on lisait le texte, on se disait juste qu'il souffrait de la maladie d'Alzheimer.

Des années plus tard, comme je n'avais pas abandonné son personnage, l'inspecteur I.S. me rappellerait mon père, mais pour d'autres raisons.

À l'âge de quatorze ans, on s'est penché sur mon souci de rêve éveillé. Je voyais des choses. Je voyais des dragons au crépuscule et des arcs-en-ciel à minuit. J'avais des amis que j'étais le seul à voir et mon chien discutait avec moi. C'était une époque étrange. Et c'était surtout un peu trop intense pour la vie étriquée que me réservait ma petite ville de campagne. Pendant ces premiers mois, je crois que j'ai aussi pas mal fait peur à mes parents. On est allés voir des médecins, on a tenté un suivi médicamenteux, et j'ai fini par apprendre à fermer ma grande bouche, avant de comprendre à peu près ce qui était réel et ce qui n'appartenait qu'à moi.

En apprenant à faire la part des choses, j'ai rassuré mes parents qui se sont dit que leur fils était redevenu normal – étant de confession baptiste, ils ont très vite invoqué la toute-puissance de Dieu – et c'était finalement la meilleure décision que j'aie jamais prise. Des mondes entiers m'appartenaient, et à moi seul. Des gens, des créatures et des paysages que la plupart n'auraient jamais imaginés constituaient l'univers où je vivais le plus clair de mon temps.

Ça a duré des années. Une époque de rêves, de désillusions avec le sentiment de décalage social qui pèse sur les épaules de tous les adolescents.

Avant d'écrire *L'Enfant qui voulait disparaître*, j'ai connu l'enfer du Service Clients. J'avais déjà tenu la caisse chez Walmart, fourgué des poêles et des casseroles chez Bed Bath & Beyond, balancé des plats de spaghettis trop cuits et des gressins à Olive Garden. La liste est longue. Si vous avez déjà été client dans votre vie, il y a de fortes chances que j'ai été à votre service. Mais le dernier boulot que j'ai eu avant que mon existence ne change du tout au tout était chez un opérateur télécom mondialement connu que nous nommerons, afin d'éviter toute possibilité de poursuite judiciaire, le « Grand Opérateur Télécom ». Comme Sharon, mon agente, le dit souvent : « Ne te prends pas un procès au cul si tu n'es pas sûr que ça fera parler en bien de ton bouquin. »

Mais prenons le temps de regarder un peu en arrière. Et de revenir à quelques souvenirs d'une époque où les choses étaient bien différentes. Dans ce contexte précis, les souvenirs couchés sur le papier sont appelés trame de fond.

Imaginez-moi donc dans un petit bureau ouvert au premier étage d'un centre d'appel qui en compte deux au total, dans le trou du cul suintant du sud-est de la Caroline du Nord. Je suis assis à mon bureau, micro-casque vissé sur la tête, et je discute avec quelqu'un que je ne rencontrerai jamais mais qui, à sa façon, semble être une sacrée bonne femme.

« – Oui, madame » je dis à la femme à l'autre bout du fil. Elle est à Brooklyn, et moi en Caroline du Nord. Elle parle avec un de ces accents new-yorkais formidables – teinté d'urgence et d'empressement – mais elle a tout de même l'air détendue. Elle rigole à mes blagues et c'est même l'une des clientes les plus normales que j'ai eu ce jour-là.

« – Vous en pensez quoi ? demande-t-elle.

– Je ne pense franchement pas qu'il vous trompe, dis-je.

Ce qui n'est qu'un demi-mensonge. La vérité, c'est que je ne *pense* pas que son mari la trompe, mais le fait qu'elle ressente le besoin d'appeler notre service afin que je passe en revue six mois de relevés téléphoniques suggère qu'il y a de sérieux problèmes dans leur mariage.

– Mais alors, à votre avis, qu'est-ce que c'est ? insiste-t-elle.

– À mon avis, vous devriez surtout apprendre à mieux communiquer entre vous, dis-je. Vous avez l'air d'être assez géniale – en tout cas à l'autre bout du fil –, et lui il a l'air d'être bien à vos côtés. Vous devriez plutôt prendre une chambre d'hôtel et y passer le week-end. Vous savez, un peu de légèreté et d'insouciance, jusqu'à ce que vous ne soyez plus que deux corps en contact. Quand est-ce que vous avez organisé un petit voyage comme ça pour la dernière fois, juste vous deux ?

– En 1994, répond-elle.

– C'était une bonne année, 1994, dis-je.

– Une année magnifique, dit-elle.

– Jean-Claude Van Damme était au sommet de sa carrière, à l'époque.

– Et Steven Seagal, aussi.

– Il ne faut pas oublier Seagal, vous avez raison. »

Elle pousse alors un soupir, un de ces longs soupirs de soulagement qui indique qu'elle a enfin décidé de lâcher prise. Elle lâche prise quant à sa relation, et se recentre sur elle. On se perd toujours entre tout ça. Et parfois, il faut un inconnu qui bosse pour votre opérateur télécom pour vous aider à trouver une échappatoire à ce genre de labyrinthe. Ce n'est la faute de personne.

Donc, cette femme de New York et moi-même n'oublions pas Steven Seagal pour la suite de notre conversation – qui ne dure d'ailleurs pas beaucoup plus longtemps. Elle en a eu pour son argent. Je lui ai ouvert les yeux sur son mariage et elle économise quinze dollars sur son abonnement de téléphone portable. Bon pour moi. Bon pour elle. Mauvais pour le Grand Opérateur Télécom.

Je la quitte sur une de mes citations favorites de *Casablanca* : « À votre santé, mon petit. »

Elle veut rajouter quelque chose mais mon doigt est déjà sur le bouton Raccrocher. La dernière chose que j'entends est : « Vous avez entendu parler de la fusi… »

Et elle disparaît.

C'est le principe de ce métier : rencontrer quelqu'un, créer un lien, l'aider, puis le laisser partir le moment venu.

Juste après que madame 1994 a raccroché, mon collègue Sean se pointe devant mon petit bureau. Sean est un brave type. Le genre de gars avec qui on serait heureux d'aller au front, si l'occasion se présentait. Il est franc du collier, comme on dit.

« – Comment ça se passe, ce matin ? demande Sean.

– J'ai parlé à une femme qui était amoureuse en 1994, dis-je.

– C'était une bonne année, 1994.

– C'est exactement ce que je lui ai dit.

– Je parlerais bien à quelqu'un de détendu comme elle. Je viens de passer la dernière heure à me coltiner un pilote d'avion.

– Ah merde. »

Soyons francs : les pilotes sont vraiment des sales types. Des gens vraiment atroces – enfin, quand il s'agit de service client. C'est peut-être à cause du bourrage de mou qu'on leur fait à l'école d'aviation, toutes ces fois à revoir *Top Gun* avant de décoller dans ce qui n'est, au final, qu'une sorte de gigantesque éléphant d'acier. Ils doivent sûrement s'imaginer être en permanence poursuivis par des MIG russes.

Je ne sais pas pourquoi, mais quand les pilotes sont dans la peau d'un client, ils se retrouvent à aboyer leurs ordres à l'autre bout du fil. On reconnaît tout de suite un pilote parce qu'à chaque fois, il vous informe tout de suite de sa condition de pilote. « Je suis pilote ! » hurle-t-il. Puis il ajoute : « Si je fais une erreur, des gens peuvent mourir ! Vous comprenez ce que ça implique ? »

« – Les pilotes, dis-je à Sean. Ces putains de pilotes.

– M'en parle pas.

– Combien d'insultes il t'a balancées ?

– J'en ai compté dix-sept, dit Sean en hochant la tête. Au fait, t'as entendu parler de ce gamin ?

– Quel gamin ? dis-je.

– Le gamin qui… »

À ce moment précis, une alarme se déclenche à côté. Une sonnerie stridente et rapide, comme si un arc électrique vous traversait le bout des doigts.

« – Bordel, lâche Sean en se grattant le nez d'énervement.

– Je suis étonné qu'on ait été tranquille aussi longtemps avant que ça arrive. » fais-je observer.

Au beau milieu de cet océan de postes, telle une marée nauséabonde, arrive… l'Équipe Culture. L'Équipe Culture est l'équipe chargée par le Grand Opérateur Télécom de s'assurer de notre santé mentale, dans un secteur où règne la folie.

Travailler au service client est horrible. Et travailler au service client du Grand Opérateur Télécom – ou de n'importe quel autre opérateur télécom – est encore pire. Fort logiquement, aucune personne ne contacte le service client de son opérateur quand elle est contente. Personne n'appelle pour dire : « Hé les gars (ou les filles). Ma journée est tip top. Je voulais juste vous le dire. »

Oh que non.

Ils appellent chargés de problèmes. Et neuf fois sur dix, le problème est d'une nature que ni moi ni mes collègues ne pouvons résoudre.

Votre appel a été coupé en plein milieu ? C'est l'antenne-relais la responsable. Pas moi.

Vos gamins ont fait exploser votre facture ? C'est Bébé Johnnie ou Bébé Susie, les responsables. Pas moi.

Votre téléphone est tombé dans une flaque d'eau ? C'est la gravité, la responsable. Pas moi.

Votre téléphone a été dévoré par votre bébé ragondin ? C'est Randy le Ragondin, le responsable. Pas moi.

Vous étiez en voyage en Europe et votre téléphone vous a dit que les données allaient vous coûter cher, mais vous avez quand même continué à l'utiliser, et maintenant vous avez une facture de cinq mille dollars ? C'est vous et l'opérateur local que vous avez accepté d'utiliser, les responsables. Pas moi.

Mais quand vous nous appelez, c'est moi qui vous réponds. Moi, ou un de mes collègues adorés. Huit heures par jour, sept jours par semaine, 365 jours par an : c'est sur nous que ça tombe.

Imaginez un peu subir ça pendant quatre années, sans craquer. Peu de gens peuvent supporter ça. Et de moins en moins, à chaque jour qui passe. La moitié des employés du Grand Opérateur Télécom prennent des anxiolytiques ou des antidépresseurs. Et une bonne partie possède une arme.

Avec tout ça, les employés finissent par quitter leur boulot. Ils le font souvent, et avec panache. Notre département a le plus grand taux de démission de toute cette putain de ville. Plus encore que les flics. Plus que l'usine à papier du coin où au moins deux fois par an, un employé perd un de ses membres découpé par une lame de scie sauteuse. Alors quand les dirigeants ont constaté que tout le monde se cassait de chez eux, ils ont décidé de créer l'Équipe Culture.

L'Équipe Culture sourit beaucoup trop. L'Équipe Culture rit beaucoup trop fort. L'Équipe Culture est bien trop excitée par tout ce qui se passe au quotidien. Mais c'est leur boulot, il faut dire. Leur mission est de faire en sorte que vous ne démissionniez pas de votre poste, que vous vous reteniez de hurler sur monsieur Trouduc qui vient de vous rappeler qu'il n'est pas le genre de naze à bosser à un poste de merde comme le vôtre. Leur mission est de vous éviter de débarquer un beau matin au boulot avec une colère incontrôlée qui pourrait vous causer quelques ennuis.

Quand l'alarme retentit, on sait qu'ils vont débarquer. C'est comme le son d'un cor. Vous bombez le torse, et vous attendez la horde.

Sean et moi observons l'Équipe Culture émerger du bourbier de l'inculture d'entreprise. Ils arborent leurs sourires comme des fanions militaires. Ils portent des petits paniers remplis de confiseries qui parfois tombent par terre, laissant derrière eux une traînée de bonté sucrée qui indique le chemin sacré que les autres peuvent suivre.

Après avoir fait un rapide tour d'horizon, je comprends vers où ils se dirigent. À quelques rangs de l'Enfer des Bureaux, une jeune femme blonde – trop jeune et à l'air trop optimiste pour faire ce job depuis bien longtemps – a bondi de son poste avec un air illuminé. Elle pose la main sur son micro-casque et crie : « Je viens de sauver un client ! »

Le Grand Opérateur Télécom adore quand vous arrivez à convaincre quelqu'un de ne pas résilier son abonnement. C'est même ce qu'ils préfèrent au monde.

Elle cherche du regard quelqu'un pour lui taper dans la main en guise de félicitation. Elle ne trouve qu'un seul bon samaritain. Pas génial comme soutien. Seuls les nouveaux employés qui n'ont pas encore été brisés par ce boulot se soucient de sauver les clients. Les anciens se contentent de survivre.

Mais l'Équipe Culture rattrape largement le coup lorsqu'ils arrivent enfin à son niveau. Ils retirent le linge qui recouvre l'un de leurs paniers, révélant divers beignets. Ils en sortent deux au glaçage chocolaté, et les posent sur son bureau. Ils saisissent également une poignée de sucreries miniatures et lui lancent comme des confettis.

« Félicitations ! » crie la responsable de l'Équipe Culture, une grande femme blonde qui est toujours trop mince et trop maquillée. On dirait une Barbie animée qui aurait adopté ce métier faute de choix. Elle aurait pris un peu d'âge, puis elle se serait mariée avec un autre que Ken, et aurait dédié sa vie à l'entreprise.

Après avoir couvert l'employée ravie et sauveuse de client de beignets et de sucreries, l'Équipe Culture s'évapore dans le labyrinthe de bureaux. En quelques instants, ils ont disparu comme ils étaient arrivés. Dans mon imagination, ils sont omniprésents.

Toujours prêts à débarquer. Toujours prêts à me sourire, à m'encourager, à me donner des beignets parce que je viens de faire économiser 32 cents et quelques à l'entreprise.

« – Attends un peu, dit Sean.

– Je sais, dis-je.

– Donc, le garçon, reprend Sean, Il… »

Au moment où il commence sa phrase, la sonnerie de l'Équipe Culture déchire à nouveau l'atmosphère. On dirait un canard qui se fait électrocuter. Ils émergent à nouveau d'un lieu invisible, depuis la nuit des temps. Je sens déjà l'odeur des flammes, du soufre et des sucreries industrielles.

Je devine, en regardant rapidement du côté de l'Enfer des Bureaux, où ils se dirigent. Non loin de la femme qui vient de bondir et de crier avec fierté qu'elle a sauvé un client se tient une autre femme. Les yeux rougis par les larmes, la main tremblante et, en écoutant bien, j'entends même le client à l'autre bout de la ligne qui lui hurle dessus. Il finit l'appel en la traitant de « pouffiasse briseuse de foyer ».

De quel foyer parle-t-il ? Nous ne le saurons sûrement jamais.

La femme est au bord de la crise de nerfs. À deux doigts de s'effondrer en larmes et même peut-être de quitter son poste – de claquer la porte de son boulot et de devenir l'héroïne que nous rêvons tous d'être. Mais l'Équipe Culture veille au grain.

Ils fondent sur son poste de travail : même sourires, mêmes éclats de rire, même trainée de sucreries qu'ils laissent derrière eux. Sans mot dire, ils déposent un beignet au chocolat sur son bureau et une poignée de bonbons.

« Mais… je suis diabétique ! » sanglote la femme, les joues ravinées par les larmes.

Tout à coup, une grande femme plutôt jolie nous dévisage. Elle nous sourit à tous les deux, et fait un signe à Sean. Il lui renvoie la pareille.

« – Comment ça avance avec elle ? dis-je.

– Le fait que ça continue à avancer est un problème en soi, répond Sean.

– Je ne comprends pas. Elle a l'air d'être des plus respectables. Peut-être même le genre à qui passer la bague au doigt.

– Oui, on dirait, n'est-ce pas ?

– Mais alors, quel est le souci ?

– Jésus.

– Ah, dis-je.

– Elle est juste un peu trop… trop… trop…

– À fond sur le Christ ! dis-je en criant et en faisant à mon tour un signe de salut.

– Ouais, répond Sean. Exactement. On n'a même pas le temps de finir l'entrée qu'elle est déjà en train de parler de la Résurrection et du destin de mon âme immorale.

– Immortelle.

– Non, elle dit immorale.

– Tu lui as avoué que tu étais athée ?

– Ouais.

– Et qu'est-ce qu'elle a dit ?

– Je te pardonne.

– Respect. »

Sean jette un œil en direction de mon bureau. La dernière version de mon manuscrit y est posée. C'est encore un sacré bordel, bien loin de la version finale que vous tenez en main. À ce stade-là, aucun des personnages ne sait ce qu'il veut. Et comme ils ne savent pas ce qu'ils veulent, ils ne savent pas non plus pourquoi ils agissent ainsi. On dirait des boules de billard qui s'entrechoquent au hasard. Et personne n'aura envie de lire un truc comme ça – même si c'est parfois ainsi que la vie des gens se déroule. Le naturalisme est mort et enterré – en tout cas dans l'économie de marché du livre.

« – Et ça, comment ça avance ? demande Sean.

– C'est le bordel.

– Quel genre de bordel ?

– Comme au Vietnam.

– Tu sais, dit Sean, j'ai lu un article l'autre jour qui soulignait que de moins en moins de gens comprennent les références au Vietnam dans ce sens. Si tu continues à les utiliser, tu as l'air ringard. Il vaut mieux parler de l'Afghanistan.

– Donc si je dis que c'est le bordel comme en Afghanistan, j'ai l'air plus jeune ?

– Exactement.

– Quel monde…

– Tu m'étonnes, dit Sean. C'est comme ce qui vient d'arriver à ce gamin.

Même si je n'ai aucune idée de quel gamin il parle, je réponds :

– Ouais… Quelle honte. »

Comme je vous l'ai déjà expliqué : c'est ce genre de phrase qu'il faut dire en pareille circonstance.

Tout cela n'est pas non plus très important, si l'on prend un peu de recul. C'est juste histoire de discutailler un peu et de vous expliquer où j'en étais avant d'être là où je me trouve actuellement. Parce qu'en ce moment je suis dans un endroit assez étrange, et ma psy dit toujours que l'une des meilleures choses à faire pour gérer ma dépression, c'est de rester fermement ancré dans la réalité en écrivant toutes les choses qui me sont arrivées dans le passé. « Le passé est la racine du présent » m'a-t-elle dit. Et c'est plutôt vrai, je pense. « Aimez-vous ce que vous apercevez dans le miroir de votre vie ? » a-t-elle ajouté. J'essaie de ne pas trop penser au passé ou au miroir de ma vie, si possible. Et j'essaie de penser au présent le moins possible. De mon point de vue, je n'ai pas trop envie de traîner dans la réalité, qu'elle soit passée ou présente. Il y a de bien meilleurs endroits et façons de tuer le temps.

La réalité est farcie de mauvaises nouvelles. Prenez votre téléphone, allez lire la presse en ligne, et je vous garantis que vous aurez droit à une bien belle liste d'atrocités. Le monde est au bord du gouffre. Les gens sont exploités, tués, battus. C'en est trop pour moi. Je l'ai compris depuis déjà bien longtemps. Ma psy dit que mon état est la conséquence d'un traumatisme que j'aurais subi, mais je n'y crois pas. Je ne me connais aucun traumatisme précis. Oui, bien sûr, j'ai parfois eu de la malchance, mais ce n'est pas un traumatisme. Ma psy dit que je ne sais peut-être même pas quel traumatisme j'ai connu. C'est peut-être un truc terrible, ou alors plus subtil. Elle dit justement que le traumatisme est cette « racine du présent ». Elle dit que quelque chose m'a poussé à abolir les barrières entre la réalité et l'imagination. Elle dit que ce n'est pas bon pour moi.

Je lui réponds que si j'ai réussi tout ça dans ces conditions, pourquoi changer ?

Elle dit que je finirai en mille morceaux.

« – Tu te souviens à quel point tu étais doué pour le dessin, Willie ? demande Papa Henry entre deux quintes de toux. Tu as complètement oublié ?

Il sourit et s'étire dans la chaise que sa santé défaillante ne lui laisse plus l'opportunité de quitter.

– Juste un peu » répond le père de Charbon.

Papa Henry est le grand-père de Charbon. Il vit dans une maison de retraite située à l'autre bout de Whiteville, une petite bourgade tranquille du Sud dans une petite région tranquille du Sud riche en culture de fraise et arbres à lyncher. De temps à autres, Charbon et son père font trois heures de route pour rendre visite une petite heure à Papa Henry. Durant le trajet, Charbon observe le corps de son père se crisper de plus en plus à chaque kilomètre. Il est installé au volant de son camion, émacié et efflanqué comme un héron déplumé. Il s'accroche au volant, ses mains noueuses agrippées si fortement que ses veines deviennent saillantes.

« – C'est ton grand-père, dit le père à Charbon, les yeux rivés sur la route devant lui, comme s'il traversait une tempête de grêle. C'est pour ça qu'on va le voir. Aussi simple que ça.

– Oui, patron. »

Charbon ne comprend jamais pourquoi son père est aussi angoissé quand ils vont voir Papa Henry. Pour lui, Papa Henry n'est qu'un vieil homme affable et couvert de rides. Il sourit beaucoup – pinçant sa large bouche sombre en des petits sourires malins – et ses yeux brillent comme l'écume quand Charbon vient le voir. La plupart des gens ne sourient pas quand ils rencontrent Charbon. Ils le dévisagent. Ils observent la noirceur impossible de sa peau, comme s'ils se trouvaient face à une nuit profonde. Et s'ils ne le dévisagent pas, ils détournent le regard, ce qui est presque pire. Jamais Papa Henry. À chaque fois que Charbon entre dans sa chambre, Papa Henry tend ses mains percluses d'arthrite et serre son petit-fils aussi fort que son grand âge le lui permet, avant de dire : « Ah, voilà mon petit. Tu es enfin là. »

Il y a de la magie chez Papa Henry. Il connaît plein d'histoires de l'ancien temps. Des gens et des lieux qui existaient auparavant mais qui ont disparu depuis bien longtemps et ne sont plus que mythes et légendes. Il parle des grappes de vignes de muscat qui poussaient là où il n'y a plus qu'autoroute et bitume. Il parle des poiriers – érigés comme autant de petites fusées qui chatouillent le ciel – qui peuplaient les terrains qui accueillent désormais des HLM et des embouteillages. Parfois, il parle même de sa femme qui n'a pas eu la chance de vivre assez longtemps, et il avoue échouer à ne pas détester le dieu qui les a séparés.

D'après ce qu'on a dit à Charbon, Papa Henry est un homme bon. Et le voir mourant rend la situation encore plus triste. C'est pour ça que Charbon ne comprend pas la colère de son père envers le vieil homme. Jusqu'à ce que Papa Henry lui parle des dessins de son fils.

Papa Henry se tourne vers Charbon, tout sourire, et siffle d'admiration :

« – Quand il avait ton âge, il savait tout dessiner. Les gens qu'il dessinait avaient l'air tellement réels qu'on aurait pu les saisir par la taille avec nos mains. On pouvait passer nos mains dans leurs cheveux. Leur toucher le visage. Sentir leur souffle avec tellement de précision qu'on savait ce qu'ils avaient pu manger au petit-déjeuner. Pas vrai, Willie ?

– Je ne m'en souviens pas, répond le père de Charbon.

– Ben moi, si, aboie Papa Henry. Il agite ensuite la main en direction d'une petite boîte installée à l'autre bout de la pièce.

– Va me chercher ça, dit-il à Charbon en baissant la voix, comme lorsqu'on veut attiser la curiosité d'un enfant.

– Arrête, ne fais pas ça, dit son père.

Il serre les dents, et son visage foncé a l'air fermé et crispé.

– Tu ne vas pas me dire ce que je peux faire ou non, répond Papa Henry.

Il se retourne à nouveau vers Charbon.

– Va me chercher cette boîte, s'il te plaît.

– Oui patron. » dit Charbon.

Il y va avec lenteur, tout en regardant son père, comme s'il attendait de sa part un « non » ferme qui le stopperait dans son élan. Mais rien de tel n'arrive. Son père est autant victime de ses parents que lui. Il ne bouge pas, serrant et desserrant les dents, comme s'il avait aimé pouvoir être plus courageux.

La boîte est un ancien colis postal de petite taille, recouvert de vieux scotch. Quand Charbon s'en empare, elle est souple sous ses doigts, comme du pain frais.

« – On doit vraiment en passer par là ? demande son père.

– Tais-toi, dit Papa Henry.

Il agite ses bras maigrelets en direction de Charbon.

– Viens ici, mon garçon. Donne ça. Ouvre-la ! »

Charbon se met à genoux et après avoir une nouvelle fois laissé le temps à son père d'éventuellement lui dire d'arrêter, il obéit à son grand-père. Il ouvre la petite boîte qui est en sale état.

La première chose qu'il aperçoit, c'est une famille. Une petite famille noire dans toute la splendeur d'un Polaroid. L'homme n'est autre que Papa Henry, jeune et rayonnant. Un inconnu aux traits familiers, pour Charbon. Il est debout, grand et mince, dans la lumière d'un soleil estival rayonnant, un petit sourire aux lèvres. À côté de lui, une femme imposante, à la peau sombre et aux longs cheveux. Elle porte une chemise foncée, une jupe à fleurs et un large sourire, comme si elle n'avait jamais connu l'adversité. Entre les deux, un petit garçon d'à peine cinq ans. Il porte une coupe afro courte et un costume rouge et bleu. Son sourire est encore plus resplendissant que celui de sa mère.

Charbon prend la photo et observe le garçon. Puis il regarde son père. Il n'a jamais vu son père sourire de la sorte, et pourtant il sait que l'homme qu'il connaît et le garçon sur la photo ne font qu'un.

Il dépose la photo à côté de la boîte, ainsi que d'autres clichés. Chaque photographie respire le bonheur. Dans l'une d'elles, Papa Henry est debout à côté d'un vieux lecteur de vinyles, souriant face à l'objectif, avec un album de Marvin Gaye en main. Dans une autre, il est assis sur un canapé marron, son fils sur les genoux, tous deux de face, l'air à la fois joyeux et décontenancé.

Il fait le tour des autres clichés et Charbon finit par tomber sur les dessins que son grand-père voulait qu'il trouve. Le premier lui coupe le souffle. Une femme, cachée dans la pile poussiéreuse. Elle est assise à un bureau, penchée en avant, la main sur la table, et elle le regarde d'un air grave. Autour d'elle, si saisissant qu'il craint un moment qu'elle ne se noie, l'océan, écrasé par un soleil couchant. Charbon examine le dessin, bouche bée. Il peut presque entendre les vagues s'écraser autour de la femme. Il voit quasiment ses cheveux onduler dans l'air salé. Il se demande comment elle a bien pu ainsi atterrir au beau milieu de l'océan. Il s'extasie intérieurement de son regard si réel qu'il fait oublier d'où elle peut bien venir. Charbon ne saurait dire si elle est triste, heureuse ou effrayée de flotter dans cet océan majestueux. Il est certain d'une chose, c'est qu'elle seule sait ce qu'elle ressent, et que lui ne pourra qu'émettre des suppositions.

Il y a encore d'autres dessins dans la boîte. Des dizaines et des dizaines. Tous sont magnifiques. Tous sont si réalistes qu'ils pourraient prendre vie à n'importe quel moment. Tous ont eu le temps d'exister, à leur manière, fugace et banale. Des hommes armés d'épées sont au pied de montagnes imposantes, occupés à déchirer des nuages pourpres. Des femmes se baladent dans des épiceries, courbées au-dessus des congélateurs, à choisir quoi préparer pour le dîner. Un oiseau s'envole, en laissant des plumes au sommet des arbres. Un enfant rebondit sur un tremplin, plongeant vers la surface scintillante à ses pieds.

« – C'est pas mal, non ? demande Papa Henry, avec une pointe d'interrogation dans la voix.

– Carrément, murmure Charbon. Il regarde son père comme s'il venait de le voir pour la première fois.

– Je vais faire un tour dehors, dit le père. Ses bras croisés sur sa poitrine, nerveux et tendu.

– Pourquoi ? demande Charbon.

– Il a honte, répond Papa Henry.

– Ça suffit, dit le père de Charbon.

– Non, dit Papa Henry. Je suis peut-être sur mon lit de mort, mais je peux encore dire ce que je veux depuis le seuil de mon cercueil. » Il ponctue sa phrase d'une toux grasse. « Ce n'est pas de ma faute si tu as honte d'eux. Ne t'en prends pas à moi ! » Une autre quinte de toux. Le vieil homme s'agrippe aux bras de sa chaise jusqu'à ce que la toux disparaisse, et il a l'air presque vidé de toute force. Il crache quelque chose de rouge dans la petite poubelle posée à côté de sa chaise, puis reprend son souffle. « Ne t'en prends pas à moi. » répète-t-il.

Pendant un instant, personne ne dit rien. Les trois hommes se concentrent sur le souffle haletant du mourant. Tous trois écoutent. Tous trois entendent quelque chose de différent dans ce son.

« – Tu veux savoir de quoi il a honte ? » finit par demander Papa Henry à Charbon. Il a honte parce qu'ils sont tous Blancs. »

Le père de Charbon semble vouloir prendre la parole, mais aucun son ne sort de sa bouche. Il détourne le visage et regarde par la fenêtre. À la lumière du soleil qui filtre par la vitre, le père de Charbon a l'air encore plus maigre et petit qu'il y a quelques instants. Rien d'autre qu'une branche de jonc sombre qui jaillit du sol, dirigé vers un monde qu'il ne peut atteindre car c'est à cet endroit que ses racines ont été enterrées, que ça lui plaise ou non.

« – Il passait son temps à dessiner des Blancs, continue Papa Henry. Il n'a jamais daigné représenter un nègre. C'est quand même pas croyable. » Il tend la main vers la boîte, et en retire un des dessins – celui d'une femme blonde, visage appuyé sur sa main – et il sourit en la regardant : « Regarde-moi ça, dit-il, tu as déjà vu une Blanche aussi belle ? Tu as déjà vu le dessin d'une femme blanche qui soit aussi canon ? Il a bien essayé de dessiner quelques négros, mais je l'ai stoppé dans son élan. Ça ne servait à rien. Ça n'a pas changé d'ailleurs. » Papa Henry secoue la tête et met sa main sur sa poitrine. Son visage est déformé par la douleur. Cela finit par passer, comme un nuage gorgé de pluie qui continue son chemin. « Je voulais qu'il ait un avenir. Il aurait pu devenir riche, à dessiner des Blancs. Mais il a préféré arrêter. Ce con a arrêté. Et puis il a grandi et il s'est mis à m'en vouloir. À dire que c'était de ma faute. À prétendre que je lui avais appris à détester les Noirs. » Papa Henry réussit à éructer un petit rire. « Tu imagines ? Comme si j'avais pu lui faire détester sa peau noire. » Il regarde Charbon : « – Si je détestais la peau noire, est-ce que je pourrais t'aimer comme je le fais, mon petit ?

– C'est bon, on y va, dit le père de Charbon.

Papa Henry secoue à nouveau la tête.

– Tu te conduis encore comme un satané négro, hein ? Je ne t'ai pas appris à réagir autrement ?

Il serre les points.

– Tu me fais honte.

– On y va, insiste le père de Charbon.

– Non ! » l'interrompt Papa Henry. Le ton de sa voix a changé. La colère et l'amertume sont remplacés par la peur, et une once de supplication.

– Ne t'en va pas, dit-il lentement. Je suis désolé. S'il te plaît. Ne pars pas avec le gamin. Je suis désolé. »

Mais le père de Charbon ne l'écoute pas. Il prend son fils par le bras et l'entraîne en direction de la sortie.

« – Écoute-moi, dit Papa Henry d'une voix chevrotante. Ne fais pas ça. Ne l'emmène pas avec toi. Ne passe pas le restant de tes jours à m'en vouloir. Je t'ai aidé du mieux possible. Tu n'aurais pas dû arrêter le dessin. Je n'ai fait que t'aider ! Je ne t'ai pas appris à détester les Noirs. Je ne t'ai pas appris à te haïr ! Tu l'as fait tout seul, comme un grand ! » Papa Henry humecte ses lèvres asséchées et regarde son fils. Son visage est bouleversé. Comme s'il voulait dire autre chose, mais que sa bouche le trahissait et prononçait d'autres mots. Alors il lève ses poings et il a l'air encore plus paniqué en regardant son fils et son petit-fils qui l'abandonnent. « Je ne voulais pas dire ça ! » dit Papa Henry. Sa voix est gorgée de peur. La peur d'un homme qui sait qu'il est allé trop loin, trop violemment, et que quoi qu'il fasse désormais, il a brisé ce qu'il tenait dans ses mains. « Je n'en parlerai plus. Promis. Ne pars pas avec le gamin. Laisse-le ici. Laisse-moi lui parler. Il doit savoir certaines choses. Je dois lui apprendre comment le monde marche. Je ne peux pas le laisser partir comme je l'ai fait avec toi. Je ne peux pas le laisser haïr des gens qui n'ont rien à voir avec ce qu'il est. C'est impossible.

Les Blancs ne t'ont rien fait. Tu n'as jamais été leur esclave. Ils ne t'ont pas revendu, ni fouetté. Tu ne peux pas détester tout une classe de gens à cause de leurs ancêtres. Les nègres n'arrivent pas à comprendre ça. C'est ça que je dois *lui* expliquer. Il faut qu'il ne t'en veuille pas à toi non plus. » Il regarde Charbon. « Il faut que tu sois aussi heureux que l'était ton père avant, mon petit. Je dois m'assurer que tu ne t'écroules pas et abandonnes toutes ces choses qu'a abandonnées ton père. » Le regard de Papa Henry glisse de son fils à son petit-fils. « J'essaie juste d'aider, dit-il, en dévisageant Charbon. Je crois savoir que tu aimes raconter des histoires, rajoute-t-il. C'est bien. Ça a de l'avenir. Tu devrais apprendre l'écriture. Mais il faut raconter les bonnes histoires. Faut les raconter de la bonne manière. Pas des histoires de négro, hein ? Faut faire ça bien ! » Son visage se contorsionne à chaque mot, il passe de l'état de colère à celui d'inquiétude, puis il finit par le supplier et à se résigner tristement. « – S'il te plaît, dit-il. Laisse-moi l'aider… S'il te plaît.

– Dis au revoir, demande le père à Charbon.

– Au revoir, Papa Henry. » dit Charbon.

Des larmes coulent sur les joues de Papa Henry, qui semble vouloir se lever, mais ses jambes le trahissent. Il pousse avec ses bras sur le bord de la chaise, comme pour se libérer de son corps devenu une prison, mais il n'y arrive pas plus.

En partant, Charbon regarde le vieil homme se débattre avec son infirmité. Il a beau être enragé et tenter tout son possible, il ne peut pas se mettre debout. Il a le souffle court, et c'est la seule raison pour laquelle il ne peut pas hurler de désespoir.

Mais au final, sa rage continue à le clouer à sa chaise, comme s'il avait toujours été dans cet état – dans cette chaise, dans cette colère – et que cela ne changerait jamais.

C'est la dernière fois que Charbon voit son grand-père.

Les trois heures du voyage retour se font dans le silence. Charbon a envie demander à son père pourquoi Papa Henry a dit toutes ces choses. Il a envie d'interroger son père sur les dessins. Il a envie de lui parler de tous ces aspects qu'il ne connaît pas, parce qu'ils n'ont pas su nouer un lien entre père et fils. Il voudrait lui demander pourquoi Papa Henry a supplié son père de rester. Il voudrait parler de pardon. Il voudrait parler d'amour. Il voudrait parler d'écriture. Il aimerait savoir si son père aime ou déteste son image dans le miroir chaque matin.

Il voudrait le questionner.

Il se contente d'écouter le ronronnement du moteur du vieux camion qui trace son chemin à travers le ciel fraîchement orné d'étoiles et, à un moment, il tend la main vers celle de son père, la serre fort, et ce contact charnel sera tout ce qu'il lui dira.

La tournée promotionnelle de *L'Enfant qui voulait disparaître* me permet de déguerpir du Midwest – son horizon plat, ses maris jaloux – pour me déposer quelque part sur la côte ouest. Je ne me souviens même pas de la dernière fois que j'ai avalé quelque chose. Rien depuis que j'ai croisé ce gamin, je pense. Je n'en suis pas non plus certain.

Tout ce que je sais, par contre, c'est que je suis passé par deux villes de Floride – je me souviens encore des aisselles en sueur et d'un air si humide qu'on aurait pu le boire –, trois festivals littéraires à la Nouvelle Orléans – une femme prénommée Gladys, des tonnes de crevettes –, une librairie Barnes & Noble au Nouveau Mexique – encore plus chaud – et une réunion de libraires quelque part tout au nord-ouest – la femme que j'y ai rencontrée s'appelait Kim. Une fille bien.

La piste d'atterrissage sur la côte ouest est plus bosselée que je ne l'imaginais. Je réussis à somnoler durant le vol, et quand j'émerge de ma semi-sieste, tout – du fuselage à l'étrange sac en forme de bretzel à côté de moi – tremble. Je me dis tout de suite que l'avion a dû piquer du nez et qu'on plonge tout droit vers la mort. Je saisis la main du type assis à côté de moi et je lui dis que je l'aime, que je suis fier de lui, et que j'espère qu'on va pouvoir se faire des marathons de visionnage de films avec Nicolas Cage, dans l'au-delà.

Puis arrive une annonce qui nous informe qu'on a bien atterri, et tout ce qui s'est passé entre ce type assis à côté et moi-même semble très étrange tout à coup.

Ainsi soit-il.

Je sors de l'avion avec un air de milliardaire, mais en étant un clochard intérieurement. Je suinte le kérosène, les bretzels et l'épuisement. Mes yeux brûlent et j'ai encore une belle gueule de bois héritée de ma folle nuit passée avec une femme venant du Colorado et des brownies qui devaient contenir – ou pas – quelques substances illicites et autres additifs psychotropes. Difficile à dire, en fait. Mon esprit vrille déjà très bien tout seul, et les drogues, étrangement, ont plutôt tendance à annuler cet effet et à me ramener à la réalité.

La réalité ne me sert pas à grand-chose dans mon boulot.

Je descends les escaliers roulants de cet aéroport inconnu, en prenant la pose d'une statue, ce qui est cohérent vu que je dors debout. Quand j'arrive en bas, je manque de chuter et cela me réveille. Je recouvre mes esprits juste à temps pour ne pas tomber tête la première. Je lève les yeux et aperçois un homme âgé

– qui me rappelle James Hong, un des héros oubliés du cinéma moderne – au beau milieu d'une foule de gens qui attendent leur moitié. Il porte un costume gris bien coupé, et des chaussures italiennes qui doivent bien valoir deux mille dollars. Il arbore une pancarte « *L'ENFANT QUI VOULAIT DISPARAÎTRE* ».

« – Au vu du panneau que vous portez, dis-je, je crois que je suis le type que vous cherchez.

– Bonjour, je m'appelle Renny, dit l'homme qui n'est pas James Hong tout en me serrant la main.

– Enchanté, Lenny.

– Renny.

– Lenny.

– Renny.

– Lenny.

– Ren-ny !

– Len-ny !

– Ce n'est pas un L, espèce de sale raciste ! C'est R-E-N-N-Y ! J'ai fait mes études à Harvard.

Les passants de l'aéroport s'arrêtent pour nous observer.

– Bon, dis-je, alors ça sera Renny. »

La zone d'attente des bagages se résume à une marée de misanthropes. Tout le monde a l'air au bout du rouleau. Personne ne semble heureux d'être arrivé ici, peu importe la ville où l'on se trouve. Leur regard vide flotte en direction du carrousel à bagages, ils ont l'air aussi éveillés qu'un chien de Pavlov, à attendre que sonne le début de la livraison. Tout le monde est étrangement calme, comme s'il se passait quelque chose et que je n'étais pas au courant.

Vous ne l'imaginiez sûrement pas, mais je suis un type plutôt tranquille. Peu de choses me plaisent autant que de m'asseoir et ne rien dire. Ou de faire ça debout. Ou m'allonger et ne pas dire un mot. Ou nager en silence. Enfin, vous voyez l'idée. Le silence est d'or. C'est peut-être une conséquence indirecte de mon ancien boulot pour le Grand Opérateur Télécom pendant des années. Passez quarante heures par semaine à discuter avec des gens, et vous aussi vous aurez peut-être envie de ne plus jamais parler à personne.

En attendant les bagages, je remarque l'excitation qui habite Renny. C'est une vraie boule de nerfs, ce charmant vieillard. Il n'arrête pas de frétiller sur ses talons, et semble ne pas savoir quoi faire de ses mains. Elles bougent au bout de ses manches comme des pigeons voyageurs. Il me dévisage comme un père fier de son fils : des larmes pointent au coin de ses yeux et sa respiration s'accélère, comme s'il allait exploser.

« Je ne veux pas vous embêter » dit Renny. Il fait de son mieux pour ne pas bouger ses mains. Elles voudraient m'atteindre et me toucher. Me caresser la tête. Serrer les miennes. Faire quelque chose. Il déglutit puis rajoute en souriant : « C'est un véritable honneur de vous rencontrer. »

Je lui lance mon meilleur sourire d'auteur en tournée promo qui rencontre un admirateur. Ce sourire dit : « Vous devez sûrement mieux me connaître que je ne me connais moi-même, vu que lire mon œuvre, c'est comme ouvrir mon journal intime, et j'ai peur que vous me disiez quelque chose qui me scie, littéralement, et que ça me fasse éclater en sanglots... mais restons simples. »

« – Votre livre, continue Renny, vous n'imaginez même pas à quel point... enfin... quel impact... Il déglutit à nouveau et s'essuie le coin de l'œil. C'est... c'est quelque chose, dit-il.

– C'est un livre d'enfer, dis-je.

– Un livre vraiment d'enfer, oui ! » confirme Renny.

On se serre la main, et Renny transforme le geste en embrassade. Pendant un instant, ça ne me dérange pas. Peut-être est-ce la bonne humeur résiduelle due à ces brownies spéciaux que j'ai mangés la nuit précédente dans je ne sais plus quelle ville, ou peut-être est-ce juste agréable d'être parfois dans les bras d'un étranger. Peu importe la raison, d'ailleurs, je ne me désengage pas de l'étreinte. Je comprends à ce moment précis, dans les bras de cet étrange vieillard, que je suis seul, que cela fait des années et que cela durera sûrement jusqu'à la fin de mes jours, et que s'il m'embrasse une seconde de plus, je vais sangloter au beau milieu de l'aéroport, et que personne ne pourra alors plus rien pour moi.

Une fois sortis de l'aéroport, Renny m'amène à une longue limousine noire. Il en ouvre la porte, et je m'installe à l'arrière, où je retrouve le petit gamin noir du petit-déjeuner d'il y a plusieurs villes de ça, face à moi, arborant sa peau d'un noir impossible et un sourire toujours aussi éclatant.

« – Hé… salut, dis-je en lui souriant à mon tour.

– Hello, dit le Gamin en me faisant un signe de sa main nuit noire. Ça boume ?

– Ça va, dis-je. Tu m'accordes juste un moment ?

Le Gamin acquiesce.

– Ouais. Vis ta vie.

Je me retourne vers Renny.

– Renny ?

– Oui ? répond Renny. Il a l'air inquiet. Désorienté. Peut-être même un peu apeuré. Comme s'il avait vu un adulte parler à quelqu'un qui n'est pas là. J'ai déjà vu ce genre d'attitude à plusieurs reprises dans ma vie.

– On est juste tous les deux pour cette petite balade, Renny ?

– Hein ?

– C'est débile, je sais. Mais continue, je t'en prie. Il n'y a que nous deux aujourd'hui, c'est ça ? Personne ne nous rejoint pour ce petit voyage ? » Je tourne doucement ma tête en direction de la banquette arrière de la limousine. Je maîtrise le geste. Je l'ai déjà fait auparavant dans ma vie. L'idée, c'est de tourner la tête juste assez pour que mon interlocuteur regarde la personne ou la chose qui pourrait bien être le fruit de mon imagination, mais sans pour autant trop me retourner. Ainsi, si le gamin assis à l'arrière est bien réel, Renny me le dira, et on pourra continuer la journée sans que je passe pour un fou. Et si le gamin est un produit de mon imagination, je peux toujours faire comme si j'avais fait un faux mouvement, et Renny passera le reste de la soirée à se demander s'il est fou, plutôt que de questionner ma propre santé mentale.

C'est un système très élaboré, mais il fonctionne.

Renny se penche en avant et regarde à l'intérieur de la voiture, puis me regarde.

« Juste nous deux. » articule-t-il lentement, d'un ton calme. Un peu comme on parle aux chiens qu'on ne connaît pas ou aux gens qui font une surdose de médicaments.

Je me rassieds dans mon siège, et je ferme les yeux. Le Gamin est toujours là, avec sa peau sombre, et il semble être d'humeur badine.

« – Ça va ? demande Renny.

– Super, dis-je. Su-per. Il y a moyen de fermer l'accès à la banquette arrière dans cette limousine ?

– Oui, bien sûr, répond Renny.

– Très bien, dis-je. Je vais sûrement fermer la fenêtre de séparation entre les deux cabines, alors. Je ne fais jamais ça, parce que ça fait snob et prétentieux, mais là j'ai eu un long vol et…

Renny m'interrompt :

– Pas besoin de vous excuser, dit-il. Je comprends. Je conduis cette voiture depuis dix ans. J'ai l'habitude. Moi aussi je prenais des limousines, avant, et je faisais pareil. »

J'ai envie de demander à Renny comment il est passé de la banquette arrière d'une limousine au siège derrière le volant. Il doit y avoir une bonne histoire derrière ça, et c'est avec ce genre d'anecdotes qu'on écrit de bons livres. Mais l'histoire de Renny devra attendre encore un peu.

J'entre dans la voiture, je ferme la porte et la séparation entre les deux cabines, et je plonge tête la première dans l'aventure qui se présente à moi.

« – OK, Gamin, dis-je.

– Je t'ai attendu.

– Je n'en doute pas, Gamin. Vas-y, parle-moi un peu de toi, si ça ne te dérange pas.

Le Gamin rigole.

– Mec, tu ne veux pas plutôt savoir pourquoi cet autre type ne me voit pas ? La voix du Gamin est pleine de fierté, comme s'il avait roulé le monde entier mais n'en pouvait plus de ne pas dévoiler son secret à quelqu'un. Heureusement pour lui, je connais déjà son secret.

– Je sais pourquoi il ne peut pas t'apercevoir.

– Vraiment ?

– Bien sûr, Gamin. Je ne suis pas né de la dernière pluie. Je n'ai plus de lait derrière les oreilles. J'ai déjà pas mal bourlingué.

– Tu parles bizarrement.

– Tu n'es pas le premier à me le faire remarquer. Je pose ma tête en arrière, et je ferme les yeux. Parfois, mes rêves éveillés reviennent. Parfois, ça ne marche pas.

– Tu as un accent très mignon, dis-donc. On dirait le Sud. La Caroline du Nord, même.

– Comment tu sais ? demande-t-il. Il tente de cacher sa prononciation si spéciale, mais il n'y arrive pas.

– Parce que c'est mon pays. Je suis de North Cakalak.

– On ne dirait pas.

– J'ai tout fait pour gommer mon accent.

– Pourquoi ?

Je rouvre les yeux et dévisage longuement le Gamin. Son sourire est un peu moins éclatant, comme si une arrière-pensée y jetait une ombre, et que ma façon de parler l'inquiétait. Je n'insiste donc pas sur le sujet.

– Bon, dit le Gamin, ne t'inquiète pas pour ce type qui ne peut pas me voir. C'est juste que…

– Je sais.

– Tu sais quoi ?

– Je sais déjà pourquoi il ne peut pas te voir.

– Vraiment ?

– Ouais. Tu n'es pas réel. »

Les sourcils du Gamin marquent son incompréhension. Puis il éclate de rire. Longuement, et bruyamment. Son rire s'échappe de sa gorge sombre, et coule à travers ses dents luisantes, et ce son est comme un résumé de toutes les choses positives que j'ai entendues dans ma vie. J'aimerais que ce gamin continue de rire pour toujours.

« – Je ne suis pas réel ? demande-t-il une fois qu'il a fini de rire et retrouvé la parole.

– Aucun souci, dis-je. Tu n'as pas besoin d'être réel pour être important. Bien sûr, ça aide, mais ce n'est pas obligatoire.

Le Gamin éclate à nouveau de rire.

– Et pourquoi je ne suis pas réel ?

– Parce que j'ai une maladie. Je vois des choses. Et des gens. On m'a dit que c'est une façon pour moi de libérer la pression qui pèse sur mon cerveau, sûrement à cause d'un traumatisme passé. Mais je n'y crois pas trop. Je n'ai connu aucun traumatisme majeur dans ma vie. Enfin, si, j'ai eu ma dose de malchance bien sûr, mais rien de terrible. Rien qui ne vaille qu'on porte ma vie à l'écran pour Netflix. Tu vois l'idée ?

– Ahah ! Non, du tout. Ce n'est pas ça. Voir des choses qui ne sont pas là… c'est un truc de malade mental. Et toi, tu n'es pas dingo.

– C'est toujours bien quand le fruit de ta propre imagination te rassure en te disant que tu n'es pas fou.

– Mais non, ce n'est pas ce que je voulais dire » répond le Gamin. Il tend le bras et me donne un petit coup de poing. « Bien sûr que je suis réel. Et donc, tu n'es pas fou. Si je pensais voir des choses qui ne sont pas vraiment là, ça me rendrait sûrement dingue. Carrément même. »

Je soupire. J'ai un gros mal de tête et ma bouche est cotonneuse. Je ne suis pas assez hydraté pour faire face à ce rêve éveillé.

« – D'accord, Gamin, je vais faire comme si je te croyais. Tu es réel. Bien sûr. Mais alors pourquoi Renny ne te voit pas ? C'est bien ça que tu veux que je te demande, non ?

– Parce que je peux devenir invisible quand j'en ai envie. »

C'est à mon tour de rigoler.

Ah. D'accord. C'est bien plus logique, en effet. Tout se tient.

« – Non, mais vraiment, répond doucement le Gamin. J'ai ce don. Si je veux que quelqu'un me voie, il me voit. Et si je ne veux pas, je suis invisible. Pas mal, non ?

– Ouais. Carrément bien. »

J'aimerais me servir un verre. J'ai toujours envie de boire quand mes rêves éveillés tentent de me convaincre qu'ils sont bien réels. C'est toujours plus simple quand une personne qui n'existe pas admet qu'elle n'existe pas.

« – Donc, tu es un genre de nouveau super héros, c'est ça ? Le Gamin Invisible – toujours prêt à vous sauver de manière invisible !

– Hé ouais, lâche le Gamin en souriant. Je n'ai jamais vu ça comme ça, mais je trouve ça super en fait. Je peux être là à un moment, et juste après, disparaître. Quand je veux. Personne ne peut me voir ou m'entendre ou me toucher si je n'en ai pas envie. » Il y a de la fierté dans le ton de sa voix, mais c'est une fierté creuse. La fierté de quelqu'un qui est rarement fier de quoi que ce soit. Le genre de fierté qui peut être balayée par une plume, et qui ne peut donc que rarement s'épanouir au grand air. Le petit gamin noir montre à nouveau ses dents d'un blanc éclatant, et il éclate de rire, puis il recouvre son sourire de sa main, et son rire se meurt lentement, et je sais désormais qu'il a passé toute sa vie à avoir peur d'être heureux.

« – Je suis désolé, Gamin, dis-je en me calant au fond du siège.

– Désolé de quoi ? demande le Gamin.

– De je ne sais quel traumatisme que j'ai subi et qui t'amène ici. » dis-je. Et sans attendre, je m'endors tout à coup.

« – Vous savez, vous avez l'air assez étrange, même pour un romancier. » Renny fait glisser la voiture à travers la circulation comme la nageoire d'un requin fendant les vagues. « La plupart des romanciers que je rencontre sont plutôt ridicules. Des tarés. Mais vous êtes différent, vous. Où avez-vous fait vos études ?

– Je suis allé à l'Université de…

– Ah ! À l'université publique ?

– Ouais.

– Désolé, dit Renny. Je peux parfois être un peu méprisant, avoue-t-il en esquissant une grimace.

Je me relève dans mon siège et regarde par la fenêtre, observant la ville se dérouler sous mes yeux.

– Je ne pense pas être déjà venu à San Francisco, Renny.

Je m'allonge à nouveau et ferme les yeux.

– Ça a l'air beau, d'ailleurs. Un joyau du monde civilisé.

J'ai un renvoi qui sent le bourbon servi dans l'avion.

– Vous avez l'air bien attaqué, commente Renny.

– Quand on est ivre, on est intangible, dis-je. C'est une façon d'être, comme l'eau, la vapeur, ou la solvabilité financière. L'ivresse définit un moment. Et comme tout moment est déjà passé avant qu'on ait eu le temps d'en acter l'existence, est-ce qu'on peut jamais être vraiment ivre ? Je suis certain que la Bible a un avis là-dessus, Renny.

– Les bibles des universités publiques, sûrement.

– En aucun cas, dis-je. Puis : Qu'est-ce qui est prévu pour aujourd'hui, Renny ?

Renny tend le bras vers le siège passager à côté de lui et regarde une feuille.

– Cinq passages radios. Deux entretiens télévisés. Et une rencontre en librairie ce soir.

Je me relève dans mon siège pour fouiller dans le minibar situé à l'arrière de la voiture.

– On va avoir besoin d'un plus grand bar. »

Les émissions radio s'enchaînent, même cadence, mêmes questions-réponses. « Alors, demandent-ils, de quoi parle votre livre ? »

Au micro, je déroule. Je leur sers la même jolie histoire que je sers à chacun des journalistes que je rencontre. Et ils sourient, et me posent d'autres questions plus précises. Alors je souris à mon tour, et je leur donne des réponses plus précises encore. Tout ce temps, Renny reste à mes côtés comme un fidèle lieutenant. Disposer d'un responsable des relations publiques pendant une tournée promo n'est pas rare. C'est même une tradition éprouvée. Son travail est de balader l'auteur – vous – d'un endroit à l'autre, et de s'assurer que vous êtes au bon endroit au bon moment.

Mais Renny est du genre à en faire plus. Un exemple parlant :

On arrive au studio de télévision, une fois toutes les émissions radio bouclées. Le studio consiste en un long labyrinthe de bureaux, d'étages, de postes de travail et d'escaliers, et même si j'ai quasiment vidé le minibar de Renny, cela ne m'aide en rien à me retrouver dans ce dédale infernal.

Renny est là. Fidèle au poste.

À un moment, on entre dans la pièce située juste avant le lieu de l'entretien filmé, et on s'y assied afin d'attendre notre tour, tandis qu'une réceptionniste assise derrière son poste de travail recouvre le mur de post-it griffonnés. Sauf que ce ne sont pas des notes au hasard, collées au petit bonheur la chance sur le béton. Pas du tout. Je ne m'en rends pas tout de suite compte, mais la femme est en train de créer quelque chose de particulier sur le mur derrière elle. Elle utilise trois couleurs différentes de post-it, et elle les positionne de la manière la plus méticuleuse qui soit.

Plus j'observe le mur de post-it, plus je comprends que je ne suis pas en train de regarder un mur de notes. En fait, je suis face à quelque chose de bien plus génial que ça.

Les post-it se mélangent entre eux, et dessinent tous ensemble la silhouette d'un château – majestueux et de style gothique –, à flanc de falaise, dominant une mer déchaînée. Le ciel est violet. Des rochers noirs. Une mer salée de papier et d'encre s'agite sous le souffle d'une tempête en approche.

C'est un tour de force. Une œuvre d'art de la plus haute importance. Suis-je le seul à m'en rendre compte ? Les gens passent souvent à côté de ce genre de choses sans les remarquer.

Je suis assis avec Renny à mes côtés, et tout l'alcool de la limousine coule désormais dans mes veines tandis que je fixe ces post-it. Combien d'heures a-t-il fallu pour créer une telle merveille, impossible de le dire. Mais toute œuvre aussi majestueuse prend du temps. C'est peut-être à cela que sert le temps. Créer un contexte dans lequel on peut s'épanouir jusqu'à ce qu'on trouve une chose extraordinaire, une chose qu'on ne peut plus reprendre par la suite : le temps. Et une fois qu'on aura investi cette commodité des plus précieuses, tout prend sens et importance. Le temps est peut-être notre façon de mesurer le sens. Le temps est peut-être notre meilleure façon de mesurer l'amour.

Quelqu'un passe enfin la tête à la porte du studio d'enregistrement, et appelle mon nom. Renny et moi nous dirigeons vers le studio et, sans m'en rendre compte, je me prends le mur. Peut-être suis-je plus ivre que je ne le pensais. Heureusement, Renny est là. Il m'attrape juste avant que je tombe par terre, me relève et me traîne jusqu'au studio sans paraître me juger.

Une fois l'entretien télévisé achevé – toujours les mêmes questions, toujours les mêmes réponses –, nous retournons à la limousine de Renny, afin de nous rendre à notre prochaine destination. Je sens le regard de Renny qui m'observe via le rétroviseur central de la voiture.

« – Tout va bien, Génie Public ? » demande Renny.

Même si je suis éveillé, je n'arrive pas vraiment à répondre. Les mots sont dans ma tête, mais ils ne semblent pas trouver le chemin de ma bouche.

Renny me dévisage une longue seconde dans le rétroviseur. Puis, sans détacher ses yeux du rétro, il braque le volant et l'arrière de la voiture fait une embardée violente. Je suis projeté de l'autre côté de la banquette et ma tête heurte la porte. Un sacré choc, c'est vrai, mais je retrouve au moins ma faculté de parole.

« – C'est d'enfer ! je m'exclame. J'ai pris beaucoup de plaisir à l'écrire. Ça parle de… » Je me suis remis en mode interview, à répondre à des questions sur mon livre dont je ne connais pas vraiment les réponses.

Mais avant de pouvoir finir la phrase, mon estomac fait un bruit terrible, et je ne suis pas certain qu'il ne s'apprête pas à me jouer un mauvais tour.

« Ça va ? » demande à nouveau Renny.

Je n'ai pas le temps de lui répondre. J'arrive tout juste à baisser la vitre arrière et à vomir sur le bitume de la voie rapide. J'évite la carrosserie de la voiture de Renny – notamment grâce à ma maîtrise poussée des lois de l'aérodynamique – mais la Ford Fusion flambant neuve qui nous collait au train arrive pile au bon moment pour se prendre cette offrande en plein pare-brise. Alors que le nuage de bile s'écrase dessus, le couple de retraités à l'intérieur semble terrifié – mais également plein d'empathie. Ce sont de braves gens, désormais heureux propriétaires d'une automobile couleur blanc perle recouverte d'un vomi de couleur saumonée, servi à la température de 42 degrés Celsius.

Ils acceptent leur destin comme de véritables héros anonymes.

Histoire de ne pas faire défaut à ma légendaire magnanimité, je rentre la tête à l'intérieur de la voiture – à la fin de l'éruption biliaire, bien sûr – et je saisis un exemplaire de mon livre. Je griffonne une dédicace, et ressors ma tête par la vitre alors que nos deux voitures sont côte à côte au feu rouge. Je dépose un exemplaire de *L'Enfant qui voulait disparaître* fraîchement dédicacé sur leur parebrise, avant de leur faire un signe de gratitude du fond du cœur et de leur lancer : « Merci d'être passés ! »

Le couple de la Ford Fusion couverte de vomi sourit. Le vieil homme m'adresse un salut jovial.

Quand je recouvre mes esprits, on est déjà arrivés à la librairie pour la rencontre qui a lieu ce soir. Renny se gare tout en m'observant dans le rétroviseur central. Il me rappelle ma mère. Ce mélange d'affection et d'inquiétude. Pour être honnête, ce n'est pas désagréable, mais cela fait longtemps que je n'ai pas eu cette sensation, et j'avais même oublié à quoi elle ressemblait.

La porte s'ouvre tout à coup et Renny est devant moi. Je n'ai pas vraiment compris comment il est passé aussi vite du siège conducteur à la portière arrière. Mais je ne suis pas non plus des plus sobres, et mon esprit ne fonctionne pas vraiment à plein. Je ne suis pas en état d'expliquer une telle magie.

Renny m'aide à m'extirper de la voiture, et il me plaque contre le coffre. Tandis qu'il prend les livres posés à l'intérieur, mes jambes se dérobent sous moi et je tombe à terre en glissant contre la carrosserie. Il me prend par la taille pour me remettre sur pieds.

« – Génie Public, dit Renny, ça va aller ?

– Su-per, dis-je. Je suis un pro, quand même. »

Renny se glisse à nouveau dans la voiture afin de prendre les livres. Il essaie de m'aider à entrer dans la librairie sans avoir l'air ivre mort, mais dès qu'il me lâche, je glisse à nouveau contre la carrosserie.

Renny me rattrape.

« – Bon Dieu, Génie Public !

– Ne t'inquiète pas pour moi, dis-je. Ces blaireaux ne vont jamais s'en sortir et attaquer nos positions ! »

Pour tout avouer, je ne voulais pas dire « blaireaux », mais plutôt « hamsters ». Et je ne pensais pas à attaquer nos « positions » mais nos « tunnels ».

Pour être encore plus honnête, je ne voulais même pas dire « ces hamsters ». Je pensais : « ma mère ». Et je ne voulais même pas dire « nos tunnels » mais « cette attaque ».

Et pour tout dire jusqu'au bout, on peut même abandonner l'allusion à « cette attaque » et se contenter de dire : « Ma mère ne s'en sortira jamais ».

Mais les mots qu'on prononce semblent ne jamais correspondre à ceux qui habitent notre esprit.

Afin de stopper mes élucubrations, Renny me gifle au visage.

Je lui rends immédiatement la pareille.

« – Fils de pute ! » crie Renny.

Il me gifle à nouveau.

Je fais de même.

« – Putain, Génie Public ! »

On reprend tous deux notre souffle.

Le brouillard autour de moi commence à se dissiper. J'en profite pour vérifier mes vêtements.

« – Je n'ai pas vomi sur mon costard, dis-je à Renny pour le rassurer. Bogart ne se serait jamais vomi dessus. » Puis, sans raison, je continue : « Si ma mère était là, elle serait consternée, Renny. Elle m'aimerait toujours... mais elle serait consternée. » Tout à coup, je sens une boule au fond de ma gorge. Je ravale ma salive afin de ne pas la laisser monter.

« – Votre mère est une femme bien ? demande Renny.

– Je ne sais même plus vraiment, je lui réponds. Et c'est la vérité, que vous le croyiez ou non. Je n'ai pas du tout oublié ma mère. Je peux vous raconter plein de choses à son sujet. Je peux vous raconter qu'elle a existé – ce qui est facilement prouvable, par le simple fait que j'existe. Je peux vous expliquer qu'elle était petite. Qu'elle avait des longs cheveux qu'elle coiffait presque toujours en queue de cheval. Mais je ne peux pas vous en dire beaucoup plus. Toutes les années qu'elle a passées à m'aimer, à prendre soin de moi, se sont réduites à quelques faits anecdotiques, rien de plus. Elle n'est même plus une petite photographie dans mon esprit. Ma mère est, plus ou moins, un mythe que je porte en moi. Elle existe seulement parce que je ne peux pas concevoir un monde où elle n'a pas existé.

Mais à quel point est-ce que j'y crois ?

J'aimerais le savoir.

Il n'y a pas de guillemets dans mes phrases parce que je ne sais pas si j'ai dit tout ça à Renny, ou si je suis juste en train de le penser dans ma tête. Peut-être que je lui dis tout. Peut-être rien. Peut-être ne fais-je qu'élucubrer à propos de hamsters et de gamins invisibles.

Une fois qu'on a fini d'échanger des claques, on est enfin prêts à entrer dans la librairie où je suis venu ce soir pour lire des extraits de *L'Enfant qui voulait disparaître*, mais notre séance de gifles digne d'un vieux film comique a été éclipsée par un autre type de spectacle.

Renny et moi entendons une explosion de voix qui s'élèvent et redescendent en rythme de l'autre côté de la rue. La température de l'air qui nous entoure monte soudainement d'une dizaine de degrés, et ce chahut d'une nature inconnue semble charrier avec lui beaucoup d'énergie. C'est le genre de chose qu'on n'imagine jamais comme réelle, mais quand cela arrive, il est impossible d'en nier l'existence. Je sais que c'est réel parce que je peux le lire sur le visage de Renny. Il a l'air aussi décontenancé que moi. Pour tout dire, mon ami Renny est plus que décontenancé : il a même peur.

Quelque chose se prépare. Quelque chose de violent, d'important, et de potentiellement terrifiant, qui pourrait bien changer des destins. Je le ressens au plus profond de moi-même.

... Ou peut-être est-ce la vodka.

Mais non, non, ce n'est pas à cause de l'alcool.

À moins d'une rue de là, un mur de personnes surgit tout à coup d'une ruelle avoisinante. Ils arborent des panneaux et des banderoles. Ils crient, ils chantent, ils agitent leur poing serré en l'air, comme si le ciel qui les écrase avait tout fait pour les offenser ou les condamner. Ce sont tous des gamins. Pas un seul adulte dans cette foule compacte. Le plus vieux a l'air d'avoir fêté ses seize ans la semaine dernière. Le plus jeune porte encore des couches et tète un biberon.

Mais oublions leur âge ou leur garde-robe, car ils sont une force qui ne peut être ignorée. Quand on regarde leur cortège débouler, on pourrait se dire qu'ils sortent tout droit d'un jardin où ils étaient occupés à travailler. Leurs pantalons sont couverts de terre, et leurs chemises à manches longues sont enduites de boue et de Dieu sait quoi d'autre. Leurs cheveux sont ébouriffés et pétaradants, comme s'ils n'avaient pas eu le temps de se coiffer avant de partir à toute allure pour chanter leur couplet d'*Amazing Grace*. Juste derrière cette bande débraillée émerge le clan de ceux qui, endimanchés dans leurs costumes ou leurs robes et encravatés jusqu'au cou, sont occupés à débiter des gospels d'inspiration biblique, « Nous ne nous laisserons pas faire » et « Nous triompherons ». Ils prônent avec bruit la non-violence, et des « Pas de justice ! Pas de paix ! » sont lancés depuis les gorges grandes ouvertes de ceux qui les entourent.

C'est un chaos organisé mais efficace, grâce à sa détermination et son obstination.

Ensuite défilent les gamins aux gros postes radio cassette habillés en rouge, noir et vert. Ils sont quatre. Adolescents, musculeux, ils portent leur radio à l'épaule, le titre *Fight the Power* du groupe de rap Public Enemy hurlant dans les haut-parleurs de leur *ghettoblaster*. On les croirait tout droit sortis de *Do The Right Thing*, un film de Spike Lee, avec leurs coups-de-poings américains décorés d'une lettre à chaque doigt. L-O-V-E & H-A-T-E, l'amour et la haine, sur l'une des paires de mains noires. G-E-T-M & O-N-E-Y, prenons leur blé, sur une autre. Et la troisième, étrangement, semble afficher une phrase entière qui dit JE-SUIS-UN-HUMAIN, NÉGRO ! Je ne comprends absolument pas comment tout cela tient sur seulement deux mains, mais c'est pourtant le cas.

Quand les gamins au *ghettoblaster* passent devant nous, la voix du rappeur Chuck D. baisse en intensité, et une autre bande apparaît, pantalons taille basse, portés sous les hanches. Sur leurs panneaux, on peut lire « BLACK LIVES MATTER », ainsi que sur leurs drapeaux, leurs t-shirts, ou dans leurs cris. Le sol tremble fortement sous leurs pieds, enfoncés dans des baskets flambant neuves ou de grosses chaussures Timberland montantes. On cite le rappeur engagé Kendrick

Lamar, « WE GON' BE ALRIGHT », tout va bien se passer. Ils entonnent cette chanson, et je me mets à mon tour à prier Dieu qu'ils disent vrai. Ils arborent des affiches de victimes injustement massacrées comme Emmett Till et Tamir Rice, Michael Brown, Philando Castle, George Floyd, et de tous les noms qui s'ajouteront à la liste de l'Amérique entre le moment où j'écris ces lignes et celui où vous allez les lire. Je perds le fil de la litanie de patronymes et du décompte des victimes au bout du dix-septième « On ne vous oubliera pas ». Un océan de chants militants et de noms scandés en mémoire des victimes flotte au-dessus de nous comme ces *strange fruits* de la chanson de Billie Holiday qui se balançaient, pendus, depuis les arbres de l'Amérique sudiste.

N'étant absolument pas de la même génération que tous ces manifestants, Renny et moi nous écartons du défilé. Nous continuons notre petit jeu de têtes à claques sur le trottoir avoisinant, comme si nous ne voulions surtout pas déranger cette jeunesse militante. On est éberlués, surtout Renny, par la manifestation. Quant à moi, je tente de retrouver mes esprits et de déterminer à qui est-ce le tour de gifler l'autre. Pas question de laisser Renny avoir le dernier mot.

« – Quelle honte, dit Renny. Il a le visage fermé, et les sourcils soucieux, étranges mille-pattes grisonnants sur son front ridé.

– Oui, quelle honte, dis-je, c'est vraiment ça. » Je répète ces mots, mais en vérité je n'ai absolument aucune idée de ce dont il parle. Mon estomac me joue toujours des tours, et je fais de mon mieux pour avoir l'air investi dans ces échanges empathiques que je vis à la fois avec Renny, et aussi avec cette foule de gamins qui hurlent dans nos oreilles assourdies. À vrai dire, je préfèrerais être à genoux en train de dégobiller mes divers péchés dans la cuvette d'un WC à proximité.

« – Vous avez entendu l'histoire de ce gamin ?

– Bien sûr. » dis-je. Ce n'est pas tout à fait un mensonge. J'ai entendu des tonnes de gens me parler de ce gamin ces derniers jours. Je n'ai juste aucune idée de qui il est, ni de ce qu'il lui est arrivé. Avec un peu de chance, c'était quelque chose de positif, mais j'en doute. Il y a tellement de gamins qui connaissent des mésaventures de toutes sortes.

Renny hoche la tête.

« – J'ai entendu dire qu'il y avait une vidéo qui tournait avec l'incident. Vous imaginez le truc ? Un vidéo d'un drame de ce genre, et ils préfèrent tourner la scène pour la mettre sur internet et la partager avec le monde entier. C'est ça le monde dans lequel on vit aujourd'hui, Génie Public. Vous pouvez prendre votre téléphone et admirer un gamin de dix ans agoniser. C'est fou quand on y pense. Renny hoche à nouveau sa vieille tête perchée sur son vieux cou.

– Le miracle de la réalité, dirait ma mère.

– C'est notre monde, celui dans lequel on vit, Génie Public. »

Renny observe, l'air sombre, les gamins noirs qui défilent devant la boutique, et je fais de même.

Souvent, dans ma vie, j'imite les attitudes et les activités de ceux qui m'entourent, histoire de ne surtout pas trahir le contrat social naturel qui nous unit et qui édicte ce qui se fait ou pas. À ce moment précis, il me semble que cela se fait de regarder les gamins, tout comme Renny – avec un peu de solennité, en plus –, et d'indiquer dans mon regard que je suis à la fois ému et choqué. Je comprends ta colère, exprime mon regard. Je suis à tes côtés, dit-il silencieusement. Enfin, de façon imagée bien sûr.

« – Que Dieu bénisse ces gamins, dit Renny.

– Que Dieu les bénisse tous. » je rajoute. Je lance un regard furtif à Renny afin de m'assurer qu'il comprend bien mon inquiétude et mon intérêt. Ça semble fonctionner, et cela me rassure sur moi-même. Peut-être que je ressens moi aussi quelque chose de fort pour ces gamins et leurs luttes. Peut-être ne suis-je pas uniquement obnubilé par ma propre personne. Peut-être le monde extérieur a-t-il fini par m'atteindre. Peut-être que la douleur de l'autre est arrivée à percer mon armure coulée dans un acier de narcissisme et d'autocentrisme. Peut-être ne suis-je pas étranger à l'empathie. Peut-être suis-je même un type bien !

« – Ça doit encore plus vous parler, à vous.

– Bien sûr, ça doit être plus fort, oui ! dis-je.

– Quelle tragédie.

– Oui… une… vraie tragédie. Et qui me touche encore plus.

– Est-ce que vous vous contentez de répéter ce que je dis ? demande Renny, le regard suspicieux.

– Bon sang de bonsoir ! J'utilise ce mot sorti de nulle part. Bien sûr que non. Je ne suis pas ce genre de personne qui se contente de répéter ce qu'on lui dit, surtout quand c'est aussi tragique et émouvant. » Mes jambes ont à nouveau du mal à me porter, et je crois que je prendrais bien une petite gifle dans la figure, mais je n'ose pas lui demander. Je reste debout, immobile, vaseux et non giflé.

« – Bon ? dit Renny, en détachant son regard de cette jeunesse qui pense que sa vie compte.

– Quoi ?

– Ben, qu'est-ce que vous en pensez ?

– C'est une tragédie, dis-je l'air déterminé.

– Et ?

– Et quoi ?

– Et qu'est-ce que vous en pensez, Génie Public ? Vous êtes écrivain. Vous êtes censé avoir des choses à dire sur ce type de sujet. Et vous êtes noir !

– Vraiment ? lui dis-je. Je regarde mon avant-bras, et je constate qu'en effet, Renny a raison. Je suis noir !

Une sacrée découverte sur laquelle j'aurais pu tomber bien plus tôt !

– Bon, maintenant, dis-je en observant ma main noire, qui est située à l'extrémité d'un bras noir, et qui est équipée de doigts noirs. Maintenant… c'est très, très intéressant. Je me demande si mes lecteurs sont au courant ?

– Vous en pensez quoi, alors ? demande à nouveau Renny. Qu'est-ce que vous avez à dire sur le sujet ? »

Je veux vraiment faire plaisir à Renny et répondre à sa question, mais je suis encore occupé à digérer la réalité de ma négritude. Depuis combien de temps suis-je noir ? Quand est-ce que c'est arrivé ? Est-ce que je suis né comme ça ? Mais dans ce cas-là, pourquoi est-ce que je ne m'en souviens pas ? Peut-être est-ce juste une nouvelle manifestation physique de ma maladie. Peut-être que je ne suis pas noir, que je l'imagine, juste. Ou peut-être que j'ai toujours été noir depuis ma naissance, et que ma maladie me montrait tout autre chose ?

J'essaie de réfléchir à mon passé, et de remonter jusqu'à ma négritude. Mes parents étaient-ils noirs ? Mes cousins ? Quand j'y repense, je crois que j'avais un oncle noir. Je crois bien, mais c'est très flou, tous ces souvenirs. Et c'est pénible de penser à ça. Mon agente, est-ce qu'elle sait que je suis noir ? Mes lecteurs ? Ils sont au courant ? Et si Renny avait raison ? Et si le fait que je sois noir implique que je doive faire tout différemment ?

« – Vous n'êtes pas censé rester planté là sans rien dire, aboie Renny en agitant le poing. Vous êtes censé prendre la parole ! Dire quelque chose d'intelligent sur la condition des Noirs ! Vous êtes censé être leur voix !

– Une voix ? Quelle voix ? La voix de mon peuple ? Tout le temps ? Chaque seconde de ma putain de vie ? C'est ce que les Noirs sont censés faire ? Et la condition des Noirs ? Ça veut dire quoi ? Tu veux dire qu'il existe un état des choses qui soit constant ? Ou tu parles d'une condition comme on parle d'un état de santé, d'une maladie ?

Renny secoue la tête.

– Je n'en reviens pas, lâche-t-il d'une voix qui me rappelle mon père lorsque je le décevais. Vous êtes un écrivain célèbre, un grand styliste. Et votre livre… il est d'enfer.

– Merci.

– Mais fermez-la.

– Désolé.

– C'est un livre vraiment d'enfer. Vous avez un talent d'écriture. Vous trouvez les mots pour exprimer des choses que d'autres n'arrivent pas à dire. Vous pouvez extirper toutes les choses que les autres gens gardent enfouies en eux. Et c'est évident, c'est votre talent. Votre bouquin m'est allé droit au cœur ! » Il frappe de son petit poing son torse maigrelet. « Mais vous ne parlez à aucun moment de la condition des Noirs dedans. Il n'y a d'ailleurs absolument *rien* à propos des Noirs. »

Je soupèse chaque mot de Renny, et j'observe mes mains noires.

« – Est-ce que je suis obligé d'écrire sur ma négritude ? Et si j'étais un artiste qui ne dessinait que des personnages blancs ? Qu'est-ce que cela dirait de moi ?

– Hein ?

– Ce que je veux dire, c'est que les écrivains blancs n'ont pas à écrire sur leur "blanchitude". Ils écrivent ce qu'ils veulent. Mais comme je suis noir… » Je marque une pause afin de bien vérifier la couleur de mes mains, et je confirme qu'en effet, elles sont noires. Je reprends le fil de ma réflexion : « … est-ce que cela implique que je doive uniquement écrire sur la négritude ? Est-ce que j'ai le droit d'écrire sur autre chose ? Ai-je le droit de ne pas être résumé à ma seule couleur de peau ? Je ne m'en souviens pas au mot près, mais n'est-ce pas exactement ce que Martin Luther King disait dans son discours "I Have a Dream" ? »

Renny est aussi calme qu'un tonneau de bourbon vide.

« Attention, Renny, je ne prétends pas que tu as tort. Je n'en suis juste pas certain. Tout ça est nouveau pour moi. C'est nouveau et si je suis tout à fait honnête, c'est presque excitant, non ? » Le sourcil gauche de Renny s'arque violemment. « Non, non, écoute-moi, dis-je en insistant. Chaque jour de sa vie, une personne le vit de la même manière encore et toujours. Il y a une routine, des habitudes. Une manière de faire les choses de façon identique qui devient une sorte de bruit blanc en arrière-plan de leur esprit, jour après jour. Ils connaissent tout d'eux-mêmes. Quand ils se regardent dans le miroir, ils savent exactement ce qu'ils vont retrouver face à eux.

Mais moi, aujourd'hui, à ce moment précis, imagine que je viens de découvrir que je suis noir. Un Nègre ! Un Afro-américain pur-sang ! Putain de découverte, non ? Et si j'ai toujours été noir – ce qui, à bien y réfléchir, semble être le cas –, alors je me demande bien ce que ça m'a apporté. Je me demande à quel point ça a influencé ma vie. Quelles décisions j'ai bien pu prendre que je n'aurais pas prises si je n'avais pas été noir ? Et le reste, tous ceux qui m'entourent ? Qu'est-ce que tous ces gens ont projeté sur moi, et pensé de moi, juste parce que je suis noir et que je ne l'avais pas vu, et donc pas intégré à moi-même ? »

Je me gratte le menton, dubitatif.

« C'est une putain d'énigme, non, Renny, mon pote ? Le genre de trucs qui n'arrive pas souvent, tout de même. Un puzzle caché dans un pli, emballé dans du nougat mou. Il faut que j'en savoure le goût. Que je profite de l'instant. Que ça coule en moi. Que ça fasse partie intégrante de qui je suis. Que cela se diffuse comme du thé dans de l'eau chaude. »

Pour toute réponse, Renny me balance une tarte dans la figure. Mes jambes chancelantes reprennent de la vigueur.

« – Bon Dieu, Génie Public, vous êtes encore plus carbonisé que je n'aurais imaginé !

– Un jour de révélations, donc, pour chacun de nous deux. »

Renny a l'air très inquiet. Inquiet, perdu, apitoyé, pour être plus précis. Il me dévisage avec le même air que le chien de ce classique de Walt Disney, *Fidèle Vagabond*, que je regardais quand j'étais enfant. « – Amène-moi à la librairie, s'il te plaît, Renny, dis-je en marmonnant de ma voix la plus réconfortante. Je désigne l'entrée : Si tu arrives à m'amener là-bas, je vais assurer. Tu verras, mon pote. Tu verras.

– Ça marche. » répond Renny.

Il passe son bras autour de ma taille et me guide en direction de la porte d'entrée tandis que nous traversons la manifestation de bambins et adolescents qui avancent lentement. « La vie des noirs compte ! » continuent-ils à scander à l'unisson. Difficile de se faufiler parmi eux, mais j'y arrive tout de même.

Nous arrivons, Renny et moi, en vacillant comme deux fêtards qui auraient fait la tournée des bars. La librairie est devant moi. Des dizaines d'exemplaires de mon roman sont exposés en vitrine, et me toisent. La couverture est noire, avec une typo blanche. L'éditeur a jugé que c'était un design « simple, mais impactant ». Ils pensaient que cela éveillerait la curiosité et conférerait une certaine gravité à la lecture.

Je ne suis pas certain que cela ait l'effet escompté sur le lecteur, mais ça fonctionne très bien sur moi. Parfois, quand je contemple la couverture de ce livre, je me dis que je n'ai aucune idée de ce qu'il peut y avoir dedans. C'est comme observer un monolithe mystérieux et ancien, un objet qui ressortirait des entrailles d'une époque antique juste pour venir me faire la nique et me défier. Placez-moi devant une foule et demandez-moi de quoi parle mon livre, et vous aurez droit à la réponse la plus éloquente et la plus brillante qu'une équipe de marketing aurait jamais imaginée.

Mais si vous êtes en privé avec moi et que vous me posez la même question, je ne saurai pas quoi dire. Comme ma mère, mon livre s'est réduit à un fantôme qui hante mon esprit.

« – Je peux vous poser une autre question ? demande Renny.

– Bien sûr, Renny. On est potes tous les deux.

– Dans votre livre…

– C'est un livre d'enfer, Renny !

– C'est vrai, dit-il. C'est d'enfer. Mais je voulais parler de la partie où votre mère meurt… Ensuite, après son décès, son fils s'écroule totalement… »

Je ne savais pas que Renny avait des dons de télépathie. Il faudra que j'y revienne plus longuement ensuite. Pour le moment, je lutte encore pour accepter ma négritude, et tout ce qu'elle implique. Je n'ai pas d'énergie à consacrer à une autre discussion, particulièrement si elle porte sur ma mère et sa mort éventuelle.

S'il y a bien une chose dont je me targue, c'est de mon professionnalisme en tant qu'auteur. J'ai beaucoup bossé pour en arriver là. Je me suis entraîné. J'ai suivi des cours de *media-training* pour m'améliorer – c'était une idée de Sharon. Mon professionnalisme et mon imagination, c'est tout ce qu'il me reste. Je ne peux pas laisser Renny me déconcentrer.

« – Amène moi là-bas, Renny, je te prie. Restons concentrés, dis-je.

– Bien sûr, bien sûr. » répond Renny.

Une sonnette automatique se déclenche alors que Renny ouvre la porte de la librairie. Des dizaines de visages blancs se retournent pour me souhaiter la bienvenue. Et d'ailleurs, à propos de visage, il y a le mien accroché dans tout le magasin. Ma photo officielle de romancier est suspendue aux parois, collée aux murs, et me dévisage depuis la quatrième de couverture de mon livre. Je n'ai aucune idée de qui est sur cette photo. En tout cas, c'est un Noir. La quarantaine environ. L'air banal, qu'on ne remarque pas dans une foule, mais tout de même assez noir pour qu'on indique à un flic qu'il « est de type afro-américain ».

Je suppose que je suis noir. Et que je l'ai toujours été.

Le miracle de la réalité, comme disait ma mère.

La grâce divine veut qu'avec cette soudaine découverte, je réalise que je suis tout de même moins foncé que le Gamin. Eh ouais, je ne suis pas aussi clair que j'aimerais l'être, mais au moins, je ne suis pas cette sculpture d'ébène ambulante qu'est le Gamin. Et s'il y a bien une chose que je sais sur la négritude – je l'ai compris immédiatement alors que je n'étais conscient de ma condition de Noir que depuis quelques minutes – c'est que la peau sombre est un péché. Une putain de malédiction. La dernière chose dont on rêve. Demandez à n'importe qui.

Dès mon premier pas dans la librairie, les admirateurs qui sont venus m'écouter lire et parler de mon livre ont droit à la totale. Je suis en grande forme. Mon costume tombe parfaitement, et ne comporte aucune trace de vomi. Mes cheveux sont bien coiffés. Mon sourire est carnassier, mais sincère. Tout en moi respire le : « Je suis en forme, heureux, épanoui, et je suis venu vous voir ce soir avec grand plaisir, et j'adore être avec vous, et j'espère que vous vivez vos rêves les plus fous, ceux que vous aviez quand vous étiez encore enfant, et que vous pensiez inatteignables. »

« Bonsoir tout le monde ! » je crie de ma voix la plus enjouée, aussi éclatante qu'un feu d'artifice.

Un tonnerre d'applaudissements et de cris de joie s'élève au-dessus de la foule et déferle sur le monde.

Au même moment, alors que la porte se referme, dans les rues situées dans le dos de Renny, la foule d'enfants manifeste dans la rue, avec ses pancartes, ses poings en l'air, et ses slogans qui parlent de justice, de violences policières, de racisme et de vies noires qui comptent – ce sont toutes les générations d'enfants noirs qui souffrent de cette particularité toute américaine – mais je n'entends plus leurs complaintes, couvertes par le brouhaha de ma courbe des ventes à venir. Je me concentre sur tous ces gens qui sont venus m'offrir leur argent.

Pour être franc, je suis tout sauf un activiste. Je ne suis pas du tout le genre de romancier connu pour ses sorties polémiques ou à rebrousse-poil. J'ai appris une chose dans ce milieu : ce genre d'attitude vous plante votre promo et vos ventes. Je suis vraiment loin de tout ça. Je suis un professionnel.

William comprend ce qui arrive à son fils. Le sourire du gamin s'efface un peu plus chaque jour, à chaque fois qu'il rentre de l'école. Ce n'est pas la faute du cours d'histoire même s'il est difficile à suivre, et très intense. L'histoire est une matière que des générations d'enseignants ont appris à résumer et comprimer, n'en gardant plus qu'un squelette logique, dénué de sentiment, et qui confine à l'absurde. Non, ce n'est pas le cours d'histoire qui mine ainsi graduellement son fils, c'est simplement le cours de l'Histoire. Chaque jour, à la télévision, on relate le meurtre par balle de quelqu'un. Chaque jour, son fils assiste à des arrestations, et voit des hommes noirs envoyés en prison. Chaque jour, la marée de mauvaises nouvelles l'isole un peu plus, le prend à la gorge, et menace de le noyer.

Chaque jour, William veut en discuter avec son fils. Chaque jour, il veut s'asseoir à ses côtés et lui dire : « Écoute, c'est ainsi que va le monde… » Et alors, après cette modeste introduction, il commencerait par la réalité de la vie de son fils. Il évoquerait la couleur de peau de son fils, et ce qu'elle représente. Il parlerait de tous ces ancêtres qui lui ressemblaient, et qui ont vécu avant lui, et toutes les choses que lui-même a dû affronter. Il lui expliquerait à quel point les règles ne sont pas les mêmes. Il lui parlerait de la réalité, plutôt que de la fiction dont on l'abreuve constamment. Il dirait à son fils : « Traite les gens pour ce qu'ils sont. Ne vois pas la couleur de leur peau. Les règles sont différentes pour toi. C'est comme ça qu'il faut faire avec la police. C'est comme ça qu'il faut faire quand on grandit dans le Sud. C'est ça, la réalité de ton monde. »

William devrait un jour dire toutes ces choses à son fils, et bien d'autres encore. Et à chaque mot qu'il prononcerait, le cœur de son fils se déchirerait. À chaque mot qu'il prononcerait, son fils serait un peu moins capable d'amour, un peu moins capable d'imagination, un peu moins capable de vivre. Et deviendrait un bonsaï d'enfant. Son propre enfant.

Et comme William n'arrive pas à se résoudre à détruire l'optimisme de son fils plus vite encore que ne le fait déjà le monde extérieur, il n'a jamais La Discussion avec son fils. Il se contente de lui prêcher amour et égalité, et de lui dire que le monde pourrait être bon. Et quand son fils lui demande pourquoi un gamin de son âge s'est fait tirer dessus par un policier, quelque part à l'autre bout du pays, et pourquoi il est mort, William fait de son mieux pour lui répondre sans rien lui dire.

« – C'est difficile, tu sais, de dire pourquoi ce genre de choses surviennent. » répond William. Lui et Charbon sont installés dans le salon, affalés sur le vieux canapé, illuminés par la lueur tremblotante de la télévision, tandis que les journaux télévisés se délectent des détails sordides de la mort de l'enfant. Il était sorti se balader quand la police l'a arrêté. Et, on ne sait vraiment ni comment ni pourquoi, mais à la fin l'enfant est allongé, mort, sur un trottoir. Les infos filment et diffusent le trottoir où le corps de l'enfant est tombé. C'est un bout de bitume banal qui est désormais orné d'une tache peu visible, comme si quelqu'un avait renversé une bouteille de sirop antitussif et avait continué son chemin sans nettoyer derrière lui.

« – Ça n'arrive pas si souvent non plus. » dit William. Il se frotte l'index avec le pouce tandis qu'il parle au gamin, un tic qu'il a depuis sa plus tendre enfance. Ce mouvement répétitif contribue à le calmer, et quand il parle avec son fils de la mort du gamin qui est diffusée à la télévision, il veut rester calme.

« – Qu'est-ce que ce garçon faisait de mal ? demande Charbon.

– Rien, répond William. Il toussote. Enfin, d'après ce qui a été dit pour le moment, il n'a rien fait de mal. Mais il va y avoir une enquête, c'est obligé. Donc, pour le moment, il vaut mieux ne pas se monter la tête tant qu'on n'en sait pas plus. » William hoche la tête, comme pour se convaincre lui-même. C'est important d'apprendre à son fils à ne pas tirer de conclusions trop hâtives, surtout avec ce genre de faits divers. Il vaut mieux prendre son temps avec les infos. Il faut les soupeser, en remonter la chronologie, et ne jamais se laisser déborder par l'émotion. C'est la seule façon à long terme de résister à la marée des mauvaises nouvelles. Il ne faut surtout pas les avaler d'un seul coup, et les laisser prendre le contrôle de votre conscience. C'est comme ça qu'on finit par perdre tout optimisme. C'est comme ça qu'on perd tout espoir.

Et William voudrait que son fils connaisse l'espoir le plus longtemps possible.

Charbon n'arrive pas à détourner son regard de la télévision quand une photographie apparait à l'écran. Il a l'âge de Charbon, la peau plus claire bien sûr. Tout le monde est plus clair que Charbon. Sur le cliché, le gamin décédé porte une casquette de baseball bleue et un t-shirt. Il arbore un large sourire, éclatant comme un matin d'hiver après que la neige a recouvert silencieusement la ville pendant la nuit.

« – Il s'appelle comment ? demande Charbon.

– Je ne sais pas, répond William. Ils préfèrent ne pas dévoiler son nom pour le moment.

– Je veux connaître son nom.

– Pourquoi ?

– Pour ne pas l'oublier. » dit Charbon, les yeux toujours rivés sur la photographie diffusée sur l'écran. Il la regarde comme pour mémoriser tout ce que ce gamin mort était. « Je ne peux pas l'oublier » dit Charbon.

William frotte machinalement son index et son pouce avec frénésie, pour tenter de se calmer. Il veut ravaler les larmes qui lui montent aux yeux, et essaie de trouver les mots pour dire à son fils : « Tu vas l'oublier. » Il essaie de trouver les mots pour lui dire :

« Ce gamin est le premier d'une longue liste de gamins abattus que tu vas croiser durant ta vie. Ils vont s'accumuler, chaque semaine. Tu vas tenter de te souvenir d'eux, mais à un moment, tu n'auras plus la place pour ça, et ils sortiront de ta mémoire, abandonnés. Et puis un jour, tu auras grandi, et tu comprendras que tu as oublié son nom – le nom du premier gamin noir que tu t'étais promis de ne jamais oublier –, et tu te détesteras. Tu détesteras ta mémoire. Tu détesteras le monde. Tu détesteras ton impuissance à stopper ce flux des cadavres qui se sont accumulés dans ta tête. Tu essaieras de faire quelque chose, et tu n'y arriveras pas, et tu seras submergé par la haine. Tu t'en voudras de n'avoir rien réussi à changer, et tu seras submergé par la tristesse. Et tu recommenceras, encore et encore, pendant des années et, un jour, tu auras un fils et tu le verras en train de prendre le même chemin que toi des années auparavant, et tu voudras lui dire quelque chose d'utile, quelque chose pour qu'il ne s'engage pas sur ce même chemin… et tu ne sauras pas quoi lui dire. »

William veut dire tous ces mots à Charbon, mais il n'arrive pas à les formuler. L'esprit de William est occupé par une seule image, celle de son fils allongé sur le bitume, mort, comme tous les gamins qui passent aux infos, à la télévision.

Bon. Arrêtons-nous un instant. Remontons à quelques mois en arrière. Je crois que j'ai oublié de vous parler d'une chose centrale :

LE PROFESSIONNALISME.

Ce mot est peint sur le mur d'un bureau à Midtown Manhattan, dans une typographie géante, la plus grasse et la plus profonde que j'ai jamais vue, comme si ce mot était creusé dans le mur depuis la nuit des temps et continuera à être là bien des années après ma disparition, quand toute la planète ne sera plus que poussière. Ce mot restera là. PROFESSIONNALISME. À la fois une assertion et un défi.

« – J'oublie toujours, c'est quoi ce bureau ? dis-je.

– Service médias. » répond Sharon. Elle tape un email sur son clavier, de ses doigts longs et agiles. Comme tous les agents et les attachés de presse, Sharon passe son temps à contacter des gens invisibles.

« – Et ça sert à quoi exactement ?

– À t'entraîner à passer dans les médias. » répond Sharon.

À cette époque, je suis encore peu au fait de la machine éditoriale. Facilement étonné et encore optimiste. *L'Enfant qui voulait disparaître* sortira dans six bons mois, et j'apprends les ficelles du métier le plus vite possible. Sharon est l'agente qui a accepté ma lettre de présentation, puis mon manuscrit qui est devenu *L'Enfant qui voulait disparaître*. D'ailleurs, c'est elle qui en a trouvé le titre. Elle a travaillé à mes côtés afin de corriger le manuscrit – elle disait toujours que ses critiques n'avaient rien de personnel – et elle m'a aidé à trouver un éditeur. Donc quand Sharon m'apprend qu'il faut s'entraîner à passer dans les médias, je ne peux qu'être au garde-à-vous.

« – Et qu'est-ce que tu entends par "médias" en fait ? » je lui demande.

Sharon est concentrée sur son téléphone et ses emails.

« – Et pourquoi tu insistes pour que je porte une veste en velours ? Il fait 30 degrés dehors.

– Tu es un professionnel, maintenant, dit Sharon. Un auteur professionnel. Les auteurs portent des vestes en velours. Les lecteurs adorent les auteurs qui portent une veste en velours. N'oublie jamais ça. »

Je ne lui pose pas d'autres questions pendant la demi-heure qui suit, et j'attends l'arrivée du spécialiste médias. Sa secrétaire, une jolie blonde tirée à quatre épingles prénommée Carrie, m'offre à boire exactement toutes les dix minutes. Elle a les cheveux plaqués en arrière, ce qui renforce son allure athlétique. Mais quand elle sourit, son sourire est doux et lumineux, comme quelqu'un qui découvrirait le concept de glaçon pour la première fois de sa vie au beau milieu d'une canicule.

Son sourire me rappelle celui de ma mère.

Il est près de 10 heures du matin quand le spécialiste médias arrive enfin. Il s'appelle Jack. Jack semble tout droit sorti d'une publicité Christian Dior, comme s'il avait brusquement quitté le shooting et avait décidé de ne jamais y retourner. Il est trop beau pour être vrai, et je me dis qu'il ne l'est peut-être pas. Vous commencez à savoir que ça m'arrive de temps à autre.

Mais Carrie le voit, et Sharon également. « Salut, moi c'est Jack » crie-t-il dès l'ouverture des portes de l'ascenseur. « Je suis Jack, spécialiste médias. Enchanté de vous rencontrer ! » dit-il alors qu'il déboule dans le couloir si rapidement qu'on croirait qu'il est pourchassé par quelqu'un chargé de le faire revenir dans la publicité Dior.

Il tend la main alors qu'il est à près de dix mètres de moi. Elle semble vouloir atteindre la mienne comme un missile. J'arrive à peine à réagir à temps et à la saisir, de peur qu'elle ne transperce mon corps si je ne l'arrête pas. Même si on est en plein milieu du Midtown de Manhattan, Jack sent bon le sable chaud.

Il serre et agite ma main comme un pitbull.

« – Ça fait une semaine que j'attends ce moment-là. J'ai fini votre livre, et je me suis tout de suite dit, "J'ai trop hâte de serrer la main qui a écrit tout ça !" C'est juste dingue, ce livre. Un livre d'enfer, tellement taré, tellement fou, tellement fort !

– Merci. » dis-je en tremblant au rythme de son accolade. Il serre tellement ma main que je pense un instant, à la fin de l'étreinte, qu'il m'a peut-être glissé un diamant dans la paume.

« – Mais je vous en prie mon vieux, dit-il en me rendant ma main. Pas de diamant. Juste une paume bleuie.

– … Vous êtes noir ?

– Exactement.

Encore une preuve, que j'ai toujours été noir, dans mon passé, apparemment.

– Vous ne m'aviez pas dit qu'il était noir, dit Jack à Sharon.

– Je préférais voir si tu t'en rendrais compte dans son écriture ou pas.

– Non, impossible.

– Génial.

– Carrément, confirme Jack avec enthousiasme.

– Qu'est-ce que ça change que je sois noir ou pas ? Et pourquoi vous dites que c'est génial qu'on n'imagine pas que je sois noir, quand on me lit ?

– Tu vois ce que je dois me coltiner, hein, maintenant ? demande Sharon à Jack en levant les yeux au ciel.

– Pas de souci, dit Jack.

– Je ne pensais pas que ça pouvait poser un problème, dis-je.

– Ici, on peut tout faire avec tout le monde, continue Jack. Tout. Un jour, j'ai eu un client, un espion russe. Il avait assassiné dix-sept Américains durant ses missions. J'en ai fait un bestseller. Si je peux le faire avec lui, je peux le faire avec vous.

– Je te fais confiance, dit Sharon.

– Par ici. » me dit Jack.

Jack le spécialiste médias nous invite Sharon et moi à le suivre dans une salle de réunion exigüe, meublée d'un bureau ovale et de quelques chaises installées autour. Il y a une petite caméra vidéo au centre du bureau, ainsi que quelques micros. À l'autre bout de la pièce, une autre caméra, un lutrin, et d'autres micros, comme si le président des États-Unis allait arriver pour y tenir une conférence de presse.

« – Et voilà, annonce Jack fièrement, en ouvrant grands ses bras comme un animateur télé. C'est ici qu'on va vous entraîner à devenir vous-même.

– M'entraîner à devenir moi-même ?

– Hé ouais.

– Je ne suis pas déjà moi-même ?

– Du tout, dit Jack. Là, vous êtes… vous. Mais je vais vous aider à vraiment devenir vous-même. Je vais vous aider à être vous en mieux, mieux que tout ce que vous connaissez de vous. Vous ne vous reconnaîtrez même plus après être passé entre mes mains.

– Donc je serai différent ?

– Ça ne peut pas faire de mal. » commente Sharon, qui s'est déjà assise. Elle n'a pas encore relevé les yeux de son téléphone. « Cette garde-robe de plouc m'as-tu-vu ne passerait pas très bien à Chicago. »

Jack le spécialiste médias éclate de rire.

– Sharon a raison, comme toujours d'ailleurs. Est-ce que vous me croyez si je vous dis que vous aurez l'air physiquement différent une fois que je vous aurai formé ?

– Non, je réponds. Je ne vous crois pas.

– Bien sûr, bien sûr, dit Jack. Mais il existe des faits objectifs, que vous les croyiez ou non. C'est pour ça qu'on parle de faits. Le monde est rond, même si l'horizon est plat. » Il éclate à nouveau d'un rire d'animateur télé, et me tape sur l'épaule puis m'amène à l'un des sièges situés autour de la table. « Ça va être une putain de métamorphose.

– Comme dans Kafka ? dis-je.

– C'est qui, lui, un rappeur ? »

Il s'assied de l'autre côté de la table, et il me fait face en s'adressant à moi, toujours aussi beau et impeccablement manucuré dans son rôle de sergent-recruteur. « – Bref, voilà comment ça va se passer, commence-t-il. Je vais vous aider à vous connaître mieux vous-même. Je vais vous aider à mieux connaître votre propre livre.

– Je connais mon livre. C'est moi qui l'ai écrit.

– Tu vois ? Toujours la même chose. Tu comprends mieux ce que je me coltine ? fait à nouveau remarquer Sharon. Elle lève les yeux de son email assez longtemps pour exprimer son mécontentement en hochant la tête.

– Pas de souci, me dit Jack, en me gratifiant du sourire mi-gêné mi-écœuré d'un parent découvrant que son rejeton a fait dans ses couches. Vous pensez connaître votre roman. Mais ce n'est pas le cas. Pas vraiment. Un écrivain ne connaît pas plus ses romans qu'il ne se connaît lui-même. Et soyons honnête : quand on y réfléchit sérieusement, il n'y a pas plus étranger que soi-même.

– Hein ? »

C'est à ce moment que je décide que Jack le spécialiste médias n'est pas réel. Ou, tout du moins, il est peut-être réel mais les phrases qu'il prononce sont le produit de mon imagination. Sa façon de parler me rappelle le personnage de John dans *L'Enfant qui voulait disparaître*. John est un brave type, dont le personnage est inspiré de mon père. Il parle à toute allure, et avec de longues phrases, il sait toujours exactement ce qu'il veut dire, bien avant de prononcer les phrases en question. Un mélange de l'acteur Fred McMurray dans *Assurance sur la mort*, de Humphrey Bogart et de toutes les fois où j'ai regardé avec mon père un film où les hommes parlent vite, portent des chapeaux mous et vivent dans un décor noir et blanc brumeux.

« – Réfléchissez-y, mon vieux, conseille Jack le spécialiste médias. Avez-vous déjà ressenti une quelconque émotion sans en comprendre la raison ? Peut-être avez-vous vu une publicité pour un vol longue distance et avez-vous soudainement eu envie de pleurer. Ou que vous avez lu un texte quelque part, et vous vous êtes mis très en colère tout à coup, alors que vous aviez déjà lu la même chose des milliers de fois auparavant sans réagir pour autant. Mais il y avait quelque chose de singulier dans la façon dont c'était écrit cette fois-ci, et ça vous a rendu dingue. Ça vous est déjà arrivé, non ? »

Je ne veux pas répondre aux questions de Jack. Même s'il n'est que le produit de mon imagination, il a le don de me mener par le bout du nez, de guider le sens de la conversation comme un GPS déterminé à m'amener à une destination qu'il a choisie bien avant notre rencontre. Il me forme aux passages médias, à chaque mot. Je me contente de rester assis bien confortablement et de le laisser parler. Sans jamais lui répondre. Ne surtout pas lui donner des munitions qu'il pourrait utiliser contre moi, pour encore plus me former à sa guise. Mais je suis encore trop débutant dans ce boulot d'auteur pour ne pas répondre à quelqu'un qui me pose une question.

Afin de trouver un compromis et de ne rien dévoiler dans mes réponses, je me contente du strict minimum.

« – Je suppose, dis-je.

– Bien sûr, bien sûr. C'est arrivé à tout le monde. Et on se retrouve là, assis comme des idiots, en colère ou triste, à ne pas comprendre ce qui se passe. » Il hoche la tête pensivement. « On est des créatures complexes, chacun de nous en est une. On est habités par des dédales sans fin, et c'est très facile de s'y égarer.

– Donc, je suis un dédale, c'est ça ?

– Bingo ! Exactement ! Jack tape du poing sur la table. Vous êtes dans le dédale de vous-même. Un monde sauvage et chaotique fait de désirs et de volontés, de solipsisme et d'égotisme. Vous ne pouvez voir le monde qu'à travers vos yeux, et ça vous emmène droit au cœur du dédale, au…

– Ah non, pas le fameux “Au cœur des ténèbres”, comme le roman de Joseph Conrad !

– … au cœur des ténèbres ! Et vous n’avez sûrement envie d’entraîner les autres dans les ténèbres d’un dédale, non ?

– Je suppose que non.

– Vous avez tout à fait raison de supposer ça ! » confirme Jack. Il bondit de son siège. « C’est horrible d’imposer ça à quelqu’un. Les amener jusqu’à un dédale et… » Jack marque une courte pause.

« – Vous avez remarqué, j’ai prononcé à plusieurs reprises le mot “dédale”. Quel est le synonyme de dédale ?

– Mmmh… Je suis trop concentré à essayer d’intégrer que j’ai un dédale en moi pour penser sérieusement à autre chose.

– Carrie ! hurle Jack.

– Ouiii ? répond la réceptionniste depuis l’autre pièce.

– Donne-moi un synonyme de “dédale”.

– Des carreaux ?

– Non, un dédale !

– Attends un instant, que je réfléchisse.

On attend sa réponse en silence, à écouter le son des doigts de Carrie qui volent sur le clavier de son ordinateur.

– Labyrinthe, dit-elle enfin.

– Quoi ? demande Jack.

– Labyrinthe.

– Comme le film de David Bowie en 1986 ? C'est ça ?

– C'est un synonyme de dédale.

Jack réfléchit, comme pour soupeser la pertinence du mot.

– Elle a raison, finis-je par dire, afin de participer à la conversation.

– Bon, d'accord, lâche Jack. Reprenons… j'en étais où ?

– Vous m'expliquiez que je ferais mieux de ne pas entraîner les gens dans le labyrinthe de moi-même.

– C'est ça ! s'exclame Jack. Vous êtes un labyrinthe ! Et votre livre en est un également. *L'Enfant qui voulait disparaître*, c'est un labyrinthe infernal ! Et mon boulot, c'est de vous apprendre à aider les gens à trouver un chemin dans ces deux labyrinthes. On ne peut pas laisser entrer des gens en vous, pour ensuite qu'ils rebroussent chemin. On veut qu'une fois à l'intérieur, ils se sentent chez eux et s'installent tranquillement, et par extension dans votre livre. Après tout, l'auteur est le livre, et le livre est l'auteur.

– Je ne suis pas certain de valider cette façon de voir les choses, dis-je. Je me sens tout à coup rapetissé et perdu.

– D'avoir des gens qui s'installent en vous ?

– Oui.

– Vous n'êtes quand même pas homophobe, si ? Parce que je ne tolère pas ce genre de comportement !

– L'homophobie n'aide pas à vendre des livres, confirme Sharon, tout à coup détachée de son téléphone, son regard braqué sur moi. En moyenne, on parle d'une perte de vingt-deux pour cent de ventes par rapport aux auteurs non homophobes.

– Je ne suis pas homophobe. C'est juste sa façon de formuler les choses.

– Certain ? demande Sharon. Je me fiche que vous le soyez ou pas, mais si c'est le cas, il vaut mieux nous le dire franchement, qu'on s'y prépare.

– Je ne suis pas homophobe !

– Alors pourquoi est-ce que vous n'avez pas envie de parler de gens qui entrent en vous ?

– Parce que je ne suis pas un tunnel, ou une maison, ou un centre commercial, ou n'importe quelle structure dans laquelle on entre. Je suis un être humain.

– Un être humain homophobe ? demande Carrie depuis l'autre pièce.

– Non ! je hurle. Je suis juste écrivain. Je suis juste quelqu'un qui aime les livres et voulait en écrire un. C'est ce que j'ai fait. Rien de plus. J'ai juste écrit un bouquin !

– Pas faux, concède Jack le spécialiste médias. Vous avez un écrit un livre vraiment d'enfer ! Et c'est pour ça qu'on est tous réunis ici. Vous êtes désormais auteur : pas un écrivain, pas un lecteur, pas un plombier, pas un mathématicien, et pas non plus un chercheur en biologie. Vous êtes auteur, et c'est la première fois que vous êtes auteur. Il y a peu de gens qui ont ça en eux, et encore moins qui le savent. Il y a bien des manières d'être auteur. En fait il y a une bonne manière et une mauvaise manière. J'ai vu des gens se faire déborder par ce statut. Je les ai vus devenir complètement tarés. J'ai vu…

– Vous allez me citer *Howl* d'Allen Ginsberg, maintenant, après Joseph Conrad ?

– … J'ai vu les plus grands esprits de ma génération détruits par la folie ! Affamés, hystériques, nus… »

Jack continue ainsi pendant une bonne dizaine de minutes.

Une fois qu'ils se sont convaincus que je n'étais pas – vraiment – homophobe, et une fois que j'ai été – vraiment – convaincu que j'avais un dédale en moi, on s'est enfin mis à parler de *L'Enfant qui voulait disparaître*.

« – J'ai de bonnes nouvelles pour vous, dit Jack.

– Super, dis-je, bien content d'avoir arrêté de parler de labyrinthes et de gens qui entrent en moi.

– Vous avez écrit un bon livre.

– Merci, dis-je.

– Ne me remerciez pas, dit Jack. Je suis juste content que vous ayez réussi. La plupart des gens qui s'assoient dans cette salle ont écrit de vraies merdes. Et il n'y a rien de mal à écrire de mauvais livres d'ailleurs. Si on y réfléchit un peu, la plupart des livres publiés sont très mauvais. Tout comme les gens sont de vraies merdes.

– C'est une façon cynique de voir les choses.

– Vous changez de sujet.

– Vous avez été le premier à en changer.

– Ce n'est pas la question.

Discuter avec Jack commence à me donner mal à la tête.

– Je vous ai fait un compliment, continue Jack. Mon boulot est plus simple quand le produit que je dois défendre est de qualité. Et votre livre… » Il inspire profondément. Ses yeux sont humides. Il a l'air d'être au bord des larmes. « Votre bouquin… il est spécial.

– Merci. » dis-je.

À ce moment précis, Sharon relève les yeux de l'écran de son téléphone, l'air pensive.

« – Pas croyable, non ?

– Non, répond Jack du tac au tac. Il est incroyable, c'est clair. Mais j'ai déjà eu des auteurs plus retors, pas d'inquiétude.

– Non, corrige Sharon. Je parle de ça. » Elle tend son téléphone vers nous. Sur le petit écran, on aperçoit l'image d'un homme et d'une femme noirs en pleurs, devant une estrade, essayant de prendre la parole. C'est une photographie, et il n'y a aucune phrase pour l'accompagner, juste une image pleine de tristesse, de tragédie et de désespoir.

« – C'est vraiment terrible, dit Jack, en détournant le regard de l'écran et en me tendant le téléphone.

– Non. » dit Sharon. Sa voix a changé de ton et elle parle d'une manière que je ne lui connaissais pas. Comme amère et soucieuse. Je la voyais plutôt comme le genre de femmes sur qui tout glisse.

« Vous n'avez pas bien regardé. » lâche Sharon. Jack et moi nous penchons en avant afin de mieux détailler ce qu'elle regarde. Mais on ne voit que la photographie d'un couple en pleurs devant une estrade. Il n'y a même pas un titre qui évoque la cause de cette tristesse.

« – D'accord. » dit Jack.

Sharon frappe la table de sa main manucurée. « Vous ne regardez pas bien ! » crie-t-elle.

Pendant une bonne minute trente, Jack et moi examinons l'image qu'elle nous montre. On regarde si longtemps que l'écran finit par s'éteindre et Sharon doit renseigner le code de verrouillage pour le réactiver.

« – Ils l'ont descendu. » précise Sharon. Des larmes naissent au coin de ses yeux.

Et c'est au tour de Jack et moi de comprendre ce qui s'est passé. Un gamin s'est fait descendre dans ce pays, et les parents sont en larmes. Jack et moi hochons la tête d'un air compassé.

« – Oh, non, dis-je.

– C'est horrible, rajoute Jack.

– Bon Dieu, dis-je. Quand est-ce que ça va s'arrêter ?

– À chaque fois que je regarde les infos ces derniers temps, il y a un drame du genre, fait remarquer Jack en hochant la tête. Quand j'étais jeune, ça n'arrivait jamais. Maintenant, c'est tout le temps, et partout. Ça fait partie du paysage. Une vraie épidémie.

– Ouais, dis-je, une épidémie. » Je voudrais rajouter quelque chose de plus fort, mais j'ai peur de ne pas choisir les bons mots. Je me connais, je n'ai souvent pas les bons mots, parce que je ne distingue pas bien ce qui est réel de ce qui est imaginaire. Et quand on passe trop de temps dans un monde qui est a priori le fruit de son imagination, on a tendance à ne pas s'attarder longtemps sur les anomalies qu'on y croise. Quand on se demande si les gens sont réels ou non, on a tendance à accepter plus facilement le fait que quelqu'un soit mort. Ce n'est pas que vous soyez un sale type, c'est juste que vous avez du mal à ressentir des émotions pour la vie de quelqu'un qui n'était peut-être pas réel.

Et soyons francs : dans le monde où l'on vit, il faut bien avouer qu'il est difficile de penser que quiconque soit réel. On est juste une image sur un écran, quelque part. Même les gens que l'on rencontre en chair et en os finissent par être réduits à une image sur un écran, avec laquelle nous interagissons sur les réseaux sociaux. Donc, quand Sharon nous montre à Jack et moi une famille en larmes sur un écran, je n'arrive pas à faire preuve de plus d'empathie envers ces gens qu'envers ceux que je n'ai jamais rencontrés, et que je ne rencontrerai jamais. Ça me convient, d'ailleurs. Ainsi soit-il. La science a prouvé qu'on ne peut éprouver de l'empathie qu'envers un nombre restreint de personnes. Comme une limite à notre cerveau et à nos émotions. Il n'y a rien de mal à ça. Cela ne fait pas de vous un sale type. Cela ne fait pas de moi – ou même de Jack – un sale type si lorsqu'on voit un homme et une femme devant une estrade, en pleurs, on est juste capable de commenter la scène par des banalités.

On n'est pas des sales types. On est juste des gens ordinaires.

« – Trop d'armes en circulation, dis-je.

– Ouais, répond Jack. Tous ces flingues. Et pour quelle raison ? À quoi ils servent au final ? Pourquoi est-ce qu'on veut toujours descendre des gens qui ne nous ont rien fait ? À quoi ça rime ? Et ne me lancez pas sur le manque de suivi médical des malades mentaux dans ce pays. C'est carrément criminel.

– C'est vrai, dis-je. Vous avez entendu parler de l'autre fusillade, d'ailleurs ? » Je ne sais pas de quelle autre fusillade je parle, mais il y a toujours au moins un deuxième drame du genre, et je ne prends pas trop de risque en demandant s'ils en ont entendu parler. Ça vous fait passer pour un type informé et concerné, bref pour quelqu'un de bien.

Jack acquiesce à nouveau.

« – Oui, j'ai entendu, dit-il. Horrible. Vraiment horrible. Le genre de drame qui vous fait vous poser des questions sur la nature humaine. Pourquoi ils font ça ? Pourquoi ? Quelles sont leurs motivations ? Qui sont ces gens ? »

Jack et moi continuons à discutailler sur le genre humain en général, et sur cette tragédie en particulier, et à quel point on n'en peut plus de tous ces drames, de ces fusillades, et on espère bien qu'on est assez bons dans notre petit numéro afin que Sharon soit rassurée sur le fait qu'on n'est pas des sales types. Mais c'est vrai, en plus : on n'est pas des sales types. On est juste des êtres humains pris dans le grand cercle de l'humanité, et qui s'y débattent comme ils peuvent.

Les petites gouttelettes d'eau au coin des yeux de Sharon ont gonflé pour devenir de grosses larmes. Elles coulent sur son visage – sans affecter son maquillage – et elle les sèche en reniflant. « C'était encore un gamin, dit-elle. Faire ça à un gamin. Je ne comprendrai jamais. »

Jack et moi avons compris qu'il valait mieux ne pas en rajouter. Voilà le genre de moment où il est préférable de ne pas piper mot et de simplement laisser le silence exprimer tristesse et compassion. Nous gardons donc nos lèvres cousues, et acquiesçons avec solennité jusqu'à ce que Sharon ajoute : « Je vais prendre une petite pause, et je reviens. »

Une fois qu'elle est partie, Jack et moi restons silencieux. On laisse de l'espace pour sa tristesse.

« – Vous savez, dis-je, je crois que je vais faire aussi un petit tour.

– Bien sûr, bien sûr, dit Jack. Allez-y. On a tous besoin de temps pour digérer ces drames impossibles à comprendre. Tous ces morts... qu'est-ce qu'on peut faire de ça ? »

Je prends ça comme une question rhétorique, et je profite de l'occasion pour aller aux toilettes, le Gamin m'y attend.

« Mais toi, tu penses quoi de tout ça ? » je demande au Gamin.

(Il est déjà sur place quand j'arrive aux toilettes. Comment avais-je pu oublier son existence ? Pourtant, je suis à nouveau surpris. Comme je vous l'ai déjà dit : je ne peux pas faire confiance à mon cerveau. Je ne sais jamais ce qui s'est réellement produit, dans le passé, le présent ou à un autre moment.)

Il hausse les épaules, aussi stoïque qu'un Marc Aurèle sous Xanax.

« – C'est absolument horrible, dis-je, animé par une indignation justifiée. C'est un drame horrible. Je n'en peux plus. Je n'en peux plus d'allumer les infos et d'apprendre la mort d'une nouvelle victime.

– Mais des gens meurent depuis toujours, non ? fait remarquer le Gamin.

– C'est vrai, dis-je. Et ce ne sont pas les infos qui causent les morts. Enfin, les équipes de CNN et Fox News ne sont pas dans les rues à flinguer des gens. Mais ils en rajoutent dans la tragédie qui plane au-dessus de nos têtes. C'est la bande-son de l'Amérique. Le rythme qui guide nos vies et nos sentiments. Les corps des types qui se font flinguer sont devenus des marqueurs temporels. Genre, mais tu étais où quand il y a eu la fusillade de Sandy Hook ? Et tu te souviens avec qui tu sortais quand ces gars ont débarqué dans l'immeuble pour descendre tous les employés ? Et ça arrive si souvent que tout ce que tu trouves à répondre, c'est "mais quel immeuble, au juste ?" Alors qu'en réalité, le taux d'homicide est au plus bas depuis les années 1980. Et je sais bien que tu es trop jeune pour comprendre, mais crois-moi sur parole quand je te dis que les années 1980 ont marqué l'apogée en termes de drames, de crimes, de tueries, de drogues et de tout le reste. »

Le Gamin n'a pas l'air particulièrement convaincu.

« – Mais tous ces gens, qu'est-ce qui se passe pour eux ? demande le Gamin.

– Quoi, ces gens ?

– Il y a bien des gens à qui ce genre de choses arrivent, non ?

Je me gratte le menton en réfléchissant à la question.

– Techniquement, je suppose que oui.

– On n'est pas censés se soucier de ces gens ? Ma maman dit toujours qu'on est censé de soucier de son prochain parce que… enfin… parce c'est comme ça. Chacun doit se soucier de son prochain. Donc on ne peut pas voir quelqu'un de blessé et ne pas se soucier de lui. »

Je hoche la tête, confirmant ainsi que tout ce que dit le gamin est à la fois vrai et réel.

« – Tout ce que tu dis est vrai et réel, mais cela ne change pas le fait qu'il est impossible de se soucier de tout le monde. Il faut choisir ses batailles. Il faut limiter son investissement émotionnel envers le monde et envers les gens. Faire une sorte de tri dans ses émotions.

– Un tri ?

– Comme à l'hôpital. Ils décident qui soigner en priorité. En gros, ça consiste à trier les gens selon la gravité de leur maladie. »

Le Gamin réfléchit à cette proposition quelques instants. Il renifle fortement, comme s'il venait d'attraper un gros rhume. Il roule son minuscule poing noir dans la paume de son autre main et pose son menton sur cette petite boule, véritable miniature à l'encre d'un penseur de Rodin.

« – Ça me semble injuste, dit le Gamin, l'air très sombre.

– Je suis vraiment désolé de te l'apprendre, mais il y a beaucoup de choses qui vont te paraître injustes à partir d'un certain âge. Plus tu vieilliras, plus tu découvriras que ce monde est en lambeaux, et pire encore, qu'il s'écroule sur lui-même. Le passé, le présent, le futur. En termes de mauvaises nouvelles, ils sont interchangeables. La tragédie et le drame sont les liens indéfectibles qui unissent les générations. Toi qui es noir, tu devrais le savoir plus que quiconque. »

À mon retour, Sharon n'est pas encore là, et Jack regarde fixement sa montre. On n'est pas loin d'être en retard, et je ne sais pas s'il est content de pouvoir facturer des heures supplémentaires ou s'il est frustré d'être encore coincé là avec nous. Il a cependant l'air intéressé par ma présence.

« – Dites m'en plus sur votre livre.

– Je crois que vous l'avez lu. Qu'est-ce que vous voulez savoir de plus ?

– Dites-moi de quoi ça parle, dit Jack. Faites comme si j'étais un inconnu et que je n'avais jamais lu votre livre. Et expliquez-moi de quoi il parle.

Je réfléchis un moment.

– Bon, en fait, mon livre tourne autour d'un personnage nommé…

– Je vous arrête tout de suite, parce que vous partez mal, m'interrompt Jack le spécialiste médias. Mais rien de grave. C'est une erreur classique des primo-romanciers. Ils pensent que leur livre se résume à des personnages ou à une intrigue ou, si c'est de la non-fiction, que seul le sujet compte. C'est comme dire que *La Joconde*, c'est une femme avec un sourire ironique. »

Je m'en veux de l'admettre, mais Jack le spécialiste médias a touché là une notion très profonde et intelligente.

« – Merci, dit-il comme s'il pouvait lire dans mes pensées. Je travaille avec des auteurs depuis plus de dix ans maintenant. J'ai formé aux médias des centaines de personnes, pour un nombre incalculable de romans, d'autobiographies, de recueils de nouvelles. La liste est longue. Ils avaient tous quelque chose en commun : leurs livres ne parlaient jamais de ce qu'ils pensaient. Hé non, mon vieux. Leurs livres parlaient de ce dont, nous, on voulait qu'ils parlent. » Il désigne du doigt le lutrin, et les micros, puis la caméra située à l'autre bout de la pièce. « Quand le jour sera venu, vous vous retrouverez assis là-bas, sur le canapé d'Oprah Winfrey. Il y a beaucoup de belles choses qui naissent sur ce canapé. Je vais vous raconter !

– Je pensais qu'elle avait arrêté son émission, dis-je. Vous savez, après toute la controverse avec cet écrivain mythomane qui s'était inventé une vie et était passé chez elle… [1]

---

1. Référence à James Frey, auteur de *A Million Little Pieces*, autobiographie truffée d'inventions. (Toutes les notes sont du traducteur)

– Carrie ?! hurle Jack. Oprah a arrêté son émission avec le canapé ?

– Le 25 mai 2011, répond Carrie d'un air morne. Dans le milieu, on a surnommé ce jour "Le jour où l'argent a arrêté de tomber du ciel". On observe une minute de silence en sa mémoire chaque année.

– Mais elle est revenue à l'écran, non ? demande Jack. Elle n'a pas encore décidé de se retirer, pas vrai ? Bon Dieu, j'espère que non !

– Non, répond Carrie lentement. Elle n'a pas à nouveau arrêté. » Sa voix est si lourde, je l'imagine avec les yeux dans le vague depuis plusieurs minutes, comme si elle regardait le générique de fin d'un de ses films favoris qu'elle ne pourrait plus jamais revoir. Puis elle lâche : « Elle est de retour… mais ce n'est plus pareil.

– Désolé pour ce drame. » dis-je. Et tout à coup, à l'unanimité, nous nous plongeons dans un silence en mémoire du passé.

Après avoir pleuré la splendeur absolue qu'a été le canapé d'Oprah, nous revenons à nos affaires. Sharon revient, l'air bien plus en forme, et nous passons l'heure et demie qui suit à parler uniquement de ma garde-robe pour la tournée promo et des entretiens que je vais devoir faire.

« – Actuellement, dit Jack, avec le jean et la chemise que vous portez, vous avez encore un peu l'air d'un plouc m'as-tu-vu. Ce n'est d'ailleurs pas gênant du tout, les gens aiment ça. Ça peut être payant.

Mais ce n'est pas parfait. Il faut qu'on vous chope une veste en velours.

– Je l'avais dit, commente Sharon.

– Ça fait une petite différence, tout en subtilité, dit Jack, mais c'est essentiel. C'est la différence entre un auteur dont la garde-robe dit "vous devriez lire mon livre" et un auteur dont la garde-robe dit "il faut que vous lisiez mon livre".

– Ce qui représente dix-sept pour cent de ventes en plus, ajoute Sharon.

– Exactement, dit Jack. Donc, d'abord, une veste en velours. Ensuite, quand vous ne portez pas votre veste en velours, un costume. Vous avez déjà vu un auteur qui passe au *Today Show* sans costard ?

– Mmmmh…

– Non, jamais, me coupe Jack. Le costume – ou la veste en velours –, c'est la base de tout bon entretien. D'ailleurs, en parlant d'interviews, est-ce que Sharon vous a donné la liste prévue ?

– Oui, oui, répond Sharon.

– Super, dit Jack. Maintenant, allez là-bas, et montrez-moi ce que vous avez dans le ventre. » Il se retourne et me désigne l'estrade située à l'autre bout de la pièce.

Je me lève pour aller jusqu'à l'estrade, tout simplement parce que je n'ai pas d'autre choix. Jack est un professionnel des médias. C'est son boulot. Et moi, je suis un type qui a passé sa vie au service client, et qui vient juste d'écrire un livre que quelqu'un a bien voulu publier. Quand j'arrête de penser à ça, je me rends compte que je ne me souviens d'aucun auteur passant au *Today Show* sans un costume trois pièces. Jack et Sharon doivent savoir de quoi ils parlent. Ce qui a le don de me rendre encore plus nerveux.

Mes jambes sont lourdes et rigides comme du béton quand je monte sur l'estrade. J'ai neuf microphones braqués sur moi, et tous me rendent mal à l'aise. Ils me privent de tout confort immédiat.

« – Excellent, commente Jack. Encore une chose, rapidement. » Il se dirige jusqu'à la caméra orientée vers l'estrade, et l'allume. « Voilà, vous êtes prêt ?

– Pas vraiment.

– Super, dit-il. De toutes façons, la vie n'attend jamais que vous soyez prêt. Première question : quel est le titre de votre livre ?

– *L'Enfant qui voulait disparaître*, dis-je.

– Je vous arrête tout de suite, coupe Jack. Vous ne m'avez pas remercié de vous avoir posé la question. Il faut toujours remercier votre intervieweur pour la première question qu'il pose à propos de votre livre. On recommence. Alors, quel est le titre de votre livre ?

– Hmmm…

– Pas de Hum ou de Euh. On recommence.

– Merci pour votre question, dis-je, la voix tremblante comme la tectonique des plaques. Mon livre est intitulé *L'Enfant qui voulait disparaître*.

– Super ! lance Jack, visiblement plus excité qu'il ne devrait l'être. C'était génial ! Prêt pour la prochaine question. Allez, on y va : De quoi parle votre livre ?

– Il parle de…

– Le titre, interrompt Sharon, à nouveau occupée à écrire un email sur son téléphone.

– Quoi ? dis-je.

– Répétez le titre le plus possible, me conseille Jack le spécialiste médias. On recommence : De quoi parle votre livre ?

– Merci pour votre question, dis-je l'air peu assuré, comme si je mettais mon pied dans une eau saumâtre et sans fond. *L'Enfant qui voulait disparaître* parle de…

– Et voilà les points que vous allez devoir aborder pour parler de *L'Enfant qui voulait disparaître.* » l'interrompt Jack. Il se penche en avant, prêt à me révéler des secrets si incroyables que mon éditeur est prêt à payer 350 dollars de l'heure pour que je les entende.

« – D'accord, dis-je.

– Qui êtes-vous ?

– Je ne pense pas bien comprendre la question. En fait, je ne la comprends même pas du tout.

– Qui êtes-vous ? répète Jack. C'est la seule question à laquelle il vous faut répondre quand vous parlez de ce livre. C'est la seule question à laquelle quiconque doit savoir répondre. Qui vous êtes définit le monde dans lequel vous existez. » Jack sourit. « Qui vous êtes définit votre livre plus que toute intrigue, plus que tout personnage. À chaque fois qu'on vous demande de quoi parle votre livre, vous devez en fait répondre à la question "qui êtes-vous ?"

– Et ne pas oublier l'intrigue, dit Sharon.

– Qui vous êtes, en termes d'intrigue » corrige Jack. Il se rassied sur sa chaise, l'air suffisant et fier de lui.

« Génial » dit Sharon. Elle a relevé les yeux de son écran, pour une fois. Elle a l'air ravie. Étonnée, même. Elle se retourne vers moi au bout de quelques secondes.

« – Je ne vous avais pas dit que ça serait du tonnerre ? demande-t-elle.

– Jack ? dis-je.

– Ouais, non ?

– Je ne comprends pas.

– Pas de souci, dit Jack. Pas besoin de comprendre. Pas tout de suite en tout cas. Vous comprendrez plus tard. » Il désigne Sharon. « Elle comprend, elle, mais c'est parce que ça ne la concerne pas directement. C'est de vous dont on parle. C'est toujours plus simple de voir la vérité chez les autres que chez soi-même.

– C'est à cause du labyrinthe que j'ai en moi ?

– J'en ai fini avec vous, dit Jack. Vous êtes parti pour devenir un auteur. Pour devenir un auteur professionnel. Encore une chose, quand même.

– Quoi ?

– C'est sûrement évident, mais je préfère le préciser, on ne sait jamais : n'écrivez rien sur votre race. Enfin, n'écrivez rien sur le fait d'être noir. Vous pouvez avoir des personnages noirs, mais ne parlez pas de leur négritude. Jamais.

– Pourquoi pas ?

– Faites-moi confiance. J'ai roulé ma bosse sur le sujet. J'ai vu des dizaines d'écrivains comme vous débarquer, puis être oubliés. Vous avez le talent dingue d'être au carrefour de votre époque, mon vieux. Vous vivez dans les deux mondes. C'est le truc le plus intelligent dans *L'Enfant qui voulait disparaître*. Restez comme ça. Les gens n'ont absolument pas envie d'entendre parler de la condition des Noirs. Être noir, c'est une malédiction – ne le prenez pas mal, mon vieux – et personne ne veut se sentir maudit quand il lit un bouquin qu'il vient de payer 24,95 dollars. Vous me suivez ? J'ai appris un truc avec le temps : quand quelqu'un vous maltraite, la dernière chose dont il a envie, c'est que vous vous comportiez comme s'il vous avait maltraité. Si je vous frappe à la gorge, je n'ai pas envie que vous me parliez de cette fois où je vous ai frappé à la gorge. Votre mission, en tant que victime, c'est de grimacer sans rien dire, et de me traiter comme si je n'avais rien fait. Me faire sentir que je suis un brave type. M'aider à oublier ce coup que je vous ai porté à la gorge. C'est de la courtoisie de base, en fait. Et ça marche pareil avec ceux qui vous disent qu'ils vous aiment, et vous prouvent le contraire ; ou un pays qui vous prend en otage et vous coupe une jambe. Personne n'a envie que ces monstruosités refassent surface. Et si vous leur rappelez, ils vont vous haïr. Demandez à Frankenstein.

– Hein ?

– Voilà ce que j'attends de vous : je veux que vous restiez le plus superficiel possible – en tant que personne, en tant qu'auteur, en tant que livre.

– Mais je ne suis pas un livre.

– Bien sûr que si. Et en tant que tel, n'allez pas me balancer des revendications un peu partout. Jamais. Ne vous attachez à rien. Contentez-vous d'exister. Comme ce dédale qui vous habite, l'avenir de ce pays s'écrit avec un langage d'union et de patriotisme. Post-racial. Trans-Jim Crow. Épi-traumatique. Alt-réparateur. Omni-car. YingYang-esque. Socio-culturalo-transcendental. Indigéno-respectueux. L'Armistice du troisième sexe. La Méta-culpabilité. Le Pan-pan-politique. L'Uber-inter-connectivité. La Tangente de Martin Luther King. C'est là que réside le magnifique destin américain inclusif et empathique pour tous ! C'est notre combat ! À vous, à moi ! Livre après livre, on y arrive ! Mais ce n'est pas en balançant des revendications à la con ou en retournant le couteau dans la plaie d'une certaine démographie culturelle néoglobalisée et dépossédée qu'on va réussir à *possiblement* créer une proto-nation de bonheur. »

Ah, quelle belle soupe de grands mots il nous sert là. Tellement beau. Mais il y a tout de même quelques couilles à la surface du potage.

« – Attendez un peu, dis-je en me grattant la tête. Est-ce que je fais partie de… cette démographie culturelle néoglobalisée et dépossédée ?

– Écoutez-moi mon vieux. L'idée centrale, c'est que si vous avez en tête d'écrire quelque chose d'universel concernant cet archétype nationaliste fiévreux mais sublime que je viens d'évoquer, mieux vaut uniquement parler d'amour. » Jack se frotte le menton, affalé dans sa chaise, très fier de lui. « Ouais, rajoute-t-il. Parlez d'amour. D'amour et de destins à la Disney. Pas de souffrance. Pas d'oppression. Pas de peur. Surtout pas du passé – imaginaire ou historique. Pas de déception. Pas de mort. Jamais de mort. Juste d'amour. Une belle histoire d'amour. Racontez toujours une histoire d'amour. L'amour, c'est une forme d'absolution – pas obligatoirement évidente, mais induite. »

… C'est ce que je disais : ce livre est une histoire d'amour.

C'est le cœur de l'été, et les cigales entament leur sérénade habituelle auprès du père de Charbon, William, qui court dans la nuit. L'air sent encore les feux d'artifice. De temps à autres, il passe devant des groupes de gens installés dans leur petit jardin. Al Green, Marvin Gaye, le Wu-Tang Clan, Donna Summer, J. Cole : toutes leurs mélodies s'entremêlent dans l'atmosphère épaisse de ce soir d'été où les corps noirs dansent et éclatent de rire à la lueur vacillante des porches. Il passe devant chez les Brown, et hume l'odeur d'un barbecue. Son estomac crie famine et une voix lui crie d'entrer pour se servir une bonne assiette, mais William répond qu'il lui reste encore des kilomètres à courir. Peut-être passera-t-il demain récupérer d'éventuels restes. La personne lui répond quelque chose en criant, puis disparaît dans la nuit derrière William qui continue de courir.

Il tourne entre deux maisons, par un petit chemin. Les lumières sont toutes éteintes, et seule la pâle lumière d'un quartier de lune et de quelques étoiles éclaire son chemin. Pour toute bande-son, il n'a plus que la cadence de son souffle et de ses pieds qui frappent le bitume.

Sa course l'amène sur les chemins sinueux et profonds de la campagne. Il franchit un petit pont et il entend le bruit de quelque chose qui plonge dans l'eau. Il aimerait s'arrêter pour comprendre ce qui a provoqué ce son, mais il préfère continuer car il pense que ça ne se fait pas. Pourtant cette sensation ne s'en va pas, elle revient sans cesse, tandis qu'il continue à courir. Il a tellement envie de s'arrêter et regarder autour de lui, de s'arrêter, d'explorer tous les moments et les mystères qui s'offrent à lui, dans le cas où ils lui seraient soudainement retirés à tout jamais.

Il est heureux d'être ici, perdu dans la pénombre de ce monde, loin de tous. Il se sent bien, seul avec lui-même, chez lui dans sa propre peau. Il pourrait croire, à ce moment précis, que le monde a disparu tout entier, et que ces yeux braqués sur lui ne sont plus là. Enfin, plus personne ne le regarde. Il ne fait plus tache. À chaque instant de sa vie, il s'est senti stigmatisé. Trop grand. Trop maigre. Trop noir. Parfois, il n'en pouvait plus. Il y avait des yeux partout, braqués sur lui, occupés à le détailler.

Il voit la même souffrance chez Charbon, et il déteste ce monde qui les traite ainsi. Mais, plus que tout encore, il se déteste de ne pas avoir été capable de régler ce problème. Il aurait tellement voulu apprendre à son fils comment disparaître. Savoir s'en aller, devenir intraçable et se mettre en sécurité. C'est la seule chose qu'il veut léguer à son fils, et jour après jour, il échoue. Mais cette même tristesse et cette culpabilité disparaissent quand il court. Ici, sous le ciel noir, entouré par la nature obscure, il est juste lui-même.

Il n'est personne.
Il est intraçable.
Il est invisible.
Il est en sécurité.

Le chemin du retour est tout aussi resplendissant. Il passe devant d'autres fêtes qui se terminent. Les gens sont désormais trop fatigués, trop ivres, ou se sont trop amusés pour l'apercevoir encore courir à travers la nuit. C'est en arrivant chez lui qu'il remarque le scintillement des lumières bleues dans son dos.

La sirène retentit, et William s'arrête sur le côté de la route, en jetant un regard derrière lui. Des lumières bleues qui oscillent dans la pénombre. Des phares qui l'aveuglent. Il se retourne et aperçoit sa maison – ce petit carré de planches et de clous et de souvenirs qui disparaîtra un jour. Il pourrait y lancer une pierre et l'atteindre sans problème. Ou y courir pour s'y réfugier en quelques secondes.

La voiture de police se gare à côté de lui. Il entend une porte s'ouvrir. « Ne bougez pas. » lui intime une voix sévère.

William respire profondément et se retourne. Il ne voit qu'une lueur bleue derrière la stupeur des phares.

Une silhouette sort de la voiture et lui répète : « Restez-là, ne bougez pas. »

Une lampe torche est braquée sur ses yeux et, par réflexe, il lève une main pour se protéger de la lueur aveuglante.

« Ne faites pas ça. » ordonne la silhouette. Un frisson parcourt l'échine de William. Il baisse la main lentement.

« – Qu'est-ce que vous faites par ici ? demande la silhouette.

– Je fais un petit footing, et je rentre chez moi.

– Pourquoi est-ce que vous courez dans la pénombre ?

– Il fait trop chaud en plein jour. Rien de plus. » William se retourne pour désigner sa maison. « C'est chez moi, juste là.

– Mmmh… Et vous avez une pièce d'identité sur vous ? demande la silhouette.

– Non. Comme je vous disais, j'étais juste sorti courir. Ma maison est juste là. Ma pièce d'identité est chez moi.

– Vous devriez avoir votre pièce d'identité sur vous. Tournez-vous.

– Hein ? Pourquoi ?

– Tournez-vous.

– Mais… »

Et, alors, le monde explose.

William tombe à terre. Ses jambes ne le portent plus. Ses poumons tremblent dans sa cage thoracique, comme s'il se noyait. Ses bras fonctionnent encore, mais ils ne savent pas quoi faire. « Du calme, se dit-il. Du calme. Tout va bien se passer. Tout va bien se passer. » Ce sont les mots qu'il veut prononcer, mais ce qui sort de sa bouche n'est qu'un gémissement douloureux.

La silhouette derrière lui hurle quelque chose, mais William ne distingue pas les mots. Il veut rentrer chez lui. S'il arrive chez lui, tout se passera bien. Sa femme sera là et son fils aussi, et ensemble, tout ira bien. Ils seront en sécurité.

Si seulement il pouvait rentrer chez lui.

Il se roule sur le ventre tandis que les lumières bleues éclairent par intermittence la pelouse autour de lui. Il essaie de ramper, mais son corps ne répond pas.

Il lève les yeux et aperçoit, sur le porche de sa maison, sa femme et son fils qui le regardent. Le visage de sa femme est déformé par la peur. Celui du gamin reste impassible. Il ne réagit pas.

Puis, rideau. Son fils s'évapore petit à petit. Ce n'est pas la pénombre qui s'abat sur les yeux de William – ce sera juste après – mais quelque chose d'autre. L'enfant disparaît. Dans l'air, comme de la vapeur. Il s'évapore vers le néant.

Il disparaît… vers l'Invisible.

Enfin.

Enfin, il sera intraçable.

Enfin, il sera invisible.

Enfin, il sera en sécurité.

Son fils qui disparaît, c'est la dernière image que William aperçoit. Il meurt le sourire aux lèvres.

Comme si ma vie n'était pas assez chaotique comme ça, je commets l'erreur d'expliquer au Gamin qu'il y a une histoire d'amour derrière tout ça. Je sais bien que c'est une connerie, mais je lui explique quand même. Depuis que Renny m'a mis des gifles et m'a expliqué que j'étais noir et qu'il faut que j'en parle ouvertement, le Gamin me colle plus que jamais. Et même si j'ai fait tout mon possible pour le garder à distance, je sens bien qu'il est de plus en plus présent. À chaque fois que je tente de revenir en arrière, il se pointe à nouveau, avec son grand sourire si caractéristique.

On est assis ensemble à l'aéroport, occupés à observer toute l'humanité qui passe devant nos yeux, et il n'a pas l'air de vraiment adhérer à ma théorie qui veut qu'on ne puisse pas considérer les gens comme des êtres réels, même si la télé publique et ses émissions éducatives comme *Sesame Street* tentent de nous expliquer le contraire. Je veux qu'il comprenne que ce n'est pas parce qu'on est adulte qu'il faut croire en l'existence des autres. Si on commence à croire en tout un chacun – à se dire qu'ils existent vraiment –, alors il faut se soucier d'eux. Il faut changer nos vies. Il faut admettre que certains partent avec de meilleures chances, et qu'ils devraient accepter de renoncer à une partie de leurs privilèges pour que d'autres en profitent un peu.

« – C'est quoi le problème en fait ? demande le Gamin, d'un air naïf.

– La Peur, Gamin.

– La Peur ?

– Exactement. La Peur. La Peur est la plus vieille émotion de l'histoire de l'humanité. Elle se présente sous toutes les formes, et dans toutes les tailles. Mais il en existe deux versions qui te toucheront encore plus que toutes, vu comment tu es.

– Qu'est-ce que tu veux dire ? » demande le Gamin. Je peux deviner une pointe d'hésitation au fond de sa gorge. Ses mots rampent sur sa langue, comme s'ils voulaient rester encore un peu en lui. Le Gamin arrive tout de même à les cracher. De toute façon, ils finissent par revenir. Il sait bien qu'il ouvre une boîte de Pandore qu'il préfèrerait ne pas toucher. Mais il continue quand même.

Ouais, ce gamin a vraiment du cran. Et, dans ce monde, le cran t'emmène loin ou te conduit à une mort certaine. Voire, il t'emmène assez loin pour que tu te fasses tuer.

En tout cas, s'il veut me poser des questions, le moins que je puisse faire, c'est lui répondre. Alors c'est ce que je fais, sans mentir un instant, en lui dévoilant tout : « Vis assez longtemps, dis-je, et tu finiras par identifier toutes ces choses qu'on t'a volé, Gamin. Des jouets, des sandwichs, de l'argent, des gens, et même du temps. Et plus tu resteras en vie, plus tu angoisseras d'être toi-même volé, et plus tu auras peur de ne pas avoir assez. On a tous peur de toucher le fond du fond. On a tous peur d'être pauvre, d'être blessé, d'être abandonné, d'être handicapé, de connaître cet état qui fait que tous les autres nous regardent en disant "Quel gâchis. Quelqu'un devrait l'aider, quand même." La chose qui nous fait le plus peur, c'est d'être le sujet de cette équation. » Je secoue la tête comme pour évacuer l'horreur que je confie au Gamin. Je n'arrive pas à savoir s'il me comprend ou pas. Je ne sais pas s'il assimile ce que je lui dis, ou si je passe pour un énième connard cynique. En tout cas, c'est la vérité que je lui explique.

Le Gamin réfléchit en silence, et cette peau d'un noir impossible boit le soleil de la plus belle des manières.

« – Et c'est quoi l'autre ? finit-il par demander.

– L'autre quoi ?

– L'autre version. Tu m'as dit qu'il y avait deux grandes versions qui me toucheront plus que toutes. Donc, quelle est l'autre ? »

Je ne réagis pas tout de suite, occupé à me demander si je dois ou non me lancer dans cette autre explication. Je n'ai pas le cœur à lui apprendre que la deuxième version est encore pire que la première.

Je n'ai pas le cœur de lui raconter comment je l'ai découverte le jour de la mort de mon père, et à quel point elle m'a hanté depuis, à chaque instant. Je ne peux pas lui expliquer à quel point elle m'a détruit et tout volé.

Alors, je ne dis rien. Je décide de garder cette horreur pour moi seul. Pour l'instant, en tout cas.

« – Désolé, Gamin, dis-je.

– Pour quelle raison ?

– De t'avoir expliqué tout ça. Pour avoir brisé tes illusions.

Le Gamin hoche la tête.

– T'inquiète, dit-il. Ça va aller. À moi de voir si je dois croire ce que tu dis ou pas. C'est ce que maman m'a appris. De choisir ce qui est vrai dans le monde. Je ne peux pas choisir les faits, mais je peux choisir ce qui est vrai. Mais elle aussi, elle s'est excusée ensuite.

– Pourquoi est-ce qu'elle s'est excusée ?

– Elle ne m'a jamais dit. Elle est devenue tout à coup très triste. Est-ce que ta maman t'a expliqué la même chose, à toi, que tu pouvais choisir ce qui était vrai dans le monde ? »

Je tressaille à l'évocation de ma mère. Ce gamin ne sait-il pas que c'est impoli de parler de la famille de l'autre ? Que ça ne se fait pas ? Enfin, je sais bien que je lui ai parlé de sa mère, mais c'était parce qu'il avait mis le sujet sur le tapis. C'est la règle. La règle quand on échange avec quelqu'un. Il faut laisser les gens garder leurs secrets. Les laisser être la personne qu'ils veulent bien montrer. Par contre, il ne faut surtout pas s'immiscer dans la vie des gens, leur poser des questions sur leurs parents, sur la perte, sur la douleur, et toutes ces choses qui vous empêchent de dormir au creux de la nuit après des semaines de cauchemars.

« – Ne parlons pas de ma mère, dis-je.

– Et pourquoi ?

– Parce que je vais t'expliquer la recette pour s'en sortir dans la vie, Gamin. Je vais te montrer le secret pour être vraiment heureux, vraiment vivre avec la réalité, et l'accepter jour après jour, pendant toutes les années du restant de ta longue et heureuse existence. »

Je suis assis avec le Gamin sur le banc de l'aéroport, occupé à regarder la foule et à manger la fin du sandwich que j'ai réussi à voler à un journaliste qui a été assez accommodant pour me retrouver ici et me poser toutes les questions que son métier requiert.

J'observe les voyageurs défiler devant nos yeux en finissant mon sandwich, puis je m'essuie les mains sur mon pantalon de costume.

« – Bon, dis-je, quel est ton animal préféré ?

– Le paon ! dit le Gamin, le regard tout excité.

– Un paon ?

– Ouais ! Mon oncle en faisait l'élevage. Ils sont géniaux. Le soir, ils s'envolent dans les arbres pour y dormir. Parfois, on les entend crier au beau milieu de la nuit. » Le Gamin rit à gorge déployée. « Souvent, mon cousin de New York venait nous voir pendant l'été. À chaque fois que les paons criaient en pleine nuit, il bondissait de son lit, il avait tellement peur ! » Le Gamin est plié en deux. De ses deux mains noires, il se tient le ventre en rigolant. Sa bouche n'est que dents, langue et beauté indicible.

« – C'est la seule fois où je l'ai vu flipper, alors que moi non, dit le Gamin. La seule fois de ma vie.

– D'accord, dis-je. Regarde par là-bas.

Je désigne de la main une grande azalée qui pousse au bout d'un petit bassin artificiel.

Le Gamin regarde.

– Les fleurs ?

– Non, dis-je. Le paon. Le paon noir. »

Je tends la main à nouveau, pointant bien mon doigt vers le magnifique oiseau qui doit se tenir à dix mètres à peine de nous.

C'est un paon onyx. Une étoile noire dotée d'un plumage. Du bout de ses pattes délicatement palmées jusqu'à la pointe de sa tête joliment couronnée, en passant par les extrémités de son plumage aussi large que l'horizon, il est d'un noir de jais, tel un mur de pénombre qui aurait été mis en bouteille, modelé et sculpté en une œuvre digne d'être révérée et célébrée.

Je vois dans le regard du gamin qu'il ne l'aperçoit pas.

« – Ne t'inquiète pas, dis-je.

– C'est-à-dire ?

– On a le temps. J'ai le temps de t'apprendre toutes ces choses. »

Le Gamin réfléchit un instant. Il me regarde longuement, puis revient à l'endroit où il n'aperçoit pas le paon.

« – Tu vois vraiment un oiseau là-bas ?

Aussi clairement que je te vois toi, dis-je.

– Mais moi, je suis réel, dit-il.

– Je sais bien.

– Je suis juste invisible avec les gens dont j'ai envie qu'ils ne me voient pas. Je t'ai déjà expliqué. Maman m'a appris que c'était mon don. » Pour la première fois, il ne semble plus si certain. De lui comme de moi. Je connais cette sensation. Je suis passé par là. C'est la sensation du sable mouvant qui s'échappe sous les pieds, quand on ne sait pas encore si on va s'en sortir ou non.

« – Je sais, lui dis-je. C'est un don incroyable. Ta mère a l'air d'être une personne extraordinaire.

– Oui, exactement, confirme le Gamin.

– Elle t'a déjà expliqué pourquoi elle t'a appris à devenir invisible ?

– Pour être en sécurité.

– Bien sûr, mais en sécurité de quoi ? De qui ?

Son visage s'assombrit tout à coup, et il semble tellement triste.

« – Tu veux qu'on en parle ? je lui demande.

– Non. » répond le Gamin.

Je n'ai pas le cœur à lui expliquer que je sais exactement de quoi et de qui sa maman voulait essayer de le protéger. Ma mère a essayé de me protéger de la même chose. Mon père aussi. Aucun des deux n'a réussi. Et à mon avis, la maman du Gamin a échoué également. Mais il ne le sait pas encore.

On reste assis un long moment, et je regarde le paon onyx déambuler tranquillement à côté du bassin artificiel. Son plumage noir scintille sous les rayons du soleil de l'après-midi, réfléchissant la lumière à travers sa lentille sombre et le sublimant avec une beauté inédite. Cela ressemble à la forme qu'aurait le jazz s'il n'avait pas déjà la forme de Miles Davis.

Je me lève pour m'approcher de l'oiseau. Comme je le pensais, il prend peur et s'envole. Il part loin à l'horizon, dans les faubourgs de la ville anonyme et disparaît sous les clameurs et les applaudissements de l'humanité. Je ramasse une plume restée là.

« – Tiens, dis-je en la tendant au Gamin.

– Quoi ?

– Une de ses plumes. »

Le Gamin observe ma main et, pendant un instant, je n'arrive pas à déterminer s'il aperçoit la plume ou pas. J'ai l'impression que si, mais le Gamin n'est pas facile à décrypter. Surtout avec sa peau si sombre. Cela cache presque tout de lui, et même s'il n'arrive pas à devenir invisible, je ne suis pas certain qu'il aurait beaucoup de mal à disparaître de ce monde. Quand il tend sa main pour saisir la plume, je me rends compte à quel point lui et le paon sont semblables. Ils sont faits du même matériau, de la même nuance incroyable de pénombre. Du même noir impossible. De la même splendeur.

Mais juste avant que ses doigts ne touchent la plume, il retire sa main.

« – Je ne vois rien, dit-il.

– Ne t'inquiète pas, dis-je. Ce n'est pas très important. » Je jette la plume. « Dis, Gamin, tu penses souvent à l'amour ? »

J'aimais ma mère, et j'aimais mon père, et aussi Papa Henry. En grandissant, j'ai commencé à aimer les gens de manières différentes. Il faut savoir varier. Je n'ai jamais été un grand dragueur pour autant. Le plus ennuyeux, avec la drague, c'est qu'à un moment du processus, il faut inclure d'autres personnes. Il faut interagir avec un autre être humain. Et j'avoue que les gens… enfin… je n'ai jamais été très fan des gens.

Mais comme tous ceux qui errent dans ce vide spatial sur lequel tangue notre petit rocher entouré d'océans, j'ai connu des jours où j'étais persuadé que c'était mieux de ne pas être seul. Sentir la main de quelqu'un contre ma chair. Raconter une blague et entendre un autre rire que le mien.

Le seul défaut de l'écriture, c'est que vous avez beau essayer, la page ne vous répond jamais directement. Écrire est un acte obsessionnel, en fait. Et l'obsession, par nature, se vit à sens unique.

Seul l'amour peut apporter une réponse.

Et pour ça, il faut une autre personne que soi. Et pour avoir une autre personne que soi, il faut plonger tête la première dans le maelstrom des rencontres. Se mouiller.

Spécimen numéro 1 : Kelli

C'est le milieu de l'été, et je rencontre cette charmante jeune femme aux cheveux qui lui descendent dans le dos, dotée d'un sens de l'humour particulier, et tout ça suffit à éveiller mon intérêt. Elle m'apprend qu'elle se prénomme Kelli, je lui réponds que c'est un chouette prénom – ce qui est vrai – et on finit par décider de dîner ensemble. Elle m'invite en me promettant de me préparer à dîner, même si je lui dis qu'elle ne doit pas sentir obligée.

« Je n'ai jamais cuisiné des ailes de poulet avant » dit Kelli. On est debout dans sa petite cuisine qui sent les épices et le bois. « Je ne suis pas très friture, explique-t-elle. Ma tante adore cette recette pourtant. » Elle vit dans un loft du quartier branché de la ville. Son appartement est rempli de livres et de photos de famille. Elle a un léger accent du Midwest.

« Ne t'embête pas à faire ça, lui dis-je le plus poliment possible. Je peux manger n'importe quoi, tout me va. » Pour dire le vrai, je suis allergique aux bananes mais ça serait absurde de le lui préciser tout de suite. Lors des premiers rendez-vous, on est son propre ambassadeur ; l'heure de la diplomatie et de la négociation n'est pas encore arrivée.

« Non, dit-elle, tout aussi polie. J'ai envie. J'adore apprendre de nouvelles choses. »

On sourit alors tous les deux, du plus beau sourire de premier rendez-vous possible. Elle allume la plaque de cuisson. Le gaz s'allume sous la casserole pleine d'huile dans un doux bruit de feu.

« – Tu sais ce qui me plaît chez toi ? demande Kelli.

– Mon charme ? Mon physique de rêve ? Ma modestie ? Tu as le choix.

Elle part d'un petit rire, puis elle dit :

– Non, c'est que tu n'essaies pas de m'imposer quoi faire. Je te jure, je n'arrête pas de rencontrer des types qui veulent, je ne sais pas pourquoi, toujours me dire quoi faire. Toi, tu n'es pas comme ça.

– Pas du tout, en effet. » dis-je.

Le gaz sous la casserole continue à chauffer le récipient. Je l'observe, incapable de regarder ailleurs depuis que j'ai remarqué qu'elle a mis la puissance maximale. « Je vois très bien ce que tu veux dire » dis-je. Puis : « – Hé, au fait, je pense que tu as mis un peu trop fort le...

– Je pense que tu n'imagines pas à quel point ça fait du bien de passer du temps avec quelqu'un qui n'essaie pas de se conduire comme ton propre père. Tu comprends ?

– Totalement. » dis-je.

Des volutes de fumée s'échappent de la casserole. L'huile à l'intérieur frémit. Un petit craquement, comme celui d'un éclair miniature, s'échappe de l'huile en ébullition.

« – Tu... euh... tu disais que tu ne fais jamais de friture, c'est ça ?

– Ouais, répond Kelli. À cause de la graisse, du cholestérol, tous ces trucs. »

Elle saisit une poignée de poulet couvert de panure et la tient au-dessus de la casserole bouillante où l'huile est déjà prête à exploser.

« – Écoute, Kelli, dis-je, je ne veux absolument pas te dire ce qu'il faut faire, mais...

– Mais quoi ? »

Sa bouche se crispe. Son regard est survolté, comme pour dire « Je te mets au défi de finir ta phrase ». Nos vies sont peut-être en jeu, mais que je sois maudit si j'ose dire quelque chose. Je ne veux pas rejoindre la cohorte de tous ces hommes qui veulent toujours lui dire quoi faire. Je ne veux pas qu'elle me rejette. Je ne veux pas qu'elle me renvoie dans ma maison vide, où seul un ordinateur et un manuscrit à moitié achevé, contenant les souvenirs de mes défunts parents, m'attendent.

Je ne dis donc rien.

Les ailes de poulet tombent.

L'instant d'après, nous sommes devant un immeuble en feu, le visage couvert de suie, les poumons saturés de fumée. Les pompiers se pressent en courant vers l'infernal incendie. De l'eau sort de leurs lances. L'appartement en feu n'est plus qu'un petit soleil rougeoyant et lointain.

« – Tu me rappelles ? demande-t-elle.

– Je ne pense pas.

– Je comprends.

– Je vais y aller, là.

– Fais attention sur la route.

– Bien sûr. »

Et c'était l'un des meilleurs rencards que j'ai eus.

Spécimen numéro 2 : Kellie.

C'est le printemps. Chaud au soleil, froid à l'ombre. Oiseaux dans les arbres. Je suis dans une voiture en compagnie d'une jeune femme très belle, prénommée Kellie.

Ce n'est pas la même Kellie qu'avant. Ça ne s'écrit d'ailleurs pas du tout pareil.

Pour Dieu sait quelle raison, l'univers choisit de m'envoyer beaucoup de Kelly. Kelly, puis Kelli, puis Kellie, puis Keli. Je ne sais pas du tout pourquoi. Ma mère ne s'appelait pas Kelly. Mon premier amour ne s'appelait pas Kelly. Freud serait déçu, il faut croire. Je n'ai jamais voulu tuer mon père et épouser ma mère. D'ailleurs, pour être franc, mon père était un brave type. Je l'appréciais beaucoup.

À ce propos, laissez-moi vous en dire un peu plus sur mon paternel :

Imaginez-moi à l'âge de neuf ans. Je suis grand pour mon âge. Mince, mais pas maigre. L'air plutôt intelligent, mais pas non plus assez pour qu'on pense de moi que je suis le genre de gamin qui va devenir une vraie plaie ou un sale con en grandissant.

Je vis dans une petite maison vieille et grisâtre. La peinture extérieure a été choisie des décennies avant ma naissance. Difficile de déterminer si la couleur originale était le gris. Peut-être une sorte de bleu clair. Mais avec le soleil et le temps qui passe, et personne qui ne se soucie vraiment de l'entretien de l'endroit car il n'y a pas d'argent ici, la peinture s'est écaillée, et il ne reste plus qu'une bâtisse à l'allure triste et abandonnée.

Pourtant, ce foyer n'est pas celui de la tristesse.

À l'intérieur de la maison, le parquet est en bois. Vieux et légèrement usé, comme l'extérieur du bâtiment, mais il s'en dégage une sensation de chaleur. C'est le genre de plancher où l'on peut poser des enfants et les y oublier, sans que rien ne puisse leur arriver. C'est le genre de plancher où les enfants aiment à se coucher pour sentir la chaleur qui monte du sol à travers le bois durant les mois d'été, ou le froid qui s'infiltre par les fentes l'hiver, pendant qu'ils attendent ce bon vieux Père Noël.

C'est le genre de plancher sur lequel on construit une vie.

La maison dispose de deux chambres. Petites, étroites, à l'échelle des fenêtres petites et étroites du bâtiment. Il y a des panneaux de bois tout droit sortis des années 1970 accrochés aux murs. C'est la décoration brune et brillante que tous ceux qui ne pouvaient s'offrir autre chose décidaient d'avoir chez eux. On a l'impression que vous avez recouvert vos murs d'acajou, sauf que vous n'avez jamais vu d'acajou véritable auparavant et qu'on vous en a vendu une pâle imitation sans que vous le remarquiez. C'est de la camelote, mais ils finissent par être retirés, et le mur est ensuite repeint d'une couleur bleu clair nommée « Dernier ciel d'été avant disparition ». Selon votre imagination – que vous ayez envie d'imaginer les panneaux de bois ou la peinture –, vous avez en face de vous la forêt ou le ciel. Comme vous préférez. Ce que vous choisissez en dit sûrement beaucoup sur vous.

Il y a un salon. La plus grande pièce de la maison. Quand j'avais neuf ans, il y avait un grand poêle à bois dans un coin de la pièce. De ceux qu'on ne voit plus nulle part, parce qu'ils ont mis le feu à bien des maisons. Des vrais pyromanes en acier. Un tuyau noir charbon sort du sommet du poêle comme un bras de grand brûlé. Il s'enfonce dans un trou dans le mur, jusqu'à la cheminée en béton couverte de mousse qui coiffe la maison à l'extérieur. Ce vieux poêle était increvable. Il était plus malin qu'une colonie de singes. J'ai encore une cicatrice à la jambe à cause d'une braise qui en était sortie par le ventre alors que mon père le nourrissait de bois.

La nostalgie est parfois étrange. Même à l'époque, quand cela m'est arrivé, je savais que cette expérience n'était pas si terrible. Même si, depuis, je dispose d'une marque à vie, je ne suis pas pour autant marqué à vie, vous voyez ce que je veux dire ? C'est ce que j'appelle la NO-stalgie. Quand la trace d'un moment passé est encore présente, même si ses conséquences ont disparu depuis longtemps.

Dans le coin opposé de la pièce, l'objet le plus important : la télévision. Mon père travaille beaucoup. Ouvrier dans une scierie. Les matins une semaine, les après-midi la suivante, la nuit celle d'après, et ça continue comme ça encore et encore. Après la mort de mon père, il y a eu pas mal d'articles publiés sur les conditions de travail atroces dans les scieries qui font les trois-huit. L'horloge interne du corps n'arrive pas à s'adapter. Plus aucun repère. Le cerveau, le cœur et le foie attendent quelque chose qui n'arrive pas : la normalité. C'est violent. Et le père de ce livre en était conscient bien avant que les têtes d'œuf de scientifiques se penchent sur ce phénomène et l'étudient. Mais il est réservé à quelques tranches d'imposition d'avoir le luxe d'être conscient que votre travail va vous tuer et de pouvoir choisir d'y renoncer.

Mon paternel n'est pas mort à cause des trois-huit – le cancer a remporté cette médaille d'or spéciale – mais cela a contribué à la dégradation de son état. De la même façon qu'un grain de sable contribue à l'existence de la plage.

Mon paternel est très grand. Près de deux mètres. Aussi maigre qu'un compte en banque après les fêtes de Noël. Il porte une petite moustache et un bouc de la même taille, avec quelques poils gris au bord. Il porte ses vêtements de travail tous les jours que Dieu fait. Jour et nuit, le même uniforme : une combinaison d'ouvrier de la marque Dickies, bleu foncé ou beige. Plus de poches que tout son argent pourrait remplir. Toujours une taille trop grande pour que les pantalons soient larges. Peu avant que le cancer ait eu raison de lui – lors d'un de ses derniers jours de lucidité – il m'a expliqué que c'était à cause des moqueries qu'il subissait dans sa jeunesse. Ils se moquaient tous de sa silhouette dégingandée alors il avait pensé pouvoir brouiller les pistes en portant des vêtements trop grands. Cela n'avait pas fonctionné, bien sûr. On ne peut pas cacher qui on est. Pas vraiment. Mais il a quand même essayé.

Mon paternel était aussi détruit que nous tous, et il en était conscient.

Je vais vous révéler un truc, tous ces gamins qui portent des *baggies*, ce sont des clones de mon vieux. Promis, juré. Les seules fois où je l'ai vu habillé différemment, c'était à des enterrements ou à des mariages, et quand ça arrivait, il était le premier à ne pas reconnaître sa propre ombre. Il marchait tout droit, rigide comme un Christ en croix. Comme si personne ne lui avait confié le manuel qui expliquait comment faire bouger l'inconnu qu'il apercevait dans le miroir.

À l'âge de neuf ans, je suis assis sur les genoux de mon père, pendant que le gros poêle noir grogne de l'autre côté de la pièce. La télévision est allumée, diffusant sa lueur bleu clair et ses voix étranges tout autour de nous. Mon paternel adorait ces vieux films de voyous en noir et blanc. Vous voyez de quoi je veux parler : les détectives privés volubiles qui sont empesés dans un costard croisé, occupés à éviter les balles lors d'une mission commanditée par une grande dame à qui on ne peut pas faire confiance mais dont on ne peut s'empêcher de tomber amoureux. Toutes les bastons se résolvent en un seul coup de poing, et les corps chutent au ralenti. Il faut croire que le sang aurait souillé les garde-robes utilisées dans ces films. Je crois que mon père adorait les costumes par-dessus tout. Parce que ces films constituaient un monde pétri de certitudes. Où la peur n'avait pas sa place.

Les personnages de ces films noirs n'avaient jamais peur de quiconque. Jamais vraiment. Même quand ça tirait du plomb dans tous les sens, ils se contentaient de se réfugier derrière une bagnole de gangster d'après-guerre, affichaient un rictus figé, et ripostaient ensuite de quelques salves. La peur n'était jamais présente.

C'est peut-être ça dont mon paternel rêvait. Vivre ce genre de vie. Je suis plus vieux, maintenant. J'ai un peu vécu. Et à y repenser, je crois que mon papa avait peur. Toujours peur. Chaque seconde de chaque minute de chaque jour. Sa vie a été un long chemin de terreur continuelle qu'il a toujours tenté de garder pour lui-même. Pas de la garder secrète, mais d'en garder la seule responsabilité. Il voulait être égoïste avec ça.

Je crois que la peur de mon vieux a toujours été là. Perpétuelle, omniprésente.

La peur d'être un mauvais père. La peur d'être un mauvais époux. La peur d'être arrêté. La peur d'être moqué pour sa maigreur quand il était gamin. La peur d'être plus pauvre demain qu'il ne l'était aujourd'hui. La peur de donner trop de son existence aux trois-huit, et pas assez à son fils. La peur des flics. La peur de la justice. La peur d'être blessé. La peur de mourir. La peur de vivre. La peur d'un passé qu'il ne pouvait changer. La peur du présent qui lui échappait. La peur d'un futur qui ressemblerait au présent, mais avec les cheveux gris. Les mêmes échecs. Les mêmes difficultés. Le tout avec encore moins de chance de faire bien les choses.

Chaque jour, il enfilait ses peurs comme il passait sa combinaison Dickies.

Mais dans ces films, les acteurs ne portaient jamais ce costume spécial. Comme je le disais plus tôt : ils n'avaient peur de rien. Je suis quasiment certain que c'était dont ce rêvait mon paternel. C'est pour ça qu'il adorait ces films. C'est pour ça qu'il me les montrait.

Grâce à mon père, à l'âge de neuf ans, j'avais déjà mémorisé toute la voix *off* du narrateur incarné par Fred McMurray dans *Assurance sur la mort*. C'était de loin son film favori. « Une histoire parfaite, disait-il. Aussi vraie que possible, même si ce n'est pas réel. »

Et quand on ne regardait pas ces gangsters en nuances de gris, mon père me racontait des histoires. Même s'il n'était pas super doué pour les raconter, il m'expliquait toujours qu'une bonne histoire est la meilleure façon de dire la vérité. Il ne se lançait pas dans de longs contes avec des cyclopes aux noms exotiques et des chiens à trois têtes qui n'arrivaient pas à penser avec leurs cerveaux. Non. Mon vieux aimait me parler des vrais gens. De ceux qui ont un numéro de sécurité sociale. Il me racontait les histoires de mon grand-père, un homme si fort qu'il avait une fois mis à terre une mule d'un seul uppercut. Il y avait aussi l'histoire de mon arrière-grand-mère, une femme si grande que les gens venaient de comtés éloignés juste pour la regarder s'habiller. Il me parlait d'histoires de chasse, des animaux qu'il avait capturés, et de ceux qu'il avait loupés. Il me racontait des histoires d'employés de la scierie qui avaient perdu leur membre favori avec la scie circulaire, mais qui revenaient quand même au boulot et faisaient comme si rien ne s'était passé.

Il semblait penser que chaque histoire recelait une leçon importante dont on pouvait tirer profit.

Mon paternel m'a dit un jour qu'il voulait que je devienne écrivain plus tard. « Les histoires, il n'y a que ça de vrai » m'a-t-il dit.

« L'écriture vous choisit, ai-je un jour expliqué à un fan lors d'une rencontre-signature. Il faut juste comprendre quand votre tour est venu. »

Si je suis honnête avec moi-même, je dois avouer que mon père m'a introduit à ce monde particulier. En regardant des films, en parlant des précurseurs que je ne connaîtrais jamais, en étant toujours présent pour moi, jour après jour, jusqu'à ce qu'il ait épuisé son temps sur terre.

C'était un sacré mec, mon paternel. Et pour tout dire, je l'aimais.

Il est mort lentement. Mais c'était plutôt une bonne chose. Ainsi, j'ai eu assez de temps pour m'habituer à l'idée.

Imaginez ce salon, avec mon père et moi. Le poêle à bois. Le vieux poste de télévision. Le film en noir et blanc sur l'écran. Imaginez un vieux téléphone à cadran, à portée de main. Le téléphone sonne – une vieille sonnerie très forte, le genre de téléphone qui sonne si fort qu'on l'entend depuis l'extrémité du jardin. Mon père décroche.

À l'autre bout de la ligne, un médecin lui annonce : « Vous avez un cancer, mon vieux. »

Et du tac au tac, il répond au médecin : « Ça arrive même aux meilleurs ». Puis il raccroche, et nous finissons de regarder le film.

Ses derniers instants sont survenus un an plus tard, sous les rayons du soleil qui illuminait sa chambre d'hôpital et jouait avec les ombres. Le cancer avait déjà gagné la bataille. En fait, il faisait déjà ses tours d'honneur, et mon père était maintenu en vie sous morphine. Il dormait plus que tout, il s'entraînait pour la suite. Enfin, c'est ce que je me disais.

J'avais dix ans à l'époque. Ma mère et moi campions sur les bords de son lit d'hôpital. Elle me répétait que ça allait s'arranger. Je lui répondais que je la croyais.

Ensemble, nous nous sommes arrangés pour faire tourner en boucle ces vieux films sur le poste de télé situé en face de lui. Le personnel de l'hôpital nous disait que même s'il dormait, il pouvait entendre ce qui se passait autour de lui. Ma mère les croyait. Pas moi, mais je n'ai rien dit. Peut-être pour elle. Ou peut-être au cas où ça aurait été vrai.

En notre for intérieur, on espérait qu'il mourrait tranquillement sur la bande-son qu'il avait connu toute sa vie. Des grandes dames disant à des brutes : « Mais enlevez vos sales pattes de là ! »

Des gros bras qui aboyaient : « Tu vas voir ce que tu vas voir, ma jolie. »

C'était une bonne idée, mais à la fin, ça n'a pas fonctionné. Un coup dans l'eau. C'était la faute de personne. Parfois, les choses vous échappent.

Voilà comment ça a mal fini :

Maman venait juste de partir chercher à manger. Je ne me souviens plus depuis combien de jours nous n'avions rien avalé, mais c'était assez pour que mon estomac soit totalement à l'envers. Je me suis retrouvé seul, à dix ans à peine, avec mon jean et mon t-shirt fétiche, et une paire de baskets. Le générique de fin du *Faucon maltais* venait juste de s'achever, et alors que je m'apprêtais à programmer un nouveau film sur l'écran de télé, l'info a fait irruption comme toujours. L'histoire du moment, à la Une de chaque chaîne – le seul spectacle de la région, pourrait-on dire – était celle d'un homme à la peau sombre qui s'était fait descendre par un flic dans son propre jardin. Les mêmes débats sans fin ont suivi : usage excessif de la force ou victime ayant résisté à la police. Les détails étaient encore sujets à discussion mais la vérité crue, c'était qu'un homme était mort devant sa femme et son fils. Ils avaient regardé toute la scène se dérouler depuis le confort du porche de leur foyer, éclairés par les sirènes bleutées et le bruit assourdissant allant crescendo du tir de huit balles.

L'homme mort qui est apparu à la télévision avait à peine trente ans, mais il était le portrait craché de mon paternel. C'était absolument incroyable. Aussi maigre. Aussi noir. Il portait même une combinaison Dickies bleue, c'était tout bonnement incroyable. Et cerise sur le gâteau : sur l'une des photos de la victime diffusée à la télévision, on apercevait sa famille. Lui, sa femme et un petit garnement qui n'était pas loin d'être aussi beau que votre serviteur. Âgé de dix ans, tout comme moi. Sans déconner, ce gamin était mon double maléfique. La seule différence était sa peau : d'un noir impossible, d'une beauté à couper le souffle.

Ce fut le début.

L'image de la victime morte m'a comme électrisé. Plus je regardais les infos, plus je voyais mon père allongé dans la rosée du matin, un drap recouvrant son corps et ses blessures par balle, en train de regarder fixement le ciel – les murs de sa maison étaient du même bleu que les nôtres. En quelques instants, ce n'était plus un étranger que je voyais à la télévision, c'était mon paternel, à cent pour cent. Même quand je me retournais pour le regarder sur son lit, en train de mourir à quelques centimètres de moi, il était en même temps à l'écran, déjà mort. Il était à la fois mort et en train de mourir, au même moment.

Mon père était le chat de l'expérience de Schrödinger, à la fois vivant et mort.

Mon cœur s'est serré et mes mains sont devenues moites. « Ça ne peut pas être réel » ai-je dit à l'adolescent que j'étais. J'ai fait une prière à Dieu et Batman en même temps. Après tout, si quelqu'un savait ce que c'était de perdre ses parents et de perdre la tête, c'était bien le Justicier Masqué. Mais cela n'a servi à rien. Mes yeux continuaient toujours à voir mon vieux à la télé, criblé de balles comme une cible dans un stand de tir. Alors je les ai fermés très fort. Je savais que cela devait être mon imagination hyperactive qui me jouait des tours, alors je me suis concentré sur ce que je pouvais faire afin de calmer toute cette folie, de juguler la peur.

La Peur. Voilà ce qui était réellement dangereux. Mon estomac était noué et rien n'y faisait. Tout mon corps semblait ne plus m'appartenir. Peut-être ne m'avait-il jamais appartenu. Peut-être qu'il allait me quitter à tout moment et que je ne pouvais rien faire contre ça. Pire, j'étais complètement démuni et impuissant face à cela.

C'était ça, la Peur. C'était ça toutes les peurs que connaissaient les gens d'une certaine couleur de peau qui vivaient à certains endroits. Mais ce n'était pas juste la peur, c'était aussi la vérité. Une vérité qui s'avérait réelle encore et toujours, de génération en génération. Une vérité qu'on se passait dans les contes et les témoignages, de bouche à oreille. Certains corps n'appartiennent pas à ceux qui les habitent. Ne leur ont jamais appartenu, ne leur appartiendront jamais. Une vérité incontournable, horrible, increvable. Celle qui habite des millions de corps qui ne sont pas en sécurité. La Peur.

Elle avait toujours été là, mais désormais je pouvais l'apercevoir. Je pouvais désormais la reconnaître. Et une fois que vous la connaissez, que vous la voyez face à vous, vous ne pouvez plus détourner les yeux. Plus jamais la calmer. Plus jamais oublier que vous n'appartenez désormais plus à vous-même, mais aux mains, aux poings, aux menottes et aux balles d'un étranger.

Vous ne pouvez plus faire marche arrière une fois que vous connaissez ça. Plus jamais. En tout cas pas sans souffrir d'une longue crise psychotique. Pas sans devenir un peu plus que fou. Et on ne connait personne comme ça, n'est-ce pas ?

« Non... » a gémi une voix sépulcrale. C'était mon père, bien sûr. La première fois qu'il parlait en trente heures, et il choisissait ce moment précis pour se réveiller. Ses yeux – laiteux, rouges et écarquillés comme des soucoupes volantes – regardaient l'écran, terrifiés. J'ai vu dans son regard une peur que je ne lui avais jamais connue. Bien pire que toutes celles qui l'avaient continuellement habité durant son existence. Comme si la télévision avait fini, ici au moment de sa mort, par tenir l'horrible promesse qu'elle lui avait faite avant même sa naissance. Ce n'était pas seulement de la terreur, c'était autre chose. Comme s'il connaissait le visage diffusé à l'écran au-dessus de nous deux.

« ... Bon dieu... non... » a-t-il râlé, les poumons résonnant comme des cloches rouillées.

Il a voulu lever la main, mais il n'a réussi qu'à tendre ses doigts noirs et faibles en direction du visage apparaissant à la télévision. L'effort faisait trembler tout son corps, mais il a continué à essayer, comme s'il voulait attraper l'homme mort et le sortir de l'écran pour le ramener dans ce monde. Son sourcil, exprimant ce que son corps mourant n'arrivait pas à faire, s'est levé, triste et interloqué. C'était une expression que je ne lui connaissais pas. De la tristesse et du regret. De l'horreur et de la reconnaissance. C'était comme si, finalement, à la fin de sa vie, il avait aperçu plus qu'une vérité, *la* Vérité.

Il s'est mis à pleurer. De petites larmes scintillantes coulaient sur cette planète sombre et ridée qu'était son visage et il tentait toujours d'atteindre celui qui était sur l'écran de télévision. Ses lèvres asséchées et noires se sont tordues, formant un mot. L'ouverture béante et silencieuse de sa bouche ressemblait à ces moments où il prononçait mon nom.

Pour la première fois de ma vie, j'ai compris la peur de mon père. J'ai compris ce qui le hantait. Ce qui ne le lâchait jamais. Cette épée qui flottait constamment au-dessus de la tête. Je le comprenais parce que je le ressentais à mon tour. Je ne sais pas s'il me l'avait communiquée ou si j'avais fini par voir ce qu'il avait vu toute sa vie. De toutes les manières, sa peur était mienne désormais.

Parfois, je pense que c'est ce qui l'a véritablement tué.

Le cancer s'est contenté de récolter les lauriers.

Ses doigts sont devenus mous. Son sourcil s'est détendu, et il s'est affaissé dans le lit. Ses paupières se sont refermées, pour un dernier coucher de soleil. Puis les lumières se sont éteintes et l'horloge du temps s'est arrêtée. Mon nom est resté en suspens.

Bref. Donc. Kellie et moi sommes en train de rouler en voiture en ce beau jour de printemps, et nous rions et sourions tout en discutant, parce que c'est ce que font les gens normaux.

« – Grand Dieu, dis-je, ce temps est incroyable. Il fait tellement beau !

L'une des conditions légales à tout premier rendez-vous est d'évoquer au moins une fois le temps qu'il fait.

– Je sais, répond Kellie. C'est juste dingue. » Puis :
« – On va toujours au musée ce soir ? Il paraît que l'exposition Rembrandt est vraiment renversante.

– Mais grave ! Bien sûr qu'on y va ! » dis-je, le plus primesautier possible.

Tandis qu'on continue à rouler en ce beau jour de printemps et que l'on se dirige vers le centre-ville d'une petite bourgade que vous avez peut-être visitée (ou pas), elle remarque quelqu'un au coin d'une rue. Je la regarde observer cet homme. Taille moyenne. Bien coiffé. Costume moyenne gamme. Pas le genre qu'on achète sur la 5ème Avenue, mais peut-être une gamme qu'on trouve dans un vrai bon supermarché dans un vrai bon quartier si vous avez vraiment de la chance. Le type est occupé à écrire un message sur son téléphone.

« – Hé, tu peux me rendre un petit service ? demande Kellie.

– Mais bien sûr. Qu'est-ce qu'il se passe ?

– Tu peux t'arrêter là ? J'ai besoin de sortir de la voiture quelques instants. Retrouve-moi au croisement un peu plus loin, si ça te va.

– Super ! » dis-je un peu désarçonné mais ne voulant pas tout gâcher.

Je continue de rouler lentement dans la rue, pendant que j'observe Kellie fendre la foule. On dirait un guépard qui fond sur sa proie. Elle se faufile entre les gens, quasiment invisible. Et durant tout ce temps-là, elle ne quitte pas des yeux le type situé au bout du pâté de maison.

Il a toujours les yeux rivés sur son téléphone portable. Perdu dans son petit monde.

Kellie commence à accélérer. Elle ne court pas vraiment, mais elle ne flâne pas non plus. Si elle était un cheval, je dirais qu'elle avance au pas. Mais son pas devient vite un petit trot. Puis un trot rapide. Et enfin, comme une fleur qui éclot, le trot devient un galop.

Tout se déroule si vite que je n'arrive pas à suivre. Elle court à toute allure sur le trottoir, écartant les gens sur son passage, slalomant dans la foule comme si elle était une joueuse de football américain. Et le pauvre type au coin de la rue – qui n'a toujours pas relevé le nez de son téléphone – ne sait toujours pas ce qui se trame.

Alors qu'elle atteint le gars, Kellie bondit de la plus belle des manières afin de le frapper en plein vol. C'est d'une beauté incommensurable. Un instantané à encadrer. Son poing serré atteint à pleine vitesse la mâchoire du type. Il valdingue à toute allure. Une chaussure s'envole. Le pauvre téléphone portable décolle dans les airs.

Toute cette scène reste figée pendant un instant, le temps que mon cerveau réalise ce qui se passe devant mes yeux.

Puis, aussi vite que tout ça s'est déclenché, c'est fini.

Le temps reprend son cours. Le pauvre gars du coin de la rue s'écroule à terre. Kelly, qui a gardé le même rythme et la même allure, se dirige vers la voiture. Elle jette un regard derrière elle une dernière fois, et je l'entends crier : « Je t'avais prévenu, Vince ! Je te l'avais dit, putain ! »

Puis elle saute dans la voiture en hurlant : « Démarre ! Démarre ! »

Je démarre ma petite voiture, tous pneus hurlant.

« Alors, reprend Kellie à une rue de là. À quelle heure tu passes me prendre ce soir ? »

Je vous vois venir. Pour ma défense, est-ce que vous ne lui auriez pas dit non à ce moment-là ? Depuis ce jour, je deviens parano quand je passe trop de temps plongé dans mon téléphone. Qui sait, un coup de poing de l'espace va peut-être s'abattre sur moi ?

Charbon se réveille à cause des lumières bleues qui dansent par intermittence sur les murs de sa chambre. Elles apparaissent et disparaissent comme des fées. Il entend la voix de sa mère crier le nom de son père. Il y a de la détresse et de l'horreur dans ses cris – le son d'un monde qui se délite, le son des rêves qui se brisent. Charbon se tire hors du lit et court retrouver sa mère. Elle entend ses pas frapper le vieux plancher en bois et, sans quitter des yeux ce qu'elle est en train d'observer au dehors, elle lui hurle : « Retourne au lit ! Tout de suite ! »

Elle essuie son visage, sort sur le porche, et avance jusqu'aux premières marches de l'escalier. Elle bouge lentement, comme si elle marchait au bord du monde. Elle a placé ses mains devant elle, en direction du ciel.

« S'il vous plaît, arrêtez ! » dit-elle aux lumières bleues qui balayent le jardin devant la maison.

Charbon veut la suivre, mais il n'a pas le courage de lui désobéir. Alors il monte sur le canapé et tente de voir ce qu'il se passe par la fenêtre. Le rythme de son cœur fait battre ses tempes.

Dehors, dans les lumières bleues et blanches, Charbon aperçoit deux ombres. L'une, grande et mince, l'autre large et imposante. Le premier est debout, les mains en l'air, l'autre avec une main sur la hanche. Il sait bien que l'ombre efflanquée est son père.

« Maman ? » demande Charbon, mais sa mère ne l'entend pas. Elle est dehors, sur les marches, les mains en l'air, en train de crier le prénom de son mari.

« William ? » implore-t-elle.

Puis le monde explose.

L'ombre de son père tombe à terre.

Charbon court jusqu'au porche et s'accroche à la taille de sa mère. Elle hurle, elle hurle de tout son corps, les poings serrés, et le corps traversé par la douleur.

Dans la lueur des phares des voitures, avec les flashs bleus qui l'aveuglent, Charbon aperçoit son père se tourner vers lui. Il fixe ses yeux – emplis de peur et de supplication – et tout ce que voudrait Charbon, c'est disparaître, là, tout de suite. Pourtant, il se sent plus léger. Comme s'il était le seul à encore bouger dans ce monde figé.

Invisible, il se sent calme et rasséréné, en sécurité et sans peur.

Fin de soirée, à San Francisco. Tout le monde semble s'amuser. J'ai bien distrait mon public. C'était la meilleure façon de leur faire oublier la foule de jeunes qui continuent à déferler devant la librairie. Mais toute vague finit par se retirer. Et petit à petit, les corps noirs et leurs voix ont disparu, et il ne reste plus que mes lecteurs. Tous sont encore émerveillés par la petite performance que je leur ai offerte.

J'ai réussi à parler de *L'Enfant qui voulait disparaître* pendant plus d'une heure, et je ne me souviens d'aucun détail. Comme si je n'étais jamais venu ici. Et j'en suis heureux. Dans la foule, des gens sont en pleurs. Des femmes essuient discrètement leurs yeux, et des hommes adultes détournent le regard, contenant sûrement leurs larmes du mieux qu'ils peuvent.

Je ne sais pas de quoi parle *L'Enfant qui voulait disparaître*, mais ça doit être un truc vraiment puissant.

J'aimerais tellement savoir de quoi ça parle.

« – Très belle prestation... » me glisse une femme blond platine quand c'est enfin à son tour de s'avancer vers moi pour faire signer son exemplaire de mon livre. Sa voix est assurée et enjouée, comme si Richard Simmons, le coach de toutes les stars d'Hollywood, avait accepté de la prendre sous son aile. Maintenant, elle serait prête à partager son expérience avec le reste du monde. Mais pour le moment, elle représente surtout ma dernière obligation professionnelle à San Francisco. Une fois que j'en aurai fini avec elle, la nuit m'ouvrira ses bras.

« – Merci, dis-je. Ça a été une sacrée expérience pour moi aussi. J'espère que je n'ai pas été trop ennuyeux.

– Pas du tout, dit-elle, le visage fermé, comme si elle voulait me poser une question.

– Il y a un souci ? je lui demande.

– Comment vous arrivez à tenir ?

– C'est-à-dire ? dis-je, résistant à l'envie de rajouter "C'est celui qui dit qui y est."

– Tout ce cirque, explique la femme, embrassant d'un geste mon roman, la librairie, le public, toute mon existence depuis que je suis arrivé dans ce monde. Combien de temps vous arriverez à tenir ?

Je vacille, comme si on m'avait sauté à la gorge.

– Je suis désolé » dis-je, me souvenant qu'il était plus facile de s'adresser à quelqu'un avec la voix d'un autre. Je convoque celle de Bogart qui m'a été si utile dans tant de villes étranges, auprès de femmes tout aussi étranges. « Mais ne nous sommes-nous pas déjà rencontrés quelque part ? Un hôtel, au cœur de la nuit, quand l'odeur du jasmin envahit l'air et…

– Non, me coupe-t-elle, en maintenant sa main en l'air. On ne s'est jamais rencontrés. Mais ce n'est pas parce qu'on ne s'est jamais rencontrés qu'on ne se connaît pas.

Elle me gratifie du plus beau et du plus désarmant des sourires de toute ma vie.

– Je m'appelle Kelly, dit-elle.

Bien évidemment.

– Bien évidemment. » dis-je. Puis je reprends mon intonation de vieux baroudeur de film noir. « – Vous savez, vous êtes juchée sur une sacrée belle paire de cannes.

– Hé bien, répond-elle. C'est votre façon de briser la glace ?

– Vous seriez surprise de combien…

– Stop. Vraiment. » Elle me regarde droit dans les yeux, et la douceur de son regard me menace de quelque chose de magnifique si j'ai le malheur de baisser ma garde. Ah, grand Dieu, depuis quand tout cela n'est-il pas arrivé ?

« – Essayez plutôt de vous présenter à votre tour, et invitez-moi à dîner, reprend-elle.

– Pardon ?

– On sait tous les deux que vous en avez envie, dit-elle.

Bordel.

– Salut, dis-je, aussi chaleureux que le verglas du matin. Mon nom est…… Vous avez envie d'aller dîner ?

– C'est déjà mieux, dit-elle. Allons-y. »

Elle est immédiatement intéressante. Et ça n'augure jamais rien de bon. Il faut que je me méfie des femmes intéressantes.

Et voilà que je me retrouve seul avec la dernière Kelly en date, attablé dans un restaurant de San Francisco. Tandis que je lui fais face, je pense à ses cheveux, à son sourire, à son aplomb, et au fait que je ne devrais pas être là. J'aurais dû rentrer à ma chambre d'hôtel et pratiquer la position la plus technique du *Kama Sutra* avec une femme que je connais à peine, et que je ne reverrai plus jamais dans cette vie ou une autre. Mais voilà, je suis là, pour le meilleur ou pour le pire.

À cet instant, mon téléphone sonne. C'est Sharon, toujours aussi mal élevée à me déranger à n'importe quelle heure, et je dois prendre l'appel. Je m'excuse et m'éloigne de la table.

« – Oui ? dis-je en répondant.

– Mauvais numéro, dit Sharon.

– C'est-à-dire ?

– Cette femme, c'est pas le bon numéro.

– Quelle femme ?

– La femme blond platine, avec son sourire et son aplomb.

– Comment tu la connais ? »

Je regarde autour de moi, certain de tomber sur Sharon assise à une table voisine, en train de m'observer. Sharon sait tout.

« – Je sais tout, dit Sharon. Et cette nana n'est pas le bon numéro pour toi. Tu devrais plutôt faire la promo de *L'Enfant qui voulait disparaître*, au lieu de draguer. C'est un de tes commandements.

– Et toutes les autres femmes que j'ai rencontrées ?

– Ce n'était pas des rendez-vous à proprement parler. C'était du cul, soupire Sharon. Écoute, tu as un manuscrit sur lequel tu devrais être en train de travailler.

– Mais je fais encore la promo du premier livre... » dis-je, tout à coup mal à l'aise, l'estomac noué. Je savais qu'elle allait finir par me relancer sur mon deuxième livre. En cédant les droits de *L'Enfant qui voulait disparaître*, j'avais aussi signé une option pour l'ouvrage suivant. Sharon disait que ça prouvait la « confiance et l'intérêt » de l'éditeur. Mais pour le moment, la preuve de confiance et d'intérêt s'était résumée à trois mois passés de mon côté à leur expliquer quel livre je voulais écrire, et trois mois de leur côté à me préciser pourquoi les livres que je voulais écrire n'étaient « pas vraiment le genre de bouquin qu'ils publiaient ». Quand je leur disais que pour moi, l'objectif principal de l'édition était de « publier des livres d'enfer », Sharon et mon éditeur éclataient de rire en guise de réponse.

Comme devant un gamin qui tente de faire une blague.

« – Même si tu n'as entamé ta promo que depuis deux semaines, *L'Enfant qui voulait disparaître* est déjà derrière, dit Sharon. C'est le principe dans ce milieu. Tout le monde se fiche de ce que tu as déjà écrit, il n'y a que ce qui vient qui les intéresse. Ta valeur se mesure à ton projet à venir. C'est pour ça que les éditeurs te font des avances, te paient des à-valoirs : pour poser une option sur ton prochain livre. Et d'ailleurs, tu n'as pas déjà…

– Non, je n'ai pas encore claqué mon à-valoir ! » je lui réponds en haussant le ton.

Un long silence. Je crois que Sharon utilise ses pouvoirs d'agent et de chargée des relations publiques pour scruter mon âme. Elle finit par rajouter : « Non, mais, vraiment ? »

Elle sait. Bon Dieu, elle sait.

« – Je n'ai pas dépensé l'avance. » dis-je. Je prononce chaque mot lentement, brique après brique, comme pour construire un muret derrière lequel me cacher. « – Sharon, j'ai fait comme tu m'as dit, j'ai tout mis sur mon compte et je n'y ai pas touché.

– Donc, tu commences par partir en rendez-vous avec cette nana, et en plus, tu me fais ça, dit Sharon, l'air déçue. Tu es en train de creuser ta tombe. Tu en es conscient, hein ?

– Écoute, je dois te laisser. Je suis en train de dîner. » Mon rendez-vous avec Kelly est ma seule porte de sortie. Mieux vaut admettre ce rendez-vous galant que de lui avouer que j'ai déjà claqué toute mon avance.

Si on me demandait dans quoi j'ai dépensé tout l'argent, je ne pourrais honnêtement pas l'expliquer. Tout ce que je sais c'est qu'à un moment, j'avais de l'argent, et qu'il n'y en a plus. Plus rien. Des dizaines de milliers de dollars. Je ne sais même pas comment je vais payer mon loyer, une fois cette tournée promotionnelle achevée.

« – Je vais devoir te laisser, Sharon. Mon plat va être froid.

– Tu n'as pas encore commandé, dit-elle.

– Arrête avec ça !

– D'accord, dit-elle. Mais quand tu vas être rattrapé par toute cette merde, ne viens pas dire que je ne t'avais pas prévenu. » Avant de raccrocher, elle ajoute : « Elle aime beaucoup ta veste en velours, au fait. Je t'avais bien dit que les gens aiment les auteurs qui portent une veste en velours.

– C'est vrai, dis-je.

– Ah, encore un truc, dit Sharon. J'essaie d'organiser un grand entretien pour toi à Denver. Journaux, télé, librairies, vidéo, tout le bordel.

– Denver ? Pourquoi Denver ? Ça ne serait pas mieux New York ou Los Angeles ?

– Parce que je sais d'où tu viens. C'est assez clair, comme ça ?

– Je ne comprends pas ce que tu veux dire.

– Ça veut dire : ne pose pas de question, et fais confiance à ton agent comme tu crois en Dieu.

– Je suis athée.

– Il n'y a que les riches qui peuvent être athées. Et qui t'a rendu assez riche pour te payer le luxe d'être athée ? demande Sharon en guise de coup de grâce.

– Toi.

– Voilà. » dit-elle. Puis elle raccroche.

Je retourne à table, un peu perturbé, limite sonné. J'ai besoin d'un verre. J'ai besoin de me saouler. De glisser lentement vers cet état d'abrutissement familier où je ne me soucie plus de Sharon ni de *L'Enfant qui voulait disparaître* ni du prochain livre que je n'ai même pas encore commencé à écrire ni de ce que mon éditeur va faire quand je n'aurai pas rendu mon manuscrit alors qu'il m'a donné de l'argent. Ou du fait que je pense que je viens de voir ma défunte mère assise au bar, en train de me dévisager comme si j'étais censé faire quelque chose pour elle. Le Gamin est là, bien sûr, occupé à me regarder avec son air habituel. Il attend que je fasse ou dise quelque chose, mais il ne m'a encore rien demandé. Il me rappelle le corbeau d'Edgar Allan Poe. À habiter mon imaginaire. À s'apprêter à crier « Plus jamais ! » quand je ne demande qu'un peu de paix intérieure et un retour à l'état normal des choses.

« – Plus jamais, me murmure le Gamin.

– Ta gueule, Gamin, dis-je.

– Quoi ? demande Kelly.

– Non, non, rien.

– Ta veste est vraiment super, dit Kelly à mon retour à table.

– Merci, dis-je.

– Tout va bien ? La discussion avait l'air houleuse.

– Non, pas du tout. Oublions ça et pensons plutôt à nous deux. Je ne suis pas du tout habitué à ce genre de rendez-vous.

– Bien sûr que si, répond-elle, sarcastique. Il y a écrit “Don Juan” sur ton front.

– Tu es sûre qu'on ne s'est jamais rencontrés ?

– Certaine.

– Bon. Je suppose que tu veux me parler de mon livre, non ?

– Pas vraiment. » répond Kelly juste avant que le serveur ne s'approche de notre table. Je la crois plus facilement que moi-même. Elle ne veut donc pas parler de mon livre.

Quand vous êtes un auteur en tournée, tout le monde veut vous parler de votre livre. Ils veulent en entendre le résumé. Les grandes lignes de l'intrigue. Ils veulent savoir d'où vient l'idée, afin de pouvoir faire pareil et écrire leur propre bouquin. Ils veulent savoir dans combien de points de ventes votre livre est disponible, parce c'est ainsi que les gens jugent le succès de quelqu'un qui se prétend auteur. Plus ces points de vente sont nombreux plus il y a de chance qu'on vous croie.

Parfois, vous expliquez aux gens que vous êtes auteur, et ils sortent leur téléphone pour chercher votre nom sur Google, devant votre nez. Ils tapent votre nom et, selon les résultats du moteur de recherche, décident si vous êtes vraiment qui vous prétendez être ou non. L'intérêt de l'auteur moderne se mesure au nombre de résultats d'une recherche sur le web.

Et quand ils réalisent que votre livre est en effet en vente dans des librairies qui ont pignon sur rue, ils veulent savoir comment vous avez convaincu un agent, comment vous avez trouvé un éditeur, quel logiciel vous utilisez pour écrire, combien de temps ça vous a pris pour finir le manuscrit, combien d'argent vous avez reçu, combien d'exemplaires vous avez vendu, et s'ils vont adapter votre bouquin au cinéma. « Hollywood arrive toujours à voir quels sont les livres vraiment intéressants » m'a expliqué un jour un lecteur.

La liste de ce que les gens veulent savoir quand ils rencontrent un auteur – un vrai auteur – est quasiment infinie. Mais ils s'intéressent rarement à vous en particulier. Votre livre devient votre identité, votre identité devient votre livre. Peut-être que Jack le spécialiste médias avait tort quand il disait : « À chaque fois qu'on vous demande de quoi parle votre livre, vous devez en fait répondre à la question "qui êtes-vous ?" »

« – Du vin rouge, s'il vous plaît, demande Kelly au serveur.

– Juste un instant, dis-je, l'air décontenancé. Tu ne veux vraiment pas que je te parle de mon livre ?

– Non.

– Du tout ?

– Du tout.

– Mais tu sais que je suis auteur, hein ?

– Oui. J'étais à la rencontre en librairie.

– Tu ne veux pas me demander comment j'ai convaincu un agent ? Comment j'ai trouvé un éditeur ? Ce genre de choses ?

– Pas vraiment, non, dit-elle.

Et, une fois encore, je la crois, cette dernière Kelly en date qui me rend perplexe.

– Mais alors, qu'est-ce que tu veux ?

– Sortir avec un homme que je trouve attirant, répond-elle sans que je ne détecte la moindre pointe d'ironie ou de manque de sincérité dans sa voix. En fait, je n'ai même pas lu ton livre. Et je ne peux pas t'assurer que je le ferai un jour.

– Mais c'est un livre d'enfer. Bien sûr que si, tu l'as lu. Tout le monde l'a lu. C'est un bestseller !

– Je n'en avais jamais entendu parler avant ce soir, avoue-t-elle. Je ne savais même pas que ce livre existait. Je suis passé devant la librairie, et comme je cherche un livre très difficile à trouver depuis pas mal de temps, j'ai voulu leur demander. Une fois à l'intérieur, j'ai compris qu'un auteur était venu faire une rencontre avec ses lecteurs. Comme je n'avais rien à faire ce soir, je me suis dit que c'était l'occasion.

– Vous voulez du vin également, monsieur ? » C'est le serveur qui s'adresse à moi. J'avais oublié jusqu'à son existence. Pour le moment, je ne pense qu'à cette femme, une véritable anomalie. Cette Kelly. La première personne depuis des mois qui ne veut pas que je lui explique mon livre, qui ne veut pas parler ventes ou médias, qui ne me demande pas : « Alors, de quoi parle ton prochain bouquin ? » À ce moment précis, dans cet endroit, je peux à nouveau être moi-même. Pour la première fois depuis que j'ai un agent, je ne suis pas ce que j'écris. Je ne suis pas un livre. Je suis, tout simplement.

Le serveur attend patiemment ma commande. D'instinct, je commanderais du vin. Mettre un peu d'alcool dans ces veines et me laisser partir. Éloigner la peur. Mais je manquerais peut-être quelque chose. La jeune femme, cette dernière Kelly, elle est intéressante. Et les choses intéressantes méritent toute notre attention dans la vie.

« – Juste un peu d'eau, dis-je.

– Très bien, ça. » dit le Gamin. Il sait que comme il est invisible, je ne peux pas lui répondre sans avoir l'air d'être sous traitement psychotrope. Je me contente de sourire à Kelly et de faire comme si le Gamin n'était pas là. « J'ai compris, lâche-t-il. Je te laisse tranquille. Je voulais juste te dire que c'est bien de voir que tu ne bois pas. Tu bois trop. Je ne pense pas que ça soit bon pour toi. »

J'ai envie d'envoyer le Gamin bouler. De lui dire que j'ai mes mécanismes de défense bien à moi, et qu'il n'a pas à interférer avec. Mais quand je me retourne, il est déjà parti. Ce petit salopiaud a eu le dernier mot. Et quand un gamin invisible veut avoir le dernier mot, on ne peut rien y faire.

Devenir L'Invisible, c'est comme le début du célèbre hymne hip-hop « I Got Five On It ». Comme les premières notes (« opening ») avant l'arrivée de la basse. Comme le premier accord de basse. Comme les premiers souffles du premier couplet. Comme le rythme puissant qui vous fait tressauter dans la voiture. Un truc comme ça.

Comme si vous aviez quelque chose en plus. Comme si vous étiez Bruce Leroy, Turbo et Ozone[1] à la fois. Comme si vous étiez juché sur un balai à tournoyer dans le monde entier en faisant un bruit d'enfer, et que ce souffle qui constitue le rythme était celui de votre respiration, et que vous le contrôliez totalement. Comme faire la fête lors du Freaknik[2] de 1996. Comme si vous veniez de vous réveiller dans

1. Acteurs de série B afro-américains, spécialisés dans les films d'action.

2. Énorme fête de rue à Atlanta, fréquentée principalement par des Afro-américains, au moment des vacances de *springbreak*

un océan de noir, et qu'il n'y avait pas un visage blanc à l'horizon, et que vous ne saviez pas que cette sensation existait jusqu'à aujourd'hui, et tout cela est tellement étranger, et pourtant si beau, que vous ne savez pas comment réagir, et si une partie de vous aime ça, une autre veut savoir ce que font les Blancs, juste au cas où ces négros déraillent, parce que toute votre vie on vous a appris que les nègres, quand on les laisse en liberté, finissent par faire n'importe quoi.

Comme un froid matin d'hiver, quand le seul endroit où vous pouvez trouver un peu de chaleur, c'est sous votre couverture favorite et que vous vous endormez et vous réveillez là en même temps, et que c'est comme si votre corps et votre âme tout entiers fusionnaient dans ce moment de chaleur parfaite, et que vous savez bien que vous ne voudriez plus jamais quitter ce moment et cet endroit car c'est ainsi que devrait être la vie.

Le problème, c'est que Charbon commence à comprendre à quel point il a hérité d'un don incroyable, et qu'il ne sait pas quoi en faire. Il veut que son père ait ce don, pour que son père ressente la même chose, mais son père est mort… c'est ça, non ?

L'idée de la mort de son père traverse l'esprit de Charbon, et il chancelle comme s'il venait d'être frappé en plein cœur, mais dès qu'il ressent la douleur, elle se met déjà à s'éloigner, et il finit par croire qu'il n'a jamais rien ressenti de tel. Que son père n'est pas au travail, ou autre part. Ce qui compte est devant ses yeux : son don.

C'est un rêve tellement fort. L'Invisible. Tellement doux. Tellement parfait. Tellement Miles Davis. Tellement Prince. Tellement *Soul Train*. Tellement Martin[1]. Tellement *Def Comedy Jam*[2]. Tellement trop parfait, tellement trop fort qu'il préfère le protéger et garder tout pour lui.

Ce qu'il préfère dans le fait d'être invisible, c'est de ne plus voir sa propre peau. Il a réussi à échapper à sa chair sombre. Il a échappé à Charbon et, grâce à ça, quand il ferme les yeux et pense à lui, il arrive enfin à voir pour la première fois le gamin avec qui il a toujours cohabité.

Le gamin est petit, et a l'air joyeux. Il sourit. Il rit. Il a l'air heureux d'être au monde. Il n'est plus ce gamin apeuré. Il n'est plus ce gamin sujet aux moqueries dans le bus scolaire, chaque matin. Il n'est plus ce gamin qui regarde les infos avec son père et entend des reportages annonçant des crimes « entre Noirs » et essaie de comprendre ce que ça peut bien vouloir dire, parce qu'on ne parle jamais de crime « entre Blancs ». Il essaie de comprendre ce que cela signifie quand ses professeurs lui expliquent qu'un homme noir sur trois passera par la case prison.

Mais le garçon né de Charbon ne se sent pas concerné par tout ça. Il n'a pas pitié de Charbon quand il le dévisage et lui sourit, parce que le gamin

1. Comique afro-américain

2. Série télévisée qui a révélé de nombreux comiques afro-américains, dont Dave Chappelle, Chris Tucker ou Kevin Hart.

de l'Invisible ne sait même pas ce que la pitié signifie. Il ne connaît que la joie, il ne connaît que la compassion, il ne connaît que l'intensité, il ne connaît que l'excitation, et il connaît ce vrombissement de basse qui monte, et il sait que ça veut dire que tout va bien se passer.

Il finit par sortir de cet été, et son père est mort, là, abattu sur la pelouse de son jardin, à la lueur de la lune d'octobre, devant sa femme et son fils.

Plus tard dans la nuit, je me promène avec Kelly dans un petit parc, quelque part à San Francisco. Le cliché d'un décor de comédie romantique. Vous en connaissez déjà l'intrigue :

Un garçon rencontre une fille.

La fille disparaît.

Le garçon la récupère.

Générique de fin.

Sur le chemin du retour, vous comprenez en décalage que la fille n'était pas mal, le garçon un pauvre type, et qu'il n'y avait jamais eu aucun danger pour leur couple.

Des lanternes asiatiques flottent au-dessus d'un petit pont tandis que nous traversons le parc. Les lanternes se transforment en petits astres brûlant dans le lointain et j'ai l'impression, juste pendant un instant, que tous les gens sont en train d'arpenter l'univers comme un seul homme. L'une des vérités qu'on ignore trop souvent, c'est que nous sommes tous, sans exception, occupés à arpenter l'univers. Nous nous débattons sans cesse sur une petite embarcation qui navigue dans le vide, à faire des tours du cosmos à 100 000 km/h, chaque seconde de chaque jour, et on trouve tout de même le temps de s'arrêter pour discuter le bout de gras sur des ponts au creux de la nuit, et peut-être même d'effleurer la main de l'autre.

Renny m'a indiqué cet endroit pour la deuxième partie de notre rendez-vous. Et tandis que nous marchons Kelly et moi dans le parc, Renny roule dans sa limousine à proximité, à veiller sur nous comme un parent inquiet.

« – Je n'ai jamais eu de chauffeur de limousine pour chaperon lors d'un rendez-vous, concède Kelly.

– Renny est un brave gars, dis-je. Toujours prêt à prêter allégeance à la famille.

– Tu as une drôle de façon de t'exprimer. Pourquoi tu parles comme ça ? On dirait que tu sors tout droit d'un vieux film de gangster.

– Il faut bien qu'on incarne quelqu'un dans la vie. Alors pourquoi ne pas choisir quelqu'un qui fait tout différemment ? C'est mon choix. Et j'ai l'impression que tu es toi aussi quelqu'un qui fait tout différemment, Poupée. Regarde donc ta chevelure platine. Ce n'est pas vraiment un truc de gentille petite fille modèle.

– Peut-être, dit-elle, tout en repoussant une mèche qui barre son visage, et je voudrais tant être la main qui touche cette mèche qui touche son visage. Mais ne m'appelle plus jamais Poupée.

– Compris.

Je ne peux pas m'empêcher de sourire, sans raison.

– Et quand est-ce qu'on arrive au moment où tu me demandes ce que je fais dans la vie ?

– Si tu passes ta journée à casser des cailloux, est-ce que cela fait de toi un marteau ? je lui réponds. Je ne pense pas. Je pense que la bonne question à poser, c'est : “Est-ce que tu aimes ce que tu fais dans la vie ?”

– Beaucoup, répond-elle.

– Ça me suffit.

– Et toi ?

– Moi ?

– Tu écris des livres. C'est ce que tu fais dans la vie. Mais est-ce que ça résume qui tu es ? »

Sa question me pousse dans mes retranchements. Ma gorge se serre et un frisson me parcourt l'échine. Trop de souvenirs. Trop de mort et de douleur dans mon cerveau qui tente tout à coup de prendre le pouvoir sur mon corps, tout ça à cause d'une simple question quant à mon identité d'écrivain. J'ai compris que la meilleure façon de lutter dans des moments tels que ceux-là, c'est en se donnant du courage liquide et alcoolisé. Alors que nous passons devant une terrasse, je lorgne sur le comptoir couvert de bouteilles d'alcool, et je n'ai qu'une envie, avaler un verre, surtout que quand je regarde les tables installées autour du restaurant, je *la* vois : la raison pour laquelle j'écris, la raison pour laquelle *L'Enfant qui voulait disparaître* m'a offert tous mes rêves, mais emballés dans un papier de douleur.

Elle a une bonne cinquantaine, elle porte une chemise de nuit qu'on donne à l'hôpital, et les yeux sont légèrement boursouflés. Sa peau est un peu flasque, comme après une soudaine perte de poids, et elle a l'air au bout du rouleau, essorée et attristée. Elle regarde dans ma direction et elle tente de sourire mais c'est trop d'effort pour elle, alors elle se contente d'une petite grimace, et même cette grimace disparaît aussi vite qu'elle est apparue. Une perfusion ambulatoire est installée à ses côtés, et un médicament arrive goutte à goutte dans le sac de plastique transparent qui donne ensuite sur un long tube relié au dos de sa main. J'entends presque le bruit de ces gouttes qui gouttent, gouttent, gouttent et gouttent, et cela fait saigner mes oreilles et noue encore plus ma gorge, ma bouche est sèche, mes lèvres sont comme scellées par de la glue, et je veux juste boire de l'alcool.

Personne d'autre ne voit cette femme en chemise de nuit. Elle est là juste pour moi.

« – Je ne suis jamais certain de qui je suis, j'arrive à expliquer à Kelly. C'est difficile de dire ce qui est réel de nos jours. »

J'arrive à me traîner jusqu'au bar où je commande un *shot* de bourbon, que je descends presque avant que le serveur n'ait fini de le remplir. Quand je regarde à nouveau derrière moi, la femme en chemise de nuit a disparu.

« – La petite sœur » dis-je au barman.

Il s'exécute.

Kelly regarde fixement le nouveau *shot* déjà vide.

« – Tu sais ce qu'on dit sur les écrivains et l'alcool, chérie, lui dis-je.

– Que c'est un cliché ?

– Qu'ils ne font pas que sucer de la glace. Mais les clichés sont toujours basés sur une vérité. »

À ce moment, son téléphone sonne. Elle s'éloigne un peu pour répondre. Pas très correct, mais elle avait averti plus tôt dans la soirée qu'elle attendait un appel pour le boulot, et que ça pourrait arriver à n'importe quelle heure. Cela ne m'inquiète pas trop. Et puis je suis occupé à m'assurer que la femme en chemise de nuit ne revienne pas. Tout homme a des limites à son monde imaginaire. Parfois, il faut savoir lever le pied et dire : « Désolé, mais cette vision de quelque chose qui n'existe plus et qui revient me hanter, il vaudrait mieux qu'elle revienne un peu plus tard, pas maintenant. »

C'est ce que je m'attelle à faire.

J'ai tout juste commandé un troisième *shot* de bourbon quand Kelly revient.

« – Hé, désolé, c'était le boulot. Il faut que j'y aille pour m'occuper d'un truc.

– Ah, dis-je. Reçu cinq sur cinq.

– Quoi ?

– Rien, dis-je en sentant ma mâchoire se serrer. T'inquiète pas, Poupée. Tu penses que je me suis amouraché, et toi tu veux retrouver ta liberté. Pas de souci. Tu ne vas pas me briser le cœur.

– Mais non, répond-elle, c'est vraiment le boulot. Et je t'ai déjà dit de ne plus m'appeler Poupée.

– Bien sûr que c'était le boulot, dis-je en ayant bien remarqué son petit jeu. C'est quoi ton boulot au fait ? Pilote, un truc du genre ? Non, impossible.

– Pourquoi je ne serais pas pilote ?

– Parce que les pilotes te disent tout de suite qu'ils sont pilotes. Je n'ai jamais rencontré des connards aussi arrogants et peu sûrs d'eux dans ma vie. » Je fais un petit geste méprisant de la main – en tout cas c'est ce que je crois faire ; le bourbon entame déjà sa petite danse dans ma tête ; j'aurais dû manger plus au dîner. « – T'inquiète, dis-je. Tu ne vas pas me briser le cœur.

Elle insiste :

– Mais non, c'était vraiment le boulot.

– Laisse tomber. Pas de souci. C'est plus simple comme ça. Tu es intéressante.

– Et c'est quoi le problème d'être intéressante ?

– J'ai une maladie avec ça. »

Elle me dévisage un moment, tandis que je commande un autre verre. Alors que je lève le récipient à mes lèvres, elle me le prend des mains, et le renverse. Puis elle prend ma main et dit : « On y va. »

La limousine noire de Renny est garée devant une morgue dotée d'une enseigne qui indique POMPES FUNÈBRES CYPIEZ SOUTTAIRE.

Je n'ai jamais compris pourquoi on les appelait pompes funèbres. Ça ne tient pas debout. Et comme les funérailles ne se font même pas sur place, l'idée d'une pompe *funèbre* ne tient pas debout.

Et c'est pourtant comme ça qu'on les appelle.

« Je ne veux pas entrer là-dedans » dit le Gamin, tout à coup assis avec moi à l'arrière de la limousine. Il a été assez poli pour attendre que Kelly soit sortie avant d'apparaître et décider de me faire part de ce qu'il apprécie et n'apprécie pas dans la situation présente.

« – Tu n'es pas obligé d'entrer, dis-je.

– Si, j'ai envie répond Kelly.

Elle pense bien évidemment que je m'adresse à elle.

– Donne-moi juste un instant, lui dis-je. Je dois passer un coup de fil. » Je ferme la porte de la voiture de Renny et demande un peu d'intimité.

« – Écoute, Gamin, je commence. Je comprends très bien que tu aies un problème avec les pompes funèbres – ça arrive à plein de gens – mais de toutes les manières, je vais y entrer. Tu n'es pas obligé de m'y accompagner. Tu peux t'en aller quand tu veux, et retourner dans les confins de mon imaginaire.

– Je ne suis pas imaginaire, répond le Gamin.

– Bien sûr que si, dis-je. C'est la raison pour laquelle personne ne te voit. Tu es un produit de ma fragilité mentale – de mon esprit –, et je le sais pertinemment. C'est pour ça que j'ai pouvoir et autorité sur ce que tu dis et ce que tu fais.

– Je ne suis pas imaginaire, répète le Gamin. Sa voix est plus ferme. Une sorte de léger grondement qui doit impressionner les gamins de son âge.

– Alors explique-moi pourquoi personne ne te voit ?

– Parce que je ne veux pas qu'ils me remarquent. Parce que ma mère m'a appris à être invisible. À être en sécurité.

– L'invisibilité et la sécurité n'existent pas en ce bas monde, Gamin. Il n'y a que la réalité. » Je le regarde intensément, comme s'il me devait de l'argent. Comme si ma seule obsession était qu'il me paye ce qu'il me doit et qu'il dégage de là.

Le Gamin serre les dents. Il regarde en direction des pompes funèbres Cypiez Souttaire.

« – D'accord, dit-il. J'ai compris, tu ne veux pas de moi dans tes pattes. Je vais te laisser y aller tout seul.

Je n'arrive pas à contenir un éclat de rire.

– C'est ça, ta menace ? Je te supplie de me laisser tout seul depuis le début de la soirée, et maintenant tu me menaces de faire ce que je te demande ? »

J'éclate à nouveau de rire, et je sors dans la pénombre.

« – Tout va bien ? demande Kelly.

– Super, dis-je. Juste un appel téléphonique avec un type incroyable. »

Puis je lui prends la main, et je la suis en souriant à l'intérieur de la morgue.

Dans la chambre mortuaire, ma peau frissonne. Tout est peint en couleurs neutres, et il y a des peintures et des cadres dans toute la pièce qui sont censés me calmer et me rappeler que la mort n'est pas obligatoirement négative. Me faire comprendre que la mort est un événement comme les autres, et que même s'il faut l'accueillir avec solennité, cet événement n'est pas forcément triste.

Le plus grand mensonge jamais prononcé.

Kelly et moi faisons face à une imposante double porte en bois. Un panneau au-dessus précise : « PRÉPARATION DES CORPS ».

« – Tu es croque-mort ? dis-je.
– Responsable des funérailles.
– Ouais, croque-mort.
– C'est ça.
PRÉPARATION DES CORPS.
– Mais je croyais que tu aimais ce que tu faisais dans la vie ?
– J'aime beaucoup.
– Mais tu es croque-mort.
– Responsable des funérailles.
PRÉPARATION DES CORPS.
– Je suppose que ce n'est pas là que les petits lutins du père noël préparent sa hotte, dis-je.
– Pas vraiment, répond-elle.
– Ça roule, Poupée.
PRÉPARATION DES CORPS.
– Vraiment, ça rou... »
Je me recroqueville sur moi-même pour oublier.

On est dans la salle réservée à la préparation des corps, et Kelly est en tenue de préparation. Elle porte une combinaison bleue et un masque chirurgical sur le visage. Sur la table devant elle repose un cadavre. C'est le corps d'un homme d'une quarantaine d'années. Impossible de deviner de quoi il est mort. Pas de blessure par balles, pas d'entaille de couteau, pas de trace d'étranglement. Comme si on lui avait juste retiré les piles.

Quant à moi, je suis réfugié à l'autre bout de la pièce, adossé au mur, les bras collés à la pierre, comme si j'étais sur une arête tout en haut de l'Empire State Building. Je peux tomber à tout moment, et cette sensation ne s'arrêtera sûrement pas.

C'est irrationnel, je sais, mais je n'ai jamais prétendu être rationnel.

« – J'avais raison à ton propos, dis-je pendant qu'elle se saisit d'un long scalpel. Tu fais vraiment tout différemment, non ? Elle prend le couteau et se met à découper le cadavre.

– Tu vas le découper en morceaux là devant moi ?

– Mettre de l'huile de coude quand on travaille. C'est ce que mon père me disait toujours.

– Cette expression est un peu étrange, là, tout de suite. »

Elle a le cran de sourire. Comme si elle était derrière un comptoir dans un Starbucks, et que je me pointais pour commander un café.

Pendant qu'elle travaille, il y a un bruit humide et frémissant. Elle change d'outils de temps à autre, lâche son scalpel pour prendre des ustensiles que je n'arrive pas à identifier, et les fluides corporels dégoulinent de la table de découpe. Je ne veux même pas imaginer leur nature, et je ne veux pas entendre leur bruit quand ils coulent dans le drain qui entoure la table. Je voudrais juste être à un autre endroit de la planète. N'importe où, mais pas ici.

C'est quand elle saisit la main du cadavre et casse l'un des os de ses doigts qui étaient recroquevillés en poing serré que toute idée de voir en elle une amoureuse potentielle s'évapore immédiatement.

« – Je n'avais jamais eu l'envie de savoir comment on faisait les saucisses, dis-je. Et maintenant, je réalise que je n'avais jamais vu non plus comment on préparait un corps. »

D'autres craquements d'os.

Je détourne le regard.

« – Comment une jolie fille comme toi atterrit dans un lieu comme celui-là ?

– C'est tout bête, explique-t-elle entre deux découpes, deux craquements et deux bruits de drainage, quand j'étais gamine, ma tante m'a offert un livre sur l'Égypte ancienne. Le bouquin parlait surtout des Égyptiens antiques et de leur rapport à la mort. L'embaumement, le respect des morts, la vie dans l'au-delà, ce genre de choses. Et pour je ne sais quelle raison, ça m'a fasciné. Depuis, j'éprouve toujours le même intérêt.

– Tu veux dire que depuis que tu es petite fille, tu as toujours voulu être croque-mort ?

– Ouais.

– Ça doit être le truc le plus flippant que j'ai jamais entendu. »

Elle éclate de rire. Et son rire est léger et vibrant. Comme un merle bleu qui chanterait l'aria de l'univers tout entier, de sa gorge si délicate.

« – Je ne connais personne qui réagisse comme toi au processus d'embaumement, dit Kelly.

– Je ne vois pas de quoi tu veux parler. » dis-je en caressant le mur derrière moi avec amour. À ce moment précis, ce mur est la seule chose au monde qui me permet de rester debout. Comment ne pas l'aimer, vu ce qu'il fait pour moi ?

Un os craque à nouveau.

Je ferme les yeux. J'essaie de me détacher de moi-même. Des images traversent mon esprit, et je n'ai pas spécialement envie d'en faire partie, mais elles ne veulent pas dégager – une femme mourante à l'hôpital, le siège vide de mon père devant le poste de télévision que personne ne regarde mais qui continue à diffuser son film préféré.

Mes jambes tremblent. Elles veulent déguerpir, mais elles sont trop faibles. Elles veulent s'écrouler, mais elles sont rigides. Tout en moi est tiraillé, et semble en conflit. Je suis au bord de l'explosion et de l'implosion.

Je veux rappeler le Gamin. Je ne sais pas pourquoi, mais s'il était à mes côtés en ce moment, je crois que je trouverais la force de supporter tout ça. C'est maintenant que je comprends sa menace. Imaginaire ou pas, le Gamin a quelque chose. Il y a quelque chose dans le fait que je suis le seul à pouvoir l'apercevoir. Quelque chose dans ce qu'il rappelle à mon esprit. Il fait partie de moi et quand il n'est pas là, je n'arrive plus vraiment à me connecter à moi-même.

« – Récite-moi un poème, demande Kelly.

– Hein ?

Sa demande est assez étonnante pour me faire rouvrir les yeux.

– Ce soir, pendant ta lecture, tu as dit que tu aimais beaucoup la poésie, avant, continue Kelly. Récite un poème, juste pour moi. Ça se fait, non ? Ça t'aidera peut-être à te changer les idées. »

Elle me fait cette suggestion tout en poursuivant son travail. Hé oui. Elle est carrément dans ce cadavre jusqu'au coude. Mais elle est aussi en train d'attendre. Patiemment. Avec beaucoup de délicatesse même. Cette femme, que je viens juste de rencontrer, dont je ne connais pas le nom de famille, semble se soucier de moi. Alors que je ne suis même pas certain de me soucier de moi-même.

Un étonnement complet.

Je cherche un poème, en vain.

« Je suis une page blanche, ce soir » dis-je alors que Kelly casse à nouveau un doigt en deux. Je me serais plutôt attendu à ce qu'elle fasse comme si je n'étais pas là, mais ce n'est pas le cas. Elle me sourit gentiment, en continuant à travailler, en continuant à attendre. Elle continue à croire en moi, et en ma capacité à inventer quelque chose qui distraira mon attention de la peur qui m'habite. Elle croit que je peux être moi-même, ici, maintenant.

Je ne suis pas certain que quiconque n'ait jamais pensé cela de moi avant.

Tout à coup, le bruit d'un moniteur cardiaque retentit. Un bruit étouffé, très lointain. Mais je peux l'entendre. La sonnerie digitale chantonne comme un oiseau de conte de fée qui serait tombé follement amoureux d'un métronome.

... bip...bip...bip...

Impossible d'oublier ce son. Pour en atténuer l'effet, je peux juste faire les cent pas. Et encore, ça n'aide pas beaucoup. Le son s'est infiltré en moi, il s'est glissé sous ma peau.

... bip...bip...bip...

Je regarde à nouveau le cadavre. Ce n'est plus le quadra de toute à l'heure. C'est quelqu'un d'autre. Une femme. Une femme belle et élégante que je ne veux pas reconnaître. Sur la terrasse du restaurant, ce soir. Ma mère, peut-être.

Tout à coup, le poème me revient :

« Nous étions effrayés, quand tu mourus, non, brisés d'obscur par ta mort puissante, le naguère arraché au désormais : c'est notre affaire ; et lui trouver sa place sera notre travail quotidien. Mais si tu fus effrayée toi-même et as de l'effroi quand l'effroi n'a plus cours. »

Je ne suis pas l'auteur de ce poème. Mais personne n'écrit jamais vraiment de poèmes.

Je regarde Kelly. Elle me dévisage également. Je n'arrive pas à déterminer ce qu'elle peut bien penser. Comme je ne connais pas la nature de son expression, je n'arrive pas à soutenir son regard, et je détourne les yeux. Et c'est à ce moment que je le vois.

Sur une civière installée derrière elle, pendant sous un grand drap blanc : une petite main noire. C'est la noirceur de la main qui attire mon attention. Une noirceur impossible. Comme si elle concentrait le pigment de toute une nation.

« – Qui c'est ? je lui demande.

Le regard de Kelly suit le mien.

– Personne. » dit-elle. Elle se dirige jusqu'à la civière et tire le drap pour recouvrir la main.

Mais je sais bien ce que je viens de voir. Je me dirige à mon tour vers la civière pour tirer le drap.

« – Stop, dit Kelly.

– Pourquoi ?

– C'est la règle, dit-elle. Puis elle ajoute : Et en plus… mieux vaut que tu ne voies pas ça. »

Je me dépêche d'agir avant qu'elle ne puisse m'arrêter. Je tire le drap en entier.

Allongé sur la civière, le Gamin.

Il a l'air plus petit. Plus noir, si tant est que cela soit possible. Mais sa peau est teintée d'une autre nuance. Je n'arrive à regarder sa peau que quelques instants, avant d'être envahi d'effroi.

Des impacts de balles. Huit au total, germant à la surface comme des fleurs macabres. Sur la poitrine, sur les jambes, sur les bras, à la tête. Il est recouvert de cette terrible couronne mortuaire.

« – Gamin ? je lui murmure.

Kelly recouvre le corps du Gamin.

– Je suis désolée, tu n'aurais pas dû voir ça, dit-clle.

– Qu'est-ce qui lui est arrivé ?

– Tu n'as pas vu ? demande Kelly. Ça fait la Une de toutes les chaînes. La fusillade. C'est le gamin de la fusillade. »

Je me rappelle tout à coup les discussions sur la fusillade. Un gamin, quelque part, qui avait reçu des balles. Le discours de la police. La théorie sur l'usage excessif de la force. Toutes ces vies noires qui comptent. Et les vies des policiers. Et toutes ces vies qui comptent. Maintenant, je me souviens des experts et des politiciens. Des animateurs et des stars. De ce cirque qui est toujours le même. Maintenant, je me souviens des cris, et des pleurs, et des foules qui manifestent, qui s'invectivent, et des *memes* sur internet, et des pensées accolées aux prières, des débats sur la régulation des armes, de l'enquête, des autocollants sur les voitures, des lois régulant l'usage des armes. Maintenant, je me souviens de tout.

Tout ça me revient, oui, mais je ne me souviens plus d'avoir vu le Gamin dans tout ce cirque. Je ne me souviens même plus de son nom. N'est-ce pas étrange ? Je suis certain que quelqu'un a dû prononcer son nom à un moment ou un autre, durant ces flashs info. Je suis certain qu'il a bien dû être à l'origine d'un *hashtag*. Ou se retrouver sur un t-shirt. Faire l'objet d'une marche blanche. Je suis certain que les marcheurs noirs de la manifestation ont dû crier son nom, mais je ne sais plus lequel est celui du Gamin.

Dans sa mort, il est resté le Gamin.

« Ça va ? » demande Kelly.

Je suis obligé de partir. C'est ce que je fais. Je cours hors de la pièce sans regarder derrière moi.

Je déboule hors de la chambre mortuaire, et je cours jusqu'à la voiture de Renny.

« – Retour à l'hôtel, dis-je.

– Et votre amie ? demande Renny.

– Ramène-moi à l'hôtel. S'il te plaît, Renny.
– D'accord. » répond-il de mauvaise grâce.

La voiture démarre. On roule vers la ville, bien loin des femmes intéressantes et des morts qui rappellent des souvenirs.

L'image suivante dont je me rappelle : je suis assis par terre dans ma chambre d'hôtel, habillé du peignoir léopard de l'établissement, et je bois des lampées d'une grande bouteille de bourbon. Je ne me souviens même plus où je l'ai achetée. Le bruit du moniteur cardiaque est toujours là, à la frontière de ma réalité.

... bip...bip...bip...

La télévision diffuse *Casablanca*. Avec Bogart, qui affiche un air désespéré, au bout du rouleau. Avec Bergman aussi, toujours sublime et inatteignable. Plus je regarde l'écran – et plus je bois de bourbon –, moins ils ressemblent à Bogart et à Bergman et plus ils ressemblent à Kelly et moi.

On est dans la scène de la piste de décollage, à la fin du film. L'avion attend. Les Allemands vont débarquer. Une bulle de dialogue apparaît à côté de mon visage :

« – Il fallait que j'y aille.

– Désolé, répond Kelly dans sa propre bulle de dialogue.

– Pas de ta faute.

– On fait quoi maintenant ?

– Je rentre chez moi demain.

– Tu as besoin d'un chauffeur pour l'aéroport ? »

En regardant mon téléphone, je me rends compte que cette conversation est en fait un échange de messages téléphoniques.

« Je suis trop vieux pour toutes ces conneries » dit Renny qui surgit de nulle part. Il est à côté de moi, en train de tenir ma chemise trempée et légèrement couverte de taches de vomi.

« – Pas certain que ça va parte, rajoute-t-il. Vous allez devoir porter la marque de San Francisco le restant de votre vie. »

Renny me toise de la tête au pied, et au vu de sa mine, je ne dois pas ressembler à grand-chose. Il soupire. « Putain d'écrivains, hein » dit-il. Puis : « Allez, on y va. »

Renny se plie en deux pour passer son bras sous mes aisselles, et m'aider à me relever. Il est à la fois gentil et directif. Dieu sait combien d'autres écrivains dépressifs il a dû relever pendant toutes ces années.

« – On fait quoi ? dis-je en mangeant mes mots.

– Suis-moi, Génie Public.

– Bon, d'accord. Mais que tout soit clair entre nous : je ne couche jamais le premier soir.

– J'attends de voir. » répond Renny.

Après la mort de son père, la petite maison où vivent Charbon et sa mère devient plus grande que jamais. Et ce sont ces espaces vides qui n'avaient jamais existé auparavant qui ont le don de submerger de tristesse la mère de Charbon. Chaque centimètre de la maison incarne un endroit où son mari a vécu. Chaque chaise attend son ombre. Chaque pièce veut être habitée par son rire. Les corniches du toit de la maison feulent la nuit quand le vent du sud se met à souffler, pleurant sa disparition. Et au beau milieu de tout ça, la mère de Charbon s'assure que ses bras sont toujours autour de son fils, qui remplit cet espace. Elle l'étreint à une fréquence compulsive, animée d'un désespoir singulier. C'était comme si elle ne l'avait jamais étreint auparavant, et qu'elle ne pourrait peut-être plus jamais le faire. La nuit, elle dort dans sa chambre à lui à cause du vide qui s'est installé dans sa chambre à elle.

Charbon l'observe et espère pouvoir faire quelque chose pour chasser sa tristesse. Il y a tant de larmes, désormais, à sécher. Le son de ses sanglots le réveille au beau milieu de la nuit, tandis qu'elle est allongée dans le lit à côté du sien, lui qui dort et ne se rend pas compte qu'elle pleure. Parfois, il se réveille et il la regarde faire son deuil dans son sommeil.

Charbon veut éradiquer la tristesse de sa mère. Il veut surtout apprendre à cacher la sienne. Il la sent poindre aux bordures de son monde, ce chagrin increvable, qui ne lâche jamais sa proie, comme un fauve. Ce n'est pas le chagrin causé par la mort de son père, comme il le pensait au début. En fait, il ne pense pas si souvent à son père mort.

Non pas qu'il n'aimait pas son père. Au contraire, Charbon sait qu'il l'aimait, et que, parfois, il lui manque. Mais, heure après heure, la mémoire de Charbon évacue morceau après morceau les souvenirs de son père. Comme si sa mort était trop grande pour tenir dans son esprit, et qu'il devait y renoncer, petit à petit, dans l'espoir de sauver sa propre peau.

Les souvenirs de son père, ainsi que sa mort, ne sont jamais très loin quand Charbon est perdu dans L'Invisible. Il peut désormais le faire sur commande : disparaître, et devenir le Gamin Invisible. À chaque fois qu'il fait ça, la douleur de la perte s'éloigne encore un peu plus. Il revient à chaque fois en se souvenant un peu moins de son père. Il revient en ayant un peu moins mal. Être invisible sauve sa vie en oblitérant certaines parties de son existence.

Il y a aussi d'autres distractions, bien sûr. Les gens. Tellement de gens.

Chaque jour depuis la mort de son père, la maison de Charbon accueille un monde fou. Des femmes du diocèse amènent nourriture et condoléances. Elles forment des cercles de prière où des mains noires s'accrochent les unes aux autres et demandent à Jésus de devenir le sauveur qu'il avait promis d'être. Elles entonnent des chants tristes qui promettent la justice – divine et humaine – et, avant toute chose, il y a cette promesse que Dieu donne un destin à chacun et à chaque chose, et que la mère de Charbon ne devrait donc absolument pas être triste.

« Il est parti retrouver Dieu » insistent-elles comme pour la convaincre.

Ce à quoi la mère de Charbon répond par un petit signe de la tête, un sourire forcé, faible.

Et s'il y a ceux et celles qui viennent parler de Jésus et de paix, il y a aussi ceux qui passent délivrer des discours violents pour demander la justice des hommes par tous les moyens. À leur tête, Oncle Paul. Paul est l'oncle de Charbon, du côté de sa mère. Un homme imposant, avec des battoires en guise de main, une peau très sombre et une barbe qui ressemble à du barbelé. Le plancher semble prêt à craquer à chacun de ses pas.

« – C'est exactement le genre de merde dont je t'ai toujours parlé ! » dit Paul en entrant dans la petite maison rurale. Les gens lui font des courbettes respectueuses et appuyées, car ses proportions et son tempérament ne laissent pas d'autre choix.

« Salut, Paul. » répond la mère de Charbon.

Paul la serre fort dans ses bras.

« – Je suis tellement désolé pour toi, dit-il. Je n'en reviens toujours pas. Là, juste dans ta saloperie de jardin. Son putain de sang qui coule dans le jardin de votre maison ! »

Quand il relâche son étreinte, il se dirige ensuite vers Charbon, et toutes les fondations de la maison semblent trembler sous ses pas.

« Et toi, mon bonhomme ? » dit-il en le regardant intensément.

Il tend ses grandes et fortes mains pour soulever l'enfant et le prendre dans ses bras. Il lui fait un gentil câlin – malgré sa stature imposante et puissante – et Charbon sent les fils de fer de la barbe de son oncle lui gratter les joues.

« – Je suis tellement désolé, répète Paul. Mais ne t'inquiète pas, on va faire ce qu'il faut. Ça ne va pas se passer comme ça. Il ne va pas s'en sortir. Je le jure devant Dieu.

– Ne dis pas ça, l'interrompt une femme plus âgée. Ne jure pas devant Dieu d'agir ainsi.

– Je jure devant qui je veux, putain, rétorque Paul. Et s'il n'est pas content, dis-lui de venir ici-bas et d'intervenir. Et pendant qu'il est en train de me mettre une fessée pour avoir osé invoqué Son nom en vain, vous autres pouvez en profiter pour lui demander où il était quand Will s'est fait descendre dans son jardin par ce fils de pute de flic. »

L'assemblée ne souffle mot.

« – Tu as faim ? demande la mère de Charbon.

Paul éclate d'un rire d'ogre.

– Regarde-moi. Un négro de ma taille, ça a toujours faim. »

Paul, Charbon et sa mère vont dans la cuisine, et Paul se sert dans les plats de nourriture que les femmes ont apportés, emballés dans leurs condoléances.

« – Au moins, ces vieilles peaux savent faire à bouffer.

– Elles essaient juste d'aider, dit la mère de Charbon.

– Ça ne va pas durer, arrive à articuler Paul entre deux bouchées. Tu dois comprendre ça. Ce flic qui a tiré, il habite près de Lumberton.

– Comment tu sais ? demande la mère de Charbon.

Paul éclate de rire.

– Arrête un peu. Tu sais bien que personne ici ne peut se cacher très longtemps. Le comté n'est pas grand. Ils sont censés envoyer des enquêteurs pour démêler tout ça. Mais tu sais déjà comment ça va finir, crache Paul. Il ne va rien lui arriver.

– Tu n'en sais rien. » dit-elle. Elle a l'air tout à coup très fatiguée. Comme si un grand poids venait de se poser sur ses épaules. C'est le poids qui tombe quand on réalise que personne n'ira demander justice pour ceux qui vous ressemblent.

« – Tu le sais aussi bien que moi, répond Paul. Puis il regarde Charbon.

– C'est ce genre de choses que tu vas avoir besoin d'apprendre, commence Paul. Rien ne va arriver au type qui a tué ton papa, parce que c'est comme ça que le monde fonctionne pour les gens comme nous.

– Paul !

– Quoi ? demande Paul. Il s'apprête à engouffrer de la nourriture. Il dévisage tour à tour Charbon et sa mère, du coin de l'œil.

– Ne me dis pas que tu ne lui en as encore jamais parlé.

– Juste… La mère de Charbon regarde son fils. Elle ouvre grands ses bras et il court vers elle pour s'y blottir.

– Si tu penses pouvoir le laisser en dehors de tout ça, oublie. Oublie, parce que maintenant, ce n'est plus possible, dit Paul. Oublie, parce que cette idée est morte l'autre soir, devant vos yeux, sur la pelouse.

– Non. » dit-elle. Elle se penche pour murmurer à l'oreille de son fils : « – Va faire un tour. Je n'ai pas envie que tu écoutes toutes ces bêtises.

– Mais, maman… commence Charbon.

– S'il te plaît, dit sa mère. J'ai besoin de te savoir en sécurité. J'ai besoin de te savoir heureux. J'ai besoin de savoir invisible et caché dans un endroit où rien de tout ça ne peut t'atteindre. Je veux que tu partes là-bas et que quand tu reviennes, tu me dises comment c'était. Que tu me dises ce que ça fait, pour que je puisse ressentir autre chose que ce qui m'envahit actuellement, cette chose qui ne me lâchera pas de tout le restant de ma vie. »

Ses yeux sont remplis de larmes. Sa voix est une supplique à l'attention de Charbon, et de tout l'univers. Comment pourrait-il la défier ?

Il acquiesce et, profitant de ce que son oncle ne le regarde pas, il se glisse subrepticement dans L'Invisible, où il pourra être en sécurité et heureux et oublier juste un peu plus son père et la mort de son père.

La dernière chose qu'il aperçoit avant que L'Invisible ne l'enveloppe, c'est le sourire de sa mère, teinté de tristesse, presque reconnaissant.

Je suis à l'arrière de la voiture de Renny, à moitié dans les vapes, le regard fixe en direction de la fenêtre. Où que je regarde, je vois le Gamin. Il est là, sur le siège passager d'une Honda qui roule à côté de nous, mort et transpercé par les balles, les yeux rivés sur moi. Je détourne le regard, et je le retrouve à un coin de rue, portant un panneau pour demander de l'argent, et il est mort et troué d'impacts de balles. Quand on s'arrête au coin, il se dirige vers la voiture et tape à la vitre, en me demandant de la baisser. Il est mort, et transpercé de balles. Que faire, à part détourner le regard et prétendre que je ne le vois pas ? Je me rends compte que c'est ce que je fais systématiquement.

On roule dans la nuit scintillante.

La voiture de Renny se gare devant la plus belle maison que j'aie jamais vue. Elle est si grande qu'on dirait qu'elle a avalé une maison voisine. Je suis encore en sale état et, pendant qu'il se gare, j'ai encore ma tête collée à la vitre, et mes extrémités me semblent très lointaines. C'est facile pour moi d'avoir l'impression que tout ça n'est que le produit de mon imagination. Il n'y a rien que j'aurais envie de garder de tout ce que je vis actuellement.

Mais il s'avère que je ne rêve pas.

Les colonnes romaines, la cheminée décorée, les énormes baies vitrées, la pelouse gigantesque qui s'étale devant la maison, dans une ville où personne n'en possède : tout cela est réel. Et tout cela appartient à Renny.

Je finis par relever la tête de la vitre – bouche bée, entrouverte, hébété – et je regarde Renny. Il me sert son plus beau sourire et m'annonce fièrement :

« – Je vous l'ai dit, Génie Public. Je suis allé à Harvard. Je vais vous présenter Martha. Malgré tout ce que vous avez pu entendre à son sujet, je l'aime.

– Je n'ai rien entendu à son sujet.

– Vous avez déjà entendu parler du Mal incarné, non ? »

Il a un début de fou rire, et moi aussi.

L'intérieur de la maison de Renny est aussi époustouflant que l'extérieur. Des plafonds à moulures. Du marbre à tous les étages. Une large cuisine à l'américaine qui semble avoir été sculptée – pas découpée, sculptée – dans un seul bloc de marbre. J'ai l'impression d'être mort et d'avoir été envoyé au paradis du capitalisme. C'est d'ailleurs peut-être le cas. J'éprouve un mal de tête à l'intensité inédite. La capiteuse odeur de fleur qui flotte dans l'air m'incline cependant à croire que je ne suis peut-être pas encore tout à fait mort.

Une petite sexagénaire pétillante qui sent le jasmin sort de la cuisine, et nous accueille, Renny et moi, à la porte. Elle ne semble pas se soucier du fait que je porte encore le peignoir et les chaussons de mon hôtel.

« – Chéri, dit-elle doucement en embrassant Renny sur la joue.

– Je te présente…

– Le monsieur du livre ? demande-t-elle, sans même attendre de connaître mon nom.

– Oui, chérie. L'homme du livre.

Martha applaudit d'excitation.

– C'est fabuleux, dit-elle en me tendant la main. C'est génial d'accueillir quelqu'un d'aussi respectable qu'un auteur dans ma maison. »

Je la remercie en vomissant par accident sur son impeccable sol en marbre.

Un peu plus tard, nous sommes dans la cuisine immaculée de Renny en présence de sa femme, Martha, qui nous prépare une collation nocturne. Je crois qu'elle m'a déjà pardonné pour tout à l'heure, ce qui est sacrément sympa de sa part, et je le lui dis :

« C'est sacrément sympa de votre part, Martha » en tenant ma tête entre les mains, parce qu'il y a comme un type obèse qui se balade dans mon crâne au même moment, et j'ai l'impression qu'il fait une petite danse énergique sur les parois de mon cerveau.

« – Pas de souci, vraiment, répond Martha. Je passe pas mal de nuits blanches. Au moins, cette fois, pendant que je suis éveillée, je fais vraiment quelque chose.

– Pourquoi ne dormez-vous pas ?

– Les rêves, répond Martha.

– Des cauchemars ?

– Non, répond-elle, juste les rêves. Ils ne m'ont jamais beaucoup intéressée.

C'est une sacrée déclaration, et je le lui dis.

– C'est une sacrée déclaration, Martha. Sacrément profonde.

– Demain, votre mère sera toujours et encore morte, dit Martha.

– Pardon ?

– Pardon quoi ? dit Martha, l'air carrément surprise par ma réaction.

– Qu'est-ce que vous venez de dire ?

– Rien. » répond-elle, et son visage se raidit faisant comme un grand point d'interrogation. Je ne suis pas loin d'en conclure que j'ai simplement imaginé qu'elle me disait cette phrase à propos de ma mère. Je sais que j'imagine beaucoup de choses. Mais j'ai une maladie reconnue de tous : je suis écrivain.

« – Donc, dis-je afin de relancer la conversation, cela fait combien de temps que vous vous connaissez ?

– Bien trop longtemps, rétorque Renny de but en blanc. Martha a combattu pendant la guerre du Péloponnèse. N'est-ce pas, chérie ?

– Va te faire voir, répond Martha.

Je tends le bras de l'autre côté du comptoir de la cuisine et j'attrape une bouteille de whisky que Renny et Martha ont dû payer une fortune. Je l'ouvre sans demander l'autorisation et je me sers un bon verre avant que l'un ou l'autre ne puisse dire quelque chose. Ils m'observent. Peut-être avec un peu de pitié dans le regard.

« – Vous avez de la famille, Génie Public ? demande Renny.

– Pas du tout, dis-je.

– Des amis ?

– Un.

– Un bon ami ?

– Pas pire qu'un autre.

– Alors vous avez de la famille. » dit Renny. Il saisit mon verre de whisky, qu'il vide dans l'évier, et m'enlève la bouteille des mains, pour la remplacer par de l'eau.

« – Ce que je veux dire, Génie Public, c'est que quand je vous regarde, je vois un homme à la dérive.

– Sans attache, le corrige Martha.

– C'est ce que je disais, oui, répond Renny.

– Vous êtes allé à Harvard, et vous ne trouvez pas mieux à dire que "à la dérive" ? »

Renny pointe un doigt accusateur dans ma direction : « Ce type est un pur produit de l'éducation publique ! »

Plus tard dans la soirée, nous sommes devant la maison de Renny. On aperçoit quasiment tout

San Francisco depuis ce point de vue. Même avec l'alcool qui coule dans mes veines, j'arrive à apprécier la beauté de cette ville. Une merveille. Plus je l'observe, plus elle devient belle. Les lumières brillent. Les couleurs deviennent de plus en plus saturées. Comme si j'avais des visions. Comme si j'avais avalé trop de gâteaux spécialement préparés par cette femme du Colorado. Comme si Betty White[1] s'apprêtait à passer l'arme à gauche pour la énième fois.

Les lumières de la ville se transforment en autant de lucioles, dansant sur la surface de l'océan. Je ne peux pas dire où la ville finit, et où le ciel commence. Je crois que si j'essayais vraiment, je pourrais me perdre dans l'un ou l'autre. Je pourrais disparaître dans l'un ou l'autre. L'idée de disparaître me plaît beaucoup.

Le bruit du moniteur cardiaque me revient aux oreilles.

Mais quand je ferme les yeux assez fort et que j'inspire longuement, que je me relâche, il finit par disparaître et San Francisco redevient à nouveau une ville.

Comme s'il lisait dans mes pensées, Renny me dit, à propos de son boulot de chauffeur : « Ça m'occupe » en haussant les épaules. « Tu commences à lever le pied dans la vie, et puis à un moment ça s'arrête. J'ai toujours aimé conduire. Donc vu que je suis à la retraite, je peux conduire autant que je veux. Je rencontre des gens que je ne croiserais jamais autrement

---

1. Actrice centenaire notamment connue pour la série présentant la vie de septuagénaires délirantes, *Les Craquantes*

– des types comme vous. En plus, ça me fait sortir de la maison, et ça m'éloigne de cette folle furieuse. »

Immédiatement, Martha surgit de la porte du jardin et crie :

« – Ah ouais ? Et tu as lui expliqué comment tu es devenu impuissant dès l'âge de quarante ans ?

– Ce n'est pourtant pas ce que disait ta sœur ! aboie Renny immédiatement.

Martha lui fait un signe de main plein de mépris et retourne à la cuisine.

– J'adore cette femme, vraiment, dit Renny l'air amoureux. On va vous installer dans une chambre d'ami.

– Merci, Renny. Tu es un super pote.

– Je peux vous dire quelque chose, Génie Public ?

– Je peux dire non ?

– Non.

– Alors allez-y. »

– Je ne vous connais pas très bien, dit Renny, mais une chose dont je suis certain, c'est que si vous continuez comme ça, vous allez vous crasher violemment. À un moment, il faut savoir faire face aux démons qui nous pourchassent… qu'on le veuille ou non.

– Tu as sûrement raison, Renny, dis-je.

– Bien sûr que j'ai raison, dit Renny. Je suis allé à Harvard. »

Un peu plus tard, Renny et Martha sont allés se coucher, et ils m'ont indiqué la direction de ma chambre. Je manque me perdre dans les couloirs de la villa, mais c'est toujours agréable de déambuler dans les corridors de la maison d'un autre. C'est une bonne façon de se souvenir que des vies sont vécues chaque jour de façon si différente de la vôtre. Comme si vous faisiez partie de quelque chose de bien plus grand.

Dans l'un des couloirs, je remarque une série de photos de mariage. Renny et Martha ont des enfants. D'après les photos, ils ont même beaucoup d'enfants. Dans l'un des clichés, l'une de leurs filles se marie à son tour. Dans une autre, Renny et une autre fille dansent ensemble. Le sourire de Renny est empreint de fierté. Martha, en arrière-plan, pleure de joie.

Je passe d'une photo à l'autre, témoin de cette vie en construction. Une vie d'amour et d'empathie. Une vie de famille. Plus je les regarde, plus ces photos deviennent réelles. Renny et sa vie se mettent à bouger sur la piste de danse. J'entends de la musique – une valse lente. Vu que Renny a été Harvard, il exécute une valse parfaite. Lui et sa fille coulent comme du mercure à la surface de la piste.

Je sens l'odeur du poulet qui a été servi lors du repas. Je peux sentir le goût du gâteau de mariage au fond de ma gorge.

Alors que j'examine toujours les photographies, je peux m'y voir. Je suis au fond dans le coin, tout sourire. Je suis heureux. J'applaudis Renny, Martha et leur fille. Je marche vers eux pour les féliciter. Je fais partie de la famille. Derrière eux, à l'arrière-plan, perdu dans la foule, j'aperçois un couple danser. L'homme est grand et maigre, et son ombre forme une fleur. La femme : petite, ronde, avec de longs cheveux coiffés en queue de cheval. Ma maman et mon papa. Ils se regardent droit dans les yeux, faisant une petite ronde sur eux-mêmes, ils sourient et ondulent au rythme de la musique. Mon père éclate d'un grand rire, ma mère arrive à sourire. Il n'est pas mort. Elle n'est pas triste. Je peux aller vers eux et les embrasser si j'en ai envie.

Mais, par défiance, je préfère ne pas le faire.

Puis la danse s'arrête. Les photographies redeviennent des clichés fixes, et je suis cet écrivain de trente-huit ans debout dans le couloir de la villa d'un étranger, en train d'essayer de m'inviter dans sa vie. Je suis juste ivre et seul, tout à coup.

Ainsi soit-il.

J'atteins enfin ma chambre, et je m'écroule sur le lit. Je porte toujours le peignoir et les chaussons de l'hôtel. Je ferme les yeux et me laisse emporter par le sommeil.

« – Salut ! lance une voix. C'est le Gamin.

Je me rassieds dans le lit.

– Salut, je lui réponds.

Le Gamin est assis dans le coin de la pièce, les genoux pliés contre sa poitrine, et les bras autour des jambes.

– Ça va ?

– J'allais te demander la même chose.

– Je n'ai pas envie de parler de moi. »

Les doigts du Gamin tripotent le tissu de son jean. Il a quelques traces de boue au niveau de l'ourlet, comme s'il avait passé l'après-midi à jouer dans le jardin. Je faisais parfois pareil à son âge. Le Gamin me rappelle tellement qui j'étais que c'est parfois difficile de me souvenir qu'il n'est pas moi. C'est un gamin mort.

« – Je suis désolé, dis-je.

– De quoi ?

– De ce qui s'est passé ?

– Tu veux dire, dans la voiture ? » demande le Gamin. Il a l'air sincèrement surpris. « Pas de souci, ajoute-t-il. Tu avais juste peur. J'aurais dû rentrer avec toi ceci dit. Il ne faut pas laisser les gens seuls quand ils ont peur, même si c'est des sales cons.

Il grimace pour la première fois de la soirée.

– Non, dis-je. Je voulais dire que je suis désolé pour ce qui t'est arrivé.

– Qu'est-ce qui m'est arrivé ? »

Il fronce ses sourcils foncés et arrête de tripoter son pantalon. Il me dévisage de ses grands yeux bruns, et attend que je lui explique qu'il a été abattu de plusieurs balles, qu'il est mort et qu'il n'est pas réel. Il attend que je lui explique que ce don qu'il pense avoir ne l'a pas sauvé quand il s'est pris une rafale, et qu'il n'y aucun moyen de revenir en arrière. Il attend que je lui explique qu'il n'est pas réel. Qu'il est un fantôme. Non, qu'il est le fruit de mon imagination.

Alors, je lui donne ce qu'il attend. Même avec les produits de son imagination, il vaut mieux être aussi honnête et direct que possible.

« – Tu es mort, dis-je.

Après une seconde, le Gamin éclate de rire.

– Bien sûr que non.

– Si, tu es mort, dis-je en insistant. Mort comme une bûche, mon cher, parti pour d'autres cieux disait papa. Et d'ailleurs, pour être franc, je suis un peu vexé que tu ne m'aies pas avoué que tu étais mort depuis tout ce temps. Moi qui me disais que tu faisais juste partie de ma maladie, et je découvre que tu es bien plus que ça. Que tu es un vrai gamin qui s'est fait abattre de plusieurs balles, et qui est mort depuis quelques jours. Je t'ai vu. J'ai vu ton cadavre.

Le Gamin éclate à nouveau de rire.

– Non, dit-il. Tu as tout faux. Tu es défoncé ?

– Ivre, dis-je pour le corriger. Pas défoncé.

– Écoute, commence le Gamin. Tu as tort, de toute façon. Je ne suis pas mort. Ce serait débile. Je suis réel. Je suis aussi réel que toi. Je ne sais pas ce que tu as vu ce soir, ou qui c'était, mais ce n'était pas moi. »

Même si je n'ai pas envie de croire un seul mot du Gamin, je ne peux pas nier le fait que j'ai quelques doutes. Après tout, c'est toujours le dilemme causé par les maladies comme la mienne : impossible de faire confiance aux choses ou aux personnes quand il s'agit de leur réalité. Si une chose passe son temps à répéter qu'elle est réelle, on finit parfois par croire que c'est le cas simplement parce que la plupart des gens que vous croisez dans le monde sont réels, et que ça serait terrible de traiter des gens réels comme s'ils étaient imaginaires.

« – Si ce n'était pas toi, alors qui était le gamin que j'ai vu à la morgue ?

– Aucune idée, répond le Gamin. Mais ce n'était pas moi. » Il relève sa chemise pour me montrer son torse incroyablement noir, dépourvu de traces de balles ou de quelconque traumatisme. « Regarde, dit-il. Je vais bien. Rien de terrible ne m'est arrivé, et ne m'arrivera d'ailleurs jamais. Je suis en sécurité, et je serai toujours en sécurité puisque ma maman et mon papa m'ont offert ce don.

– Oui. » dis-je. Ma tête n'est pas loin d'exploser. Peut-être est-ce l'alcool. Ou peut-être est-ce à force d'essayer de comprendre ce que ma vie et mon état mental sont devenus. Je m'assieds par terre à côté de lui. Je recroqueville mes genoux contre ma poitrine, et je croise les bras autour de mes jambes, comme si je pouvais devenir assez petit pour être en sécurité, protégé de la réalité qui existe au-delà de cet instant.

« – Je suis fatigué, dis-je.

– Moi aussi, avoue le Gamin. Maman me manque.

– Où est-elle ?

– Je ne sais pas, dit le Gamin.

– Tu n'as pas envie de la retrouver ?

– Non. » répond le Gamin. Il serre ses jambes encore plus fort contre sa poitrine.

J'ai envie de lui demander pourquoi il ne veut pas, mais quelque chose me dit que ce n'est pas la bonne question à poser. Nous restons ainsi assis, en boule, comme sur la défensive. Je n'ai pas le courage de lui rappeler à nouveau que j'ai vu son cadavre cette nuit. Et je n'ai pas le courage de lui rappeler que j'ai aussi vu ma mère décédée tout à l'heure. Je n'ai pas le courage de grand-chose, alors nous restons tous deux assis dans la chambre, entourés de non-dits.

« – Et cette nana ? demande le Gamin. Elle avait l'air pas mal.

– Je ne pense pas que ça soit jouable, mon petit.

– Tu devrais essayer, rajoute le Gamin. Tu es seul. Ça se voit.

– À quoi tu vois ça ?

– La plupart des gens sont seuls, dit le Gamin. Ceux qui imaginent des choses sont seuls. J'ai toujours été seul. Toute ma vie. Les gamins à l'école se moquaient de moi parce que j'étais toujours ailleurs. Mon cousin Tyrone aussi. Je l'aime beaucoup. C'est le gamin le plus cool que je connaisse. Mais ça peut aussi être un sacré salaud. » Le Gamin hausse les épaules. « – Ça reste mon cousin préféré. J'encaisse ses blagues sans rien dire, et je lui pardonne même s'il ne demande pas pardon, juste parce qu'on est cousin, qu'on fait partie de la même famille. C'est ça, la famille : se pardonner entre nous. On est dans la même galère.

– C'est ce que te dit Tyrone ?

– Comment tu le sais ? demande le Gamin.

– Juste un pressentiment. » dis-je.

On reste encore assis pendant un temps inimaginable. J'attends le lever du soleil, mais le temps avance lentement, et on ne bouge pas, le Gamin et moi, les genoux recroquevillés, tous deux perdus dans notre solitude. J'ai peur que le Gamin soit vraiment imaginaire, mort ou quelque chose comme ça. Le Gamin a peur que je sois seul. On forme une belle paire, lui et moi. On s'inquiète chacun beaucoup trop l'un pour l'autre.

« – Tu veux que je t'apprenne ? demande le Gamin.

– M'apprendre quoi ? »

– À devenir invisible.

– Non, dis-je. J'ai déjà ma méthode pour accepter le monde qui m'entoure. »

Et il ne me reste plus qu'à rester assis, seul, dans le calme, à attendre l'aube.

À un moment, je tombe de sommeil.

À mon réveil, le gamin a disparu, et mon téléphone est posé sur le sol à côté de moi. Après quelques recherches sur l'écran, je retrouve mes messages et tombe sur celui de Kelly : « Besoin d'un chauffeur pour l'aéroport ? »

Le lendemain matin, Renny et moi attendons devant mon hôtel. Je porte ma tenue de voyage. Renny est en costume de chauffeur de limousine. On fouille la rue du regard.

Renny regarde à gauche. Je regarde à droite.

Renny regarde à droite. Je regarde à gauche.

Pas de Kelly.

« – Bon, souffle Renny, il y a toujours ma bagnole. »

Au moment où les mots sortent de sa bouche, une petite Honda Civic déboule à toute allure du coin de la rue, devant moi. Kelly me fait signe depuis le siège conducteur.

Renny est tout sourire.

Il m'aide à installer mes bagages dans le coffre de Kelly.

« – Ne m'oublie pas, Génie Public.

– Jamais de la vie. » dis-je.

Renny me serre dans les bras comme le faisait mon père.

Puis je monte dans la voiture de Kelly, et on part pour l'aéroport.

Tandis qu'on roule vers notre destination, je me sens obligé de prendre la parole. Après tout, j'ai détalé hier soir en la laissant seule au beau milieu d'une chambre mortuaire. Assez peu élégant de ma part.

« – Écoute… hier soir…

– Tais-toi. » m'interrompt Kelly.

Elle allume la radio. *Crazy*, de Gnarls Barkley. Un titre soul plutôt de circonstance.

On atteint l'aéroport éreintés et à bout de souffle. On n'a pas arrêté de chanter à tue-tête la même chanson en boucle sur le chemin. L'extérieur de l'aéroport est bondé de monde. Tout le monde va quelque part.

Je sors de la voiture pour sortir mes bagages du coffre. Kelly le referme ensuite. Quand je suis sur le point de partir, elle s'approche de moi et me glisse : « enlève ta chemise. »

J'hésite un instant, mais je m'exécute.

Kelly ouvre la boîte à gants de sa voiture et en sort un stylo feutre. Elle écrit quelque chose sur mon maillot de corps. Le feutre grésille. Les gens passent autour de nous, comme s'ils ne nous voyaient pas. Ce qui me pousse à me demander si elle fait vraiment ça ou si j'ai à nouveau cédé à mon imagination.

J'ai une maladie.

Quand elle a fini d'écrire, Kelly dit : « Lis ça quand tu seras de retour chez toi. »

Je veux lui répondre, mais Kelly se penche vers moi et scelle mes lèvres d'un baiser.

Feux d'artifice. Musique. Soleil. Gingembre et cannelle. Le moment où nos lèvres se touchent, il n'y a plus que cela qui compte. Les foules de voyageurs qui s'agitent autour de nous s'arrêtent tout à coup, lâchent leur bagage et se mettent à danser. Un numéro de jazz joyeux et vibrant. Grosse caisse à fond. Les trompettes soufflent à tout va. Les doigts de Count Basie jouent du charleston sur les touches ivoires. Ce serait la musique des étoiles si on pouvait en jouer en dressant nos doigts vers le ciel. Tout le superflu, tous les survêtements ont disparu. Chacun est tiré à quatre épingles, prêt pour une soirée dans la haute société, ou pour une nuit dans un bouge enfumé tenu par un Harpo Marx en smoking débraillé.

Autour de Kelly et moi, tout est son et lumière, lignes de basse et corps fiévreux. Mon cœur bat dans ma gorge. Mes mains sont sur ses joues, à siphonner son électricité, et aussi à peut-être lui en offrir de mon côté.

Le baiser se termine. La musique s'arrête. Les costumes disparaissent, et tout le monde est à nouveau en jean et survêtement, dans un état semi-dépressif. La vie est à nouveau la vie. Seul le souvenir de ce que j'ai imaginé reste, alors que la réalité enfonce à nouveau ses crocs en nous.

« – J'habite à cinq mille kilomètres d'ici, dis-je.

– Le soleil est à 150 millions de kilomètres, répond Kelly. Mais tu peux quand même sentir ses rayons sur ton visage, non ? »

Je traverse l'aéroport sur un nuage. Le douanier, avec qui je n'ai habituellement jamais de souci, semble remarquer mon état. Ou peut-être pas. Ce qui est certain, c'est que quand il me tripote, on est tous les deux gênés.

« – Est-ce que vous avez déjà pensé à mettre des boxers ? demande l'agent de la douane.

– Pardon ?

– Personne ne m'écoute jamais, dit-il. Allez, suivant ! »

Je suis installé dans l'avion, toujours sur mon nuage, toujours loin de tout. Impossible de dire comment je suis arrivé jusque-là. Pendant que le reste de l'avion est encore occupé à embarquer, je me faufile jusqu'aux toilettes, et je soulève ma chemise pour lire le message de Kelly : APPRENDS À TE PARDONNER.

Je suis de retour à ma place. Un type imposant, originaire d'Hawaï, s'installe à côté de moi. Sa graisse se colle à moi, mais je trouve ça réconfortant. Comme si je faisais partie d'un grand tout qui n'inclut pas que moi.

Les passagers continuent d'embarquer, et j'observe les bagagistes balancer les valises dans le ventre de l'avion. L'un d'eux lève les yeux vers moi. Une bulle de dialogue apparaît juste à côté de son visage : « À un de ces quatre ! »

Je souris. Le bagagiste semble ne pas comprendre. Ce n'est plus Kelly. Mon téléphone vibre dans ma main. Un message de Kelly apparaît à l'écran. Devinez ce qu'il peut bien dire ?

Alors qu'on accélère sur la piste de décollage, l'imposant Hawaien se met à chantonner. Une version bien à lui du tube de Whitney Houston, « I Will Always Love You ». Il chante mieux que je ne l'aurais pensé. On se retrouve à chanter de concert. Tous les deux à tue-tête. Tous les deux laissant peut-être quelque chose derrière nous à San Francisco.

Toute la ville se met en tête de résoudre la tragédie de la mort de William. Alors que son cadavre est encore allongé sur la table du médecin-légiste dans un bureau de Whiteville, une vieille église d'une bourgade plie sous le poids de fidèles trop outrés, trop tristes et trop craintifs pour exprimer ce qu'ils pensent. Ils vont voir Dieu et un homme de Dieu pour leur parler.

« – Je sais, dit le révérend Brown, que nous ne sommes pas les premiers à devoir affronter ce genre de monstre, mais comme Jonas, nous savons que Dieu est là, et nous savons que Dieu ne nous tournera pas le dos.

– Et Will, dans tout ça ? demande quelqu'un dans la foule.

Leur voix est pleine de colère, et le révérend et ses fidèles le savent bien.

– Dieu ne l'abandonnera jamais, dit le révérend Brown. Dieu l'a simplement rappelé à ses côtés. »

Puis il raconte à tout le monde l'épreuve de Daniel dans la cage aux lions. Il évoque la peur de Daniel. Il demande à ses fidèles combien d'entre eux auraient pu affronter les gueules des lions sans avoir peur. « Combien d'entre vous ont cette foi ? »

Pour Charbon, regarder le révérend Brown prêcher constitue quelque chose d'extraordinaire. Ce vieil homme chauve est debout au beau milieu d'une église, occupé à raconter les légendes sur Dieu et ses miracles, et ses fidèles sont suspendus à ses lèvres. Au fur et à mesure de son prêche, les histoires qu'il raconte sont de plus en plus longues et vastes, et les gens l'écoutent sans mot dire, hochant la tête en guise d'approbation et ponctuant le récit de plusieurs « Amen ! ». Parfois, ils semblent même rassurés, rassérénés par les histoires qu'ils entendent. L'église accueille un océan de visages en larmes depuis que le révérend Brown a pris la parole, mais plus il continue et plus il leur raconte d'histoires, moins de gouttes d'eau salée s'écrasent sur le sol en pierre de la vieille église.

Charbon ne le sait pas encore, mais il devient croyant. Pas en Dieu, comme le révérend Brown et le reste de sa communauté de croyants du Sud, mais il croit dans le pouvoir des histoires. Il constate, juste après la mort de son père, que les histoires peuvent soulager la douleur. Il voit des sourires, même s'ils sont brefs, à l'endroit où coulaient des larmes quelques minutes auparavant. Il voit l'entraide remplacer la solitude. Il voit l'espoir naître sur les champs du désespoir.

Et il se met à se demander si, un jour, il pourrait être bon pour raconter des histoires.

Tandis que Charbon se pose ces questions, le révérend Brown continue de sauver qui il peut. Dans la foule, il y a ceux qui hochent la tête en guise d'approbation et d'allégeance à Dieu Tout Puissant. Le révérend se concentre sur eux, et essaie de ne pas faire attention à tous ceux qui n'ont pas l'air content et qui scrutent la foule des fidèles pour en trouver d'autres comme eux, qui en ont assez de tout ça, et qui n'ont pas envie d'attendre toute leur vie une intervention divine.

Charbon est assis à côté de sa mère, et observe la scène tandis que son oncle Paul est debout à l'arrière de l'église, entouré d'un groupe d'hommes. Ils discutent entre eux et bougent la tête avec véhémence, plutôt que d'acquiescer aux belles histoires de Dieu.

Mais le sermon continue.

Une fois qu'il a fini, le pasteur semble avoir gagné la partie puisque les hommes qui étaient au fond de l'église se sont éclipsés pour se retrouver dans le parking. Ils font les cent pas, éclairés par la lueur des phares de leurs vieilles camionnettes. Ils grommellent, répétant que quelque chose doit être fait. Ils se font la promesse qu'ils ne laisseront pas passer ce qui est arrivé à William, ce qui est arrivé à des hommes et des enfants comme lui dans tout le pays. Ils jurent d'imaginer un moyen de trouver réparation, puisque la justice n'a pas fait son boulot. Ils se répètent que de toute façon, la justice ne fait jamais le boulot quand il s'agit de gens comme eux. Ils le savent depuis longtemps, et ils en sont persuadés.

La justice ne fera jamais son boulot, tout comme elle n'a pas fait son boulot pour leurs parents, pour leurs grands-parents, pour leurs arrière-grands-parents, et on peut remonter aussi loin qu'on veut. « Les lois n'ont jamais été faites pour le peuple noir » dit Paul, et le groupe d'hommes grommelle et salue sa tirade. Les autres prennent tour à tour la parole et racontent toutes les fois où la justice n'a pas fait son boulot. Ils racontent leurs propres histoires, qui sont bien différentes de celles du révérend Brown, mais ont le même poids. À la place de Dieu, ce sont des histoires de cadavres noirs. À la place des baleines et des lions, ce sont des histoires de police et de juges, de prisons et de prêteurs sur gage, de politiciens et de législature. Le vide laissé par Dieu est comblé par leur peau d'ébène et tout ce qui va avec.

Les hommes continuent à prendre la parole à tour de rôle et à égrener leurs scénarios, leurs « Et si... », listant toutes les choses qui pourraient survenir à leurs enfants et combien cette perte viendrait bouleverser leur vie si cela leur arrivait. Ils sont tous d'accord, cela doit changer. Ils citent Sam Cooke[1] et le révérend Martin Luther King. Puis quelqu'un affirme que Cooke est un menteur et que Luther King n'a rien compris. Ils disent : « Rien n'a changé, et c'est peut-être le moment de forcer le passage. » Un autre part vers sa camionnette et en revient avec un pack de

1. Chanteur soul, notamment auteur d'un titre engagé, *A Change is a gonna come*, en 1964.

bières fraiches qui lui reste de sa longue journée passée à pêcher à la rivière, et les histoires peuvent continuer.

Il est question de colère, de peur et de tristesse, parce que c'est tout simplement ce qui constitue leurs vies désormais. Peut-être ont-ils toujours été uniquement habités par ces sentiments.

Devant l'église, les hommes se fatiguent à discuter et à boire. Et une fois qu'ils en ont fini, Paul retourne dans l'église pour aller chercher Charbon, et il le prend dans ses bras pour l'emmener dans sa camionnette.

Le lendemain, Charbon se lève aux aurores, et tombe sur son oncle toujours éveillé, assis sur le canapé.

« Viens avec moi » dit-il dans le noir de sa voix de stentor. Paul amène Charbon devant le garage, à la lueur du soleil levant. Ils vont jusqu'à sa camionnette, et Paul ouvre la boîte à gants. Il en sort un petit pistolet de poche.

« Ce monde ne va pas se soucier de toi, alors il vaut mieux que tu apprennes à t'en servir. C'est la seule chose qu'ils respectent, la seule chose pour te faire entendre. »

Voici une petite expérience que tout le monde devrait faire :

Allez dans un lieu public très fréquenté – assurez-vous qu'il y a un sol bien plat et propre, avec beaucoup de passage – et lancez une petite bille de belle qualité par terre. Vous pensez peut-être déjà savoir ce qui va arriver, et peut-être avez-vous d'ailleurs raison. Et peut-être pensez-vous que ce n'est pas réellement possible. Peut-être pensez-vous que lancer une bille sur le sol ne va pas faire trébucher plein de gens. Après tout, on n'est pas dans un épisode de *Laurel et Hardy*, on est dans la vie réelle.

Mais, franchement, faites-moi confiance sur ce coup.

Prenez donc la bille, et lancez-la par terre au milieu de la foule, puis attendez un peu. À un moment, ça finira par arriver. Quelqu'un va marcher dessus et, si vous avez de la chance, il va vraiment tomber par terre. La beauté de la chose, c'est que si vous avez choisi le bon moment et le bon endroit, il ne sera pas le seul à tomber. Ça déclenchera une réaction en chaîne, parce que la première personne qui tombe tente toujours de se rattraper à une autre pour ne pas s'écrouler par terre. Alors la deuxième personne tombe. Puis peut-être une troisième. Et une quatrième. Et ainsi de suite.

En quelques instants, vous allez avoir devant vous tout une foule d'individus à terre.

C'est là que le plus intéressant commence. Une fois que tout le monde s'est retrouvé les quatre fers en l'air, une fois qu'ils se sont assurés de n'avoir rien de cassé et qu'ils se sont débarrassés de la honte d'avoir succombé à un tel piège… alors ils retournent à leur vie. Ils reprennent la conversation qui a été interrompue. Ils continuent à aller aux toilettes, vers la porte, à un restaurant, bref là où ils se dirigeaient quelques secondes avant la chute.

Vous voyez, tous ces gens, ce sont des créatures faites d'habitudes. On aime ça, l'ordre et la routine. On lutte pour organiser notre propre vie afin de minimiser le sentiment étrange que tout est chaos, que nous sommes juste des billes de verre qui s'entrechoquent sans cesse dans un univers glacé et infini.

Alors quand quelque chose se dresse sur notre chemin et remet en cause la norme, notre première réaction est de rétablir notre routine et retourner à nos vies. Et ne suis-je pas moi aussi un être humain ?

C'est donc ce que j'ai fait après Kelly. Je suis retourné à une vie que je connaissais déjà.

Je suis retourné à ma tournée promotionnelle. Je suis retourné affronter mes peurs littérales et métaphoriques. J'ai vendu des livres. J'ai répondu à des interviews. J'ai bu des alcools exotiques. C'est ce que font les types comme moi. J'aime la routine. Tous les cons adorent ça, parce qu'ils pensent contrôler quelque chose dans leur vie. Et il n'y a rien de plus satisfaisant que de croire que vous tenez la vie par les cornes plutôt que de constater que vous ne faites que la talonner. Je connais le truc. Et il est hors de question que je laisse une petite instabilité psycho-émotionnelle me désarçonner et me renvoyer dans cet état d'esprit. Vous me suivez ?

Le problème avec l'imagination galopante, c'est qu'elle ne sait pas exactement quand elle doit démarrer à fond. La dernière fois en avion, j'ai fait une rencontre étrange.

Ça commence avec Magdalene. Elle est hôtesse de l'air, elle vient de Tulsa, dans l'Oklahoma, et elle a un sourire qui fendrait en deux le cœur d'un homme non averti. On s'est rencontrés quelque part au-dessus d'un stratocumulus dans l'ouest du Texas, et au moment où je l'ai aperçue, je nous ai imaginés elle et moi en train de faire du *bodysurf* sur mes draps jusqu'à l'aube. Mais ce n'est pas ça qui est intéressant.

Le chariot de nourriture vient de passer dans les deux sens, et tout le monde se prépare pour la nuit à rêver à dix kilomètres d'altitude. Je suis assis dans mon siège à ruminer mes pensées inconsolables quand je sens qu'on me tapote sur l'épaule.

« – J'ai l'impression de vous connaître. dit Magdalene, me gratifiant de son sourire à un million de dollars.

– On ressemble tous à quelqu'un d'autre, dis-je en souriant comme je le fais à chaque interview. Et il est aussi très possible que j'aie déjà pris cette ligne auparavant. Je n'ai pas une mémoire exacte des choses. Je suis auteur.

– Je le savais ! » dit Magdalene, les yeux brillant comme des feux de Bengale. Elle tourne les talons, descend la coursive et revient avec un exemplaire de *L'Enfant qui voulait disparaître*, les mains tremblantes et dépourvues d'alliance. Comment pourrais-je refuser de le lui signer ?

Je n'en ai pas souvent parlé, mais signer des livres est plus complexe que ce qu'on imagine. À dire vrai, signer un livre, c'est comme graver une partie de soi-même dans la mémoire d'un autre. Quand vous écrivez une dédicace, les gens s'en souviennent. L'objet en question devient un totem, le symbole d'un instant qui veut dire quelque chose mais ne reviendra jamais. La personne de l'autre côté de l'équation veut vous donner une preuve physique que sa vie faite de chaos a croisé la vôtre. Elle veut avoir quelque chose à montrer à ses amis. Elle veut avoir quelque chose dont elle est fière quand la vie la couvrira de merde depuis le ciel – je parle ici de façon figurée, bien sûr. Elle veut pouvoir ouvrir ce vieux livre poussiéreux et y retrouver sagesse, inspiration et un monolithe intemporel d'étoiles brillantes – là encore, de manière figurée.

Et tout ça suppose que vous écriviez quelque chose d'intelligent.

C'est un costume bien large à enfiler.

J'ai donc décidé il y a quelques temps d'écrire toujours la même chose dans les livres que je dédicacerais.

Je suis à mi-chemin de ma dédicace quand une voix m'interrompt poliment.

« – Ça ne vous dérange pas de m'en faire une également ? » demande une voix grave de l'autre côté du couloir de la première classe. C'est une voix que je connais, mais je n'en reviens pas. Vous voyez ce que je veux dire ? Une de ces voix qui réveille les synapses de certaines parties de votre cerveau dont vous avez oublié jusqu'à l'existence. Étrangement familière, voilà le terme.

« – Pas de souci. » dis-je en finissant la dédicace du livre de Magdalene.

Je n'arrive pas à voir qui s'est adressé à moi, car Magdalene est plantée entre nous deux, occupée à lire le petit texte que je lui ai écrit. Après, elle a les yeux rougis et renifle fortement. Elle écrase une larme, inspire longuement, veut dire quelques mots, bouche ouverte, mais ne laisse échapper qu'un long soupir mâtiné de sanglots.

Je connais tout ça, cousine.

Elle part rapidement dans l'allée, en essayant d'étouffer ses sanglots.

Une fois partie, je me retrouve avec un autre exemplaire de *L'Enfant qui voulait disparaître* sous le nez.

« – J'ai beaucoup aimé, dit la voix de l'autre côté de l'allée. C'est vraiment un livre d'enfer.

– C'est ce qu'on dit. » je réponds, avant de lever enfin ces yeux noirs qui sont les miens du livre et de regarder qui s'adresse à moi. Dans ce milieu, il faut savoir regarder l'autre, et croiser son regard. Une des choses que j'ai apprises lors de mes séances médias, c'est qu'il faut croiser le regard de ses lecteurs à chaque fois que c'est possible. Il faut les regarder droit dans les yeux et leur faire sentir qu'ils sont au centre de votre monde. Vous voyez le truc ? Comme s'ils étaient votre vieux pote qui s'était perdu parmi toutes les sauvageries de ce bas monde pendant des décennies, et qu'il avait enfin réussi à revenir à ses racines et n'attendait que votre étreinte. Les gens adorent penser qu'on les a vus et identifiés.

Je lève donc les yeux, afin de créer chez ce quidam ce feu d'artifice de bonnes sensations, et c'est à ce moment que je comprends que le type de l'autre côté de l'allée de l'avion n'est pas un acheteur anonyme de mon livre que j'oublierai tout de suite après avoir croisé mon regard de velours avec le sien. Non. Ce passager est à part. Il va falloir me croire sur parole, mais ce type est le seul, l'unique, Nicolas Kim Coppola.

Mieux connu sous le patronyme de monsieur Nicolas Cage.

Hé ouais.

Nicolas Cage.

Monsieur *Leaving Las Vegas*. Monsieur *Arizona Junior*. Monsieur *Les Messagers du vent*. Monsieur

Mandy. Monsieur *Volte-face*. Monsieur *Rock*. Monsieur *Joe*. Monsieur *Colour out of Space*. Monsieur *Ghost Rider*. Monsieur *Embrasse-moi, Vampire*. Monsieur *Bad Lieutenant*. Monsieur *Snake Eyes*.

On ne le devine pas quand on me voit, mais j'ai toujours pensé que monsieur *Ghost Rider : L'Esprit de vengeance* représentait la meilleure idée de l'histoire de l'humanité, depuis que quelqu'un avait eu l'idée de faire transpirer du maïs dans un baril et d'appeler ça du bourbon. Bon Dieu, si je devais me réincarner, ça serait en monsieur *Benjamin Gates*. Peut-être n'en a-t-il pas fait autant pour moi dans ma vie que mon père et Fred MacMurray, mais il a bien comblé les vides. Cet homme possède un truc à part, un truc bien à lui. On ne sait jamais ce qu'il mijote, ou ce qu'il va bien pouvoir faire la semaine suivante. Comme s'il reconstruisait le monde en entier à chaque film, reconstruisait sa réputation, reconstruisait sa théorie sur la lumière solaire. Et si cela ne parlait pas à quelqu'un comme moi, je ne vois pas qui ça pourrait toucher.

« – Vous pouvez écrire ce que vous voulez, me dit-il. Vous avez déjà pas mal écrit pour ce livre, hein ? » Il m'adresse un grand sourire, celui qu'il arbore dans ses quelques 109 long-métrages – et ce n'est pas près de s'arrêter. J'apprécie l'instant, complètement fasciné par Cage, à tenter de trouver les mots justes, en vain. Je suis vidé. Mon compte en banque de mots est à découvert, et je cherche des syllabes idoines, incapable de la moindre cohérence verbale. Je suis bouche bée, et de la bave point à la commissure de mes lèvres.

Monsieur *Les Ailes de l'enfer* porte un jean de marque déchiré, une vieille paire de bottes en cuir, un t-shirt Al Green, et un perfecto recouvert de fermetures éclair et d'anneaux. Il ressemble exactement à ce que j'imaginais.

« – Pas de souci, dit monsieur *Bangkok Dangerous*. Je sais ce que vous êtes en train de penser. Mais, juste pour être bien clair, je ne suis pas celui que vous croyez.

Cette phrase mystérieuse me sort immédiatement de mon état de stupeur.

– Ah bon ? »

Bien sûr que si, c'est lui. Monsieur *Bad Lieutenant : Nouvelle-Orléans* ne peut pas s'installer de l'autre côté de l'allée de l'avion, me regarder droit dans les yeux et ensuite fairc semblant qu'il n'est pas qui il est vraiment.

« – Vous ne comprenez pas » dit-il, en se penchant légèrement en avant. Un de ces mouvements classiques pour créer une sensation d'intimité. « Ne vous faites pas avoir, souffle monsieur *60 Secondes chrono*, en agitant les mains. Tout ça, rien de tout ça n'est réel ». Je ne sais pas si ses mains veulent me désigner ses compagnons de voyage, l'homme derrière eux, ou peut-être même votre serviteur.

Pas besoin de préciser que c'est le genre d'échange qui a le don de faire se dresser les poils du velours de ma veste, qui se mettent immédiatement au garde-à-vous. Est-il au courant pour ma maladie ? Ou en fait-il partie ? J'espère que c'est la première solution.

J'aimerais quand même vraiment pouvoir raconter que j'ai rencontré monsieur *La Cité des anges*.

« – Vous savez ce qui est *vraiment* dingo ? demande monsieur *Wicker Man*.

– Non ? » Je m'adresse à lui comme si j'étais convaincu qu'il lisait dans mes pensées, grâce à une sorte de télé-Cage-pathie quasi-mystique dont lui seul connaît le secret.

« – L'espoir, commence-t-il. C'est dingo, l'espoir. L'idée que chaque jour, on espère quelque chose. On met son espoir dans l'univers. On espère qu'il se comporte d'une certaine façon, vous voyez ? Les bibles, les rouleaux et les lois, ils mènent tous la même danse, ils prétendent savoir comment tout fonctionne. On place de l'espoir en nous-mêmes – et on a quasiment d'ailleurs toujours tort. » Il laisse échapper un petit rire, comme si les souvenirs de quelqu'un d'autre venaient tout juste d'apparaître dans l'orbite de son esprit, ce je suis tout prêt à croire.

« – Il y a encore mieux, continue-t-il, on place même de l'espoir dans les autres. Réfléchissez un peu à cet instant précis, par exemple. Là, tout de suite, vous êtes assis de l'autre côté de l'allée, n'est-ce pas ? Et on sait chacun qui est l'autre – en tout cas, on croit le savoir. Vous m'avez déjà vu sur une palanquée de grands écrans en cotons de dix mètres de large dans des salles sombres au plancher collant, et ça depuis des dizaines d'années. Ou peut-être me connaissez-vous grâce à cette petite boite rectangulaire installée dans votre salon et qui vous dit ce que vous espérez de ce monde qui ne cesse jamais de tourner. Et vous y croyez parce que vous n'avez pas d'autre point de référence. »

Je suis comme happé dans un sable mouvant, et je m'en rends compte. Je sens mon esprit se laisser déconstruire, avalé par les mâchoires affamées d'une créature tout droit sortie de la nuit des temps. J'ai envie d'appeler Magdalene à la rescousse, histoire de retrouver quelques repères, mais je n'arrive pas à détacher mon regard de monsieur *Fire Birds*. Il m'a fait une prise d'étranglement. Je suis coincé dans le Cage.

« – On ne peut connaître quelqu'un tant que, comment dire, tant que qu'on ne le connaît pas, dit-il sur un ton tout à coup doucereux, comme s'il savait que j'allais me noyer et qu'il voulait faire preuve d'un peu de commisération à mon égard. Votre livre parle un peu de tout ça, donc je sais que vous savez de quoi je parle. Mais savez-vous vraiment de quoi parle votre livre ? Il ne parle pas du fait qu'il est impossible de connaître quelqu'un en croyant tout ce qu'on dit sur lui à la télévision. Ou en passant en voiture devant chez lui pour en tirer des conclusions hâtives et débiles. Ou en dansant sur les plus grands tubes de sa musique, tout ça pour avoir l'air cool et branché. Vous avez déjà remarqué à quel point tous ces branchés évitent de passer des chansons politiques ? Celles qui sous-entendent parfois que personne ne vous connait mieux qu'un parfait étranger. Ou que ceux que vous jugez, de loin, finissent par connaître tous vos secrets. Il n'y a rien de pire que ça. C'est un miroir dans lequel personne ne veut se regarder.

Mieux vaut éviter. Et vous savez comment vous réagissez dans ce cas-là ? Pas vous en particulier, mais tout un groupe socio-politique en général. »

Je dis non de la tête.

Il se penche à travers l'allée et me plante son doigt dans la poitrine.

« – ... *Americae Excommunicatus*, dit-il. Vous connaissez le terme. Vous savez de quoi je parle. Vous et les Sioux.

– Je... je vois. Mais je n'ai jamais entendu quelqu'un...

– Ne me coupez pas, dit-il comme en s'excusant. Puis il époussète ma chemise à l'endroit où il a planté son doigt.

– Qu'est-ce que vous voulez savoir d'autre ?

– Je veux carrément tout savoir, dis-je, à court de mots.

– Là, vous êtes terrifié. Limite à vous chier dessus. Parce qu'à un moment, vous vous êtes vu dans cette petite boite installée dans votre salon – la même qui fait que j'existe dans votre monde – et vous vous êtes mis à croire les choses que disaient des gens qui ne vous connaissaient absolument pas et avaient peur de vous. Vous avez vu des images de vous en prison, dans des émeutes, en train de tirer sur des gens qui vous ressemblent, prêt à se sacrifier devant un monstre assoiffé de sang pour sauver le héros – qui ne vous ressemble d'ailleurs pas du tout, vous aurez remarqué. Et après avoir vu tout ça, une fiction se construit dans votre cerveau, une fiction si convaincante qu'elle finit par avaler et englober la réalité. Alors vous commencez à penser : “Merde. Peut-être que je suis réellement comme ça. Peut-être que je suis le méchant de tout ce récit social”. Et ensuite, c’est ce qui se passe.

– Qu’est-ce qui se passe ? dis-je le souffle coupé.

– Vous commencez à avoir peur de vous-même. Vous avez peur de votre propre voix. Et je pense que c’est encore le cas pour vous.

– Bon dieu de bordel de merde, je murmure.

– Hé ouais, dit-il. Écoutez. Tout ça est devant vos yeux. C’est ça le truc. C’est le moment ! Vous venez tout juste de comprendre que tout ce qui se dit à mon propos est peut-être faux, et que cela signifie que je suis un inconnu. Et vous venez aussi de comprendre que tout ce que vous avez entendu à votre propos est tout aussi faux, et que vous êtes peut-être un inconnu, même pour vous-même.

Il hoche la tête.

– Ça fait flipper, hein.

– Et alors, qu’est-ce que je dois faire ? » dis-je.

Au plus profond de moi-même, je suis à genoux. Ça y est, ça a fini par arriver. L’univers m’a envoyé un guide. Mon Virgile à moi, prêt à me faire sortir des bas-fonds de mon existence.

Et c’est alors que monsieur *Hell Driver* fait la pire chose qui soit. Il arrête de parler. Avec son grand front lisse, avec ses yeux légèrement fanés qui savent incarner la folie mieux que quiconque. Il ne dit plus un mot, s’attendant à ce que je me mette à déballer à mon tour le même genre de choses.

Si je suis totalement honnête avec vous, j'avoue l'avoir légèrement détesté à ce moment précis. Il n'avait pourtant qu'une seule mission : incarner celui que j'espérais qu'il soit. Me faire sentir à l'aise avec moi-même. À chaque fois que je sens que ça va être mon tour d'enfin me sentir bien, ça n'arrive pas. Nicolas Cage vient de gâcher ma rencontre avec lui. Il vient de saloper intégralement toute ma vénération pour le Cage. Il aurait mieux fait de me laisser lui dédicacer le livre, et me faire croire que, ça y est, je le connaissais.

Comme, apparemment, monsieur Cage semble lire dans mes pensées qui lui parviennent depuis les entrailles de la stratosphère, il désigne le livre que j'ai dans la main.

« – Allez-y, dit-il. Écrivez ce que vous voulez. Je vais m'offrir une petite sieste avant l'atterrissage. Je tourne un nouveau film.

– Est-ce que je peux vous…

– Non, répond monsieur Cage. Pas ça. Ne gâchez pas le moment en posant des questions inutiles. Je ne peux pas y répondre. Et c'est mieux comme ça. La vie est trop courte pour ce genre de conneries. On pourrait mourir dans quelques secondes. Merde, on est peut-être déjà morts, non ? Si vous voulez la jouer un peu philosophe, on est déjà tous morts, quelque part dans la grande échelle du temps. Sans exception. On fuit juste le moment où le temps va nous rattraper et nous effacer. Alors, ne perdons pas de temps en de vaines questions, bon Dieu ! »

Monsieur *Family Man* ponctue sa tirade d'un autre doigt sur ma poitrine. Il réajuste son blouson et s'allonge confortablement dans son siège de première classe, après un long soupir de satisfaction. « Je crois que j'étais un dragon dans une autre vie » se dit-il – en tout cas, c'est ce que je crois qu'il se dit. Puis il ferme les yeux.

Je me retrouve donc à dix kilomètres d'altitude avec mon Golden Globe à moi – Oracle de Delphes en prime... et je ne sais pas quoi dire. Des mots acérés et coupants qui puissent trancher dans la confusion de mon cerveau enfumé. Mais je sais qu'il sait déjà ce que je suis en train de penser. Cela ne sert à rien de parler quand l'univers est déjà au courant de ce que vous allez dire.

« – C'est flippant, dit-il à moitié endormi. Mais vous allez trouver votre chemin. D'ici là, prenez soin de vous, et on se croise à la prochaine étape.

– La prochaine étape ?

– Vous pensez qu'on va en rester là ? » demande-t-il en rouvrant les yeux. Il fouille au pied de son siège tout en parlant : « – C'est juste le premier tome. Juste une introduction.

– Une introduction à qui ?

– À quoi. » me corrige-t-il, trouvant enfin ce qu'il cherchait : une couverture. Il se rallonge dans son siège, ferme à nouveau les yeux et avant que j'aie pu le relancer, il s'est déjà endormi. D'un sommeil profond et lourd, comme quelqu'un qui aurait décidé de rabattre l'écran de l'ordinateur portable de l'univers.

Je ne sais pas quand j'ai arrêté de respirer ou depuis combien de temps je suis dans cet état, perdu et le souffle coupé, comme un poisson qui se serait réveillé tout en haut de l'Empire State Building, mais ce dont je suis certain c'est que tout à coup j'ai l'impression que mon ventre a aspiré mes poumons et que la transe qui m'habite a disparu soudain.

J'ai envie de le réveiller. De continuer notre conversation, d'avoir quelqu'un – n'importe qui – qui puisse résoudre l'énigme qui m'est la plus étrangère : l'énigme de mon existence, l'énigme de ma peau et de mon âme. Je sais bien que cela ne résoudrait rien. Je me retrouve comme un idiot, assis à quelques mètres d'un prophète assoupi, à tenir un livre qu'il avait sur lui, un livre que j'étais censé signer, un livre face auquel je suis censé dire quelque chose de profond.

Je fais du mieux possible. Je lui écris ce que j'écris sur chaque exemplaire dédicacé de *L'Enfant qui voulait disparaître.* Les seules phrases qui semblent faire sens, alors je les réécris, encore et toujours, je les inscris dans chaque exemplaire de mon livre que je touche. Je change juste le nom au début.

« Cher monsieur *Lord Of War* :

Le monde qui constitue ma vie brûle sous un soleil de peur. Jour après jour, il me tue, encore et toujours. Il me tue jusqu'à la mort, puis tout recommence le lendemain. Tout ce que je peux faire, c'est dire aux gens que je vais bien.

Merci pour votre lecture. »

Le tout suivi d'une petite émoticone souriante.

Ensuite, je ferme la couverture du livre comme je l'ai fait des milliers de fois auparavant, et le réinstalle doucement sur ses genoux. Quelques instants plus tard, le marchand de sable passe également chez moi, et je m'endors pour la nuit.

À l'atterrissage, la star dort toujours. Même quand il faut débarquer, il dort encore, et le personnel navigant et les passagers le laissent dormir. En sortant de la cabine, je jette un œil derrière moi afin de profiter une dernière fois de cet événement, réel ou imaginaire.

Cela aurait dû être le point d'orgue de mon voyage. Certains appellent ça la sérendipité. Mais, non. Les gars comme moi ne bénéficient pas d'autant de chance. Ce que je ressens, c'est que presque rien ne va. Je suis toujours en tournée promotionnelle, je ne sais donc toujours pas dans quelle ville je suis et tout le monde continue à me demander : « Mais alors, de quoi parle votre livre ? », et à chaque fois que je leur explique, ça devient de plus en plus difficile de ne pas entendre les mots que je prononce.

C'était mon secret jusque-là pendant la tournée promotionnelle : être capable de parler de mon livre sans réellement entendre les mots que je prononce. Un peu comme regarder la télévision sans le son. Mes lèvres articulent des mots qui sortent de ma bouche, mais tout ce que j'entends, ce sont mes pensées, qui me rappellent que je n'ai pas envie d'être là, à quel point je suis fatigué qu'on me pose les mêmes questions, et qui se demandent dans quelle ville je suis et si la librairie sera pleine au moment de la rencontre, et ce que Sharon me dira lors de son prochain appel téléphonique pour me demander des nouvelles de mon prochain livre et m'en dire plus à propos de cette grosse interview à Denver dont elle n'arrête pas de parler. Peut-être pourrai-je alors lui dire la vérité : je n'ai pas du tout commencé à écrire mon prochain livre.

Pour le moment, je n'ai que la première phrase : « C'était une nuit sombre et orageuse... »

Et encore, je l'ai volée à quelqu'un.

Le plus grand problème, en fait, c'est que je suis en tournée promotionnelle depuis si longtemps que je commence à entendre ma propre voix lors des interviews. J'entends quelqu'un qui a la même voix que moi dire que mon livre parle de mort. J'entends quelqu'un qui a la même voix que moi dire que mon livre constitue « une tentative de faire avec ».

Ces deux déclarations peuvent paraître bien graves et sérieuses, alors j'essaie de prendre le contrepied dès que je peux. Ces dames sont venues pour ça. Je ne suis pas un grand dragueur mais il est vrai que le sexe constitue une très bonne manière de se changer les idées, surtout quand ces idées sont noires et qu'elles commencent à vous donner des frissons dans le dos quand les ombres de 2 heures du matin se réveillent et que votre cerveau ne veut pas se mettre en pause et oublier les compartiments dévastés de votre existence, mais préfère les manipuler et les observer, juste devant vos yeux, encore et encore, comme une sorte de zootrope qui suinte l'insécurité.

D'après mon expérience, la seule posologie à respecter pour ce genre de maladie est une bonne dose de sexe et d'alcool.

Ne me croyez pas si vous voulez, mais je n'avais jamais eu de réelle appétence pour l'alcool avant le début de cette tournée mortelle. Juré. Dans toute ma vie, j'avais peut-être bu cinq verres avant de connaitre le succès, avant de devenir un bestseller. Depuis, je rattrape le temps perdu.

Je vais vous confier un truc : la seule chose qui rend ma vie supportable, c'est le Gamin. Désormais, il est toujours présent, comme une ombre après Hiroshima. Peut-être est-ce parce que j'ai vu son cadavre dans la chambre mortuaire de Kelly, ou peut-être est-ce juste depuis la nuit où lui et moi étions assis côte à côte, genou contre genou, sans mot dire la plus grande partie du temps. Je ne sais pas pourquoi, mais on s'entend comme larrons en foire. J'ai appris à ne pas m'inquiéter d'être la seule personne à pouvoir le voir. Mieux encore, j'ai arrêté de voir les impacts sur son corps couleur charbon. Comme s'il n'avait jamais reçu de balles. Comme si tout cela était oublié.

Les gens ont même arrêté de parler de cette fusillade. Les informations voyagent vite en ce monde et le gamin mort – ce gamin mort en particulier, en tout cas – est déjà recouvert par trois nouveaux cycles d'informations. Plus personne ne vient me rappeler comment il est mort, ou pour quelle raison il est mort, ou le dégoût que je suis censé éprouver du fait de sa mort.

Les gamins morts ne survivent plus autant dans les esprits qu'avant.

À présent, il est seulement le Gamin. Et ça me convient parfaitement. Je l'accepte dans ma vie. Je le vois comme il est, je fais vraiment tous les efforts possibles. Et, mes amis, soyons clair : c'est un gamin d'enfer.

Le Gamin est doté d'un imaginaire incroyable. Et n'allez pas croire que je veux dire la même chose que tous ces gens quand ils parlent de l'imagination enfantine. Eux pensent à tout ce qu'un enfant peut imaginer, des monstres, des choses de ce genre. Pour moi, ce n'est pas ça la vraie imagination. Le Gamin… Le Gamin est à un autre niveau.

Quand le Gamin se met à imaginer, il voit les gens différents de ce qu'ils sont. Il prend son plus grand pied en observant les gens et en disant des trucs du genre : « Que se passerait-il si elle comprenait réellement à quel point elle est intelligente ? » Ou parfois, il voit quelque chose de terrible à la télévision – comme tout ce qui est montré aux infos – et alors, il demande : « Hé ben… Et si on allait là-bas leur donner un coup de main ? »

Le Gamin est habité de pensées qui semblent bien modestes en surface mais qui, selon moi, sont bien plus folles et révolutionnaires que tous ces contes, ces histoires de dragons et de monstres gentils que les adultes estiment appropriés aux enfants.

Le Gamin adore aussi les plaisanteries. Pas n'importe quel genre de plaisanteries : les mauvaises blagues qui ne font rire que les plus petits ou les pères rodés à cet exercice. Les plaisanteries qui font plus grimacer que rire, et ça tombe bien, car vous n'aviez pas spécialement envie de rire à gorge déployée. Les plaisanteries qui n'existent que par l'envie de se mettre à nu devant l'autre, pour lui plaire. Vous savez pertinemment que la blague est mauvaise. Ils savent aussi que la blague est mauvaise. Et pourtant, vous êtes tous deux d'accord pour la raconter et l'écouter, et vous finissez par éclater de rire à la fin, car elle est drôle à sa façon.

Quand je suis dans un aéroport, le Gamin est toujours à mes côtés. Parfois, il me tient la main quand on passe le chaos des portiques de sécurité. À chaque fois qu'on décolle, il fait comme si c'était la première fois, alors qu'il m'accompagne depuis le Missouri. Cette tournée paraît d'ailleurs un peu plus normale depuis qu'il prend l'avion avec moi. Il se met à quelques sièges de moi, devant ou derrière, ou de l'autre côté de l'allée. J'ai appris à faire semblant de laisser des notes vocales sur mon téléphone quand je m'adresse à lui, afin que les gens autour de moi ne se mettent pas à penser que je perds tout contact avec la réalité, surtout que ce n'est pas du tout le cas.

Le Gamin a une mauvaise influence sur mon régime, que je suis déjà très peu, surtout quand on atterrit dans cette ville de Pennsylvanie. Elle est située près de l'endroit où est produit le chocolat Hershey's, et le Gamin est obsédé par ça. Comme si c'était l'événement qu'il avait attendu toute sa vie. Comme si tout ça était prévu de longue de date.

On se rend à une petite université située à quelques pas de l'usine de chocolats, et j'y vends mes livres, j'y serre des mains, je fais quelques blagues, et je parviens à passer pour un être humain relativement sobre et compétent. Durant toute ma visite, le Gamin me murmure à l'oreille, il me parle de chocolat ou de confiseries, bref, de toute la gamme des produits Hershey's.

J'essaie tout de même de rester concentré sur mon boulot, mais le Gamin ne me lâche pas. Je finis par dire à l'assemblée que je ne me sens pas bien, et je prends un taxi qui nous dépose à l'usine Hershey's. Dès qu'on arrive à la porte, le gamin court à toute allure pour se précipiter sur la première barre chocolatée venue. Il déchire l'emballage et fourre le tout dans sa bouche. Je ne peux pas m'empêcher de courir vers lui, et de le prendre par la main en sifflant : « – Stop ! Il faut qu'on paye avant !

– Ils ne voient pas.

– Ce n'est pas la question, petit vaurien. Il faut payer quand même. »

Le Gamin réfléchit un moment avant d'acquiescer. Il piaffe donc en attendant que nous fassions le tour, un panier au bras que nous remplissons de toutes les choses que nous avions follement envie de manger sans le savoir.

Un peu plus tard, nous sommes assis sur un banc en béton, occupés à regarder les gens faire la queue à la boutique « Noix de Choco », tout en nous bourrant de toutes leurs sucreries. Le soleil tape fort, véritable œil de feu mordoré qui nous observe et sait ce qui va suivre. Parce que, bien sûr, il sait ce qui va arriver.

De temps à autres, des gens s'assoient sur les petits bancs en béton de ce square, et je m'aperçois qu'ils me dévisagent comme s'ils n'avaient jamais vu un auteur en costume trois pièces se bâfrer de bonbons et, parfois, s'adresser à quelqu'un qu'ils ne voient pas.

« – Je n'en reviens pas que tu aies fait ça.

– J'ai dit que j'étais désolé.

– Non, tu ne l'as même pas dit.

Le gamin croque dans une nouvelle barre chocolatée.

– Quelle est la différence ? Personne ne peut me voir.

– Mais quel est le rapport en fait ?

Tout ce qui nous entoure sent le cacao. Le soleil, le ciel, l'herbe, les écureuils qui s'envoient en l'air dans les bosquets sans aucune décence. Ne faites jamais confiance à un écureuil en rut.

– Si personne ne peut me voir, dit le Gamin, en essayant d'ignorer ce qui se passe dans les bosquets, alors en quoi ma conduite peut faire une quelconque différence ? Surtout que je ne fais de mal qu'à moi-même. Tout le monde dit que c'est mauvais pour la santé et que si tu en manges trop, tu te fais du mal à toi-même. C'est ce que ma maman dit en tout cas.

Je réfléchis quelques instants. J'ai toujours été un peu anarchiste à mes heures perdues, et je ne peux pas nier non plus que ce qu'il vient de dire relève du bon sens et de la logique. Pourtant, je ne peux pas nier non plus qu'il a tort.

– Ce n'est pas parce que personne ne peut te voir que tu as le droit de le faire.

– Et pourquoi pas ?

– Parce que tu dois croire que tu comptes, qu'on te voie ou non. Surtout avec un gamin comme toi. Même Nicolas Cage sait ça.

– Nicolas Cage ?

– Laisse tomber.

Un petit vent musclé qui sent le cacao souffle sur le monde. Il me frigorifie quelques instants avant que le sucre que je viens d'ingérer n'entre dans mon système sanguin.

– Qu'est -ce que tu veux dire par “un gamin comme toi” ?

– Je veux dire que tu es différent. Tu sais très bien ce que je veux dire.

– Non, pas du tout. Qu'est-ce que tu entends par là ?

Le Gamin arrête de manger son chocolat et me regarde l'air furibard et les lèvres gorgées de sucre.

Je ne cache pas mon désarroi. Enfin, est-il vraiment possible que la maman et le papa du gamin n'aient pas eu La Discussion avec lui ?

– Tes parents ne t'ont jamais dit la vérité sur qui tu es vraiment ?

Le Gamin réprime un rire.

– On dirait que tu t'apprêtes à me révéler que je suis un superhéros ou un truc de ce genre.

– Non, pas du tout, dis-je. Rien à voir. Juste que tu saches que tu es différent. Que le monde est différent pour toi, et que tu ne seras pas toujours traité exactement pareil que tous les autres. C'est quelque chose dont il vaut mieux être conscient.

– Pourquoi est-ce que je serais traité différemment ? À cause de mon don ?

Sa réponse est assez inattendue pour que je me demande pourquoi je n'ai pas imaginé que ça serait la seule réponse possible pour lui. Un gamin qui est capable de devenir invisible risque évidemment de penser que le monde va le traiter différemment des autres gamins de son âge. C'est une idée très belle, et une très belle chose également. Et c'est désormais à moi de briser ce rêve.

– Non, Gamin. Ils vont te traiter différemment à cause de la couleur de peau que tu portes sur toi. Ne me dis pas que tu n'es pas déjà au courant de ça. Un gamin de ton époque ? Tu dois entrer dans ce monde en connaissant ses règles, et en étant conscient que tu ne pourras jamais gagner. Tout ce que tu peux faire, c'est essayer d'arriver à égalité et survivre un peu plus longtemps que celui qui est derrière toi dans la file. Rien de plus. Mais il faut que tu saches et que tu aies en tête que tu ne pourras jamais être autre chose que ce tu es, même si tu essaies de toutes tes forces. Tu ne peux pas être eux. Tu peux juste être toi-même. Et ils vont toujours te traiter différemment qu'ils ne traitent les leurs. Ils ne s'en rendent même pas compte – en tout cas, la majorité. La majorité d'entre eux pense que tout va bien, que tu es convenablement traité et que tout va pour le mieux dans le meilleur des mondes. Mais, laisse-moi me mettre à leur place un instant, tout ce qu'ils imaginent, c'est un monde où les choses sont belles et justes parce qu'après tout, eux-mêmes ont toujours été bien traités, avec justice. L'histoire a toujours été de leur côté. »

Ça y est, je suis parti, et je me sens bien. C'est rare que je sache vraiment où je vais mais là, je sais ce que je fais, et j'aime beaucoup où cette route me mène. Je n'en reviens toujours pas que la mère et le paternel du gamin n'aient jamais pris le temps de lui montrer la carte du monde dont il avait hérité. Ou peut-être qu'ils l'ont fait mais que ça ne s'est pas passé correctement. Je connais des cas du genre. J'ai déjà vu des gens essayer d'expliquer à leurs enfants ce qui se passait dans le monde réel, mais les enfants étaient tellement aveuglés par Disney, Dreamworks et les autres milliers de raconteurs en chef qu'ils ne pouvaient pas se connecter à la réalité. Ce que ces affabulateurs ne comprennent pas, c'est que certains gamins n'ont même pas l'opportunité de pouvoir poursuivre leurs rêves. Le monde les assassine avant. Les assassine, sans les tuer complètement. Alors ces gamins meurent jeunes et deviennent chaque jour un peu plus fous par la suite.

« – Ce qu'il faut absolument que tu saches, dis-je à ce futur gamin fou, c'est que l'histoire t'a choisi un rôle spécifique dans le monde. Un poids supplémentaire à porter. Ce n'est pas la tâche la plus aisée. Plus tôt tu apprendras que les règles sont différentes pour toi, mieux tu t'en sortiras. Je peux comprendre pourquoi tes parents n'ont jamais eu cette discussion entre quatre yeux avec toi. D'ailleurs, pour être franc, si j'avais moi-même un petit bambino, j'hésiterais sûrement avant de détruire toutes ses illusions et de lui dévoiler que la réalité est terrible, douloureuse, triste et peuplée de malheur. Quand les parents voient leur enfant venir au monde, ils veulent qu'il ait tout ce que le monde peut offrir. Mais pour les enfants comme toi – et pour l'enfant que j'ai été – le monde ne réserve qu'une suite de pièges et d'obstacles. Si tu ne succombes pas aux pièges, les obstacles t'interdiront d'atteindre toutes les choses dont on t'a fait croire qu'elles te revenaient. Et c'est dur pour un gamin de supporter ce poids. C'est dur de se mettre face à son enfant et de lui expliquer qu'il faudra qu'il ait toujours peur de la police. C'est dur de lui dire : si un policier t'arrête, tu dois lui faire confiance, mais tu dois toujours garder tes mains bien visibles et tu ne dois jamais répondre et tu ne dois jamais esquisser un mouvement qui pourrait être considéré comme brusque, et même si tu suis toutes ces règles, il n'y a aucune garantie que tu t'en sortes vivant. Le flic peut te descendre quand il veut, et tu mourras sans jamais savoir ce que tu as fait de mal. »

Je regarde à nouveau en direction du soleil. Je le fixe, ce qu'il ne faut jamais faire. Ça fait mal, mais je continue, comme si me faire du mal allait m'aider à régler un quelconque problème. C'est exactement ce que je viens d'expliquer au Gamin de ne pas faire, et je fais le contraire devant lui.

Malin. Logique.

« – C'est dur de dire à un enfant qu'en étant ce qu'ils est, en étant né avec une certaine peau, il est un acte de contre-culture en soit » dis-je au Gamin sans cesser de regarder le soleil. Je ravale ma douleur et je pousse le supplice plus loin. « C'est dur, dis-je, de dire à un enfant : "Tu es le miroir dans lequel personne ne veut regarder. Et, à cause de ça, toi et tous ceux qui sont comme toi sont excommuniés de naissance. Toute une nation, non désirée et non voulue, née en exil dans les entrailles d'une autre nation. *Americae excommunicatus !* Ça a toujours été ainsi."

Qu'est-ce ça veut dire d'expliquer tout ça à un gamin ? Quel genre de moment est-ce ? Qu'est-ce que ça permet d'annuler ? Que lui laisse-t-on ensuite ? »

Je finis par cligner des yeux.

Mais le soleil est toujours là.

La douleur est toujours là, même si personne d'autre que moi ne peut la voir ou la ressentir.

J'ai même du mal à tout comprendre moi-même. Je me souviens encore quand mes parents ont eu cette discussion – La Discussion – avec moi. Le paternel était sur le point d'éclater en sanglots tandis que ma mère bouillonnait de colère. Tous les deux, à leur manière, avaient l'impression de m'avoir floué. Peut-être pensaient-ils pouvoir faire quelque chose contre ce monde avant que je sois assez grand pour en être affecté. Ils s'étaient mentis à eux-mêmes. Ils avaient ignoré la réalité qui voulait qu'à partir du moment où je venais au monde avec toute cette peau noire, le monde affûtait déjà ses lames. Les pièges étaient déjà installés. Les obstacles étaient déjà érigés. Les écoles. Les prisons. La haine de soi. Tout ça était là bien avant que je pointe mon nez dans ce monde et que mes parents aient eu l'audace de penser qu'ils pourraient y changer quelque chose.

Ils faisaient une belle paire de gamins fous à leur façon. Le monde leur avait rappelé qu'ils avaient tort. Et ils ont dû vivre dans la folie, finissant par devenir des mystères pour eux-mêmes. À essayer de comprendre pourquoi le monde ne voulait pas les laisser être qui ils étaient. À essayer de comprendre pourquoi le monde ne voulait pas les écouter, ne voulait pas les voir. À essayer de comprendre ce qui était arrivé à l'âme qui les habitait auparavant, avant que le monde ne les rende fous à lier.

Et voilà que je me retrouve face à face avec un autre gamin qui s'apprête à sombrer dans la folie.

Cela me tord les boyaux. Toute cette vie déjà écrite ne passe pas et s'agite en moi comme une crise existentielle bouillonnant de magma. On peut accepter l'intolérable pendant longtemps, jusqu'au moment où vous réalisez que vous devez céder face à un gamin aux yeux brillant d'intelligence qui n'a pas d'autre choix qu'être maudit à vie. Je m'apprête, là, à briser le monde de ce gamin, tout comme le mien a été brisé.

L'ironie de la situation suffit à traverser mon corps et à me donner une nausée insurmontable. Mon estomac fait du mieux qu'il peut : il vomit tout le chocolat, toutes les confiseries, tous les rêves lynchés, tous les espoirs secrets, toutes les promesses brutalement interrompues par la sirène des flics, cette *Americana* brutale dopée à la génétique et aux taux de mélanine que personne – pas même moi – ne veut évoquer… tout ça remonte en moi encore plus vite que le kérosène qui brûle au cul des fusées au décollage.

Pendant tout ce temps, le pauvre Gamin m'observe, totalement impuissant. C'est le mieux qu'il puisse faire pour ne pas être éclaboussé par ma bile.

Peu après cet épisode de vomi, une fois que le Gamin est parti – vu ce que je lui ai révélé avant que la grande gerbe ne commence, je ne peux pas lui en vouloir d'être parti faire un tour ailleurs – mais avant d'avoir eu le loisir de me brosser les dents et caler mon estomac, je reçois un appel de Sharon.

« – Comment se passe l'écriture du prochain bouquin ?

– Bien, dis-je.

C'est le mensonge le plus facile que j'ai eu à dire aujourd'hui.

– Super, dit-elle. L'éditeur va bientôt en avoir besoin.

– Je me doute, ouais.

– Tu sais pourquoi je t'appelle ?

– Absolument pas, non.

– Tu plaisantes ?

– Pourquoi est-ce que je plaisanterais sur le fait de savoir ou non la raison pour laquelle tu m'appelles ?

– Je t'appelle à propos du gamin mort.

– Crois-le ou non, je ne suis pas surpris. Ce gamin traîne ses guêtres autour de mon monde de plus en plus souvent ces derniers temps. Tu pourrais penser que j'arriverais facilement à m'en débarrasser, mais c'est un tenace, un peu comme sa mort. Ce qui est relativement violent, si tu veux mon avis.

– Hein ?

– Laisse tomber. Donc, tu m'appelles pour me parler du gamin mort. Celui qui a reçu tellement de balles dans la peau que le vent pourrait y siffler un air.

– C'est atroce.

– Le monde est atroce.

– Voilà l'idée : je t'envoie dans sa ville.

– Dans quelle ville ?

– Dans la ville où c'est arrivé. Où le gamin a été descendu.

J'ai un haut-le-cœur monumental.

– Mais bon dieu ! Pourquoi tu veux m'envoyer là-bas ?

Mes mains se mettent à trembler. Je suis en nage. Ma langue, pâteuse, pèse des tonnes dans ma bouche.

– Parce qu'il faut que tu sois sur place. Tu dois en faire partie. » Au son de sa voix, Sharon est dans son bureau, en train de crier devant son téléphone. Je n'en suis pas certain, mais je me la représente comme ça dans ma tête. Sa voix est si ferme et tonnante, entrant de force dans le combiné, défonçant la ligne satellitaire, faisant trembler le relais cellulaire et s'écrasant dans mon oreille.

« – On ne peut plus faire comme si toute cette saloperie n'existait pas.

– Qui, "on" ? dis-je avec un soupçon de feinte crédulité. Je suis toujours suspicieux avec ses pronoms qui englobent plusieurs personnes.

– Toi. Moi. Nous tous.

– Mais cette fusillade, c'est une question de race. Je me souviens parfaitement que toi et Jack le spécialiste médias, m'avez dit d'éviter d'être noir. Tu sais que c'est un vrai drame qui est arrivé dans la vraie réalité, hein ?

Je crois avoir raison, mais je ne fais pas toujours confiance à ma mémoire. Dans le cas précis, je suis quasiment certain de mon souvenir, ce qui est le mieux que je puisse espérer.

– On s'en fout, répond Sharon. Tu as vu les photos du corps du gamin ?

– Non, dis-je, et le corps criblé de balles du Gamin me revient en mémoire, comme un flash devant mes yeux qui me frappe comme un éclair foudroyant une hirondelle : entre stupéfaction et horreur. Je n'ai pas besoin de voir les photos.

– Alors tu me comprends. Et en plus, il y a ce truc avec sa mère. Pourquoi est-ce que tu n'as pas encore parlé de tout ça ?

– Quel truc avec sa mère ? La mère de qui ?

– La mère du gamin ! aboie Sharon. Bon Dieu ! Elle passe sur tous les écrans télé à dire qu'elle veut entrer en contact avec toi.

– Contacter qui ? Moi ?

– Mais oui ! » soupire Sharon. J'ai l'impression d'avoir déçu Dieu en personne. « Elle a accordé une interview l'autre jour où elle a dit qu'elle voulait parler à l'homme qui a écrit *L'Enfant qui voulait disparaître.* J'essaie de te joindre depuis, mais tu ne réponds jamais.

– Et comment j'étais censé savoir ?

– Réponds quand on t'appelle !

– … Pas faux.

– Donc, j'organise une rencontre entre elle et toi à Denver. La grosse interview de Denver va avoir encore plus d'impact que prévu. Donc, tu vas là-bas pour plusieurs rendez-vous et rencontres, et si tout se passe comme prévu, tu retrouves la mère du gamin qui a été tué ensuite.

Je sue autant qu'un porc sur la route de l'abattoir.

– Mais pourquoi ? Pourquoi moi ? Je ne suis pas bon avec les mamans.

– Je ne sais pas exactement ce qu'elle veut. Mais ce qui est sûr, c'est qu'elle veut te rencontrer. Peut-être l'as-tu déjà rencontrée, ou quelque chose comme ça.

– Mais, bordel, comment veux-tu que je la connaisse ?

– Parce qu'elle est de ta ville natale. Le gamin aussi, ajoute Sharon. La fusillade, c'était là-bas. Tout ça s'est passé dans ta putain de ville de naissance. Comment n'as-tu pas encore fait la connexion ?

– Attends. Elle est originaire de ma ville de naissance, mais on va se retrouver à Denver ?

– Voilà, dit Sharon.

– Pourquoi ?

– Pour des questions de tension dramatique.

– Pardon ?

– Ne jamais penser petit quand on peut tout exploser, continue Sharon sur sa lancée. Pourquoi organiser deux grands événements quand on peut les fusionner en un seul qui sera inoubliable ? Toi, elle, votre petite ville, tout le monde vous connaît désormais. Et à partir de là, on va se débrouiller pour faire monter la sauce et organiser un truc qui va marquer tout le monde à Denver, pour entrer dans l'histoire ! Quand tu vas entrer sur scène, tu commenceras par parler de ton livre, et avant même que les gens aient eu le temps de valider leur panier sur Amazon, tu répondras à des questions posées par la mère de ce pauvre gamin. Et après, tous ceux qui ne s'étaient pas lancés dans un achat compulsif la première fois vont cliquer comme des rapaces affamés sur leur panier à valider. »

À ce moment de la discussion, je ne suis pas loin de défaillir. Tout va trop loin, trop vite. Tout ce cirque autour de Denver et des gamins morts et des mères et de ma ville de naissance et de ces rapaces, c'est trop.

Mon téléphone tombe par terre. Je n'arrive plus à y croire. En tout cas, je n'y croirai plus. Je sais que je suis au bord du gouffre. Trop de rêves éveillés. Cette conversation ne peut pas être réelle. Je ne veux pas retourner dans cette ville. Je l'ai quittée pour une bonne raison, il y a de nombreuses années. Bolton n'a jamais été bonne pour mon état mental. Ma thérapeute dit que tous mes traumatismes sont nés là-bas.

Je ne le pense pas vraiment, mais je sais par contre que je ne veux pas rentrer chez moi. C'est tout ce qui importe. C'est tout ce que j'ai besoin de savoir pour le moment.

Je ne retournerai pas là-bas. Non. Je me fiche de savoir si le Gamin est de là-bas également. Je m'en fiche. Je m'en ficherai toujours.

Je sais juste que je ne veux pas retourner là-bas. Trop de pensées qui flottent encore là-bas. Trop de souvenirs. Trop de réalité. Trop de fiction. Trop de frontières floues et pas assez d'alcool dans le monde entier pour y faire face.

Non.

Comme je viens de le dire : je ne peux pas retourner là-bas.

« Il y a des choses qu'il faut que tu saches, dit la mère, et parfois, c'est à moi de t'apprendre ce genre de choses. J'en suis vraiment désolée. »

Elle est debout dans l'encadrement de la porte, une vieille ceinture en cuir qui pend dans sa main comme un serpent crevé. Elle soupire.

Charbon n'a pas peur de sa mère, mais il a peur de la discipline de sa mère. Il a peur du claquement de la ceinture en cuir, et de la morsure que laisse sa boucle. Il a peur du doux son « slash-slash-slash » qu'elle fait quand elle fend l'air et atterrit sur la peau.

Mais il n'a jamais eu peur de sa mère.

À ce moment précis, Charbon ne se rappelle plus bien pourquoi il a eu envie de voler la bande-dessinée de son camarade. Il pensait que l'autre gamin ne le remarquerait même pas. Il en a déjà pourtant une sacrée collection : *Captain America*, *Iron Man*, *Hulk*. L'attention de Charbon a été attirée par *Silver Surfer*. Le surfeur d'argent avait toujours été son superhéros favori, surtout parce que sa peau n'était ni noire ni blanche, c'était quelque chose d'autre. Un argenté brut et magnifique. Il n'avait rien de tout ce que Charbon haïssait en lui. Sa peau brillait, alors que celle de Charbon semblait absorber toute la lumière. Silver Surfer pouvait aussi voler où il en avait envie. Il passait la majeure partie de son temps loin des gens, au beau milieu des étoiles, dans un endroit qui n'était pas loin de L'Invisible que Charbon connaissait et adorait.

Qu'aurait-il pu détester chez ce personnage ?

Alors quand il a aperçu la bande-dessinée au beau milieu de la collection de son camarade, la tentation a été trop forte.

Il l'a volée sans que personne ne s'en rende compte. Enfin, presque.

Quand les coups de ceintures s'arrêtent, Charbon s'assoit au bord du lit en larmes, et sa mère à ses côtés fouille dans sa poche pour en ressortir une cigarette. Elle l'allume de ses doigts tremblants et prend une longue bouffée puis la souffle devant elle : « … Mon Dieu, que je suis fatiguée… »

Puis tous deux se murent dans le silence pendant un long moment.

« – Merci de ne pas avoir fait ce que j'imaginais, finit par dire la mère de Charbon.

– Faire quoi ?

– Te cacher de moi. Tu aurais pu. Mais tu as préféré ne pas le faire. Alors, merci.

– Oui, m'dame, répond Charbon.

– Ça va être de pire en pire en grandissant, dit la mère de Charbon. Peut-être pas en fait, ajoute-t-elle. Je prie Dieu pour que ça ne soit pas le cas. Mon père, il me battait, et il battait mon frère aussi. Mais c'était différent. Bien plus fort. Les ceintures et leurs boucles, c'était juste un début. Il me frappait avec tout ce qui lui passait sous la main quand il s'énervait contre Paul. » Elle soupire. « On avait tous les deux très peur de lui, depuis le jour de notre naissance jusqu'à ce qu'on parte de la maison. Et honnêtement, même après, j'avais peur de lui. Je pouvais être n'importe où et craindre qu'il débarque au coin de la rue et me retrouve, m'attende puis me corrige parce que j'avais fait quelque chose de mal. Je ne savais pas ce que j'aurais pu faire de mal, mais je savais qu'il trouverait bien quelque chose pour me tomber dessus, comme quand j'étais une gamine.

– Pourquoi est-ce qu'il te battait comme ça ? demande Charbon.

– Parce qu'il nous aimait, répond sa mère.

Puis, elle le dévisage de la tête aux pieds.

– On ne bat pas les gens qu'on aime, c'est faux, ajoute-t-elle. Mais nous ne sommes pas en sécurité en ce bas monde. C'est pour ça que ton père et moi, on t'a appris à être invisible. C'est pour ça qu'on a insisté tellement longtemps pour que tu aies ce don. Il ne l'avait pas, lui, quand il était gamin. Et moi non plus. Je crois que c'était ce qui faisait peur à mon père.

– Pourquoi est-ce que ça lui faisait peur ?

– Il n'avait pas vraiment peur, ce n'est pas le mot exact. Il avait peur de tout ce qui ne pouvait pas disparaître comme toi, et qui était donc en position de faiblesse. Et je crois qu'il se sentait coupable de n'avoir jamais pu nous transmettre ce don, à Paul et à moi. À l'époque, beaucoup de parents étaient comme ça, et c'est encore le cas. Nos parents nous battaient, et maintenant c'est à notre tour de battre nos enfants, tout simplement parce qu'on a peur. On veut juste que les gens qui nous entourent soient en sécurité. Tout le monde veut mettre ses enfants en sécurité. Alors quand tu n'arrives pas à leur offrir la sécurité, ça fout ta vie en l'air. Ça t'avale totalement. Tu as peur de les laisser à la maison parce ce monde monstrueux va peut-être passer par là pour les avaler à tout jamais. Et d'ailleurs, parfois, c'est ce qui finit par arriver. Tous les enfants comme toi, dans ce pays, ont été avalés par ce monde monstrueux bien avant leur naissance. Et tout parent noir dans l'histoire de ce pays a essayé de repousser le moment où ce monstre les avalera, en vain. Ensuite, chaque jour de leur existence, ils doivent vivre avec ça.

– Pourquoi ça les pousse à battre leurs enfants ?

– Parce que même si tu vas finir par les perdre et que tu sais que tu vas les perdre, une partie de toi préfèrerait être celui qui leur inflige la douleur, parce que tu peux en contrôler l'intensité. Tu peux la limiter. Tu peux construire un mur autour d'eux afin de contrôler leurs sentiments, et si tu construis un mur assez haut – à coups de fouet, de fessées et de torgnoles –, peut-être pourras-tu les garder en sécurité un peu plus longtemps. Peut-être finis-tu même par penser que tu arriveras à les mettre totalement en sécurité. C'est faux, bien sûr, c'est même un énorme mensonge, mais comme la vérité est terrible, tu es prêt à croire n'importe quel mensonge qui te dit le contraire. Au final, tu oublieras même que c'est un mensonge.

La mère de Charbon finit sa cigarette la laissant se consumer entre ses doigts.

– Mais ça n'arrivera pas avec toi, dit-elle. Ton père et moi, on a fait attention. Tu auras toujours ce don. Tu sauras toujours te mettre en sécurité. On a réussi à te donner ce don que personne d'autre n'a. On l'a fait. On a sauvé notre gamin.

– Alors pourquoi est-ce que tu continues à me battre ? demande Charbon.

Sa mère réfléchit un instant. Elle a envie d'une nouvelle cigarette, mais elle n'en trouve pas.

– Peut-être parce que c'est une habitude. Et parce qu'on t'aime. Et parce qu'il faut aussi que tu saches que…

– Que je sache quoi ? » demande Charbon.

La phrase de sa mère reste en suspens. Elle s'apprête à lui révéler toutes les choses qu'elle a toujours voulu lui cacher. Elle est à l'aube de changer son fils, de changer la façon dont il voit le monde, tout ça en lui disant la vérité, en lui dévoilant comment le monde le voit, lui. Elle a toujours su qu'elle devrait faire ce grand saut. Mais là, alors qu'elle est face à cet instant crucial, elle n'a pas le cœur de le lui expliquer. Elle n'a pas le cœur de briser son fils.

« – Rien, dit-elle. Oublie ça. Continue à être un enfant. Continue à être qui tu es, mon chou, continue encore un peu. »

À force de me gaver d'alcool, je m'endors dans l'avion. Je me réveille avec une boule d'angoisse quand les roues freinent à fond sur le tarmac. Une fois encore, j'ai l'impression que le monde est en train de s'écrouler. Mais cette fois, au moins, je sais dans quelle ville je suis. C'est peut-être pour ça que j'ai l'impression que tout va s'écrouler.

L'humidité me prend à la gorge dès que je pose un pied sur l'escalier qui descend de l'avion, et pas de doute, je suis bien en Caroline du Nord. J'en connais tous les détails : l'humidité, l'odeur des pins, le racisme à peine voilé. Tout ce qui fait que je suis de retour chez moi.

Dans cette partie du monde, on ne manque de rien : des drapeaux confédérés de 15 mètres de haut plantés le long de l'autoroute, des statues financées par les descendants des Confédérés, des plantations où on peut se marier et organiser une séance photo « comme avant » ; on a des lynchages, des émeutes, des attaques à la bombes, du maïs aux crevettes et même du raisin muscat.

Hé oui, le Sud représente la scène de crime la plus ancienne de l'histoire des États-Unis. Ne croyez pas ceux qui vous disent le contraire. Le truc, c'est que si vous êtes nés dans un hachoir à viande, vous grandissez au beau milieu des lames, et vous ne vous en rendez même plus compte. Vous ne voyez que la beauté de la saucisse. Et malgré tout ce que je sais de cette région, j'ai toujours aimé le Sud. Je suis né et j'ai grandi dans une petite ville du Sud du nom de Bolton. À mon avis, vous n'en avez jamais entendu parler, et si c'est le cas, ne vous en voulez surtout pas. Sérieusement, il n'y a aucune raison d'avoir entendu parler de Bolton. C'est une ville de ploucs au beau milieu d'un comté de ploucs au sud d'un État de ploucs, et ne pas connaître cette région signifie sûrement que vous n'être pas un plouc et que vous avez eu une meilleure éducation que moi.

Quand je prends l'escalator du petit aéroport, je cherche du regard le Gamin ou une personne qui serait venue me chercher, mon Renny de ce bout de Sud. Je suis de retour chez moi, je connais cet aéroport mais je continue à espérer être ailleurs.

En arrivant en bas, je ne suis accueilli ni par le Gamin, ni par un Renny local, mais par mon agente, Sharon.

Histoire que vous imaginiez bien la scène, Sharon est une grande femme mince qui s'habille chez les meilleurs couturiers new-yorkais. Une femme qui juge son prochain sur l'allure et la provenance de sa garde-robe, et il faut dire que son jugement est aussi cruel que précis, comme celui de toutes les grandes dictatrices de ce vieux monde.

« – Tu es en retard, dit-elle alors que je m'approche. Elle ne lève pas les yeux de son téléphone.

– J'étais dans l'avion, dis-je. Si je suis en retard, c'est parce que l'avion était en retard.

– Garde tes excuses, dit Sharon. Ce n'est pas parce que l'avion était en retard que ça change quelque chose. Tu imagines combien de ventes de bouquin on perd quand un auteur arrive en retard dans une ville ?

– Heu, je...

– Sept ventes par minute, précise Sharon.

– Je doute qu'une telle statistique existe, dis-je.

– Et ça, c'est si tu as du pot, continue-t-elle. C'est si tu vends déjà bien. Et dans ton cas, on n'y est pas encore vraiment. Tu as regardé tes chiffres de vente récemment ?

– Non, je lui réponds. Mais tous ceux à qui j'en ai parlé m'ont dit que ça se passait bien.

– Ça ne se passe pas encore mal, c'est vrai. Mais ça ne se passe jamais mal tant que ça se passe encore bien. Et quand ça commence à merder, c'est trop tard pour inverser la tendance. Quand tu ne vends plus, ton éditeur ne croit plus en toi, et quand ton éditeur ne croit plus en toi, il ne veut plus lire une ligne de ta part, et avant même que tu en sois conscient, plus personne ne veut bosser avec toi. Tu sais ce que ça signifie ?

J'ai peur de lui répondre.
– Je crois, ouais, dis-je.
– Je suis certain que tu sais. Allez, on y va. »
On sort de l'aéroport, et on s'engouffre dans la gueule humide de l'été sudiste. L'humidité est si dense qu'elle aspire tout l'air de vos poumons si vous ne faites pas attention. Mon corps transpire à des endroits où il ne devrait pas transpirer, le temps de faire le chemin reliant la sortie de l'aéroport à la limousine que Sharon nous a réservée. D'ailleurs, je remarque que Sharon n'a pas transpiré une goutte. Comme si elle était invulnérable aux vicissitudes du soleil sudiste.
« – On va où ? je demande.
– À toi de me le dire, dit Sharon. C'est chez toi, ici. »

On n'a pas encore atteint le panneau signalant l'entrée de la ville de Bolton qu'on aperçoit des manifestants. Des milliers d'entre eux sont massés le long de l'autoroute qui mène jusqu'à la bande de bitume qui constitue Bolton. Ils agitent des pancartes et demandent justice. Comme à San Francisco, ils sont tous très jeunes. De 2 à 20 ans environ. Mon imagination est toujours du voyage, j'en suis le premier étonné. Je pourrais jurer que quand je regarde tous ces jeunes visages juchés sur les murs qui bordent la route de ma chère ville natale, je reconnais ceux croisés de l'autre côté du pays. Un des petits gamins porte un t-shirt JE NE PEUX PLUS RESPIRER, et je trouve ça à la fois bouleversant et ironique qu'un enfant qui fait encore sous lui soit assez développé politiquement pour prendre un vol de la côte ouest à la côte est, et manifeste au beau milieu de la chaleur et de l'humidité de la Caroline du Nord.

Malgré tous ces panneaux, je n'arrive toujours pas à déterminer le nom de la personne pour laquelle ils demandent justice. Mais même si je ne peux pas lire le nom, je pense le connaître.

Ce qui revient sans cesse sur les pancartes et les t-shirts, ce qui revient sans cesse dans les chants et les cris, c'est que la personne qui s'est fait descendre par quelqu'un, n'importe qui, était, bien sûr, jeune et noire. Et je ne connais qu'un seul jeune Noir qui se soit fait descendre récemment.

Le Gamin.

Je ne l'ai pas revu depuis un ou deux jours, et je me demande où il peut bien être, alors qu'on quitte la route principale et qu'on s'engage sur celle qui mène jusqu'au centre-ville.

Logée dans le trou du cul des marais de Caroline du Nord, entourée d'arbres gommiers, de pins, de cèdres, de chênes et de vignes sauvages, la ville de Bolton est un endroit que le temps a abandonné. Si vous remontez loin dans l'histoire de la ville, vous découvrirez qu'il y avait ici une gare et une scierie. C'était l'âge d'or, il y a soixante ans environ. À l'époque, la ville comptait à peu près trois mille habitants.

La principale richesse de Bolton est le bois et le travail manuel des Noirs. Le bois vient des forêts et des marais – qui appartiennent tous à la scierie locale –

et les travailleurs sont recrutés parmi les sept cents résidents. J'aurais aimé vous dire que d'autres choses sortent de cette ville de Bolton, mais c'est tout. Bolton n'est pas une ville qui offre, c'est une ville qui prend. Un endroit qui ne lâche rien. Elle vit en circuit fermé, comme dans le passé. Et même si elle change un peu sur certains points, à la façon d'un vieux bout de métal qui change de couleur au fil des années et se patine légèrement, l'essentiel de la ville est le même depuis toujours. C'est pour cette raison que les gens l'aiment.

Apparemment, la ville de Bolton a deux nouvelles richesses qui s'exportent : une tragédie et un auteur de renom.

Quand nous nous engageons dans la rue principale, je remarque que les jeunes manifestants cèdent la place à des habitants du coin qui arborent des pancartes « BIENVENUE À LA MAISON ! ». Et ceux qui ne portent pas de pancartes agitent des exemplaires de *L'Enfant qui voulait disparaître*. Drôle de vision.

« – C'est toi qui as organisé tout ça ? je demande à Sharon.

– Du tout, dit-elle l'air triste en regardant à travers la vitre. Mais j'aurais bien aimé en avoir eu l'idée. » Elle passe en revue la petite bourgade que nous traversons. Sur notre chemin, on croise neuf églises en quelques minutes.

« – Pourquoi est-ce qu'une si petite ville a autant d'églises ? demande Sharon.

– Parce que Dieu a besoin des petites gens par dessus tout. » dis-je. J'ai une boule dans le ventre de la taille du Texas. Je ne suis pas revenu à Bolton depuis des années, à raison. C'est une ville sangsue. Et quand des sangsues vous passent sous la peau, il est impossible de s'en débarrasser. À vrai dire, j'ai réussi à m'extirper de Bolton en m'échappant dans la nuit et en utilisant ce qu'on pourrait appeler mon invisibilité. Je ne me suis jamais senti le bienvenu dans cette ville quand j'étais gamin. J'étais toujours trop ceci, ou pas assez cela pour les autres gamins avec qui j'ai grandi. J'étais trop dans mes livres. Trop dans mon monde. Trop étrange. Trop bizarre. Trop maigre. Trop noir de peau. Trop blanc de tempérament. Je n'ai jamais assez aimé chasser ou pêcher. Je n'ai jamais aimé me battre ou draguer les filles. Je n'ai jamais assez aimé Dieu ou assez haï le Diable. Je n'ai jamais jardiné. Je n'ai jamais mangé du gombo de légumes. J'ai toujours détesté les raviolis.

Ma famille a fait du mieux qu'elle pouvait pour que je ne passe pas pour le gamin étrange que j'étais. Mes cousins, Dieu les bénisse, m'aimaient comme si j'étais l'un des leurs, même si j'insistais pour dire que je n'appartenais à rien ni à personne. Surtout après l'apparition de ma maladie.

Je ne peux pas déterminer exactement quand ça a commencé, mais je sais par contre que ça a un rapport avec la petite ville de Bolton et avec mon enfance. D'après ce dont je me souviens, j'ai toujours vécu dans un monde différent. Ma thérapeute dit souvent que ça ne peut pas être le cas, que ça ne cadre pas avec la maladie que j'ai. Elle jure que ma maladie ne survient que si une personne a subi une sorte de traumatisme. Et, typiquement, le genre de traumatisme qui va du harcèlement scolaire à un manque de confiance en soi – deux ingrédients disponibles en abondance durant ma jeunesse.

Ma thérapeute et moi avons passé pas mal de temps à réfléchir à ce qui avait pu pousser mon imagination et mes rêves éveillés à être si actifs toutes ces années.

« – Arrivez-vous à identifier un événement en particulier dans votre enfance ? me demande-t-elle encore et toujours depuis cinq ans que je la consulte.

– Non, je réponds. J'ai eu une enfance plutôt normale. J'ai grandi dans une petite ville que personne ne connaît, au fond du trou du cul de la Caroline du Nord. À bien y réfléchir, ça peut être considéré comme un traumatisme.

– Je ne trouve pas ça très drôle.

– Moi non plus. Vous êtes déjà allée à Bolton ?

– Vous savez bien que non.

– Il n'y a rien là-bas. Un trou vide, avec un peu décor autour : des gens qui vivent dans des caravanes pourries et des maisons en carton qui sont soufflées au premier coup de vent.

– Je pense que vous exagérez, dit-elle.

– Tout le monde exagère.

– Parlez-moi de vos parents, demande-t-elle.

– Pourquoi ?

– Parce que c'est toujours le meilleur début pour entamer une conversation autour d'un traumatisme infantile.

Je ricane.

– C'est atroce de parler comme ça de la parentalité.

– Quel genre de femme était votre mère ?

Mon cœur se noue, comme toujours.

– Je vous ai déjà raconté qu'un homme avait été abattu dans ma ville quand j'étais gamin ?

– Non, répond-elle. Elle s'allonge dans son siège en prenant un bloc-notes.

– Ouais. Un truc terrible, d'après ce qu'on m'a raconté.

– Vous avez seulement entendu des gens en parler ?

– Ce n'est pas ça. C'est juste que j'ai du mal à me souvenir des choses. C'est arrivé quand j'étais très jeune, et j'ai du mal à m'en souvenir précisément. Je me souviens simplement que les gens étaient tristes et en colère à la fois. Je me souviens de gens manifestant – je crois même que j'ai marché à leur côté. Je me souviens de cette longue marche le long de cette route goudronnée, entouré d'une foule de gens. J'ai l'image de mon cousin – il était costaud, le genre de bambin qui devient directement adulte. Vous voyez ce que je veux dire ?

– Je pense, oui. Vous vous rappelez quoi de lui ?

– Je me souviens de lui, marchant derrière moi sur cette route goudronnée. Je me souviens d'avoir été fatigué, et d'avoir voulu m'arrêter, et lui me poussait l'arrière-train, comme si j'étais une mule qui refusait d'avancer. Bon Dieu qu'il était fort. Il me poussait et me frappait, et ne me laissait pas m'arrêter malgré mes protestations.

– Vous aviez quel âge à l'époque ?

– Je ne suis pas sûr. Environ dix ans je pense.

– Donc, c'était après la mort de votre père ? dit la thérapeute.

Pendant un instant, je n'arrive pas à savoir si c'est une question ou une affirmation. Je ne me souviens pas exactement de l'âge que j'avais quand mon père est mort, et je réfléchis un long moment, réalisant que je ne me souviens pas de parties de mon enfance dont je devrais pourtant me souvenir.

– Qu'est-ce qu'il y a ? demande-t-elle.

– Rien, rien, dis-je.

– Non. Dites-moi à quoi vous pensez. Dites-moi ce qui vous passe par l'esprit à ce moment précis. »

À dire vrai, il n'y a absolument rien qui me passe par l'esprit en ce moment. Rien du tout même. Mon esprit est vide, ravagé par les vents. Un territoire que j'ai arpenté toute ma vie. Il est là, et je ne peux m'en débarrasser, même s'il me tue à petit feu et que je ne peux rien faire contre ça.

La limousine de Sharon s'arrête devant une petite maison en bordure d'un champ de maïs. Un pneu dégonflé se balance à la branche d'un chêne, attaché par une corde dans le jardin de devant. Sharon nous a réservé un « hôtel » qui est en fait une vieille maison grisâtre perchée tout au bout d'une longue route bordée d'arbres et de champs de maïs à perte de vue.

Une fois devant la maison, j'ai l'impression d'être dans un rêve. Comme si j'avais déjà été là, mais impossible de dire quand. Peut-être que je connais cette maison ? Peut-être l'ai-je déjà visitée ? C'est vrai que je suis du coin, non ?

La maison est grise, avec un toit en pente, et des fenêtres au cadre blanc. Elle est en béton, plantée directement dans la terre noire. Le bâtiment a l'air vétuste, mais donne l'impression qu'il pourrait rester ainsi pendant des centaines d'années sans se fissurer.

D'où est-ce que je connais cet endroit ? Pourquoi est-ce que ça me retourne les tripes et me réchauffe les os en même temps ?

« – C'est parce que c'est chez toi, dit Sharon.

– Quoi ?

– Quoi, quoi ? répond Sharon. Je n'ai rien dit. »

Je sais bien qu'il y a de fortes chances qu'elle n'ait rien dit. Je sens que mon imagination est à nouveau en ébullition.

Le chauffeur nous ouvre la porte passager, et nous sortons dans l'humidité et le soleil aveuglant. Là, j'aperçois le Gamin, assis sous le porche balançant les jambes d'avant en arrière sur le muret. Il m'attend.

Je ne peux pas nier qu'une vague de réconfort et de calme m'envahit à la vue du Gamin.

« – Je me demande s'il y a internet, demande Sharon en scrutant la maison d'un regard circonspect.

Comment est-ce que des gens peuvent vivre comme ça ? Ce sont des barbares. »

Je ne peux pas m'empêcher de grimacer.

– Je vais vérifier si j'ai du réseau, et je vais bosser. Tu devrais faire pareil. On a la rencontre à la mairie dans pas longtemps. »

Je ne fais pas attention à ce que me dit Sharon. En fait, je suis heureux de la voir entrer dans la maison et me laisser avec le Gamin, et de pouvoir discuter avec lui sans avoir honte de parler à un enfant qui est juste là pour moi.

« – Heureux de te retrouver ici, Gamin, dis-je.

– C'est cool de te revoir aussi.

Je m'approche de lui, et je m'assieds sous le porche à son côté.

– Comment ça va depuis la dernière fois ?

– Super ! » répond le Gamin. Il regarde au loin devant le garage de la maison. Il admire le bleu profond du ciel qui scintille, les pousses de maïs qui jaillissent de la terre, le grésillement des cigales, l'air frais et humide qui souffle dans les branches du chêne.

« – Je me sens bien ici, dit le Gamin.

Je soupire.

– Ouais, moi aussi. J'ai grandi pas loin d'ici, mais je suis certain que tu es déjà au courant.

– Comment tu veux que je sois au courant ? Parce que je fais partie de ton imagination ?

Un grand sourire éclatant illumine sa peau incroyablement noire.

– On ne va pas repartir dans ce délire, si tu veux bien. J'aimerais mieux qu'on reste ici un peu ensemble. C'est apaisant. »

Oui, c'est apaisant. Je n'ai pas senti une telle brise depuis des années. Je n'ai pas entendu les arbres bruisser et danser sous le ciel d'été depuis très longtemps. Pensez ce que vous voulez de la vie dans le Sud, et de l'humidité qui y règne, mais je peux vous jurer qu'ici le monde sonne et vous entoure différemment que tout autre lieu au monde. Peut-être est-ce à cause de la densité de l'air ou d'un autre élément scientifique complexe. Tout ce que je sais, c'est que le Sud est unique.

« – Ce champ est plutôt cool, dit le Gamin.

– Grave, dis-je.

– Il y a un champ comme celui-ci pas loin de chez moi. Il lui ressemble comme deux gouttes d'eau. Mon papa disait que c'était là-dedans qu'on faisait pousser le coton, il y a longtemps. Mon papa parlait toujours de comment étaient les choses avant que je naisse.

– Vraiment ?

– Ouais. En fait, il ne voulait parler que de ça. Il avait tous ces gros bouquins qu'il me lisait le week-end. Ces encyclopédies sur le peuple noir.

– Sans déconner ?

– Sans déconner, répond le Gamin. Il marque un temps d'arrêt, comme pour voir si je vais lui faire remarquer son utilisation d'un gros mot, mais comme ça ne semble pas me déranger, il continue.

– Chaque dimanche, on s'installait sur le canapé pendant que Maman était à l'église, et on commençait à regarder des films avec Clint Eastwood.

– Sans blague ?

– Ouais. Des vieux westerns. Ce mec passait son temps à descendre les méchants, et mon paternel adorait ça. On s'installait, et on se regardait un film, et une fois que c'était fini, mon papa ouvrait une de ses encyclopédies sur les Noirs.

– Les encyclopédies *Ebony*.[1]

– Ouais ! C'est ça ! Comment tu connais ?

– J'en ai déjà entendu parler, dis-je en souriant. Il est visiblement très excité de ne pas être le seul à connaître ces bouquins.

– Ah bon, alors tu connais déjà ce qu'il y a dedans, acquiesce le Gamin. C'était vraiment toujours étrange de lire ces livres. Il y avait plein de gens que je ne connaissais absolument pas et dont je n'avais même jamais entendu parler, et mon papa devenait très sérieux quand il me lisait les textes.

– Sérieux comment ?

– Sérieux comme s'il essayait de… Je ne sais pas… comme s'il essayait de réaliser quelque chose d'important. Sérieux comme quand tu deviens sérieux au moment de démarrer une voiture. Il était tout à coup très concentré et son visage se fermait. Je sentais qu'il

1. Série d'encyclopédies très populaire auprès de la communauté afro-américaine, mettant en avant son histoire et ses cultures.

se tendait. Et il me lisait les mots lentement. Vraiment très lentement. Mot après mot. Je lui ai demandé une fois pourquoi il me les lisait comme ça, et il m'a expliqué que c'était parce qu'il voulait être certain que je comprenne bien le sens de ces textes, et que je ne me trompe pas. Je ne sais pas ce qu'il voulait dire en fait.

– Je crois savoir. Ma maman me parlait comme ça de temps à autre.

Le Gamin hoche la tête.

– Et alors ?

Il hausse les épaules.

– Rien de plus. Il me lisait tous les textes. J'avais l'impression qu'ils étaient très importants pour lui. Il disait que ces gens étaient comme moi, et que j'étais comme eux. Mais je n'y ai jamais vraiment cru. Je ne ressemble à personne d'autre.

– C'est-à-dire ?

Le Gamin m'a lancé un regard suspicieux. Puis il a levé sa main noire de jais.

– Ça, dit-il. Ça, c'est ce qui fait que je suis différent de tout le monde. Ça a toujours été comme ça, et ça ne va pas changer.

Je veux expliquer au Gamin qu'il a tort. Mais je n'y arrive pas.

– À l'école, les gamins se moquaient de moi à cause de ça. Ils disaient que j'étais bizarre parce que j'étais super sombre. Ils m'enfermaient dans les vestiaires, ils me frappaient dans le bus. Et plein d'autres trucs du genre. Une fois, un gamin est monté dans le bus un matin et m'a renversé tout un bidon d'huile de moteur dessus alors qu'on allait en cours. Il me l'a retourné sur le visage.

Le Gamin mime le mouvement de sa main. Étrangement, il éclate ensuite de rire.

– Dingue, non ? demande-t-il, à moitié hilare. C'était n'importe quoi. Le conducteur du bus a pété un câble parce qu'il a dû tout nettoyer. On a été envoyés directement dans le bureau du principal.

– Hein ? Mais pourquoi on t'y a envoyé aussi ?

– L'autre gamin a prétendu que j'avais commencé. Il a dit qu'il avait amené l'huile dans le bus pour les cours de travaux manuels, mais que je me suis mis à me chamailler avec lui, et qu'on a commencé à se battre et que je me suis renversé le bidon sur le visage.

– Et ils ont cru ces conneries ?

Le Gamin hausse les épaules.

– Je ne sais plus trop bien. Je ne crois pas, car ils ne m'ont pas demandé de nettoyer le bus. Ils ont juste appelé ma maman pour qu'elle vienne me chercher, mais comme elle était au boulot, ils ont demandé à un des profs de me ramener chez moi pour que je puisse me nettoyer.

– Les gamins sont parfois des salauds, dis-je.

– Ça ne me dérange pas trop. » répond le Gamin. Je sais au ton de sa voix qu'il était déjà brisé bien avant qu'on ne lui renverse de l'huile de moteur sur la figure. « Parfois, c'est comme ça. Mais c'est aussi pour ça que quand mon papa lisait ces livres, je ne comprenais jamais vraiment pourquoi il pensait que j'étais pareil à tous ces gens. Tu crois que ces types-là, ils étaient harcelés par des camarades dans le bus scolaire ? Tu crois qu'on les surnommait "Minuit" ? Non. Je suis différent, et ces gamins n'ont cessé de me le rappeler. Ouais, bien sûr, je suis noir, mais je suis aussi autre chose. Quelque chose qui ne correspond pas à la négritude uniquement, et c'est ça qu'ils me rappelaient à chaque occasion, jour après jour. »

Le Gamin a l'air abattu. Mais comment pourrait-il en être autrement quand on a une sale histoire comme la sienne.

« Qu'ils aillent se faire foutre, Gamin, dis-je. Qu'ils aillent tous se faire foutre. »

Pendant trois semaines, Paul passe à la maison pour prendre Charbon et l'emmener au cœur de la forêt pour lui apprendre à tirer. Ce vieux pistolet rouillé devient l'outil d'endoctrinement qui lui fait découvrir les modalités de l'auto-défense sudiste.

« Il appartenait à mon papa » dit Paul, en retournant le pistolet dans sa main. Il est en acier, avec des pointes de rouille et quelques taches noires étranges éparses. « J'aurais dû mieux l'entretenir, mais si tu sais t'en servir, tu peux atteindre les ailes d'un papillon, continue-t-il, passant ses yeux du canon à son neveu. Tu n'apprendras jamais rien de plus important dans ta vie que de te servir de cette chose. Selon moi, tu aurais même dû apprendre ça il y a bien longtemps. Ton père aurait dû t'apprendre tout ça il y a bien longtemps. » Il soupire. « – Je suis désolé, ajoute-t-il. Je ne voulais pas parler de lui. Mais il aurait mieux fait de porter un flingue quand ça lui est arrivé. Ça faisait des années que je lui disais que les flics du coin se foutent de nous. On est dans le Sud. Ça a toujours été comme ça, et ça ne changera jamais.

– Papa disait que les choses pourraient peut-être changer, répond Charbon.

Paul émet un grognement, comme pour protester.

– Et ça changerait quoi ? »

Le soleil est haut dans le ciel, la journée longue et chaude, et bientôt le son du pistolet va envahir l'air. Paul est passé par le magasin de chasse pour acheter un gros sac de munitions. Quand il le dépose sur le sol terreux, le sac fait un tintamarre. Il charge ensuite le pistolet.

« – Ça va être à ton tour, dit Paul.

– Je n'aime pas les armes, répond Charbon.

– Moi non plus, dit Paul.

– Et si je refuse de tirer ?

– Je crois que tu n'as pas le choix.

La mâchoire de Charbon se raidit, et son oncle s'en aperçoit.

– Écoute, dit Paul d'un ton ferme. Ce n'est pas moi qui ai créé ce monde. Mais je suis déterminé à y survivre le plus longtemps possible. Je sais bien que tu ne veux faire de mal à personne. Mais on n'est pas là pour faire du mal à quelqu'un. L'idée, c'est de rester en vie. Tu as vu ce qui est arrivé à ton papa. J'en suis profondément désolé, mais moi, je ne peux pas rester assis sans rien faire et attendre que tu y passes à ton tour. Ta maman m'a dit qu'elle a essayé de te parler de ça. Elle a sa façon de faire, j'ai la mienne. Elle m'a demandé de t'aider, et donc, je t'aide. » Il fouille le décor du regard, comme frustré. « C'est juste comme ça, dit-il, l'air tout à coup au bout du rouleau. C'est comme prendre des médicaments. Parfois, il faut agir pour éviter de se blesser. Et quand tu agis, parfois, tu as l'impression que les choses que tu fais te font plus mal que celles que tu veux éviter. Mais ça ne change rien au fait que tu doives les faire. Donc, voilà, à toi. »

Durant le reste de l'après-midi, le garçon n'entend plus que des bruits de tir, encore et encore et encore. Un tir après l'autre. Et à chaque fois, il sent le flingue sauter dans ses mains. Chaque tir provoque un recul qui fait trembler tout son corps. À la fin de l'après-midi, ses mains sont pleines d'ecchymoses et il a du mal à les refermer, mais Paul a l'air non seulement fier de lui mais aussi reconnaissant pour ses efforts.

« Allez, on y va ! » lance-t-il en chargeant le pistolet une dernière fois.

Tous deux s'installent dans la camionnette, et Paul remet le pistolet dans la boîte à gants. Charbon, épuisé, s'endort.

Il se réveille alors que la nuit est déjà tombée autour de lui, et c'est un flash de lumières bleues qui le sort de sa torpeur, ainsi que le son de la boîte à gants qu'on ouvre.

« – Oncle Paul ? demande Charbon, bien décidé à savoir s'il rêve encore ou non.

– Reste à ta place. » lui répond-il.

Charbon est totalement réveillé. Le flash des lumières bleues lui donne des frissons dans le dos.

Charbon entend le claquement d'une portière. Aussitôt, le policier se dirige vers la camionnette, et en balaye l'intérieur de sa lampe torche. Quand la lumière atteint Charbon, il sent la sueur poindre sur ses sourcils.

« – Permis de conduire et carte grise, demande le policier.

– J'ai un pistolet dans la voiture, prévient Paul en gardant ses mains bien visibles sur le volant. Je vous en informe pour que vous ne soyez pas surpris. J'ai une licence de port d'arme.

La lampe torche fouille toujours l'intérieur de son rai de lumière.

– Où est rangé le pistolet ?

– Sur le siège, répond Paul. Visible de l'extérieur. C'est la loi, non ?

– Oui, reconnaît le policier.

La lumière passe sur le flingue, puis éclaire le visage de Charbon, et l'aveugle.

– Montrez-moi vos mains ! dit le flic, la voix coupante comme une lame.

– Du calme, répond doucement Paul. Il se tourne vers Charbon.

– Pose tes mains sur le tableau de bord.

Charbon s'exécute.

– Vous voulez bien sortir de cette camionnette ? demande le policier.

– Pour quelle raison ? demande Paul. Vous ne m'avez pas dit pour quelle raison vous m'avez arrêté.

– Sortez du véhicule, ordonne le policier. Sa voix tonne dans l'habitacle exigu de la camionnette, et Charbon sent son souffle s'accélérer.

– D'accord, dit Paul. Vas-y, écoute-moi et sors de la camionnette.

Le visage de Charbon est couvert de larmes.

– Non.

– Qu'est-ce que tu as dit mon garçon ? demande le policier.

– Ça va aller, répond Paul. Il est nerveux. Il va sortir.

– J'espère bien. Et vous allez tous les deux sortir de la camionnette même.

– Bien sûr, dit Paul.

Quand Paul se retourne pour regarder à l'intérieur de l'habitacle, il constate que Charbon n'est plus là.

– Bon Dieu, lâche Paul.

– Qu'est-ce qu'il y a ? demande le flic. Il passe sa lampe torche au niveau du siège, et se rend compte lui aussi que le gamin n'est plus là.

– Il est parti où ? Le rai de lumière oscille dans le petit espace, balayant l'endroit où était assis Charbon.

– Où peut-il bien être ? »

Le flic dégaine son flingue du holster.

– Sortez de cette camionnette et allongez-vous par terre ! aboie-t-il.

– Oui, monsieur, répond Paul.

Dès que Paul ouvre la porte, il est tiré avec violence de l'habitacle et jeté par terre.

– Hé ! proteste-t-il. Pas besoin de forcer.

– Ta gueule, dit le policier. Où est le gamin ? Où il est ?

Le policier tord les mains de Paul derrière son dos et lui passe des menottes. Une fois les menottes fixées, le flic se relève, le pied posé dans le dos de Paul.

– Arrêtez d'appuyer ! crie Paul.

– Ta gueule, répète le flic. Ne bouge pas ou je te descends pour avoir résisté à ton arrestation. »

L'attention du policier se porte sur l'intérieur de l'habitacle de la camionnette. La porte est encore fermée et la vitre est relevée, il ne comprend pas où le gamin a pu aller. Il passe de l'autre côté du véhicule, et il en ouvre la porte. Elle grince en s'ouvrant. Là encore, il balaye l'habitacle de sa lampe torche, de haut en bas, de tous les côtés du siège, mais il n'y a personne.

Quand il entend un bruit dans la pénombre derrière lui, il braque son flingue et se tourne. « Qui est là ? » éructe-t-il, pointant son canon vers le noir profond de la campagne environnante. Le son est proche. On dirait des pas sur le gravier, juste devant lui. Il se met tout de suite à genoux, et braque sa lampe torche sous la carrosserie du vieux pick-up. Mais la seule chose qu'il aperçoit, c'est Paul, de l'autre côté, allongé à plat ventre, les mains menottées dans le dos, face contre terre.

Il se relève et regarde à nouveau ce champ de pénombre qui jouxte la camionnette.

« Où est-ce qu'il est passé ? » demande le policier. La lueur de sa lampe torche balaye toujours et encore la pénombre.

Pour seule réponse, il entend le petit rire amusé de Paul.

Le flic fait le tour de la camionnette et s'arrête devant Paul, toujours à terre.

« – Tu trouves ça drôle ?

– C'est pas encore un crime de s'amuser, non ? demande Paul.

Le flic s'agenouille devant lui.

– Regarde-moi, intime-t-il.

– Quoi ?

– Regarde-moi bien, mon gars.

Paul contorsionne son cou pour relever la tête.

– Tu crois que je ne sais pas qui est ce gamin ? demande le flic. Tu crois que je ne l'ai pas reconnu ? Il n'est pas difficile à identifier.

Il jette un coup d'œil au permis de Paul.

– Et toi, tu es son oncle ou un parent ?

– Un truc du genre, oui, répond Paul. Il sait déjà ce qui va se passer.

– Alors écoute-moi bien, dit le policier, je veux juste que toi, lui et tous les autres de ton espèce compreniez bien qu'on n'apprécie pas beaucoup ce qui se passe dans le coin en ce moment. Ce policier que vous autres voulez tous faire licencier, c'est un brave type. Un père de famille. Et vous mettez en danger sa famille en ce moment.

Paul éclate de rire à nouveau.

– Je suis content que tu trouves ça drôle, dit le policier en se frottant les mains.

– En quoi sa famille est en danger ?

Le policier pose le bout de son canon entre les deux omoplates de Paul, et appuie très fort sur sa colonne vertébrale.

– C'est une question de mode de vie. De comment fonctionne le monde, dit le flic. Les gens comme toi et tous tes amis, vous voulez toujours bouleverser le cours des choses. Vous ne savez pas comment ça doit marcher, avec les gens de votre espèce. Vous pensez que ce monde s'est fait tout seul. Vous êtes des ingrats. Ça a le don de me rendre totalement dingue, je dois l'admettre, crache-t-il. Cette nation est ce qu'il y a de plus beau au monde. Bien sûr elle a connu des périodes compliquées. Mais quand on compare nos périodes compliquées avec toutes celles du reste du monde, même le pire citoyen de ce pays a été relativement remarquable. » Il hoche la tête. Paul sent le canon du pistolet appuyer encore plus fort sur sa colonne vertébrale. « Ce mec que vous harcelez toi et ceux de ton espèce, il risque de perdre son boulot. » Il se racle la gorge. « Ce boulot n'est pas facile. Parfois, les gens résistent alors qu'ils ne devraient pas. C'est ce qui est arrivé à ce type qui s'est fait descendre. S'il avait fait ce qu'on lui demandait de faire, on ne lui aurait pas tiré dessus. »

Les mains de Paul tremblent dans ses menottes. Il tente de tirer sur ses poignets, mais les menottes sont bien accrochées.

« – C'était mon beau-frère, répond Paul.

– J'espère que ce genre de comportement n'est pas une seconde nature dans la famille. Il s'agenouille plus près du visage de Paul, le flingue toujours braqué dans son dos.

– C'est pas le cas, hein, dis-moi ?

Le silence dure.

– Hein ?

Paul repose son visage contre le bitume.

– Il faut que tu me dises *quelque chose*, dit le flic.

– Va te faire foutre, marmonne Paul.

– Mmmmh... » Le pistolet s'enfonce encore plus. « J'avoue que c'est une bonne chose que le gamin se soit barré. Ça rend les choses plus simples... Tu n'aurais pas dû résister à ton arrestation. »

Paul inspire un bon coup, et attend que le coup de feu soit tiré. Il attend que la balle se loge dans sa colonne vertébrale. Peut-être qu'elle le tuera, peut-être qu'elle le paralysera. Il ne sait pas ce qui est mieux ou pire. Il imagine ses propres funérailles. Il aperçoit sa tombe, à côté de celle de son frère. Il voit Charbon, le pauvre, pauvre petit garçon à la peau sombre, debout entre les deux stèles, à attendre son tour.

« – Je suis désolé, dit-il.

– Quoi ? demande le flic. Tu as dit que tu étais désolé ?

Le canon du flingue se détache de sa colonne vertébrale.

– Ouais, dit Paul. J'ai dit que j'étais désolé. Mais je ne te parlais pas. Tu peux toujours aller te faire enculer.

Le flic ricane.

– Ah d'accord. »

Il appuie à nouveau le pistolet contre la colonne vertébrale. Il va tirer, c'est imminent, l'index du flic se crispe sur la queue de détente.

« Non ! » crie une voix depuis le bord de la pénombre.

Paul et le policier lèvent le regard en direction du cri. Le flic braque son flingue vers la voix. Il fronce les yeux, mais il ne voit rien dans la nuit. Puis, tout à coup se dessine une silhouette de vêtements dans la lumière des phares. Puis Charbon avance dans la lumière, avec sa peau incroyablement noire qui se fond dans la nuit.

« – S'il vous plaît, non, dit Charbon.

– Va-t'en ! hurle Paul. Cours !

– Ta gueule. »

Charbon et le flic se font face. Le flic cligne des yeux, comme s'il n'en revenait pas, comme si c'était une sorte de spectre venu tout droit de son imagination.

« – Bon Dieu que tu es noir, dit le policier. Je t'ai vu en photo, mais je ne pensais pas que c'était vrai. Je t'ai vu dans les journaux, mais je n'imaginais pas qu'on pouvait être aussi noir.

Il éclate de rire.

– À l'école, tout le monde m'appelle Charbon, dit le gamin.

– Je les comprends. Je veux te poser une question, dit le flic.

– Allez-y, répond Charbon.

– Tu ne résisterais jamais à une arrestation, toi ?

– Pardon ?

– Si on t'arrêtait, lance-t-il, tu ne serais pas du genre à résister, si ? Tu ne serais pas là à gueuler que tu as des droits et que c'est une histoire de race ? Tu ne te mettrais pas à protester contre les contrôles d'identité ou les mandats de perquisition, hein ?

– Bien sûr que non, M'sieur, répond Charbon, la voix chevrotante.

– Tu en es sûr ? Tu es sûr que tu ne ferais rien de tout ça ? » Il agite son pistolet en l'air et fait de grands arcs de cercle avec ses bras tout en parlant. Parfois, il pointe l'arme vers le dos de Paul. Parfois, juste un court instant, l'œil béant du canon passe devant Charbon.

« – J'en suis certain, M'sieur. » dit Charbon.

Le silence s'abat sur eux. Un long silence interminable qui étendra son ombre sur la vie de Charbon, pour le restant de ses jours, bien longtemps après que lui et son oncle auront eu le droit de repartir. Pendant tout le trajet, Paul ne dit pas un mot et, parfois, il pleure en silence, et Charbon tend sa main vers lui, mais Paul la repousse et préfère regarder au loin par la vitre en hochant la tête. Les seuls mots qu'il arrive à prononcer sont : « Je suis désolé pour toi, d'être né dans tout ce merdier. »

Quand je demande au Gamin s'il m'accompagne à la rencontre du soir à la mairie, il décline du tac au tac très poliment : « – Bon Dieu, non, mon vieux. Je ne veux avoir rien avoir à faire avec ce qui va se passer là-bas.

– Je te comprends, Gamin, dis-je. Je te comprends. »

C'est un spectacle en soi. Je ne sais même pas vraiment pourquoi on va à cette rencontre, mais s'il y a bien une personne qui y croit, c'est Sharon. Elle est un vrai spectacle ambulant dans cette bourgade, à défiler dans la rue avec ses vingt mille balles de fringues haute couture sur le dos. On dirait qu'elle sort tout droit d'un podium de défilé à Paris, elle est visible comme un éclair dans la nuit. On se faufile au milieu de la longue file de vieux pickups boueux et de voitures datant des années 1980 caractéristiques de Bolton et de toutes les villes du même type.

Je me demande ce que ressent Sharon en traversant le parking, entourée de personnes qui n'imaginent pas le prix et la rareté de ses vêtements. En tout cas, elle semble être tout à fait à l'aise. D'ailleurs, j'irais même jusqu'à prétendre qu'elle se fiche pas mal de son allure et de ce qu'en pensent les bouseux du coin.

« – Je ne pensais pas que ce genre de choses arrivait dans des petites villes comme celle-ci. À Chicago, ou à New York, je peux comprendre. Mais ici ? Ça ne devrait pas arriver. Certains endroits sont censés être immunisés contre ce genre de drames.

– Personne n'est immunisé. » dis-je en fendant la foule qui devient de plus en plus dense au fur et à mesure que nous avançons. Les habitants de Bolton me reconnaissent. Je ne reconnais par contre aucun visage, alors que je sais que je devrais. Je dois avoir une sorte de mémoire sélective. C'est ainsi que mon cerveau range le passé dans le passé. Ils me font des signes de la tête, me saluent, et je serre une sacrée tripotée de mains. Des petites vieilles me félicitent pour le succès de *L'Enfant qui voulait disparaître*. Elles me confient à quel point elles sont fières d'avoir enfin quelqu'un de leur bourgade qui s'en est sorti, qui est connu de par le monde. J'acquiesce d'un signe de tête quand elles me disent qu'elles savaient qu'un jour, quelqu'un s'en sortirait. « On est uniques au monde, disent-elles. Et c'est bien heureux que les gens le sachent enfin. » Les petites vieilles ont toutes la couleur de l'acajou. Elles se ressemblent toutes tellement que je me demande si elles ne sont pas de la même famille. Il y a un sacré paquet de familles à Bolton liées entre elles par les mariages.

Quand ce ne sont pas les petites vieilles qui me font part de leur fierté, ce sont les mères et pères de famille entre deux âges qui me serrent la main pour me faire part de leur fierté. Ils me disent la même chose que les vieilles dames : ils sont fiers d'avoir enfin quelqu'un de leur bourgade qui s'en est sorti, qui est connu de par le monde pour son boulot. Je leur explique que leur boulot à eux est tout aussi important, et que je ne fais rien de spécial – c'est d'ailleurs ce que je pense – mais ils ne sont pas d'accord, et ils l'expriment par le silence. Ensuite, ils me demandent si je peux passer voir leurs enfants, pour leur parler. « Ce serait génial si vous aviez le temps de venir les voir pour leur dire quelques mots, disent-ils. Ils doivent comprendre qu'eux aussi peuvent s'en sortir. Ils doivent comprendre qu'ils ne resteront pas coincés ici toute leur vie. Vous savez ce que c'est, les petits Noirs. Ils n'ont aucun modèle auquel s'identifier. Pas vraiment en tout cas. Les seuls qu'ils voient, ce sont des rappeurs ou des basketteurs, mais ce ne sont pas des gens réels, contrairement aux écrivains ! Et vous, vous venez d'ici. Vous avez grandi sur ces chemins de terre. Vous savez ce que c'est, et pourtant vous avez fait quelque chose. Je veux qu'ils comprennent qu'eux aussi peuvent le faire. »

Avant de tenter d'expliquer que je suis aussi irréel que ces rappeurs et ces basketteurs, et que ces rêves de changer l'Amérique en un pays où les gens comme moi n'auraient pas peur de marcher dans la rue, Sharon nous interrompt en disant : « Il va venir. Promis. Comme Superman, on peut compter sur lui.

Indiquez-moi vos coordonnées, et j'organiserai sa venue, pour qu'il puisse parler à votre enfant. D'ailleurs, peut-être qu'on organisera même quelque chose à l'école du coin. Il pourrait s'adresser à tous les élèves et leur expliquer les options disponibles pour s'en sortir. »

Sur ce, on entre dans la mairie.

La mairie de Bolton tient aussi lieu d'église, parce qu'il n'y a pas de séparation entre l'Église et l'État dans les villes noires du Sud. Dieu est partout, surtout du côté de la justice. En tout cas, il est censé y être. Au ton et au timbre des gens qui sont dans l'enceinte de cette petite église en ruines, on comprend vite qu'ils commencent à croire de moins en moins en la capacité de Dieu à intervenir dans leurs vies et à régler leurs problèmes.

« – Il faut faire quelque chose, crie quelqu'un depuis le fond de l'église, avant le début de la cérémonie.

– Personne ne fera rien, crie un autre. Personne ne fait jamais rien.

Le prêtre local lève la main afin de calmer l'auditoire.

– S'il vous plaît ! » dit-il d'une voix si tonnante et assurée que la foule n'a d'autre choix que d'écouter. Les gens s'installent sur leurs sièges, et il ne reste bientôt plus que le bruit de fond de ceux qui avancent sur le vieux parquet en bois de l'église, jusqu'au silence. Tout le monde est désormais assis et attend que le prêtre leur dise quoi faire. Ce qui, évidemment, est la façon qu'a trouvée Dieu pour leur intimer de se taire.

« – Tout d'abord, commence le prêtre, il faut avancer, ici et maintenant, et accepter le fait que cette situation n'est pas inédite. Nous avons déjà été dans la même situation bien trop de fois auparavant, et nous ne pouvons pas faire comme si ce n'était pas le cas. La foule marmonne son approbation.

– On en a marre, crie quelqu'un.

– À raison, confirme le prêtre. J'en ai autant marre que vous. Ma maman en a marre. Mon papa en a marre. Ma grand-mère et mon grand-père en ont marre. Et ainsi de suite. Marre, marre, et encore plus marre. L'un après l'autre. Vous le savez, et je le sais. Vous et moi, nous sommes les enfants de toutes ces générations qui en ont marre. Les enfants de ces générations qui en ont tellement marre que la seule chose qu'elles peuvent faire, c'est espérer et prier. Ces gens se sont offerts à Dieu parce qu'il est le seul à bien vouloir les accepter avec amour et commisération. Voilà où nous en sommes, voilà où nous en sommes tous. Et à chaque génération, on en a de plus en plus marre. » Encore des marmonnements d'approbation. « Et à chaque génération, nous sommes de plus en plus exaspérés. » Les marmonnements se font plus sonores. « Et très vite, cette frustration se transforme en quelque chose d'autre, n'est-ce pas ? » L'approbation passe du marmonnement aux cris. « Et nous savons tous ce qu'est cette autre chose. Nous savons tous quel terme il englobe.

– Quel mot ? crie quelqu'un dans l'église.

Le prêtre sourit.

– La colère, dit-il. Non, la rage, c'est plus juste. » Une bordée de cris d'encouragement émane de la foule pour exprimer son accord. « Il n'y a rien de mal à être en colère » déclare le prêtre. Visiblement, il sait très bien où il veut amener cette conversation. Il est tout aussi évident qu'il va s'y rendre à son rythme et à sa manière, mais il veut que la foule ait l'impression de faire partie du voyage, parce qu'il ne veut pas faire cette balade tout seul.

En tant qu'écrivain, je peux le comprendre.

« – J'ai été en colère toute ma vie, continue le prêtre. Amer et frustré depuis le tout début. Certains d'entre vous ici doivent savoir de quoi je parle. Certains d'entre vous ont peut-être partagé ces sentiments. Vous vous réveillez chaque jour en ayant l'impression que le monde tout entier essaye de vous arnaquer. De vous écraser et de vous flouer, encore et toujours. Vous naissez pauvre et ruiné, comme nous tous. Cette ville, Bolton, nous l'aimons. Je sais que vous l'aimez autant que moi. Mais nous sommes tous pauvres, ici. Et en plus d'être pauvres, nous sommes noirs, ce qui signifie que la partie est doublement truquée. On essaie de faire avec. On essaie de se persuader que ça peut changer. Alors on vit notre existence et on fait ce qu'il faut pour vivre dans les règles – on essaie de vivre selon la volonté de Dieu. Mais on sait que c'est dur, très dur. Ce n'est pas seulement difficile, c'est aussi épuisant. Parce que vivre ainsi, cela signifie ignorer beaucoup de choses. Il faut être conscient que ce monde est pipé et hors de votre contrôle, mais tout de même réussir à le regarder droit dans les yeux en souriant. » Le prêtre hoche la tête. Son auditoire approuve à l'unisson. Il sait mieux que cet écrivain ce qu'ils veulent entendre.

J'envie ce prêtre. J'envie sa façon d'offrir un peu de lumière à ces gens et à ce qu'ils endurent, alors que moi je me contente de débarquer ici, de regarder ce qui s'y passe, et de me faire du mouron pour ce prochain livre que je dois finir, et que je n'ai même pas commencé d'écrire.

Oui, il y a des choses plus importantes dans le monde dont on doit se soucier. Oui, il y a des tragédies, il y a des fusillades, il y a des viols, il y a la violence, il y a la famine, il y a le trafic d'êtres humains, et tout le reste, et moi j'ai trouvé une manière de les ignorer en ne pensant simplement qu'à moi.

Je me prends à espérer que c'est ce dont parle le prêtre quand il dit qu'il faut savoir aller au-delà des choses et rester heureux. Le seul souci, c'est que je ne peux honnêtement pas affirmer que je suis heureux. Bien sûr, je suis sûrement quelque chose, mais heureux n'est pas le terme que j'utiliserais.

Découragé, peut-être. Perdu, certainement. En rut, sans aucun doute.

Mais heureux ? Non. Je ne suis pas certain que les Noirs puissent être heureux dans ce monde. La tristesse leur colle à la peau depuis si longtemps. Et vous avez beau tout faire pour la semer, la vie s'arrange toujours pour vous rappeler qu'avant tout, vous appartenez à une lignée d'exploités, dont on a toujours nié le destin, et qu'il ne vous reste plus qu'à haïr votre passé et, par extension, vous-même.

Peut-être que pour le prêtre, le monde est un peu différent. Peut-être voit-il quelque chose d'autre quand il se regarde dans le miroir, et j'avoue éprouver un peu de jalousie envers lui. D'ailleurs, ce prêtre, il ressent peut-être ma jalousie, car tout à coup il tourne son regard vers moi.

« – Nous avons ce soir parmi nous un invité spécial, comme beaucoup d'entre vous le savent déjà. » La foule marmonne à nouveau, et les yeux se braquent sur moi. J'imagine ce que le Gamin doit ressentir quand il traverse l'école et que tout le monde le dévisage et se met à le juger d'une manière ou d'une autre.

« C'est un enfant du pays qui connaît bien la douleur et les peines que nous traversons. » Il marque une pause et me désigne l'endroit où je dois me placer. Mais je préfère ne pas répondre à son injonction. Je ne veux pas faire partie de ce cirque. Pas mon genre. En termes de représentation publique, c'est perdu d'avance. Tout ce monde qui vous déshabille du regard. Non. Je ne veux pas jouer ce petit jeu. Je vais rester assis où je suis et laisser ce doigt accroché en l'air, comme un vieux pet dans un ascenseur.

« – Lève-toi, siffle Sharon.

– Je n'ai pas envie, je lui réponds sur le même ton. Toute l'église peut m'entendre, mais je m'en fiche. Non. Je ne me lèverai pas.

– Tu es obligé.

– Pourquoi ?

– Parce que c'est ce qui se fait, répond Sharon. Ces gens sont venus voir quelqu'un qui va exprimer ce qu'ils ne peuvent pas prononcer. Tu es un écrivain. C'est ton rôle.

– Tu sais… tu n'es pas la première à me dire ça. Et pourtant, je ne suis toujours pas convaincu.

– D'accord, dit Sharon, alors je te le dis autrement : ce sont tous des acheteurs potentiels. Et tu n'as pas encore rendu le manuscrit de ton deuxième bouquin. J'ai l'impression que tu as déjà claqué ton avance, et que dès la fin de la tournée promotionnelle, tu seras à sec. Si tu n'as pas de manuscrit prêt, tu vas devoir rembourser à ton éditeur une fortune que tu n'as pas. Alors tu devrais peut-être essayer de vendre autant de livres que tu peux. Tu devrais peut-être te lever et prendre la parole. Tu devrais peut-être essayer d'être un type bien. » Son sifflement se transforme en un grondement inquiétant à chaque mot. Un son grave et venimeux dont je n'aurais imaginé qu'un corps si frêle puisse être capable. Donc : je pense que la meilleure chose à faire, quelle qu'en soit la raison, c'est me lever et prendre la parole.

Mes jambes ne me portent toujours pas. Ma tête me fait souffrir. Je suis en nage. Je suis enfoui sous un mur de déjà-vus, et je ne sais pas pourquoi. Je n'arrive pas à m'enlever de la tête que j'ai déjà été dans la même situation. Que j'ai déjà vécu ce moment. Mais comment est-ce possible ? Combien de fois suis-je allé dans l'église d'une ville où un gamin venait d'être tué ? Jamais, voilà le décompte.

Alors, pourquoi est-ce que tout me semble familier ?

Quelque part, loin, très loin de l'église, je peux entendre un paon hululer dans la nuit, et je me souviens de ce paon couleur d'obsidienne que le Gamin et moi avons aperçu sur le banc dans le parc l'autre jour. Je me souviens du rire du Gamin. Je me souviens de son sourire.

Le souvenir de son sourire m'enlève toute angoisse, alors je me lève. Et je prends la parole.

La première fois que Charbon voit son père mort, c'est le lendemain de la rencontre avec le flic. Il se réveille un matin, et il tombe sur son père debout devant la porte, occupé à le regarder dormir. Charbon sourit, il se redresse, et son père lui sourit en retour, puis il tourne les talons et s'en va. Le temps que Charbon sorte du lit et arrive à la cuisine, son père n'est plus là. Le gamin reste là un instant, à observer ce décor familier et à réfléchir.

« Bon, d'accord. » dit-il.

Il s'attendait à voir son père un jour ou l'autre. Dans les semaines qui ont suivi sa mort, Charbon s'est mis à voir beaucoup de choses, et il sait qu'à un moment ou un autre, son père viendra le voir. Alors qu'il est debout sur le porche à regarder le soleil se coucher derrière l'horizon et que le ciel agite des volutes mordorées et rougissantes, Charbon aperçoit des ombres surgir de l'horizon et s'envoler comme des nuages naviguant dans le ciel. Parfois les ombres ont la forme d'animaux, parfois de gens. Mais elles sont toujours réelles, assez réelles pour qu'il puisse les atteindre et les toucher.

Le coucher du soleil est devenu son moment préféré de la journée parce qu'il ne sait jamais à quoi s'attendre. Puis, les ombres qu'il aperçoit s'affranchissent de plus en plus des horaires du soleil et viennent le voir à toute heure du jour. Elles ont de moins en moins souvent la forme d'animaux, et de plus en plus celles de personnes. Des personnes sorties de livres qu'il a lus, d'histoires qu'il a entendues. Une fois, alors qu'il fait la queue à la cantine de l'école, il voit John Henry[1] sortir de la file avec un plateau contenant une pizza et un verre de lait chocolaté. Charbon connaît cet homme, car il est doté d'une peau d'un noir incroyable, et parce qu'il a toujours deux marteaux accrochés à sa ceinture, pour faire le travail des ouvriers qu'il vient de libérer. L'histoire de John Henry a toujours été une des préférées de Charbon, et en voyant cet homme – avec ses montagnes d'épaules et ses troncs d'arbre en guise de bras –, Charbon ressent une fierté qu'il ne peut nommer. C'est comme une version de lui plus grande et plus brave. Il se fiche totalement qu'il ne soit probablement pas réel.

Les plus beaux jours – les plus rares et les plus magnifiques – Charbon regarde dans le ciel et aperçoit d'incroyables merveilles. Il aperçoit une autre Terre.

---

1. Héros mythologique américain, symbole des travailleurs, censé être né esclave dans l'Alabama au milieu du XIXe siècle.

Non. Pas une Terre. Quelque chose d'autre. Une planète à part entière, comme la sienne, mais différente. Elle flotte dans le ciel telle la réponse à une question que son cœur lui pose chaque jour de sa vie. Cet endroit, dans son intégralité, a la couleur de l'onyx. Les océans, les montagnes, les forêts, tout ce qui s'y trouve est aussi profondément noir que la peau qu'il déteste tant. Et pourtant, dans cet autre monde, il ne déteste pas ce qu'il voit. Là-bas, il aime la couleur de sa peau.

Comme cet endroit est pour lui un second foyer, il veut lui donner un nom. S'il arrive à le nommer, alors il pourra le convoquer dans la réalité quand il le désirera. Il pourra le prendre avec lui, et s'y échapper. Il ne se sentira plus jamais seul ou honteux. Il pourra s'accepter à n'importe quel moment. Il pourra toujours s'aimer.

Il a besoin d'un nom.

Il veut l'appeler Afrique. Après tout, c'est de là qu'il vient. Mais l'Afrique n'est pas sa terre. Tout ce qu'il connaît de l'Afrique, ce sont des photographies, et ça ne ressemble pas à chez lui.

Cet endroit qu'il aperçoit n'est pas l'Amérique, parce que l'Amérique ne le connaît pas mieux que lui ne connaît l'Afrique des photographies.

Il est le gamin de nulle part. Et c'est pour ça que la majeure partie de sa vie, il s'est senti moins que rien.

Mais là-bas, sur cette autre planète que lui seul peut voir, à cet endroit qu'il ne sait nommer, il est tout.

C'est la terre de son père et de sa mère, de leur peau, de leur langage et de leurs plaisanteries. C'est la terre des superstitions de ses grands-parents. La terre des barbecues qu'on fait dans le jardin. La terre qu'il prend avec lui dans ses poches, qu'il porte dans son dos comme on porte une ville, qu'il porte dans son dos comme un emblème, qu'il porte dans son dos comme une chanson, mais qu'il n'arrive toujours pas à nommer.

C'est une terre où les dealers et les présidents sont faits du même bois. Où les poètes et *Them Dumb Niggas*[1] sont porteurs de sagesse. Une terre où les mêmes bouches rigolent aux blagues *Yo Mama So Black*[2] et lisent à voix haute la poétesse Maya Angelou. C'est une terre d'esclaves, de chanteurs et de lauréats des Oscars. Une terre où Blerd Niggas et Hustle Man[3] débattent de 2Pac[4] et Jack Kirby[5].

C'est un endroit merveilleux. Il existe quelque part. Et pour un gamin qui vient de nulle part, ça représente tout.

Tout ça n'est qu'un rêve, et Charbon en est conscient. Il sait que rien de tout ça n'est réel, mais il s'en fiche. Les choses qu'il imagine rendent sa réalité moins douloureuse, et c'est tout ce qui compte. Alors quand il se met à voir son père dans ses rêves éveillés, il est très heureux.

1. Paroles classiques du hip-hop ghetto.

2. Blagues très populaires chez les Afro-américains.

3. Youtubeurs afro-américains célèbres sur internet.

4. Rappeur mythique assassiné en 1996 à Las Vegas.

5. Figure des comics américains, créateur de *Captain America*, né en 1917.

Avec le temps, qui s'étire de plus en plus au fur et à mesure, alors que les mois deviennent presque une année, la capacité de Charbon à déterminer ce qui est réel ou non commence à baisser. Un lundi matin, alors qu'il arrive à l'école, il commet l'erreur de parler à ses amis et à ses professeurs d'un poisson-chat de vingt kilos que son père et lui ont pêché près du barrage durant le week-end précédent. Ses camarades – même les grands – n'ont pas l'énergie de se moquer de lui comme à leur habitude. Depuis la mort de son père, même Tyrone Greene a arrêté de le harceler. Charbon est devenu le gamin qu'il faut plaindre, ce qui est peut-être pire que d'être harcelé.

Quand l'histoire de sa pêche miraculeuse en compagnie de son père décédé a fait le tour de la classe, sa professeure, Mme Brown, le prend à part et, avec toute cette pitié dont il a déjà plus qu'assez, lui explique que ce qu'il raconte est faux, et que ce n'est pas sain d'aller raconter ce genre de mensonges à ses camarades.

Charbon affirme qu'il ne ment pas, Mme Brown lui offre un sourire empreint de tristesse et lui caresse la tête, puis lui prend la main et lui murmure presque : « Je suis désolée pour toi. » Voilà le refrain que les gens répètent chaque jour à Charbon. Les excuses ont remplacé les bonjours, et même s'il se doute bien que ça ne durera pas toujours, il en a marre de tout ça. Plus que marre, tout ça l'ennuie. L'ennui, voilà le mot le plus juste pour décrire ce qu'il traverse durant cette période.

Les lettres de condoléances et les cadeaux l'ennuient. Les équipes de télévision qui continuent de passer plusieurs fois par semaines pour poser des questions qui font pleurer sa mère, encore et toujours, ça l'ennuie. « Comment vous sentez-vous depuis que votre mari est mort sous les balles d'un policier ? » lui demandent-elles. Ou parfois : « Comment vous sentez-vous maintenant que vous savez que votre fils a tout vu ? » Ou alors : « Comment vous sentez-vous maintenant que vous savez que votre mari a été tué juste parce qu'il était Noir ? » Ou encore : « Comment vous sentez-vous maintenant que vous savez que votre fils ne reverra plus jamais son père ? »

Ils posent toujours les mêmes questions, en changeant la tournure, et à chaque fois, la mère de Charbon leur répond en se promettant de ne plus jamais pleurer devant la caméra, mais à chaque fois, elle trahit sa promesse.

Plus cela dure, plus ils viennent lui poser des questions, plus elle leur répond et éclate en sanglots, et plus elle semble s'éloigner de ce monde. Chaque jour, elle est plus maigre, plus marquée, plus sèche. Sa douceur s'évapore petit à petit de son corps. Elle s'inquiète encore pour son fils et l'entoure d'amour, mais sa façon de l'exprimer est plus froide. Elle montre son amour à travers la discipline et l'organisation. Elle montre son amour à travers les fessées et les punitions. Elle montre son amour par des avertissements. Elle montre son amour en apprenant à Charbon que le monde est un danger permanent et, pourtant, elle ne lui explique jamais pourquoi. Elle ne lui dit jamais pourquoi le monde est différent pour lui.

C'est la fin de la soirée, et je suis fatigué. Passer trop de temps en public n'est jamais bon pour moi. C'est pour ça que je suis devenu écrivain. Enfin, pour cette raison, et parce que j'ai une imagination que je n'arrive pas à maîtriser.

Je décide d'aller faire un tour à pied, car ce genre de nuit appelle à la balade. Surtout, je veux m'éloigner de tous ces gens. J'oublie toujours à quel point j'aime la quiétude des petites villes, et de ces longues routes qui semblent mener nulle part et partout à la fois. Il n'y a qu'une poignée de bâtiments. Des maisons qui émergent de la pénombre comme des souvenirs, bordant les chemins de bitume ou de gravier. C'est d'une beauté céleste.

Le discours que j'ai livré à l'église, je ne m'en souviens plus vraiment. Mais j'ai l'impression qu'il a eu l'effet que les gens attendaient. Il a capté quelque chose. Il a été la voix de ceux qui n'en ont plus. Je voudrais juste me souvenir de ce que j'ai dit. Parfois, avec cette maladie qui m'habite, tous ces rêves éveillés, tous ces trous de mémoires, tous ces souvenirs emmêlés, je me demande tout ce que j'ai pu oublier dans ma vie. Je me demande s'il existe des choses grandes et magnifiques que j'ai autrefois connues puis oubliées.

Peut-être est-ce une bonne chose de ne pas me souvenir de tout. Je me souviens de ce qui est arrivé à mon paternel. Mais à ma mère... quelque chose en moi me conseille de ne pas y penser. L'idée même de les avoir perdus tous les deux est déjà trop lourde à porter dans ma tête, alors je préfère ne pas savoir, ne pas me souvenir. Il y a un revers des choses quand on décide de ne pas savoir : on peut continuer à vivre, mais pour la personne que tu as choisi de ne pas voir ou d'oublier, c'est comme l'effacer en entier. Est-ce qu'on peut faire ça à quelqu'un ? À un groupe de gens, même ? Cet oubli volontaire n'est-il pas terrible ?

Comme je suis de retour sur mes terres, je sens que cette boîte à souvenirs est prête à s'ouvrir... et ça me terrifie.

Alors j'arpente les routes dès le soleil couché, jusqu'à ce que mes pieds soient fatigués et être allé si loin dans la nuit qu'il n'y a plus rien à faire d'autre que rentrer. Il y a encore quelques habitants dans leurs jardins. Ils sont installés sous la lueur faible des lumières de leurs porches, occupés à discuter entre eux de tout ce qui va mal dans ce monde, et de toutes les manières dont ça pourrait être différent. Ils parlent surtout de leur frustration et de leur colère. Mais parler de sa frustration et de sa colère, c'est aussi soigneusement éviter de parler de la tristesse. Parce qu'au fond, le terreau de toute la colère qui habite les personnes c'est toujours la tristesse. La tristesse d'être abandonné, la tristesse d'être oublié, la tristesse de se voir interdire tout ce dont les autres profitent dans ce pays, dans ce monde.

Ces gens n'ont pas de patrie, ils constituent une tribu perdue faites de personnes dont les rares relations consistent en un cercle fermé, et encore. Parfois, on se contente de s'adresser un signe de la main au beau milieu de la nuit, et c'est la plus grande des intimités que l'on puisse avoir les uns avec les autres.

Alors que je marche à travers la ville, que je passe dans l'ombre des églises si imposantes et silencieuses dans le ciel noir éclairé par la lune, un homme me surprend en m'arrêtant pour me parler.

« – Excusez-moi, dit l'homme.

Il parle doucement, l'air piteux, comme s'il essayait chuchoter, tout en voulant absolument être entendu.

– Bonsoir, dis-je de l'air le plus engageant possible. D'après mon expérience, quand vous croisez un inconnu au cœur de la nuit sur une route déserte, la meilleure chose à faire pour être en sécurité, c'est d'être aussi ouvert et sympathique que possible.

– C'est vous, le type qui écrit ? » demande l'homme. Il doit avoir un peu plus de trente ans. Blanc. Des cheveux blonds sales, avec un air vaguement familier. C'est rare de croiser des Blancs à Bolton. En fait, Bolton n'accueille pas beaucoup d'habitants blancs. D'instinct, je me dis qu'il fait partie des équipes de journalistes qui traînent dans le coin depuis la fusillade. Il y en a une tripotée qui sont encore en ville. Ce qui était un drame local puis régional a pris de l'ampleur, jusqu'à toucher un public national assez vite, et même si le cycle de l'information veut à tout prix passer à la prochaine personne qui s'est fait descendre – et on est tous conscients que ce n'est qu'une question de jours –, pour le moment, la petite ville de Bolton et ce qui s'y est passé reste au centre de l'attention du public.

Le type a l'air nerveux. Il tremble légèrement et regarde autour de lui. Non loin de nous se trouvent quelques maisons, et de temps à autres, on entend le bruit d'une conversation ou la porte d'un pickup qui claque, puis un moteur qui démarre et des pneus qui crissent sur le bitume. Quand c'est le cas, le type ne bouge plus, comme un animal sauvage, et écoute, reniflant presque l'air, comme s'il s'attendait à ce que la camionnette s'abatte sur lui comme la Mort en personne.

« – C'est vous, le type qui écrit ? demande-t-il à nouveau. Son ton est un peu plus agressif, un peu plus pressant.

– Je suis un type qui écrit, oui, dis-je. Et pour être honnête, je crois bien que je suis le type qui écrit que vous cherchez. Il n'y en a pas tellement d'autres par ici.

– Très bien, dit-il en soupirant de soulagement. On peut aller discuter tranquillement quelque part ? »

Je suis toujours un peu stressé quand les gens veulent me parler en privé. J'ai déjà vu des films qui commencent ainsi, et qui ne finissent jamais très bien pour les personnages dans mon genre.

« – De quoi voulez-vous parler ?

– On peut juste parler ? siffle-t-il.

C'est à ce moment que je reconnais et comprends exactement ce que son visage affiche : de la peur. Une peur abjecte, dont on ne peut s'échapper.

– Ça va ? je demande.

– S'il vous plaît, dit-il. S'il vous plaît. »

On atterrit dans la ferme où je loge. L'endroit me rappelle la maison dans laquelle j'ai grandi. Si c'était le même endroit, je pense que je le saurais, non ? Je ne suis quand même pas si paumé que ça, si ?

Je n'ai pas d'idée précise de l'heure qu'il est. Je sens la sueur, l'humidité et la fin de nuit.

« – Je peux vous offrir quelque chose à manger ou à boire ? Je ne sais pas vraiment ce qu'il y a en stock ici, mais ma maman m'a appris à toujours faire le maximum pour bien accueillir les visiteurs.

– Non, dit l'homme.

Il reste planté sur le pas de la porte, comme s'il était un vampire qui ne peut entrer sans y être invité.

– Vous ne voulez pas entrer ? dis-je.

– Non, merci, répond-il. Sa nervosité s'entend dans sa voix. Je préfère rester là.

Il se retourne un instant pour observer la longue route qui file vers le centre-ville de Bolton.

– Ça ne vous dérange pas si on s'assied dehors pour parler ?

– Pas de problème, dis-je. Mais vous allez me rendre nerveux, à force.

Il éclate de rire.

– Pourquoi vous seriez nerveux ? Si quelqu'un doit être stressé ici, c'est plutôt moi.

Son accent du sud est aussi épais que celui du Gamin, et deux fois moins compréhensible.

– Et pourquoi ? dis-je.

Le visage du type devient pâle.

– Hein ? Vous vous foutez de moi.

– Je ne pense pas, non, dis-je après avoir réfléchi un instant et m'être assuré que je ne me foutais en effet pas de lui. J'ai la réputation de pas mal me foutre des gens à l'occasion, mais là, je ne pense pas que ça soit le cas.

– Alors, dites-moi pourquoi vous êtes aussi nerveux.

– Vous ne me reconnaissez pas ? demande le type. À la mine qu'il fait et à sa voix, je comprends qu'il ne sait pas si le fait que je ne le reconnaisse pas devrait le rassurer ou l'effrayer.

– Attendez, dit-il, ses yeux fouillant la pénombre. Vous ne me reconnaissez vraiment pas ?

– Je n'ai pas la moindre idée de qui vous êtes, dis-je. Et pour être franc, je ne suis même pas certain que vous soyez réel. Je suis peut-être en train de me parler à moi-même, si vous voulez mon avis.

– Mais putain, vous parlez de quoi ?

– J'ai une maladie. Je n'en dirai pas plus. »

Tandis que le type reste debout sous la lumière de la porte d'entrée de la vieille ferme, je vais me servir un grand verre de thé glacé trop sucré, et je reviens m'installer sur une chaise sous le porche.

« – Bon, on peut clarifier les choses, peut-être, non ? dis-je. J'ai pas mal de choses à faire, à la fois réelles et imaginaires. Et j'aimerais bien pouvoir m'en débarrasser avant de partir de cette ville. »

L'homme finit par s'asseoir à mes côtés sous le porche. Il a l'air toujours au bord de la crise de nerfs, comme un animal traqué.

« – Ça vaut peut-être mieux que vous ne sachiez pas qui je suis, dit-il.

– Je pense que c'est vrai en toute situation, dis-je. Connaître les gens, ça amène toujours des problèmes.

– Pas faux. » dit l'homme. Je vois bien qu'il a du mal à calculer qui je suis et ce que je pense vraiment. Il fait tous les efforts du monde pour me comprendre, mais je reste un mystère.

« – D'abord, je préfère vous dire que je n'ai pas du tout lu votre bouquin. Je pense que c'est mieux de vous l'avouer. Je ne veux pas que vous pensiez que je suis un admirateur. Je ne vous connais pas très bien.

– On est donc sur un pied d'égalité mon ami, dis-je.

– Par contre, on était en cours ensemble, précise le type.

– Vraiment ?

– Ouais. J'ai grandi ici.

– À Bolton ?

– Juste au croisement avec Freeman Street.

– Un vrai petit gars d'ici, alors ?

– Ouais. » dit l'homme. Il sourit piteusement. Il n'a plus trop l'air d'une bête traquée dans la nuit. « J'étais un peu plus jeune que vous, par contre. Donc c'est normal que vous ne me reconnaissiez pas, mais peut-être que vous vous souvenez de mon frère. Harold Bordeaux, ça vous dit quelque chose ? »

Je réfléchis un moment.

« – Non, désolé. Impossible de le remettre.

Le type éclate de rire.

– Ça ne m'étonne pas. Ce fils de pute est très oubliable. Lui, il vous connaît, par contre. Il disait tout le temps que vous étiez en classe ensemble. Et il a toujours prétendu que vous étiez les deux meilleurs potes du monde. Il disait que vous étiez un gamin très étrange à l'époque.

– Il n'a pas tort.

– Il disait que vous passiez votre temps assis dans un coin à lire des bouquins. Il faut croire que ça a porté ses fruits. Je ne pense pas que ce gros con d'Harold ait jamais lu un livre de sa vie.

– Je vois le genre, dis-je. Mais le nombre de livres que vous avez lus dans votre vie ne détermine pas le fait que vous soyez un brave type ou non. Ça détermine juste combien de livres vous avez lus. Mon papa lisait peu de livres. Ma maman ne lisait pas beaucoup non plus. Et c'étaient des gens formidables.

– Vous avez tout à fait raison, répond l'homme. À chaque seconde qui passe, il semble plus détendu.

Son souffle devient plus régulier. Toute la tension qui lui donnait un air de bête traquée semble avoir disparu.

– Vous avez préféré vous casser, hein ?

– On peut dire ça. » dis-je. Je regarde longuement le ciel rempli d'étoiles. « Mais parfois, je me dis que j'ai eu tort.

– Nan, dit-il. Vous avez eu bien raison. Il n'y a rien d'intéressant ici.

– Il y a sûrement quelque chose à sauver, dis-je.

– Non, dit-il en regardant le même ciel que moi. Tout n'est pas mauvais ici, mais ce n'est pas comme s'il y avait quelque chose de bien. Quand vous prenez le temps de réfléchir au passé, vous comprenez vite qu'il n'y a pas grand-chose à sauver depuis longtemps déjà. Rien n'a jamais tourné rond ici. Même les rares fulgurances qui sortaient de l'ordinaire n'étaient pas terrible.

Il hoche la tête.

– Vous ne faites pas partie des grands optimistes, hein, mon vieux ? dis-je. Je vous comprends, je suis un peu pareil. Je suis passé par là et je connais pas mal de gens qui ressentent la même chose.

– Mon frère disait que vous aviez passé de sales années à l'école, dit l'homme. Que tout le monde vous harcelait après ce qui s'était passé.

– Qu'est-ce qui s'est passé ? je lui demande.

Le visage de l'homme se fige.

– Heu… vous plaisantez ?

– Non, je ne pense pas, dis-je.

J'essaie d'afficher une mine qui signifie que je ne me moque pas de lui, mais je ne suis pas certain que cela soit très clair. En fait, je crois surtout que ça contribue à le désarçonner.

– Vous êtes en train de vous foutre de ma gueule, en fait ?

Sa voix est tout à coup teintée de colère.

– Mais pourquoi je me foutrais de votre gueule ?

– Vous essayez de me faire croire que vous ne vous souvenez pas de ce qui s'est passé ?

– C'est probablement ce que je veux vous dire, oui. Je ne sais pas de quoi vous parlez, donc je ne peux pas confirmer ou nier que je m'en souvienne ou non. Et rappelez-vous, j'ai une maladie. Je ne vais pas entrer dans les détails, mais en gros, j'ai une imagination hyperactive, et j'ai du mal à distinguer ce qui est réel de ce qui ne l'est pas.

– Vous êtes schizo ?

J'éclate de rire.

– Non, non. Rien de tout ça. J'ai juste une imagination débordante.

Le type me dévisage d'un air soupçonneux. Il finit par hocher la tête.

– Je n'ai ni le temps ni le courage, dit-il.

Il se relève dans sa chaise et me regarde droit dans les yeux.

– Écoutez, vous êtes écrivain, et j'ai besoin que vous m'écriviez quelque chose.

– Désolé, je ne fais pas le nègre.

– Taisez-vous ! … J'ai besoin que vous racontiez aux gens ce qui s'est passé.

Sa voix est au bord de la panique. Pleine de douleur, de désespoir, et d'un autre sentiment que je n'arrive pas à déterminer.

– Qu'est-ce qu'il s'est passé ? je lui demande.

– Je ne suis pas quelqu'un de mauvais, dit l'homme.

– Je vous crois. Vous m'avez même l'air d'un type droit dans ses bottes.

– Ce gamin » dit l'homme. Sa voix est comme emprisonnée dans sa gorge. « Je ne peux pas laisser les gens croire ça. Je ne peux pas les laisser penser que je suis un tueur. »

Un frisson me parcourt l'échine. J'en ai croisé des gens qui me demandaient d'écrire leur biographie, mais aucun d'eux ne m'a jamais parlé d'un cadavre.

« – Je n'ai pas tué ce gamin, répète l'homme.

– D'accord, dis-je.

– Enfin…, dit l'homme en ayant du mal à déglutir, comme si son corps allait le trahir. Enfin, c'était bien mon doigt sur la gâchette, mais ce n'était pas moi. Je ne suis pas le genre de personne qui tue. Personne ne veut écouter ma version des faits. Personne ne veut écouter ce qui m'est arrivé l'autre soir. Personne ne veut croire que je ne suis pas un putain d'enfoiré de tueur. »

Je pense au cadavre du Gamin allongé sur le brancard, criblé de balles, sans vie. Je pense aux sanglots de sa mère. Je pense aux milliers d'autres cadavres qui ressemblaient à celui du Gamin, et aux milliers d'autres mères en pleurs. Je veux qu'il les voie comme moi je les vois. Je veux qu'il se taise, qu'il arrête de parler. Mais je ne suis toujours pas certain que tout cela soit réel, et dans l'éventualité où il serait le fruit de mon imagination, je décide de le laisser parler. De toute façon, je ne sais pas quoi dire.

« – Ce qu'il faut que vous compreniez, c'est que ce n'est pas moi le coupable. C'est tout le reste. Tout le monde. Je suis un type comme les autres. Ouais, je suis flic… enfin, j'étais flic… mais ça ne fait pas de moi un démon. Je suis un type comme les autres. J'ai une femme et une fille. » Il crache par terre. « Maintenant, ma femme a coupé les ponts, et elle ne me laisse plus parler à ma fille. J'ai essayé d'expliquer tout ça à ma femme. J'ai essayé de lui expliquer ce que je suis en train de vous dire, mais elle n'écoute même pas. Elle a préféré me quitter, en pleurs, comme si c'était son propre gamin que j'avais tué…

– Et, donc, vous avez décidé de venir me voir ?

– Oui, répond-il. Je loge chez un ami de mon frère depuis que c'est arrivé. Je dois vivre caché. Je ne peux pas quitter la maison dans la journée, parce que j'ai peur de ce qui pourrait se passer si on me reconnaissait dans la rue. C'est pour ça que je ne sors que la nuit, quand il fait sombre. Vous imaginez ce qui pourrait m'arriver si ces gens me voyaient ? S'ils arrivaient ici et me tombaient dessus ?

– Vous pensez qu'ils vous feraient du mal ?

– Ils me tueraient, affirme-t-il.

– Comment vous savez ?

– Parce que… vous savez bien.

– Non, dis-je. Je ne sais rien. Pourquoi voudraient-ils vous tuer ?

– Ne vous foutez pas de moi, dit-il. Ne faites pas comme si vous ne saviez pas. Ne faites pas comme si l'idée ne vous était jamais passée par la tête. Ne faites pas comme si, parfois, vous n'étiez jamais en colère et ne ruminiez pas – comme disait mon père – tout ce qui est arrivé dans ce pays aux gens comme vous.

– Les gens comme moi ?

– Les Noirs. Vous êtes en colère. Vous avez toutes les raisons de l'être. Sauf que là, ce n'est pas moi le coupable. Je n'ai rien fait. Je n'étais pas né quand toutes ces conneries d'esclavage existaient encore. Je n'étais même pas une idée dans l'esprit de mes ancêtres. Et vous, vous n'avez jamais été un esclave. Vous n'étiez la propriété de personne. Vous et moi, on a fréquenté la même école. On a grandi dans la même misère. On a vécu la même existence, sauf que moi j'ai dû supporter le poids de la culpabilité. Le poids d'être un oppresseur. On m'a rappelé à quel point tout ce que mes ancêtres avaient commis était horrible. Mais qu'est-ce que j'en sais, moi ? Qu'est-ce que j'en sais ? Ni vous ni moi n'y étions. Ni vous, ni moi. Comment savez-vous que ma famille avait des esclaves ? Comment savez-vous que ma famille était mêlée à l'exploitation et à la violence subie par votre famille ? Pourtant, vous continuez à nous faire porter le chapeau. Vous voulez me faire porter le chapeau parce que vous êtes en colère contre des choses que vous ne maîtrisez pas. Je ne vais pas prétendre que votre peuple n'a pas eu son lot de saloperies.

Bien sûr que non. Mais ils sont tous morts. Tous ceux à qui c'est arrivé. Ils ne sont plus là. Et maintenant, on est à égalité. Tout le monde a les mêmes chances. Tous les habitants de ce pays ont les mêmes chances. Putain, mais regardez-vous ! »

Il agite son doigt nerveux dans ma direction, et me le plante dans la poitrine.

« – Regardez-vous, bordel, continue-t-il, un putain d'écrivain à la mode. Qui passe à la télévision. Qui vend plus de bouquins que Dieu en personne. Et tout ça en étant noir. Vous avez bien mieux réussi dans ce monde à la con que moi. Vous savez jusqu'où j'ai voyagé, moi ? En Floride. Je ne suis jamais allé plus loin. La seule fois où j'ai pris un avion de ma vie. Pour aller à un enterrement. Vous avez déjà dormi à l'hôtel ?

– Hein ?

– Est-ce que vous avez déjà dormi à l'hôtel ?

– Ouais.

– Un bel hôtel.

– Bien sûr.

L'homme regarde ses mains, comme si elles venaient de le trahir.

– Je n'ai jamais pris de vacances. Pas un jour. Est-ce que ça rentre en ligne de compte ? Alors, ouais, peut-être que j'étais sur les nerfs quand j'ai croisé ce gamin. Je l'ai vu comme je vois des gens comme vous, des gens qui ont toutes ces choses qui étaient censées m'être promises. » Il hoche la tête. « Non, ce n'est même pas vrai. La vérité, c'est que je ne savais pas s'il était armé ou pas. Alors j'ai fait ce que je devais faire.

– Vous l'avez abattu. »

Le type se mord les lèvres quelques instants, puis détourne le regard. Je vois un frisson lui parcourir le corps, il tremble comme une chèvre électrocutée. Il se racle la gorge et serre les poings, les bras croisés contre son corps, puis il se plie en deux en sanglotant à grosses larmes.

« – Il ne faut pas dire ça, dit-il.

– C'est la vérité.

– Mais je ne dirai pas ça.

– Et c'est tout le problème. »

Il éclate à nouveau d'un sanglot de la taille du Texas. Il fouille dans sa poche et en retire un pistolet.

Je parviens à ne pas sursauter. Tout juste mon sourcil exprime-t-il ma surprise. Je ne peux pas non plus dire que je ne m'y attendais pas. Ici, les flingues sont comme des animaux de compagnie. Même si vous n'en possédez pas, votre voisin, par gentillesse ou non, finira vite par en amener un dans votre vie, et vous avez intérêt à croiser les doigts que ça soit par bienveillance.

« – J'ai besoin que vous fassiez quelque chose, dit l'homme.

– Eh bien, je crois que vous avez un solide argument entre les mains, mon vieux.

– Ne vous inquiétez pas » dit-il. Il finit par se relever. Il essuie les larmes qui coulent sur son visage, dans la pénombre de la nuit, et souffle un bon coup. « – Je ne crois pas que je ferai grand-chose de ce flingue.

– Pourquoi vous l'avez pris alors ? »

Le type regarde le pistolet. Il a l'air interloqué, comme s'il venait tout juste de se rendre compte qu'il l'avait sur lui, comme si son corps avait pris la décision de le prendre sans le consulter, et que son esprit venait tout juste de réaliser qu'il était sorti armé.

« – Je ne sais pas, dit-il. Je suppose qu'il fallait bien que quelqu'un le prenne.

– Je ne suis pas certain de comprendre cette logique.

Il ricane.

– Alors vous ne comprenez pas les gens.

– Qu'est-ce que vous attendez de moi ?

– Je veux que vous m'aidiez à comprendre.

– À comprendre quoi ?

Il fait un geste de la main, dans le vide.

– Tout ça, dit-il. Tout. Je ne comprends pas. J'arrive juste à en comprendre quelques bouts. Et mêmes ces bouts sont coincés en moi. Je n'arrive pas à les expulser. Si je pouvais m'en débarrasser, je pourrais régler ce merdier. Ça irait mieux. Les gens comprendraient qui je suis vraiment. Ils verraient que je ne suis pas un mauvais gars. Ils sauraient que j'ai réagi de la seule manière possible dans ce genre de situation.

– Il y a beaucoup de gens qui pensent le contraire.

– C'est exactement ce dont je vous parle. » dit-il. Il pose le flingue sous le porche, entre nous deux. Il est assez proche de moi pour que, en étant assez rapide, je puisse m'en emparer avant qu'il ne m'en empêche. Mais je n'en fais rien. Peut-être se tairait-il. Peut-être qu'il se lèverait et partirait. Que Dieu me pardonne, mais je vais écouter ce qu'il a à dire. Je veux suivre son fil de pensée pour voir jusqu'où il va.

« – Je ne suis pas un mauvais gars, répète-t-il. C'est ce qui me fait le plus mal. Les gens pensent que je suis le mal incarné. Ils ne savent pas à quel point je suis un bon père. Ils ne savent pas à quel point je suis un super oncle. Vous saviez que j'ai une nièce dont je finance les études ? Hein, vous le saviez ?

– Du tout.

– Et voilà. » dit-il. Il fouille dans ses poches pour en ressortir un téléphone. Après quelques manipulations rapides, il me montre une image où il apparaît avec une adolescente blonde souriante en costume de diplômée. « Harold ne gagnait pas assez bien sa vie, et j'avais un peu d'argent de côté, alors je l'ai aidée. Ça ne fait pas de moi une bonne personne ?

– C'est une bonne chose à faire, en tout cas, dis-je.

– Comme par hasard, personne ne parle de ça, dit-il. Ils veulent juste parler de ce qui s'est passé ce soir-là. Ils veulent juste me résumer à la minute de cet incident. Comme si je n'avais pas eu une vie avant ça. Comme si je n'étais pas l'enfant de quelqu'un. Le passé ne compte donc jamais ?

– Bien sûr que si, dis-je. Il compte, mais en intégralité. Pas qu'une partie, pas seulement les trois cinquièmes, comme pour les esclaves. »[1]

---

1. Jusqu'en 1886, les esclaves étaient comptabilisés comme « les trois cinquièmes d'un homme libre », selon le Compromis des trois cinquièmes inclus dans la Constitution des États-Unis.

Un petit mouvement dans le champ qui entoure la propriété attire mon attention. Je regarde, et dans la lueur de la lune, j'aperçois un homme. Sa peau est sombre et ses cheveux sont ébouriffés. Sa peau est si noire que je ne peux m'empêcher de penser au Gamin. L'homme a des grosses lèvres et ses mains sont menottées. Tout comme ses chevilles.

« Le passé compte » dis-je.

Mon interlocuteur remarque mon changement de ton, et son regard suit le mien.

Une autre silhouette apparaît en bordure du champ. Une femme, cette fois. Elle a les cheveux longs décorés avec des coquillages. Elle porte une robe en tissu africain traditionnel et à ses côtés se trouve un jeune enfant entièrement nu. Lui aussi a une peau incroyablement sombre, avec des reflets bleutés sous la lueur de la lune. La femme et l'enfant ont également les mains et les chevilles menottées.

Plus je regarde, plus des silhouettes apparaissent dans tout le champ de maïs. Tous ne sont pas menottés. Certains sont en haillons, les mains flétries. Certains ont des marques de fouet sur la chair. Des mains et des chevilles lacérées. Des étiquettes sur le bras afin d'identifier leurs propriétaires. Debout, raides, ils nous dévisagent. Ils me regardent. Ils regardent l'homme.

Ils nous regardent, silencieux et éternels, et je ne sais pas quoi leur dire.

« – Vous les voyez aussi ? » demande l'homme.

Je ne sais pas quoi lui dire.

Il tend le bras pour saisir le pistolet, et se dégage de la lumière du porche.

« – J'aimerais que le gamin soit là » dit-il. Puis il se met à marcher en direction du champ de maïs. À mesure qu'il avance, quelque chose d'encore plus étrange que tout ce qui m'est déjà arrivé jusque-là se produit. À chaque pas, l'homme semble disparaître un peu plus, petit à petit. Il ne disparaît pas littéralement, il est plutôt remplacé par autre chose. Une pénombre. Une noirceur. Au bout de quelques pas seulement, alors qu'il est encore à portée de ma main, il ne devient rien d'autre qu'une silhouette noire. Une ombre qui marche. Mais la forme n'est pas constituée uniquement de noir. Il y a des étoiles dedans… En tout cas, j'en ai bien l'impression. À l'intérieur de la forme qu'il est devenu, j'aperçois des scintillements, comme dans les ciels dégagés d'été, une fois la nuit tombée. Cette forme qui était autrefois un homme continue à avancer, pas après pas, en direction du champ de maïs, et les silhouettes l'attendent là-bas.

« Pourquoi ? » je demande à la forme. « Pourquoi tu aimerais que le Gamin soit là ? »

Mais la forme ne répond pas. Elle esquisse juste un signe de la main solennel, pour dire au revoir, et ne regarde plus en arrière alors qu'elle avance dans le champ de maïs qui ondule sous la nuit éternelle de la Caroline du Nord.

Les silhouettes du champ de maïs l'observent pénétrer entre les épis. Comme si elles l'avaient attendue, aussi patientes qu'une rivière qui dort.

La forme disparaît.

Les silhouettes disparaissent.

Bientôt, il n'y a plus que moi, dans la nuit solitaire.

« Je crois qu'il ne va pas bien » dit la mère de Charbon. Tous deux sont assis côte à côte sur la petite banquette du cabinet d'un psychiatre où un petit lecteur CD diffuse des bruits de vagues dans toute la pièce. Aux murs sont affichées diverses phrases positives qui parlent de force intérieure, de résilience et de la responsabilité individuelle à ne pas se laisser contrôler par son passé. Charbon n'est pas certain de croire à aucune d'entre elles, mais il tente de leur accorder le bénéfice du doute.

« – Selon vous, qu'est-ce qui ne va pas chez lui ? » demande la psychiatre. C'est une femme mince aux cheveux foncés, qui sourit à chaque fois qu'elle regarde Charbon. Elle lui sert le même sourire que tous ces gens arborent depuis que son père est mort. Un sourire qui veut transmettre un message de tristesse et d'empathie, mais qui est toujours habité par une pointe de soulagement. Le malheur des autres nous rappelle nos propres bonheurs.

La vie de Charbon rappelle à tous ceux qu'il croise leurs propres bonheurs.

« Il voit des choses » dit la mère de Charbon. Elle prend la main de Charbon et lui sourit doucement. Son regard semble lui demander pardon. « Il voit plein de choses, même, continue-t-elle en se retournant vers la psychiatre. Des animaux, des couleurs étranges, toute sorte de choses. Mais, surtout, il voit son père. »

La psychiatre prend des notes sur son carnet.

« – Il sait que son père est mort, précise la mère de Charbon. On en a parlé ensemble. Donc ce n'est pas comme s'il pensait que son père était toujours en vie.

– Il a été témoin du meurtre, c'est ça ? demande la psychiatre.

– Oui » répond la mère de Charbon. Son corps semble se crisper un instant, avant de se relâcher. « Mais il continue à raconter qu'il fait des choses en compagnie de son père. Il a raconté à ses camarades de classe que lui et son père sont allés pêcher le week-end dernier. » Ses mains se tordent sur ses genoux. « – Il a toujours eu une imagination débordante, et on l'a toujours encouragé sur cette voie. Mais là, ce n'est pas pareil. Il y croit. Il y croit vraiment. Et je ne sais pas quoi faire.

La psychiatre lève main pour l'arrêter.

– Attendez un instant, dit-elle. Je vais discuter avec lui, pour essayer de comprendre ce qu'il croit vraiment, et ce qu'il ne croit pas. D'accord ?

La mère de Charbon acquiesce.

– Je dois sortir de la pièce ?

– Si cela ne vous dérange pas. Cela faciliterait mon échange avec lui.

– D'accord » dit la mère de Charbon. Elle lui caresse l'épaule, puis l'embrasse doucement sur le front – elle sent la vanille et la lavande. « – Je t'attends juste dehors, dit-elle.

– Oui m'dame. » répond Charbon.

Une fois la mère partie, la psychiatre pose son carnet de notes, et offre à Charbon un nouveau sourire chaleureux.

« – Asseyons-nous par terre, propose-t-elle. Je me sens toujours un peu plus à l'aise quand je suis assise par terre.

– Ça marche. » dit Charbon.

Tous deux s'installent sur des coussins, et Charbon ne peut s'empêcher de se demander combien d'autres mères ont amené leurs enfants ici, et combien d'entre eux se sont installés sur ces coussins avec cette femme.

– Alors, ta mère dit que tu vois des choses, commence-t-elle. C'est vrai ?

– Oui. » répond Charbon. Il se gratte le dos de la main afin de se concentrer sur les questions qui lui sont posées et de ne pas regarder l'arbre qui pousse dans le coin du cabinet du psychiatre. Il est noir, avec de grandes fleurs blanches, et il n'était pas là quand ils sont entrés dans le cabinet tout à l'heure. Pourtant, il fait près d'un mètre, et ses branches s'enfoncent dans le papier peint, avec des fleurs qui éclosent à chaque instant.

« – Tu vois ton père ?

– Parfois. » dit Charbon. Dans le coin, l'arbre continue de grandir à vue d'œil. Ses branches envahissent le coin de la pièce. Ses fleurs explosent comme des étoiles.

« – Et qu'est-ce qu'il se passe quand tu vois ton père ?

– C'est-à-dire ?

– Est-ce qu'il te parle ?

Charbon sourit.

– Pourquoi il ne me parlerait pas ?

La psychiatre lui sourit également.

– De quoi te parle-t-il ?

– De plein de choses, dit Charbon.

– Est-ce qu'il te demande de faire des choses ?

– Parfois. »

Sur le mur derrière la psychiatre, l'arbre est devenu grand et étal. Ses branches et ses fleurs recouvrent désormais tout le mur, et grimpent vers le plafond. Ses racines s'enfoncent dans le sol en traversant la moquette, brisent le béton et plongent jusque dans la terre noire et ferme en dessous. Les branches ont fissuré la cloison et s'enroulent tout autour de la pièce, allant jusqu'à casser les fenêtres et les vitres. La canopée de l'arbre, d'un noir luisant, s'étale sur tout le plafond, et a percé un petit trou par lequel un rayon de soleil passe, éclairant la pièce de sa chaleur et de sa lumière.

Charbon sourit.

« – Quelle genre de chose te demande-t-il de faire ? demande la psychiatre.

– Il me demande de faire attention à moi. » dit Charbon.

À l'autre bout de la pièce, l'arbre tangue d'avant en arrière, comme dans une comptine enfantine. « – Il me dit de ne pas avoir peur.

– De ne pas avoir peur de quoi ?

– Je ne sais pas. » répond Charbon. Il a du mal à garder les mains immobiles. Il voudrait surtout courir à l'autre bout de la pièce, monter sur cet arbre, et fuir la psychiatre et toutes ses questions sur son père mort. Là où l'arbre l'emmènerait, son père ne serait pas mort.

« – Tu sais que ton père est mort, n'est-ce pas ? demande la psychiatre d'une voix aussi douce que possible, comme si elle lui tendait quelque chose de précieux, de fragile et qui finira bien par se briser à un moment ou un autre. Pourtant, tout ce qu'elle désire, c'est ne pas la briser entre ses mains.

– Je suis au courant, répond Charbon.

– Donc tu sais que le voir alors qu'il est mort signifie que tout ce que tu vois fait juste partie de ton imagination.

Au-dessus de lui, l'arbre continue à onduler, et ses feuilles noires absorbent la lumière et s'agitent comme des jambes noires, comme des bras noirs, comme des mains noires qui bougent sur l'autre mur, et dansent au gré du vent. Elles semblent appeler Charbon par son nom, et au beau milieu de ces formes en mouvement, il aperçoit son père qui lui sourit.

– Je suis au courant, oui. » répète Charbon. Et il éclate de rire et de joie et il fait un signe de la main à son père en lui disant tout doucement : « Tu me manques. »

TU ME MANQUES.

C'est quelque chose de dire ça à quelqu'un.

Mes doigts tapent ces mots sur mon téléphone, et tout à coup, mes dix doigts me regardent d'un mauvais œil, comme pour me menacer d'envoyer ces trois mots à Kelly. Si mon esprit tente de passer toute son existence hors du monde réel, mon corps semble par contre avoir les pieds sur terre. Surtout mes doigts. Ils savent toujours ce que veut mon cœur.

Avant que vous ne me fassiez la leçon, je sais bien qu'envoyer un texto en majuscules signifie que vous criez mais parfois il faut savoir crier « Tu me manques » à quelqu'un qui est dans votre esprit plus souvent qu'il n'est dans vos bras. Heureusement que je suis à près de dix kilomètres d'altitude en ce moment. Parce qu'à cette hauteur, je peux crier « Tu me manques » autant que je veux, mon téléphone est en mode avion, personne ne m'entendra.

J'ai toujours pensé que la meilleure façon de déclarer sa flamme à la belle qui vous a rendu dingue, c'est de le faire au moment où elle ne peut pas vous entendre. C'est plus sûr ainsi. Votre monde continue son petit bonhomme de chemin. J'ai compris que c'est la meilleure chose à faire dès qu'un grain de sable se met dans les rouages.

Je me rappelle qu'elle m'a demandé de ne pas l'appeler ma belle mais c'est la façon la plus facile pour moi de prétendre qu'elle n'a rien de spécial.

TU ME MANQUES.

Onze petites lettres qui ont beaucoup à dire. Des lettres qui restent collées ensemble comme un pouce coincé dans une folle poignée de vie. Si je lui envoie ces lettres, que va-t-elle en penser ? Oui, oui, je sais bien que depuis qu'on a éradiqué les méchants terroristes, le mode avion n'est plus obligatoire en vol, mais c'est une sécurité pour moi de ne pas pouvoir dire des choses pendant un moment. Ne pas pouvoir envoyer ce message, c'est pareil à ce moment étourdissant où une idée n'existe encore que dans votre tête. Ce moment de non-dit et de perfection. Ce moment avant que vos doigts et vos mains ne prennent le relais et ne ruinent l'instant car ce qui va vous tomber dessus de l'autre côté ne ressemble en rien à ce dont vous êtes tombé amoureux au départ. J'ai l'impression que c'est là l'histoire de toutes les histoires et de toutes les relations. Ou alors, ça ne concerne que moi.

TU ME MANQUES.

Sacré mantra. À quel point dit-il vrai ? Je ne l'ai vue qu'une fois, et j'ai passé moins d'heures à ses côtés que je n'ai de doigts et d'orteils. Parfois, je n'en reviens pas moi-même, même quand je pense savoir ce que je fais ou ce que je ressens. Est-il vraiment étonnant que je remette en question la réalité de tout quand je suis face à ce message qui attend d'être envoyé – avec mon pouce qui flotte à quelques centimètres du bouton « envoyer » – et que l'écran interrompt ma tâche en affichant un texto reçu qui dit : « Je te manque ? »

C'est Kelly. En chair et en os, électroniquement parlant.

Donc le mode avion a été enlevé de mon téléphone. Donc les messages peuvent m'arriver. Donc j'ai été démasqué et on m'a attiré dans le piège de cette conversation car j'ai beau vouloir ignorer cet Appel de l'Amour, je sais bien que je n'en suis pas capable. Je dois répondre. Je ne veux pas remettre en cause la Divine Providence et les opérateurs de téléphonie quand ils font équipe et viennent toquer à ma porte.

« – Je pense, j'écris en guise de réponse.

– Tu n'en es pas certain ? demande-t-elle.

– Quel est ton film favori ? je demande.

– Ne change pas de sujet, répond-elle. Tu as peur ?

– Pourquoi aurais-je peur ?

– Parce qu'avouer à quelqu'un qu'il lui manque, c'est comme une chute.

– Je suis à dix kilomètres d'altitude en ce moment. C'est normal d'avoir peur de la chute.

– C'est une chute si tu penses à l'atterrissage uniquement. Autrement, cela s'appelle voler. »

Mes doigts sont au-dessus de l'écran, crispés, à essayer de répondre quelque chose. Mais ce ne sont que de pauvres doigts. Ils ne peuvent répondre intelligemment à la personne qui débarque et vous fait ressentir des choses que vous essayez de ne pas ressentir depuis déjà bien trop longtemps. Ça ne fait pas partie des prérogatives des doigts.

Je sais bien ce que vous vous dites : n'est-il pas écrivain ? N'est-ce pas toute sa *raison d'être* ? C'est une belle expression que m'a fait découvrir un jour une petite amie nigériane. Je ne parle pas le français couramment, mais je parle l'existence. Je parle la peur. Je parle l'insécurité. Je parle tous ces langages au creux de la nuit, et quand je vole à travers les ciels et que je fais tout mon possible pour comprendre pourquoi une femme que je n'ai rencontrée qu'une seule fois reste coincée dans ma tête à une époque de ma vie où ce qui peuple mon esprit n'arrête pas de se déverser dans le monde réel, cela suffit à me faire douter de sa réalité. Peut-être fait-elle partie des choses que je crée afin de me distraire.

« – Je suis réelle, dit le message suivant. Tu es réel. Tout ceci est réel. »

Vraiment ? Elle ? Moi ? Tout ça ?

Cela fait des jours que je n'ai pas vu le Gamin, et il me manque. Il a disparu depuis Bolton. Depuis que j'ai rencontré le type qui l'a tué. Peut-être que le Gamin aurait voulu que je fasse quelque chose. Peut-être voulait-il que je venge sa mort comme un super-héros milliardaire. Peut-être aurait-il aimé que je sois dévoré par la rancœur. Peut-être aurait-il voulu que je fonde en larmes. Peut-être aurait-il préféré que je crie.

Et qu'est-ce que j'ai fait ? J'ai discuté.

Je comprends pourquoi le Gamin m'a abandonné.

Il doit apprendre certaines choses. Il doit comprendre comment marche le monde. S'il avait vécu assez longtemps, il aurait commencé à comprendre qu'il fait également partie de ce grand tout. On en fait tous partie.

Est-ce que je n'ai pas été, moi, le bébé de quelqu'un un jour ? Est-ce que je n'ai pas été un gamin pendant au moins dix-huit ans ? Alors, quand est-ce que j'ai changé d'état, quand suis-je passé de victime de la cruauté du monde à agent actif de celle-ci ? Quand suis-je devenu une chose qui ne fait perpétuer le cycle des horreurs qui rampent sur le monde chaque jour ?

Jamais, voilà la réponse. Comme tout le monde, je ne fais pas partie du problème. La responsabilité de changer tout ça ne m'incombe pas, pas plus qu'elle n'incombe au Gamin. Et si j'avais une responsabilité là-dedans, alors lui en aurait une aussi. Je suis certain qu'il aurait pu faire des milliers de choses différemment. Je suis certain qu'il a donné une raison à ce type d'agir ainsi. Il a dû lever ses mains trop vite, ou trop lentement. Il ne s'est pas mis à terre au moment où on le lui a demandé. Il y a bien des raisons pour qu'une situation de ce genre dérape, et les gens osent me dire que c'est mon devoir d'agir ?

Sharon a le culot de me dire que je dois faire un discours à ce sujet ? Renny essaie de me faire comprendre que j'ai une responsabilité en tant qu'auteur noir, que je dois dire quelque chose sur le monde ? Non. Pas du tout.

Ma responsabilité, c'est de vendre des livres. Ma responsabilité, c'est de ne pas replonger dans la misère. Ma responsabilité, c'est de continuer de faire ce que je fais sans avoir à supporter plus que je ne supporte déjà. Ma mère et mon père l'auraient voulu ainsi. Je suis un type bien, avec ses problèmes et ses douleurs. Pourquoi devrais-je réparer le monde ?

Le mieux que je puisse faire, c'est de rester concentré sur ce que j'ai à faire. Il faut que l'interview à Denver fasse parler. Il faut qu'elle fasse assez parler pour me permettre de vendre suffisamment de livres pour que l'éditeur comprenne qu'il ne doit pas se débarrasser de moi. Je dois faire tout mon possible pour qu'ils me gardent. Qu'ils continuent à me payer. Qu'ils continuent à m'envoyer en tournée promotionnelle. Que je continue. Et s'ils font ça, et si je fais ça, je trouverai même un moyen pour appeler Kelly et tomber amoureux comme je suis censé le faire.

L'amour guérit tout. L'amour annule la douleur. L'amour fait oublier, et chacun de nous a le droit à un peu d'oubli. Mon père me l'a dit un jour.

J'arrive à Denver, et mon contact là-bas est une femme gaie et joyeuse, très musclée, du nom de Bonnie. Quand j'arrive au carrousel de bagages, elle m'y attend avec un panneau indiquant mon nom. Elle est habillée en vêtements de sport, de ceux qu'on ne voit plus depuis les grandes années Jane Fonda. On dirait qu'elle est toujours en mouvement, comme si elle était sponsorisée par une boisson énergétique.

« – .... ? demande-t-elle.

– C'est bien moi, dis-je.

– Je suis chargée de vous accompagner aujourd'hui. Je m'appelle Bonnie.

– Enchanté, Bonnie.

– Commençons par récupérer votre valise. »

On se dirige vers le carrousel et, alors qu'on attend encore que le tapis démarre, Bonnie en profite pour s'asseoir par terre et faire quelques mouvements de gym. Elle a l'air en parfaite forme physique.

« – Alors, comment s'est passé votre voyage ? demande-t-elle sans baisser de rythme.

– Super. » dis-je.

Bizarrement, personne ne semble la remarquer. Ils s'en fichent totalement. Ça doit être courant à Denver.

« – Vous êtes déjà venu à Denver ? demande Bonnie.

– Je n'en suis pas certain. » dis-je.

Bonnie arrête de faire ses abdos, et se relève pour entamer une série de fractionnés.

Plus tard, nous sommes dans le 4x4 de Bonnie et nous filons sur la voie rapide. Elle a installé un appareil entre le siège conducteur et le siège passager afin de pouvoir continuer à se muscler les biceps et/ou les triceps pendant qu'elle conduit. Ce n'est pas le genre d'option que je voudrais dans ma voiture, mais chacun son truc.

Muscler ses biceps ne semble pas interférer avec la capacité de Bonnie à conduire correctement son tank de trois tonnes d'acier et de fibre de verre. Au bout de quelques kilomètres, elle fouille dans la boîte à gants et en ressort une feuille de papier.

« – Donc, a priori, on a quelques émissions radio, puis une interview télé de prévus.

– Ça me dit quelque chose. »

Bonnie balance la carte de l'itinéraire sur la banquette arrière. Regarde l'heure. « On est dans les temps » dit-elle. Puis elle passe une main à l'arrière et en sort un appareil pour se muscler les cuisses. Elle le cale entre ses genoux et commence à faire ses mouvements. Le 4x4 oscille un peu au rythme de ses efforts.

Dans cet univers, tout est connecté. N'oubliez jamais ça.

« – Alors, vous êtes de Caroline du Nord, c'est ça ? demande Bonnie.

– Exactement.

– Super région. J'adore.

– Vous êtes déjà allée là-bas ?

– Non, répond-elle. Je ne suis jamais sortie de Denver.

– Pour quelle raison ?

– Qu'est-ce que je vais trouver ailleurs que je n'ai pas déjà chez moi ?

– Je pensais que le voyage était censé vous ouvrir l'esprit. Aider à se découvrir soi-même.

– Seulement si on ne se connaît pas déjà par cœur. Ce qui est mon cas, dit-elle crânement. Je suis qui je suis. Je me suis déjà rencontrée. » Elle fouille à nouveau la banquette arrière et au bout de quelques secondes à faire zigzaguer la voiture sur plusieurs lignes, elle en tire un exemplaire de *L'Enfant qui voulait disparaître*. Elle le lance sur mes genoux.

« – Vous pouvez me le dédicacer ?

Puis elle remet l'appareil de musculation des cuisses à l'arrière, et reprend le travail des biceps.

– Sacrément noir, commente-t-elle.

Je le lui dédicace.

– Merci.

– Quel livre d'enfer, brillant et dérangeant ! De quoi parle le prochain ? »

J'ignore la question de Bonnie en regardant par la vitre. Je jette un œil juste à temps pour apercevoir un dépanneur à côté d'un conducteur en panne. Le conducteur tient une planche en bois – façon démonstration de karaté. Le dépanneur frappe à pleine puissance sur les planches. Les deux hommes se félicitent.

Denver semble une ville intéressante, peuplée de gens intéressants. Mais je n'arrive pas à oublier Kelly.

Quelques kilomètres plus loin sur la voie rapide embouteillée, une voiture est à l'arrêt sur la bande d'arrêt d'urgence. En passant devant, j'aperçois Kelly derrière le volant. Elle me regarde. Une bulle de dialogue apparaît à côté de son visage : « TU ES LÀ ? »

Je ne lui réponds pas.

On arrive au studio de télévision, et Bonnie gare la voiture à pleine vitesse. Les pneus crissent. De la fumée s'échappe. Les trois tonnes d'acier local et de caoutchouc importé s'immobilisent parfaitement entre les lignes.

Elle m'amène à l'intérieur du studio à l'allure la plus rapide à laquelle j'aie jamais marché. On n'est même pas en retard. À mon avis, elle veut juste s'assurer de pouvoir continuer à faire ses exercices à l'intérieur. Je me souviens d'une phrase qu'elle a dite dans le 4x4, à propos des gens qui ne savent pas comment marcher. Qu'on n'utilise pas les bons muscles pour se livrer à cet acte quotidien. Je ne suis pas certain de comprendre ce qu'elle voulait dire, mais elle avait l'air très sérieuse.

Ainsi soit-il.

« Mon auteur est arrivé pour l'émission » annonce-t-elle au réceptionniste, un petit mec très mince en jean moulant et à la coiffure étudiée qui ne ressemble cependant pas à un de ces connards à jean moulant. Il a l'air d'un brave gars. Il nous propose de nous asseoir, même si nous ne devrions pas attendre bien longtemps. Puis il retourne à son jeu de dominos.

Les dominos.

Oh, les dominos.

Je n'en ai jamais vu d'aussi bien rangés. À part une fois dans une publicité à la télé. Impossible de déterminer combien il y en a au total, mais plusieurs centaines au moins. Des milliers peut-être. De toutes les couleurs, et étalés partout. Ils sont installés sur le bureau et ont pris leur aise sur le sol, sur la chaise et sur toutes les étagères accrochées au mur.

Il a bien fallu huit vies au moins pour organiser et installer tout ce jeu de dominos. Peut-être même un millénaire.

Je m'assois donc à l'accueil, fasciné par les dominos, tandis que Bonnie signe la feuille d'entrée, avant de se laisser tomber sur l'épais tapis et d'entamer une série de pompes. Elle fait des pompes claquées. À chaque remontée, elle claque des mains avant de retomber. Un truc du tonnerre, si vous voulez mon avis.

Le temps a tendance à s'étirer dans ce genre d'endroit. Rien ne commence jamais à l'heure quand vous êtes en tournée promotionnelle et que vous êtes occupés à combattre les démons qui habitent votre esprit. La dernière chose dont j'ai envie, c'est d'avoir du temps pour penser. Il faut que je fasse quelque chose pour m'occuper.

Sans demander la permission, je me lève et m'installe à côté du réceptionniste pour l'aider dans son grand projet. La tâche s'avère étrangement simple, comme si j'avais toujours su ce qu'il fallait faire, avant même d'avoir touché le premier domino. Comme si j'avais passé ma vie à construire cette installation. Comme si c'était mon projet, mon truc. J'ai l'impression de contribuer à créer quelque chose de grand et d'important. J'ai l'impression que c'est moi le créateur.

« – Combien de temps vous avez passé là-dessus ? je demande au réceptionniste.

– Passé sur quoi ? demande-t-il, son attention focalisée sur la grosse pile de beauté sur laquelle nous travaillons ensemble.

Je désigne de la main les dominos.

– C'est censé avoir quelle forme à la fin ?

– Quelle fin ? »

Notre échange est interrompu très vite par l'apparition d'une assistante de production qui passe la tête dans le cadre d'une grande porte imposante située à l'autre bout de l'accueil. Elle appelle mon nom.

« – Oui ?

– On est prêts. »

Une fois arrivé à la porte, elle me serre la main exactement comme mon oncle secouait sa tabatière quand elle était vide.

« – Au fait, quel livre d'enfer, hein.

– C'est ce qu'on dit. » je réponds.

Je me retourne une dernière fois pour admirer ce que je laisse derrière moi. Ces dominos. J'ai l'impression que le réceptionniste et moi sommes à quelques pièces seulement de finir cette œuvre. Et que si je l'achevais, alors tout l'univers se présenterait, nu, devant nos yeux. Toutes les questions trouveraient leur réponse. Le Gamin ferait même peut-être son retour !

Mais nous n'avons pas le temps. L'interview m'attend, comme le dernier chapitre d'un roman. Comme le boss au dernier niveau d'un jeu vidéo. Je ne peux pas repousser plus longtemps cette rencontre.

J'entre dans la pièce. La porte se ferme derrière moi.

Je crois entendre les dominos tomber.

Les lumières brillent fort, et la musique du générique est pénible. C'est un plateau surélevé typique avec trois caméras et quelques places pour le public. Vous voyez le genre : les émissions du matin où on vous offre des entrées gratuites au Rotary Club ou dans un parc d'attraction pourri, et où les vieux qui n'ont rien d'autre à faire de leur temps à cette heure de la journée viennent voir quel genre d'invité leur décrochage local a réussi à attirer.

Aujourd'hui, c'est moi.

« … et nous voilà de retour ! » dit la présentatrice. Elle est grande, mince, blanche, avec des traits marqués et une bouche qui sourit sur un râtelier tout en porcelaine étincelante. Elle est aimable et vivante, à la façon des présentatrices de talk-show du matin. Elle est parfaite pour son métier. « Nous sommes presque arrivés à la fin de l'heure d'interview avec…, l'auteur de *L'Enfant qui voulait disparaître*. » Elle montre une dernière fois à la caméra un exemplaire du livre, puis se tourne vers moi et me regarde avec son sourire aux dents blanches.

« – Je voulais encore vous remercier d'avoir pris le temps de venir nous voir ce matin chez *Morning Soupe*.

– C'était super d'être avec vous ce matin, dis-je de ma plus belle voix de fin d'interview.

– Oh, merci, nous étions tellement heureux de vous avoir à nos côtés pour parler de votre livre. »

Elle sourit.

Je souris.

Le public sourit.

– Alors, dit-elle, de quoi parle donc votre livre ? »

Mon sourire blêmit légèrement. Je regarde l'horloge. Il est quasiment 10 heures. Cela fait une heure déjà qu'on est là. Pourquoi est-ce qu'elle veut un résumé alors que son émission finit dans dix minutes ?

Je souris.

« – Pardon ?

– Allez, ne soyez pas timide. Parlez-nous de votre livre. Vous êtes venu ici pour ça quand même.

Elle me sourit, puis sourit aux caméras.

– Vous voulez que je recommence ? dis-je. Je ne suis pas certain qu'on ait le temps pour que je recommence depuis le début. On y a déjà passé quasiment une heure. » Je lui souris, puis je souris à la caméra.

Je jette un nouveau coup d'œil à l'horloge située sur le mur opposé du studio. J'ai un haut-le-cœur. L'horloge affiche 9 h 02. Ce n'est pas possible. Je vérifie sur ma montre. Qui indique la même chose. Qui dit le même mensonge. Selon ces deux indicateurs, l'interview n'en est qu'à son début.

« – Je vous promets, dis-je à la présentatrice, qu'on vient juste d'avoir cette conversation. Vous et moi, on vient de passer une heure à parler de mon livre.

– N'importe quoi, dit la présentatrice, on vient tout juste de s'y mettre, comme on dit. »

Elle rit légèrement. Le public du studio s'esclaffe. Ils essaient de comprendre ce qui arrive à l'auteur devant eux. Et l'auteur devant eux essaie de comprendre ce qui se passe avec la vie qui est devant lui.

Je commence à suer à grosses gouttes.

« – Alors maintenant, recommence la présentatrice, dites-nous…

– Ça va, ça suffit, j'aboie. On a déjà fait cette interview. Est-ce qu'on peut éviter de la recommencer ? Je ne veux plus parler de mon livre maintenant. » J'ai l'impression que ma cravate me serre la gorge et m'étouffe. J'ai l'impression qu'un catcheur travaille de près ma trachée-artère. Je la desserre un peu, et essuie la sueur qui coule dans mon cou. Je regarde l'horloge accrochée au mur. Encore cinquante-cinq minutes d'interview à tenir.

« – Bon... dit la présentatrice. Elle est douce et gentille. Bien plus gentille qu'elle ne le devrait.

– Je ne comprends pas pourquoi je dois répéter sans cesse cette même histoire, encore et encore » dis-je. Mon souffle est saccadé et je me mets à bégayer. « – Je ne comprends plus rien dans tout ce bordel. Les interviews, les hôtels, les lectures et les rencontres. Je ne peux pas juste écrire et disparaître ? C'est la seule chose que je veux faire. Pourquoi je ne peux pas juste accorder une interview, et c'est fini ? Pourquoi est-ce que je dois revivre le même jour encore et toujours ?

– Parce que les gens veulent vous entendre, me répond la présentatrice. Parce que vous êtes auteur, et que c'est ce que vous devez faire. »

J'ai du mal à trouver de l'air, mais je semble être le seul à l'avoir remarqué. Je regarde autour de moi, en espérant que quelque chose survienne, que quelqu'un arrive, qu'un miracle me permette de traverser la prochaine heure, la prochaine interview déjà donnée des centaines de fois avant aujourd'hui. Je suis enfermé et ligoté à cause de mon propre roman, et personne ne me laissera m'échapper.

« – Allez, on y va, dit la présentatrice. Votre livre est tiré d'événements actuels.

– Non, dis-je pour la corriger. C'est une fiction. C'est d'ailleurs indiqué sur la couverture, juste là. C'est marqué “roman”. Donc, c'est de la fiction. Je ne cesse de le répéter, et tout le monde continue à dire le contraire. Je vous l'ai déjà dit, je l'ai déjà expliqué à tout le monde : c'est de la fiction. Ce n'est que de la fiction. Rien de tout ça n'est réel. Rien n'est réel.

Elle m'observe puis éclate de rire.

– Mais oui, c'est ça ! dit-elle. Et le public éclate de rire à son tour.

– Alors, maintenant, racontez-nous l'histoire. Dites-nous comment vous avez eu l'idée de ce roman. Où vous avez trouvé l'inspiration pour l'écrire. L'intrigue. La douleur qui vous habitait quand vous l'avez écrit. Les doutes, aussi. La crainte. L'insécurité. On veut tout savoir. Dites-nous tout ça, comme vous l'avez déjà expliqué toutes les fois précédentes. »

Je n'arrive quasiment plus à respirer. Je passe sans cesse la main sur ma nuque, pour m'assurer qu'une main inconnue n'est pas en train de m'étrangler et me priver d'air. Je regarde à nouveau le studio, peut-être pour localiser une sortie de secours. Mais le studio ne dispose d'aucune porte visible. C'est une boîte dans laquelle je suis enfermé, avec ses caméras, avec sa présentatrice, avec son public.

Le public. J'aurais juré qu'ils n'étaient qu'une poignée il y a quelques minutes. Quinze, vingt tout au plus. Il y en a au moins le double maintenant. Voire le triple. Tous les regards sont braqués sur moi. Je sens la chaleur de leurs regards.

C'est alors que je l'aperçois.

Elle est assise au premier rang, habillée de sa chemise de nuit d'hôpital. Elle me regarde. Je ne comprends pas comment je ne l'ai pas vue plus tôt.

« – Allez, revenons tout bêtement à la genèse de ce livre, relance la présentatrice.

– Je n'en ai pas envie.

– J'ai bien peur qu'il faille en passer par là.

– Non, dis-je. Je veux que ça cesse.

– Ça ne cessera jamais. » dit-elle.

Je balaye à nouveau le public du regard. J'aperçois Renny, d'ailleurs. Et la femme de Renny, Martha. L'agent des douanes. Mon agent. Mon attachée de presse. Mon éditeur. Sean. Toutes les Kelly avec qui je suis sorti. L'apparition de Nicolas Cage. L'Équipe Culture de l'Enfer de l'Open Space. Bonnie. Le réceptionniste et ses dominos. La réceptionniste et ses post-it. J'aperçois même un gamin dans un costard bien coupé, qui me ressemble. Je vois mon paternel. Je vois la femme dans sa chemise de nuit d'hôpital.

Ils me fixent tous.

Les lumières du studio m'aveuglent tout à coup totalement. Je ferme les yeux.

« – Alors, continue la présentatrice, dites-nous ce que ça fait de voir sa mère mourir.

– Hein ?

Les caméras du studio se rapprochent de moi.

– Elle a mis du temps à mourir, n'est-ce pas ? » demande la présentatrice. Elle saisit son exemplaire de *L'Enfant qui voulait disparaître*, et commence à en lire un extrait. « C'était un processus douloureux et sans issue. Une fin de vie qui s'étirait du lever au coucher du soleil.

– Arrêtez ça tout de suite, dis-je.

– Mais ce sont vos mots.

– Vraiment ? Je ne m'en souviens pas. »

C'est la vérité. Je ne me souviens absolument de rien qui concerne mon livre. Et c'est le cas depuis que je l'ai achevé. L'écrire, c'était comme sculpter un morceau de moi-même. Et une fois fini, je l'ai laissé derrière moi. J'ai avancé, peut-être un peu plus incomplet qu'avant, mais au moins capable d'ignorer la douleur du vide, plutôt que de supporter la douleur du souvenir.

« – Vous ne vous en souvenez pas ? demande-t-elle.

– Non.

– Bien sûr que si, vous vous en souvenez, relance-t-elle. Et c'est ce qui vous fait si peur. Vous pensiez que coucher sur papier tout ça vous empêcherait de vous en souvenir, vous ferait oublier à quel point ça fait mal. Mais maintenant, vous devez raconter tout depuis le début, encore et encore, détail après détail. Tous ces petits rappels s'amoncellent jusqu'au moment où vous revivez constamment ce traumatisme. Accumulés, les petits cailloux deviennent une montagne. Elle s'appelle *L'Enfant qui voulait disparaître* !

– Je connais le titre de mon bouquin, putain ! Je l'ai écrit ! Je *vous* ai écrite ! Je vous ai tous écrits ! Alors n'allez pas croire que je n'en connais pas le titre !

Un silence interloqué.

– Pardon ? dit la présentatrice. Qu'est-ce que vous voulez dire par "je vous ai écrite" ?

– Vous n'êtes pas réelle » dis-je en sanglotant. Je ne suis pas certain du moment où je me suis mis à pleurer. Mais, là, ça continue.

« – Aucun de vous n'est réel. Vous êtes tous des personnages. Des fruits de l'imagination. Je ravale ma salive.

– C'est ça, hein ? »

Un nouveau rapide tour d'horizon du studio. Tous ceux que j'ai connus dans ma vie s'y sont désormais installés. Ils me regardent. Ils me regardent m'écrouler. Au premier rang, la femme à la chemise de nuit d'hôpital… ma mère.

Je réalise à cet instant que toutes les interviews que j'ai données à propos de mon livre ont été en fait des interviews à propos de sa mort. C'est pour cette raison que je ne m'en souviens jamais ensuite.

« – De quoi parle votre livre ?

– De la mort de ma mère. »

Je me revois maintenant clairement, à chaque interview, en train de détailler l'histoire :

« C'était le week-end de la fête des mères. J'allais partir me balader, et elle a demandé à m'accompagner. Elle voulait faire une expédition mère et fils. Un souvenir en commun qu'on garderait. Mais j'ai refusé. Elle a failli pleurer, je crois. Je suis passé outre. Je suis parti.

Le jour de la fête des mères, alors que j'étais sur la route du retour, j'ai reçu un coup de fil. Elle était en train de jardiner quand elle s'est écroulée. Elle a été amenée à l'hôpital. Une fois arrivé sur place, on m'a appris qu'elle avait eu une attaque. Ils ne connaissaient pas l'étendue des dégâts, mais ils ne voulaient pas que je mette trop d'espoir dans son éventuelle guérison.

Elle est restée dans le coma pendant une semaine. Quand elle en est sortie, j'étais à ses côtés – la culpabilité m'avait transformé en fils responsable, je ne quittais plus son lit. Elle m'a regardé de ses yeux vitreux et elle m'a dit : "Maison".

Les médecins appellent ça l'aphasie. L'esprit dit quelque chose. La bouche autre chose. Vous êtes coincés dans votre propre tête. Un peu comme un écrivain. Pendant six semaines, à chaque fois qu'elle me voyait, elle disait "Maison". Elle répétait encore et toujours la même chose. Tout était "Maison". Si elle avait soif, elle demandait "Maison". Si elle avait faim, elle demandait "Maison". Quand je l'embrassais sur le sourcil pour lui souhaiter bonne nuit, la dernière chose qu'elle me disait avant de s'endormir, c'était "Maison".

Et puis elle est morte. Je n'ai jamais su si c'était parce qu'elle voulait finalement rentrer à la maison, ou si c'était parce que je n'avais jamais pu la sortir de l'hôpital, parce que je n'avais jamais réussi à l'enlever de là et à l'emmener loin, à l'endroit magique de ses souvenirs, là où elle avait élevé son seul fils. J'ai manqué à mon devoir. Je l'ai trahie. »

... bip...bip... bip...

« Et puis un jour, j'ai écrit un livre là-dessus. Ça a été un succès. J'ai pris son amour, et je l'ai transformé en profit, parce que je voulais m'éloigner d'elle, je voulais l'écrire hors de mes pensées. »

... bip...bip... bip...

Je lève les yeux vers le public. Je ne vois plus qu'elle.

« Ça n'a pas marché. »

Le son du moniteur cardiaque hurle dans mes oreilles, comme s'il venait de tous les côtés en même temps.

Je suis en nage, et je n'arrive pas à respirer. Je ne sais pas depuis quand, mais je ne trouve plus l'air.

« – Vous allez bien ? demande la présentatrice. Peut-être devrions nous prendre une question du public. Si on faisait ça ? » La présentatrice sourit et pointe du doigt le public, où une femme attend de poser sa question. Sa peau est acajou. Elle porte une queue de cheval. Une jupe à fleurs lui serre la taille, et un chemisier rouge y est rentré. Elle ressemble tellement à ma mère que j'en ai le souffle coupé. Toutes les lignes de ma vie se troublent et fusionnent.

« – Vous, là-bas, demande la présentatrice. On vous attendait, justement.

– Je peux monter vous retrouver ? demande la femme.

C'est à ce moment que je la reconnais.

– Bien évidemment, répond la présentatrice, avec son sourire dents blanches éclatant. Vous pouvez même prendre ma place.

– Ne faites pas ça. » dis-je.

Elle monte tout de même jusqu'au plateau. En fait, elle est deux choses à la fois, comme un souvenir à la fois vivant et mort. Elle est ma mère décédée, et elle est la mère du Gamin. Elle est la mère décédée de toutes les filles et tous les fils morts. Mon cœur ne croit pas ce que je vois, et il me fait mal, très mal.

« – Mon fils est mort, dit la mère du gamin. On lui a tiré dessus, et il est mort il y a quelques semaines. Vous en avez peut-être entendu parler.

Sa voix tremble à chaque mot. Ses mains se tordent sur ses genoux.

– Oui. » dis-je. J'ai envie de tendre le bras et prendre ses mains dans les miennes, calmer le conflit qui les agite, le même conflit qui habite mes extrémités. C'est une bataille entre la volonté d'accepter la vie, et la sensation d'être impuissant à la changer. « J'ai entendu parler de votre fils », dis-je, en reprenant mon souffle alors que je regarde les yeux de ma mère comme on regarde les yeux d'un étranger. J'ai essayé de ressentir quelque chose pour lui quand j'ai appris la nouvelle, mais après y avoir réfléchi, je me suis rendu compte que je ne ressentais rien. Rien qui me torde les tripes, vous voyez ? C'est comme ça depuis que ma mère est morte, je crois. Quelque chose s'est brisé. Ça fait mal d'avoir des sentiments, alors j'ai arrêté d'en avoir.

La femme qui est à la fois ma mère et pas ma mère acquiesce doucement.

« – Je sais, dit-elle alors que ses larmes se mettent à couler. Mais les mères sont censées mourir. Pas leurs enfants. Et leurs enfants ne sont pas censés craquer quand leurs parents meurent. »

Je sais que cette femme n'est pas ma mère. Elle est le produit du souvenir et d'une imagination qui vont trop loin, peu importe ce que mon cœur ressent face à ce visage. Je ne sais pas comment elle est arrivée jusqu'ici.

Je ne sais pas d'où elle vient, ni ce qu'elle attend de moi et, surtout, je ne sais pas si elle est réelle. Ce n'est pas important, de toute façon. Son regard, son visage raviné par les larmes, ce sont les seules choses que j'ai vraiment besoin de voir et de connaître à ce moment précis.

« – Qu'a fait mon fils ? demande-t-elle. Qu'est-ce qu'il a fait pour mériter une telle mort ?

– D'après mon expérience, la vie se fiche pas mal de ce qu'on mérite.

– Mais Dieu ? Pourquoi Dieu a-t-il laissé faire ?

– Ne me posez pas des questions de ce genre. Je suis juste écrivain. On se prend déjà beaucoup trop souvent pour Dieu, et je ne prétends absolument pas connaître la manière de penser et d'agir du dieu auquel les gens croient en ce moment. »

Je jette un regard vers le public du studio, mais ils ont tous disparus. Des chaises vides. Des caméras sans opérateurs. La terreur face aux vies qui disparaissent.

Il ne reste qu'elle et moi, enfermés dans notre deuil, dans ce studio vide.

« – Je ne sais pas quoi faire de ça, dit la mère.

– Moi non plus.

– Ce n'était pas censé arriver.

– La mort n'est jamais censée arriver, mais c'est pourtant la seule chose sur laquelle on peut vraiment compter. Elle arrive un jour ou l'autre pour chacun d'entre nous.

– Mais qu'est-ce que ça veut dire ? Mon fils est mort !

– Je sais, dis-je. Et j'en suis désolé. Je ne vous connais pas, nous venons de nous rencontrer, mais j'en suis sincèrement désolé. Croyez-moi si vous voulez, mais la mort de votre fils m'empêche de dormir la nuit. Ça me rend nerveux. Ça me ronge de l'intérieur parce que je sais que je devrais arrêter tout ce que je fais dans ma vie pour le pleurer avec vous, pour vous signifier que vous n'êtes pas seule, pour vous dire que votre fils comptait beaucoup et que sa mort est une tragédie qui ne doit plus survenir dans ce monde. Je veux faire tout ça. » Je veux rajouter quelque chose, mais je n'en ai pas le courage car je sais ce qu'elle va me demander ensuite. Je sais qu'elle veut me laisser parler, et que plus je parlerai, plus je ressentirai quelque chose. C'est aussi inévitable qu'un train de marchandise lancé à pleine vitesse dans votre cerveau. J'aimerais qu'elle parte. J'aimerais pouvoir changer de chaîne, fermer la fenêtre, ouvrir un nouvel onglet, la balayer de ma réalité.

J'aimerais devenir invisible comme le Gamin, mais je ne peux pas.

Alors je reste assis, et j'attends la suite.

« – Si vous croyez tout ce que vous dites, alors pourquoi n'avez-vous rien fait ?

La question me frappe comme un uppercut au menton.

– Vous savez bien pourquoi » j'arrive à lui dire en marmonnant à moitié, en faisant tout mon possible pour ne rien dire du tout. « Vous savez comme c'est. C'est… c'est trop gros. Tout ça, trop gros.

Ça s'accumule tous les jours et personne n'arrive à l'arrêter, alors on fait de notre mieux pour vivre avec et ne pas se laisser aspirer. C'est une question de survie. C'est comme ça qu'on ne perd pas la tête. Qu'on reste en vie. Et je ne vois pas comment changer ça. »

La femme qui est à la fois ma mère et pas ma mère hoche la tête.

La femme qui est à la fois la mère du Gamin, et pas sa mère, essuie les larmes sur son visage.

« – Je veux qu'on me rende mon fils, dit-elle.

– Je sais.

– Je suppose que vous voulez qu'on vous rende vos parents.

– Bien sûr.

– Mais ils ne peuvent pas revenir.

– Je sais. Votre fils non plus.

– Je sais.

– Mais ça ne change rien à la douleur qu'on ressent, dis-je. Savoir qu'on ne peut pas changer quelque chose, ça n'enlève pas la peine. La leçon de sérénité que nous rabachent les gens… j'ai toujours su que c'était des conneries.

– Ce n'était pas censé se passer comme ça, dit-elle. On était censés être une famille. J'en ai tellement marre de tout ça. J'en ai marre des infos. J'en ai marre de me réveiller fatiguée. J'en ai marre d'avoir peur pour les gens qui lui ressemblent, pour celles qui me ressemblent, pour ceux qui vous ressemblent. Je suis éreintée, à bout, à cause de tout ça. » Sa voix chavire, comme la voix de ma mère chavirait. « Encore et encore, toujours et toujours, jour après jour, ça m'épuise. C'est là, au-dessus de ma tête, tout comme c'est au-dessus de la vôtre. Et ça flotte au-dessus de la tête de tous ceux qui nous ressemblent. »

Je tends le bras pour prendre ses mains fébriles dans la mienne. Pour la première fois, elles semblent se calmer.

Le plus vieux souvenir que j'ai, ce sont les mains de ma mère. Un souvenir recomposé, comme un flash de lumière au fond de mon cœur. Ses mains sont grandes dans ma mémoire, assez grandes pour me porter tout entier. Ses mains dégagent une chaleur rassurante. Elles sentent la terre fraîche qu'elle bêche dans son potager.

Les souvenirs et la guerre sont des contrées qui ne connaissent aucune géographie. Elles finissent pourtant par s'installer dans les mains de cette femme qui est, et n'est pas ma mère. Alors que je tiens ses mains dans les miennes, pour les calmer, la première fois depuis des décennies, je ressens autre chose que de la peur.

« – Votre fils, dis-je, ça avait l'air d'être un bon gamin.

– Vous dites ça parce que vous le connaissiez ?

– Seulement dans mon imagination, dis-je. Puis :

– Je peux vous poser une question ?

Elle acquiesce.

– Pourquoi moi ? Pourquoi êtes-vous venue me voir avec votre histoire ?

– Parce que vous êtes la voix, dit-elle. Cette fois.

– Cette fois ? »

Elle ne parle plus. Pendant un instant qui semble durer des heures, nous restons assis dans le silence. Puis, comme s'il avait toujours été là, nous sommes à nouveau entourés par le public. Je suis à nouveau sur le plateau, face caméra. Le public est aussi abasourdi et marqué qu'avant que ma mère et la mère du Gamin ait disparu.

Bien sûr, elle n'a jamais été là.

« Je ferais mieux d'y aller » dis-je à la présentatrice du talk-show du matin, les mots bloqués au fond de ma gorge.

Depuis qu'il a commencé à prendre un traitement, les journées sont brumeuses pour Charbon. Le monde lui semble toujours loin. Parfois, il s'assied au bord de son lit, regarde ses pieds, et essaie de comprendre pourquoi le plancher est désormais si loin. Ses pieds pendouillent dans le vide, comme s'ils appartenaient à quelqu'un d'autre. Tout son corps semble appartenir à quelqu'un d'autre.

Il ne rit pas. Il ne pleure pas. Il ne se met pas en colère – ce qu'il ne faisait de toute façon pas beaucoup même avant les médicaments, mais là n'est pas la question. Quand il prend le bus pour aller à l'école, chaque matin et que Tyrone Williams vient le voir et lui demander pourquoi il est si noir – le bref répit qu'il lui a accordé après la mort de son père ne pouvait pas durer bien longtemps –, Charbon n'est ni agacé, ni ennuyé, ni honteux. Il reste calmement sur son siège et laisse Tyrone lui répéter ses questions, encore et encore et encore. Il n'entend que les mots qui lui disent qu'il est « tellement noir », et il laisse son esprit divaguer sur ce que ces mots signifient pour lui.

Les médicaments sont censés empêcher ses visions, mais ça ne fonctionne pas vraiment. Il continue à voir des créatures au coucher du soleil. Il continue à voir des arbres noirs qui jaillissent du néant et fleurissent de partout. Il continue à voir son père décédé, qui vient le voir pour discuter. La seule différence, c'est que maintenant, il a du mal à entendre ce que son père lui dit. Son père est devenu à peine plus qu'une image, une image en mouvement qui vient, s'assied parfois à ses côtés, et tente de lui parler de la vie et du monde. Il essaie peut-être d'expliquer à son fils qu'il l'aime au-delà de la mort, et qu'il ne veut qu'une chose, que son fils soit en sécurité dans ce monde.

Charbon n'entend plus les mots de son père, et il ne sent plus l'amour que l'homme mort veut lui donner. Son père n'est plus qu'un fantôme désormais, de la manière dont les fantômes existent dans les histoires. Il est juste une apparition, l'ombre d'un homme qui a existé et qui vient maintenant hanter ceux qui sont encore là.

La psychiatre affirme à Charbon que c'est mieux ainsi. Elle dit qu'au bout d'un moment, même les fantômes finissent par disparaître dans le néant. « Il faut juste que tu fasses confiance à ton traitement. Si tu y crois, ça fonctionnera. » Charbon y a donc cru.

Il y croit aussi longtemps qu'il le peut, mais il ne sent plus l'amour de sa mère, tout comme il ne sent pas son propre amour. L'amour, tout comme son père mort qui était si réel pour lui, n'est rien de plus qu'une idée. Il sait qu'il aime sa mère et il sait que sa mère l'aime, mais il ne le ressent plus.

Quand il se réveille au son de sa mère qui pleure seule dans sa chambre, il sait aussi qu'il veut la réconforter. Il veut être triste pour elle. Il veut se lever, et aller s'asseoir à côté d'elle et lui prendre la main et la laisser pleurer dans ses bras, se perdre dans la douceur de son corps comme on s'abandonne à l'amour d'une mère.

Nuit après nuit, elle pleure et nuit après nuit, il reste allongé à l'écouter, et il cherche de la compassion pour sa douleur, et il cherche de la peine pour ses pleurs, et il cherche en son for intérieur assez d'amour à lui donner, mais il ne trouve rien. Les médicaments lui ont tout enlevé.

Alors il arrête de prendre ses médicaments, et très vite, tout ce qui n'est pas réel revient à toute allure, ainsi que tout ce qui l'est. Elles semblent être bien heureuses de le retrouver, toutes ces choses impossibles qu'il est le seul à voir. Les créatures l'aiment à nouveau, et les couchers de soleil scintillent à nouveau, et il peut désormais entendre la voix de son père quand l'homme surgit de nulle part et dit : « Je t'aime, fiston. »

Charbon découvre l'écriture. C'est pour lui une façon de capturer l'amour de son père, une façon de faire vivre l'homme, page après page, histoire après histoire. Ainsi, il peut voir son père, sans être trop aspiré par cette relation, pour que le médecin ne comprenne pas qu'il a arrêté son traitement.

Je suis assis sous la lueur vacillante d'un lustre accroché au faux-plafond de l'aéroport international de Denver et grâce à la carte de crédit que mon éditeur n'a pas encore eu le temps de désactiver, je suis sur le point de m'infliger une cuite d'auto-flagellation. La punition qu'on mérite tous quand nos vies sont tombées plus bas que bas. Je suis assis à un petit bar, occupé à tripoter le bord de mon chapeau, à essayer de mettre de l'ordre dans mes rares pensées normales, quand j'aperçois mon visage sur un écran. Pour une fois, ce n'est pas le fruit de mon imagination. Je me vois en train de crier à la caméra, enfin, de hurler : « Je vous ai écrite ! »

La légende en sous-titre de la vidéo affiche : « UN AUTEUR PROMETTEUR PÈTE UN CÂBLE EN DIRECT. »

Tout va vite dans ce monde.

On n'imagine pas souvent que tout ce qu'une personne a voulu et désiré, ce pour quoi elle a œuvré toute sa vie, puisse s'écrouler en seulement quelques fractions de secondes, tout ça parce qu'elle a eu un petit moment de dérapage psychotique en direct sur une chaîne de télévision locale, et que ce dérapage est devenu viral. Vous pensiez, vous, que la vie pouvait reprendre quelque chose aussi rapidement ?

J'ai l'impression d'avoir toujours vécu dans cet aéroport. Je ne peux pas dire depuis quand j'y suis. Des heures ? Des années ? Qui pourrait me le dire ? Je sais en tout cas que les *Illuminati* ont bien fait leur boulot au moment de construire cet endroit. Les pistes de décollage en forme de svastika, les fresques flippantes à coup d'épées bleues et de sauvagerie sanguinolente, les chevaux bleus avec leurs yeux laser. Le genre d'endroit qui perturbe un esprit dérangé et répond à des questions que seul un cerveau malade peut poser. C'est peut-être pour ça que je m'y sens tellement chez moi.

Si on me le proposait, je pourrais vivre ici. C'est une idée, non ? Pas mal de gens ont déjà vécu dans des aéroports. Demandez donc à ce type qui a vécu des années à l'aéroport Charles-de-Gaulle, à Paris. Dix-huit ans à habiter un espace situé entre deux destinations, un monde entre les mondes. Il n'avait pas de nationalité, et c'est un sentiment que des gens comme moi peuvent comprendre aisément. On me dit que j'ai un pays mais, putain, vous pouvez me dire de quel pays vous parlez ? De quel monde ?

Est-ce vraiment étonnant que j'aie perdu mon sang-froid à ce point ?

J'essaie de ne pas regarder mon téléphone mais, soyons honnête, qui arrive à survivre bien longtemps sans jeter un coup d'œil à ce petit rectangle qui suce les âmes ? Qu'est-ce que j'y cherche quand je le sors plus souvent qu'un exhibitionniste montre son petit oiseau aux passants ?

Je la cherche elle, bien sûr. La Kelly Alpha. Celle qui est partie.

Je me dis que j'ai besoin d'elle.

Un texto. Un appel. N'importe quoi.

Je l'aime.

… Enfin, je crois.

L'amour n'est pas facile à saisir, même après l'avoir acculé dans un coin. La seule chose dont je suis certain, c'est que le plus simple est d'appeler ça de l'amour. Le plus simple, c'est de détacher ce mot du dessous de vos semelles – après l'avoir piétiné pendant des années – et de le fourrer dans votre bouche, et de décider que c'est vraiment ce dont vous avez besoin pour aller mieux.

Je me demande si Kelly est encore là. Je me demande si elle attend encore que je la recontacte, si elle est encore prête à me croire quand je lui dis que j'attends l'amour. Je veux être cru quand je dis ça. Je veux que tout le monde me croie quand je dis ça, même si ce n'est pas vrai.

Je pense que si je l'appelais, elle pourrait résoudre le problème que j'incarne. Mais si elle aussi était le produit de mon imagination ? Si elle n'était pas non plus réellement là ? Juste un fantasme né de l'imagination d'un gamin fou devenu adulte.

Je regarde à nouveau mon téléphone. Cette fois, à ma plus grande surprise, j'ai un appel entrant. L'identité du correspondant est : « Kelly Alpha ».

« – Allo ?

– Hé, dit-elle, la voix comme sortie d'un rêve. Tu es toujours vivant ?

– Il faut croire, dis-je.

Je suis carrément content que tout cela se déroule à travers les ondes et les fibres optiques plutôt que face à face. Je ne suis pas certain que je supporterais d'être en face d'elle à ce moment précis.

– J'ai vu ton interview, dit-elle.

– Ah, ouais, dis-je en faisant tournoyer le bourbon au fond de mon verre, perdu dans cette mer cuivrée qui m'invite à y plonger. Sacrée émission, hein ? Je me demande ce que les spécialistes médias vont bien trouver à dire. C'est viral, c'est ça le terme ? Je suis devenu viral. Putain d'accomplissement.

– Pourquoi tu t'infliges toujours ça ?

– Pardon ?

– Pourquoi tu t'évertues à toujours fuir jusqu'à ce que tu t'écroules ?

– Je ne sais pas de quoi tu parles, Poupée.

– Arrête de m'appeler Poupée, putain. Deviens plutôt une personne. Une personne réelle. »

J'avale une longue lampée de bourbon. Je vide le verre dans ma gorge et j'entends sa voix qui commence déjà à s'évaporer. La lumière du soleil qui passe par ces vitres aux dessins maçonniques devient beaucoup moins mordorée. C'est le début de la fuite. Et cette fois, c'est la bonne. Je le sais, et je pense qu'elle le sait.

« – Je ne sais plus ce qu'est une personne réelle, dis-je. C'est tout mon problème. Tu n'as pas remarqué ou quoi ? Pourquoi est-ce que tu insistes ?

– Insister à propos de quoi ? demande-t-elle. J'entends de la frustration dans sa voix. On dirait qu'elle a atteint le bout de sa patience à mon égard, et comment lui en vouloir ?

– Vas-y, joue à l'infirmière, Poupée.

– Je t'ai déjà dit de ne pas m'appeler comme ça.

– Je vais être bien clair, dis-je. J'ai besoin d'être cadré, et c'est ton rôle de me l'imposer. Tu es mon objet de désir, et c'est le cas depuis notre rencontre. Je t'ai fait des promesses, j'ai fait des promesses à des gens que tu ne connais pas. Des promesses à des gens de par le monde. C'est comme ça que ça se passe. C'est comme ça que ça doit se passer. Tu es censée m'expliquer toutes les failles qui m'habitent, tu sais ? Me soigner avec le pouvoir de l'amour.

– Te soigner avec le pouvoir de l'amour ? » dit-elle comme si avait envie d'éclater de rire. Ou en sanglots. C'est toujours difficile de faire la différence. Par contre, quand il s'agit de se rendre compte qu'on a laissé passer sa chance, celle de changer, impossible de passer à côté. Même en se voilant la face, on ne peut pas l'ignorer.

Comme ça va finir par échouer, autant l'accepter.

« – Ne fais pas l'étonnée, dis-je, en adoptant un ton plus agressif. Ton rôle fait partie de la grande tradition de la littérature américaine, et même de la littérature occidentale en général. La femme est l'oracle à travers laquelle les hommes trouvent la rédemption et l'élévation. Tu es le miroir dans lequel je peux enfin voir qui je suis vraiment et, ainsi, corriger les défauts qui ruinent ma vie depuis mon plus jeune âge.

– Va te faire foutre. » dit-elle. Chaque mot m'écrase comme une enclume lâchée sur mon dos.

Je tente de me persuader que son ressentiment est déplacé. Franchement, qui n'aimerait pas être l'outil permettant de guérir son prochain ? C'est comme la chemise rouge à chaque début d'épisode de *Star Trek*, pour que le spectateur sache que le monstre n'est pas là pour plaisanter. Les gens comme moi incarnent les chemises rouges de générations d'histoires.

« – Contente-toi de jouer ton rôle, lui dis-je. Si tu poses les choses et que tu y réfléchis bien, tu as été un très bon personnage secondaire dans mon histoire. Je me suis juste trompé sur ta place dans le scénario. Je pensais que tu pourrais être une sorte de trophée inatteignable. Mais tu n'es pas le trophée, tu es la soignante. Donc… tu vois… continue à faire ton boulot, et à soigner. Soigne-moi, et renvoie-moi à la maison. Fais de moi un homme meilleur, comme dans tous ces films qui passent sur les chaînes câblées nuit et jour. »

La lueur du soleil a disparu. Une lumière grise et impénétrable a envahi la pièce et recouvert le ciel bleu azur qu'on apercevait au-dessus de l'aéroport. Histoire d'aggraver la situation, tout l'aéroport est vide. Il n'y a plus un seul quidam. Il ne reste que moi, le bar et la pénombre derrière les vitres.

Ah non, ce n'est pas tout. Il reste encore une chose : le silence. La distance infinie qui sépare deux personnes flottant dans le vide entre la vie qui aurait pu exister, et la vie à laquelle l'un d'eux les a condamnés.

J'ai toujours vécu dans ce silence. J'y ai toujours trouvé du réconfort. Même s'il est cruel, c'est toujours plus simple que de dire quelque chose. Dire quelque chose, c'est comme le changement, et je ne me suis jamais particulièrement investi dans le changement.

On peut dire la même chose d'elle. Qui sait ? Je ne l'ai jamais traitée comme une personne réelle, et je ne peux pas la connaître. Je voulais juste connaître quelqu'un d'autre que moi.

Je pourrais dire quelque chose, et la garder dans mon monde, ou je pourrais la laisser partir, et voir si je peux comprendre seul quel est mon monde. Peut-être finirai-je par la connaître plus tard, si ces oracles grecs m'en laissent l'occasion.

Après y avoir bien réfléchi, il ne me reste qu'un seul choix possible.

Je raccroche. Je la laisse partir.

Une fois le téléphone raccroché, le vide noir qui avait avalé l'aéroport disparaît. La lumière paradisiaque fait son retour. Sauf… sauf que ce n'est pas exactement la même. Pas aussi chaude, et je ne pense pas qu'elle le sera à nouveau. Certaines décisions sont irrévocables, même pour des imaginations fertiles comme la mienne.

La foule revient dans l'aéroport, et les vies se croisent. Je suis même à nouveau sur l'écran de télé, et ma crise en direct se rejoue devant le monde entier. La preuve qu'on ne peut revenir en arrière.

À ce moment précis, mon téléphone sonne à nouveau et mon cœur fait un bon. Si c'est elle qui me rappelle, je ne sais pas quoi faire. Heureusement, ou malheureusement, selon la version de ma vie que vous préférez, ce n'est pas Kelly mais Sharon : « Je vais être brève, après la scène d'aujourd'hui… bon… je ne pense pas que toi et moi pourrons continuer à trav… »

Je raccroche. J'ai fait le tour de la question. Suivant.

D'autres verres.

Le temps qui passe.

« – Je suis désolé, dit le Gamin.

Je me retourne sur ma chaise, et je découvre qu'il est assis à côté de moi. Je savais qu'il finirait par me rejoindre.

– Désolé de quoi ?

– De ce qui est arrivé à ta maman.

– Tu ne devrais pas t'excuser pour des choses dont tu n'es pas responsable. Et à moins que tu aies déchiré l'artère de son cerveau, et que tu m'aies poussé à écrire un livre, rien de tout ça n'est de ta faute.

Le Gamin réfléchit un moment.

– Ce n'est pas parce que je ne suis pas responsable que je ne peux pas être désolé pour quelque chose qui t'est arrivé.

– Non, c'est de la pitié. Et je ne veux pas qu'on ait pitié de moi.

– Je pense que si, au contraire. » dit le Gamin en me dévisageant fixement, comme s'il attendait quelque chose. Une sorte de douce exigence. Il est assis à mes côtés, avec ses excuses qui flottent dans l'air entre nous, à me promettre que peut-être quelqu'un dans ce monde se soucie vraiment de moi et de toutes les choses que j'ai vécues. Je sais qu'il n'est que le fruit de mon imagination, mais peut-être est-ce la meilleure manière que mon esprit a trouvé pour se soucier de moi.

« – Je ne suis pas imaginaire, dit le Gamin.

– Je n'ai pas envie de débattre à nouveau sur le sujet, Gamin. Je suis trop fatigué. J'ai trop perdu. Je veux juste rester ici et avaler tout ça sans culpabiliser. C'est d'ailleurs ce que tu fais, Gamin. Tu me fais culpabiliser. Tu me fais culpabiliser sur le monde. »

Le Gamin finit par détourner le regard, et je m'en veux de lui avoir dit ça. Je m'en veux de ne pas avoir assez de disponibilité mentale pour lui et tous les enfants comme lui. Je m'en veux d'avoir seulement survolé les articles parus sur des enfants assassinés, des mères assassinées et des pères assassinés. Je m'en veux d'ignorer tout ce qui touche à la douleur des gens, à fuir depuis tout ce temps. Que puis-je y faire ? C'est la seule façon de vivre que je connaisse.

« – Tu vas le faire ? demande le Gamin.

Pour la première fois depuis longtemps, son ton est blessant.

– Faire quoi ? dis-je, en faisant semblant de ne pas savoir de quoi il parle. À dire vrai, j'ai tout de suite compris ce que ce gamin voulait, depuis le début. J'ai eu beau tenter de le nier, je le savais.

– Je veux que tu parles de moi.

J'éclate d'un rire bref.

– Tu veux que je raconte ton histoire.

– Ouais, dit le Gamin. Comme tout le monde.

– Mais tu n'es pas tout le monde. Tu es un gamin noir tué par un flic, et tu es le fruit de mon imagination.

– Non, dit le Gamin. Je suis la personne assise à côté de toi. Et je veux juste que tu parles de moi. Je veux que tu arrêtes de m'ignorer. Je te l'ai dit dès le début : je veux juste que tu me voies.

– Je te vois, Gamin, je te vois. Maintenant, va-t'en. Et laisse-moi tranquille.

– Non, que tu me *voies*. Me connaître, pas me repousser. Que tu racontes mon histoire.

– Je ne sais pas comment raconter ton histoire. Elle est trop grave. Elle est trop grande pour moi. Ce qui t'est arrivé – ce qui est arrivé aux personnes comme toi –, c'est trop grave pour que quelqu'un puisse le raconter. C'est une histoire trop immense à raconter. Ça fait beaucoup trop mal. Tu as vu ce que tu m'as fait ? Ça ne te suffit pas ? Je n'arrive plus à dormir. Je ne peux pas même plus ressentir ma propre douleur, je suis trop occupé par la tienne. La douleur rend les gens égoïstes. On en a déjà trop, je ne peux assumer la tienne en plus. Je ne peux pas porter ton fardeau, Gamin.

– Je ne te demande pas de porter mon fardeau, dit le Gamin. Je veux juste que tu le voies. Je veux juste que tu le voies comme il est réellement. Que tu arrêtes de l'ignorer, et que tu te mettes à le regarder. Arrête de faire comme s'il n'existait pas. Arrête tes plaisanteries. Arrête de regarder dans le sens opposé. Arrête l'évitement. Regarde-moi !

– D'accord, dis-je. D'accord. »

Quelque part, un jeune Noir marche seul dans une rue la nuit. Peut-être est-ce une route de campagne. Peut-être est-ce sous la lueur aveuglante du lampadaire d'une grande ville animée. Peut-être est-ce dans une banlieue où la majeure partie des gens ne lui ressemblent pas, et où on le lui a rappelé toute sa vie.

Il marche le long d'une route sans raison, juste parce qu'il en a envie. Peut-être s'est-il fait harceler à l'école le matin-même, à cause de la couleur sombre de sa peau. Peut-être marche-t-il pour se vider l'esprit quand l'inquiétude qui le talonne depuis le début de sa vie commence à devenir trop envahissante et lui bouche la vue. Peut-être la nuit noire est-elle le seul moment du jour où il se sent finalement libre. Peut-être la foule le rend-elle nerveux parce qu'il a été moqué ou qu'il s'est simplement toujours senti étranger toute sa vie, et qu'être seul lui permet de se débarrasser de cette impression.

Ou peut-être que son père a été tué devant sa maison des années auparavant et qu'il ne s'en souvient plus car c'est bien plus simple de ne pas se souvenir que de vivre avec ce souvenir chaque jour, alors il a créé un monde où son père n'est pas mort. Il a créé un monde où il n'a pas de père. Il a créé un monde dans lequel son père a simplement disparu. Il a créé un monde où son père est tout bêtement en prison. Son père est parti chasser des dragons et charme des sirènes. Son père escalade des hautes montagnes, il défie la mort encore et toujours. Son père vit sur une plage dans les Caraïbes, il se prélasse au soleil et dort jusqu'à midi. Son père est au Wakanda, entouré de personnes qui lui ressemblent, à lui et à ce fils qu'il a abandonné, et un jour, son père reviendra le voir. Un jour, son père viendra. Un jour, son père viendra et l'amènera dans un endroit où il n'a pas à avoir peur, un endroit où il ne se sent pas étranger, un endroit où sa peau n'est ni une malédiction ni une maladie… un lieu où personne ne l'appelle « Charbon ».

Il a créé un monde dans lequel, un jour, son père viendra le chercher pour l'amener dans un lieu où il a un nom.

Il a créé un monde dans lequel son père est mort du cancer. Le gamin a créé tous ces mondes parce qu'ils sont plus simples que le monde dans lequel son père a été abattu devant lui par les longs bras d'un système face auquel il est impuissant.

Alors ce garçon, qui vit dans ces mondes imaginaires uniquement parce qu'il ne peut plus supporter le monde réel autour de lui, part faire une balade un soir. Dans l'une de ses variations, il est un jeune Noir qui va devenir un écrivain qui fait des tournées promotionnelles et qui boit et qui rêve. Dans une autre, il est un gamin qui meurt mais qui trouve quand même un moyen de continuer sa vie. Dans une autre encore, il est un gamin qui deviendra écrivain et qui se terre si profondément dans ses personnages que les histoires qu'il raconte se mélangent avec l'histoire qu'il a peur de se raconter à lui-même, alors il balance quelques bribes de vérité au beau milieu d'un océan de mensonges, jusqu'à ce qu'il ne sache plus démêler le vrai du faux.

Le gamin, lui, se balade dans la campagne, et le ciel au-dessus de lui est parsemé d'étoiles. Il garde le nez en l'air en marchant, comme tous les gamins devraient le faire, et il rêve d'une vie sur ces étoiles, et il imagine les histoires qui pourraient bien avoir lieu là-haut. Il imagine des vaisseaux spatiaux et des extraterrestres, des mondes fantastiques où les maux de ce bas monde n'auraient plus cours. À un moment, il s'imagine voyager à travers tout cet espace sans personne d'autre autour, avec pour seul compagnon le grésillement des appareils électroniques de son petit vaisseau spatial. À un autre moment, il imagine que toute l'humanité l'accompagne dans son voyage. La trace ondulante de particules scintillantes tombe avec la gravité et forme une étoile brillante que des millions de personnes regardent, amassés derrière l'immense baie vitrée du vaisseau, bouche bée d'admiration. Dans ce monde-là, dans ce vaisseau-là, Charbon est au-dessus de la foule, il les regarde et il observe le spectacle de l'étoile brillante, et il se sent faire partie de ce grand tout. Il n'a plus peur. Il n'a plus honte. Il n'a pas l'impression d'être exclu. Il a l'impression d'être en chacun d'eux tandis qu'ils traversent sa vie, et quand il est au-dessus des foules, il les observe et espère qu'elles viennent lui apporter de l'amour et qu'elles se soucient de lui d'une manière où, en tant qu'enfant, il ne pourra que les aimer et se soucier d'eux.

Toutes ces visions et ces rêves traversent la tête du gamin tandis qu'il marche seul en regardant les étoiles. Il porte son vieux jean habituel et un sweat à capuche car c'est le début de l'automne qui s'est emparé de la terre, et il adore la sensation que ça lui procure.

En marchant, le monde autour de lui se met à chantonner. Des chouettes et des grillons, un paon, et à bonne distance, on entend le bruit de fond des voitures, à une heure où des gens traversent encore le monde. Le gamin imagine que le bruit du trafic est celui d'un large océan qui s'étale au-delà de son champ de vision. L'océan scintille sous la lumière faible des étoiles, et réfléchit l'univers sur sa surface plane. L'océan s'étend sur toute la terre, et atteint tous les endroits du monde, et Charbon rêve un instant de pouvoir naviguer sur ces eaux.

Voyager, voilà ce dont rêve toujours le gamin. Et pourquoi pas ? Quelque part dans ce monde, il doit exister un endroit meilleur que celui où il se trouve. Quelque part dans ce monde, il n'aura pas peur.

Quelque part dans ce monde, il ne sera pas triste. Quelque part dans ce monde, il sera accepté et aimé et son père ne sera pas mort. Il suffit de trouver cet endroit. Il suffit juste de faire le tour de la terre, et il finira par tomber sur cet endroit. S'il peut marcher assez loin et longtemps. S'il peut sauter dans une voiture ou monter dans un avion et disparaître à l'horizon, il y a aura bien cet endroit où toutes les peurs n'existent plus. L'endroit où sa mère sera heureuse.

Il imagine le bonheur, encore et encore et encore. Et c'est parce qu'il est tellement perdu dans son imagination qu'il n'aperçoit pas l'homme devant lui dans la rue. C'est à cause de son imagination qu'il n'aperçoit pas le flash des lumières bleues. C'est à cause de son imagination qu'il pense que tout va bien se passer.

« Les mains en l'air. » Les mots montent dans le ciel comme des feux d'artifice, tout comme ses mains. On lui a toujours appris à réagir ainsi depuis qu'il est né. « Les mains en l'air ! » disait son père quand il était si petit qu'il n'avait pas encore appris à s'habiller tout seul. C'était un jeu auquel ils jouaient tous les deux. « Les mains en l'air ! » disait son père. Et Charbon – qui n'avait pas été encore surnommé « Charbon » par le monde – levait les mains au-dessus de sa tête, et souriait à son père qui lui passait sa chemise. « Bien joué ! » disait son père.

« Les mains en l'air. » Les mots fusent comme des missiles. Les lumières bleues déchirent la nuit, aveuglant Charbon qui, instinctivement et avant de comprendre ce qu'il se passe, regarde en haut pour voir ses mains en l'air. Son corps sait comment assurer sa sécurité, bien mieux que son esprit. Peut-être son père ne l'habillait-il pas à l'époque. Peut-être voulait-il juste l'entraîner.

« Qu'est-ce que j'ai fait ? » dit Charbon. Son corps continue à tenter d'assurer sa sécurité. Son corps lui intime : *Reste calme. Reste silencieux. Obéis aux ordres.* Mais pendant que son corps lui parle, son esprit lui rappelle que *le silence n'a jamais mis les gens hors de danger. Qu'est-ce qu'on fait alors maintenant ?*

« – Qu'est-ce que vous faites ici ? demande la silhouette devant lui.

– R… Rien, dit Charbon, avec le sang qui bat follement à ses tempes. Je me balade.

– Vous allez vers où ?

– Nulle part, répond Charbon. Je… je fais juste une balade. Sans but précis. J'avais besoin de marcher, rien de plus.

– Montrez-moi vos papiers d'identité.

– Je n'en ai pas sur moi. » répond Charbon. Il sent la peur monter dans son corps. Elle lui intime de fuir en courant. Elle lui intime de fuir en courant, et elle lui intime de se cacher. Elle lui intime de tomber à genoux et de supplier de ne pas être abattu comme son père. Elle lui intime de supplier de ne pas avoir le canon d'un pistolet braqué dans son dos comme son oncle. Elle lui intime de ne pas être descendu comme tant d'autres garçons et hommes qui lui ressemblaient et qui ont continué à exister dans la vie sous forme de hashtags ou de noms sur des t-shirts plutôt que de vivre la vie qu'ils étaient censés vivre. À ce moment précis, Charbon ne rêve que d'une chose : disparaître. Disparaître tout à coup et complètement. Disparaître, c'est l'échappatoire de tout dans la vie. Disparaître, c'est sortir du cercle de la violence. Disparaître, c'est une façon de ne pas se détester quand il voit sa peau dans le miroir. Disparaître, c'est une façon de ne pas détester tous ceux qui ont la même peau que lui. Disparaître, c'est une échappatoire pour tout, et il sait que c'est pour cette raison que sa mère lui a appris à disparaître. C'est pour cette raison que son père et elle ont essayé pendant si longtemps de lui apprendre à disparaître. S'il peut disparaître, il peut se libérer de ses peurs. S'il peut disparaître, il n'aura pas à craindre les harceleurs. Il n'aura pas à craindre les flics. Il n'aura pas à craindre les lois destinées à sa peau. Il n'aura pas à craindre l'histoire de l'esclavage qui l'a amené jusque-là. Il n'aura pas à craindre de se sentir inférieur. Il n'aura pas à craindre d'être en colère, d'avoir peur, et de ne pas savoir lequel de ces deux sentiments, qui le font souffrir de façon différente, il vaut mieux ressentir, même s'ils sont tout ce qui lui reste. Il n'aura plus à craindre de ne pas savoir quoi penser quand il regarde des vidéos de gens qui lui ressemblent repoussés à coup de canons à eau. Il n'aura plus à avoir peur quand il verra des vieilles images grainées d'un homme debout sur les marches de l'entrée d'une école en train de crier « Ségrégation un jour ! Ségrégation toujours ! » Il n'aura plus à avoir peur quand il verra des hommes défiler avec des torches en Virginie. Il n'aura plus à avoir peur quand un gamin de son âge en Caroline du Sud sera retrouvé pendu à un arbre. Il n'aura plus à avoir peur de regarder des films et des émissions de télévision dans lesquels des gens qui lui ressemblent finissent toujours par mourir ou, s'ils survivent, sont juste bons à danser ou à parler de la vie en prison et de l'absence de père. Il n'aura plus à craindre un monde dans lequel ce sont les seules cases où il peut vivre. Il n'aura plus à craindre tous les gamins qui pensent qu'il était trop noir. Il n'aura plus à craindre d'aimer le hip-hop et Donjons & Dragons en même temps. Il n'aura plus à craindre d'avoir une peau trop foncée, ou trop claire. Il n'aura plus à craindre que ses cheveux aient la mauvaise texture. Il n'aura plus à craindre que ses lèvres soient trop charnues. Il n'aura plus à craindre toutes ces choses que sa mère et son père craignent.

Non. Il peut se libérer de tout cela. C'est pour cette raison que ses parents lui ont appris à devenir invisible. C'est pour cette raison qu'ils lui ont offert ce don.

Charbon ferme les yeux.

« Qu'est-ce tu fous ? » demande la voix dans la pénombre.

Charbon ne dit rien. Il se concentre pour disparaître. Il inspire un bon coup et retient son souffle et se concentre pour glisser vers cet autre endroit où il est en sécurité et invisible.

« Réponds ! » hurle le flic.

Charbon entend le bruit d'un pistolet qu'on dégaine. Il a entendu ce bruit des milliers de fois, dans des films ou à la télévision. Le glissement de l'acier contre le cuir. Un frisson d'effroi le traverse, et le déconcentre brièvement. Il rouvre les yeux et, bien sûr, le canon d'un pistolet est braqué vers lui. Le policier qui tient le flingue avance d'un pas et, finalement, Charbon aperçoit son visage. Il est jeune, avec des cheveux bruns fins et un visage carré. Même si son visage est tendu, Charbon peut imaginer que c'est un brave type. S'il a une famille, c'est le genre de papa qui joue aux marionnettes avec ses gamins jusque tard dans la nuit. C'est le genre de papa qui a l'air dur, comme ça, mais qui a un cœur en or à l'intérieur. Le genre de papa qui vous fait la leçon quand vous faites quelque chose de mal, puis, quelques instants plus tard, essaye de trouver une bonne blague à faire ensemble à votre mère.

Il n'est pas le genre de personne qui abat un gamin.

Charbon ferme à nouveau les yeux. Il entend la musique qui vient de son invisibilité. Il sent la chaleur de cet endroit. La liberté. La sécurité.

« Les mains en l'air ! » lui ordonne-t-on, puis les tirs.

Charbon ne sent rien avant que la pénombre ne l'avale. Aucune douleur, aucune peur. Il entend juste les voix de ses parents, qui crient son nom, ils hurlent le plus fort possible, ils se lamentent, ils gémissent, ils tentent de lui sauver la vie, comme ils l'ont fait depuis le jour où il est né.

Mais, à la fin, comme nous tous, il n'a pas pu être protégé du monde qui est le nôtre.

C'était censé être une histoire d'amour. Le genre d'histoire qui commence sérieusement, puis apparaissent les passages comiques, et ce mélange dure jusqu'au bout. Le format classique : un garçon rencontre une fille, la fille disparaît, le garçon la récupère.

« Mec… Et alors ? »

Tu ne comprends pas, Gamin. Ça va bien au-delà. Ce n'est pas juste parce que je n'ai trouvé personne à aimer. Ce n'est pas parce que je n'ai pas fini mon nouveau roman à temps. Ce n'est même pas parce que ma mère est morte.

Je sais pourquoi ta mère t'a appris à devenir invisible. Elle voulait te protéger. Mais vu qui on est… c'est difficile. On se fait abattre ou balancer en prison. C'est tout ce qu'on voit. C'est tout ce qu'on sait. Toute notre histoire n'est que douleur et perte, esclavage et oppression. C'est ce qui nous définit. Ça suinte de notre peau. On en saigne, même, et ce sang recouvre notre corps. On veut juste être autre chose que cette douleur dans laquelle on est nés. On veut juste être connus pour quelque chose d'autre. On veut la grande histoire des autres. Mais tout ce qu'on nous laisse, c'est l'histoire d'une vie de douleur, et notre capacité à la supporter.

Ta maman, elle voulait te protéger. Te protéger des balles. Te protéger des flics. Te protéger des juges. Te protéger des miroirs que tu pourrais croiser et dans lesquels ce que tu apercevrais ne serait pas joli à voir. Elle voulait te protéger de cette peau noire que tu devrais adorer et vénérer, mais que tu vas tenter toute ta vie de ne pas haïr totalement. Tu vas la haïr chez toi, et tu vas la haïr chez ceux qui te ressemblent. En secret, quand tu vas voir des Noirs, tu vas les haïr pour ne pas avoir résolu la haine de toi qu'on t'a inculquée. Elle te suivra partout dans la vie. Tu seras en colère, et tu ne sauras pas pourquoi. Ta colère ne partira jamais, pas totalement. Elle sera toujours là, tapie à l'arrière de ton esprit. Elle sera toujours là, tapie à l'arrière de ton monde, à te hanter, à guider chacune de tes décisions. Et quand tu en auras marre d'être en colère, elle ne partira toujours pas. Elle se changera en quelque chose de pire encore. Tu prendras cette colère, et tu la ravaleras et elle deviendra ce qu'on appelle dépression. Comme la colère, elle prendra le contrôle de ta vie. Elle t'accompagnera chaque jour. Quand tu te regarderas dans un miroir, tu détesteras ce que tu y verras. Tu diras à cette personne dans le miroir – avec cette peau si foncée – qu'elle est foutue. Tu diras à cette personne qu'elle mérite encore moins. Tu diras à cette personne que les bonnes choses de ce monde ne sont pas faites pour elle.

De temps en temps, tu essaieras de briser ce cercle vicieux. Le balancier penchera de l'autre côté. Peut-être tenteras-tu d'être optimiste. Tu diras que la race ne compte pas. Tu diras que tout le monde est traité à égalité, et tu essaieras de vivre ta vie. Tu affirmeras même peut-être que tu ne vois pas la couleur. Tu te cacheras en prétendant ne pas être noir comme le sont les autres Noirs. Tu considéreras que les Noirs qui ne se comportent pas comme toi ont tort. Tu te désolidariseras. Tu te moqueras de leur façon de parler, de s'habiller.

Pendant un moment assez court, tu te sentiras bien.

Et puis, une fois que tu auras été optimiste assez longtemps, tu allumeras la télévision, et quelqu'un qui te ressemble aura été abattu. Peut-être ton optimisme tiendra-t-il encore un peu. Peut-être que tu sauras te dire : « Bon, c'est juste un cas isolé. Un accident à la con. Ça ne veut pas dire que le monde est comme ça. »

Et puis – cette partie ne va pas durer bien longtemps –, tu découvriras un autre cas. Une autre personne qui te ressemble qui a été abattue. Puis une autre. Et une autre. Et une autre. Et peut-être voudras-tu arrêter de suivre les infos. Tu te réfugieras dans les livres et les films. Où tu ne croiseras personne qui te ressemble. Et si tu en croises, ils ne se comporteront pas comme toi. Ils se comporteront comme des stéréotypes. Ils se comporteront comme ces Noirs que tu as toujours estimés moins bien que toi, ces gens qui utilisent un langage que tu as abandonné. Ces gens qui ne s'habillent pas comme toi.

Et puis, finalement, tu comprendras que vous êtes tous la même personne. Tu finiras par admettre que tu fais partie de ceux-là. Qu'ils sont toi. Et ça te brisera le cœur tout en te rendant fier. Le cycle de la peur et de la dépression repartira de plus belle, et la seule façon de s'en échapper sera de prétendre que tu ne vois pas en quoi ce monde est foutu. Tous les jours de ta putain de vie, il faudra prétendre ça.

Et puis, tu auras un jour des enfants, et tu voudras par-dessus tout les protéger de tout ce merdier.

C'est ce que ta maman voulait. Elle voulait te protéger. Elle voulait avoir un fils qu'elle pourrait protéger de tout ça. Elle voulait avoir un enfant qui puisse exister au-delà de ce monde. Elle voulait un enfant qui se libèrerait de ses liens. Un enfant qui ne serait jamais criblé de balles. Un enfant qui n'aurait pas à avoir peur. Un enfant pour lequel elle n'aurait pas besoin d'avoir peur parce qu'à tout moment, il pourrait disparaître.

Il pourrait se cacher de la gueule du pistolet. Des flics. Des juges. Du miroir.

C'est tout ce qu'elle voulait pour toi.

Et elle a réussi. Elle t'a offert ce don. Elle t'a permis d'être libre… mais ça n'a pas duré indéfiniment. C'est toujours comme ça. Tu es quand même mort. Tu as quand même été abattu parce qu'en vérité, on ne peut jamais totalement échapper à ça. Aucun de nous.

Moi, je ne sais pas quoi faire de tout ça. Je ne sais pas quoi faire avec ce qui t'est arrivé, avec ce qui est arrivé à tous les gamins comme toi, avec ce qui m'est arrivé. Avec tous les gamins qui ont été descendus comme toi et qui ont même peut-être survécu et sont devenus des adultes comme moi : noirs, brisés, et qui essaient de se souvenir qu'ils sont beaux.

Ils essaient, encore et encore, toute la journée. Par les chansons, par la danse, par les pantalons portés au bas des hanches et par les rythmes de basse. Mais on est tous brisés, et je ne suis pas certain qu'on arrivera un jour à être à nouveau accomplis. Pour moi, ça n'arrivera jamais. Je ne sais pas si j'arriverai un jour à me sentir bien.

On essaie, chacun de notre côté, de s'accomplir. J'espère que tu y arriveras un peu mieux que moi.

« – Je peux te poser une question ?

– Après tout ce qu'on a traversé, Gamin ? Tu peux me demander tout ce que tu veux.

– Est-ce que je suis réel ?

– Tu es aussi réel que moi, Charbon.

– Je ne t'ai jamais dit mon nom.

– Je sais. Et je ne t'ai jamais donné le mien. Mais c'est comme ça qu'ils m'appelaient quand j'étais gamin. Alors c'est comme ça qu'ils t'ont surnommé aussi.

– Est-ce que ton papa a été abattu comme mon papa ?

Ce que tu me demandes, c'est si toi et moi sommes ou non la même personne. Je ne suis pas certain que ça importe vraiment. Non. Ce qui compte entre nous, Gamin, c'est ce qu'on fait de tout ça. Ce qui compte, c'est ce qu'on ressent, l'un pour l'autre, et envers nous-mêmes. Ce qui compte c'est que si ce n'était pas mon père qui avait été abattu, ça aurait été le père d'un autre. Ce qui compte c'est que si ça n'avait été ni toi ni moi qui avait été abattu, ça aurait été un autre gamin.

Le monde a toujours fonctionné de cette manière. C'est la base.

Je sais que je t'ai dit que certaines personnes n'étaient pas réelles, mais au bout d'un moment, elles ne peuvent pas continuer comme ça. Au bout d'un moment, une personne doit être vue. Tu me l'as dit, d'ailleurs. Tu me l'as demandé, même. Au bout d'un moment, il faut ouvrir les infos et voir les gens et les inviter chez soi. Il faut s'asseoir autour d'une table chez soi et les voir. Il faut leur parler, tout comme on le ferait s'ils étaient assis en face de nous.

– C'est ce que je suis ?

Je suppose. Et ça s'applique à moi également. Je ne suis réel pour personne. Je suis quelqu'un dont ils voient la photo sur une couverture de livre. Ou peut-être sur mon site officiel, mais c'est plus rare. Sharon m'a appris que très peu de gens consultaient les sites des écrivains. Donc, je suis quasiment aussi irréel que toi. Et pourtant, si tu m'avais posé la question, j'aurais répondu que j'étais absolument et totalement réel.

J'aurais affirmé que l'histoire de ma vie que je t'ai racontée était réelle. J'aurais dit que tout s'est passé exactement comme je l'ai raconté, tout comme tu m'affirmais que les choses qui t'étaient arrivées s'étaient déroulées exactement comme tu les avais décrites.

Toi et moi, Gamin, dans un sens, on est la même personne. Peut-être même dans bien d'autres sens. Tu te souviens que je t'ai dit que ça serait une belle histoire d'amour ?

– Ouais.

C'est peut-être vrai, mais pas comme je l'imaginais. Peut-être que l'histoire d'amour est plus intérieure que prévue, tu vois ? Comme si Narcisse avait passé sa vie à se détester, avant qu'un jour il s'aperçoive de sa propre beauté et de sa propre valeur.

– Haha ! Purée que c'est pourri.

Rigole autant que tu veux, mais je crois qu'apprendre à s'aimer soi-même dans un pays où on t'apprend que tu es une plaie pour l'économie, que tu n'es qu'un prisonnier en devenir, que ta vie peut t'être retirée à tout moment et que tu ne peux rien faire contre ça… apprendre à s'aimer soi-même au beau milieu de ça ? Bon Dieu, ça relève du miracle.

Je marche vers le Gamin et j'ouvre grand mes bras, et il a l'air d'avoir peur pendant une fraction de seconde, comme s'il ne savait pas ce que je faisais. Mais il sait exactement ce que je fais, et ça lui fait peur. Putain, moi aussi. Mais j'en ai aussi marre d'avoir peur. Toute ma vie, je l'ai vécue dans la peur.

Toute ma vie, j'ai eu peur. J'ai fui en courant. Je ne me souviens de rien d'autre. Lui pareil. Je le sais, vu qu'on est pareils. Lui et moi, et tous ceux qui me ressemblent, nous sommes pareils. Nous charrions le même poids derrière nous. Nous vivons des vies placées sous une épée de Damoclès. Nous sommes écrasés par l'angoisse que nos enfants vont naître avec le même fardeau que nous et seront coincés comme nous l'avons été. La plupart du temps, les gens comme moi ont peur de ne pouvoir rien faire pour briser ce cercle infernal.

Moi, je ne sais pas si nous pouvons ou non. Je sais juste qu'on se doit d'essayer.

Que *je* dois essayer.

Le Gamin en est conscient également. Je le lis dans ses yeux. Il finit par se caler dans mes bras, et je le serre plus intensément que j'ai jamais serré quelqu'un dans ma vie. L'embrasser, c'est m'embrasser. Enfin, après une vie entière, je suis à la fois l'invisible et l'incontournable.

« – Je suis désolé, dis-je au Gamin.

– Tout va bien se passer ? demande le Gamin.

Du tac au tac, et plus honnête qu'un arracheur de dents, je lui réponds :

– On ne peut jamais savoir, Gamin. Mais je te jure qu'on va tout faire pour.

– Alors c'est fini. Tout est réglé maintenant, non ?

– … Mais ce n'est pas ce que tout le monde veut ?
Penser que tout est réglé ?

– Ça tue un peu le suspense.

– … Et si ça ne servait à rien ? Tout ça. Et si j'avais hurlé et serré mes poings en direction du ciel, juste pour que ma voix soit avalée ? Juste pour continuer à être invisible.

– …

– La prochaine fois, peut-être.

– Avec des noms, ça ferait plus vrai.
Tout. Pas plus vrai, réel.

Je ne suis pas certain qu'on puisse laisser ça être réel.

Je ne suis pas certain qu'on puisse affronter la réalité.

– C'est un mot dangereux.

– Et si ce n'était pas réglé ?

Et si on ne pouvait qu'espérer aider ?

– Mais c'est réel. Et la réalité

c'est une chose contre laquelle on continue à se battre.

– Au moins, tu as dit quelque chose.

Même si tu as dû utiliser la voix d'un autre pour le dire.

– Tu as remarqué que durant tout ce temps, tu n'as jamais utilisé son nom ? Son vrai nom, je veux dire. Ou le tien, c'est pareil.

– Pourquoi ?

– … Nous ? Que pouvait-on faire d'autre ? »

Remerciements

Merci à tous ceux qui m'ont relevé à chaque fois que je suis tombé. Ma famille : Sonya, Sweetie, Angela Jeter, Justin, Jeremy, Diamond, Aja, Zion et mes milliers de tantes, oncles et cousins qui ont fait qui je suis. À mes amis :

Cara, Justin, Randy, Dan, Carrie, Maurice, Zach, Bill, Ramm, Will Dean (j'espère que Chun va finir par se casser la cheville), Shannon, Kiki, Kristen, Paul, Terah et Aiden, Michelle White (la personne la plus forte que je connaisse), Natasha Nunez, Michelle Brower et Sean Daily. Chaque jour de ma vie, je vous remercie tous. Je m'excuse par avance de ne pas avoir assez d'espace pour citer tout le monde.

Merci à tous ceux qui ont appris à chanter dans un monde qui ne veut pas entendre nos voix.

Et pour finir, un message au gamin noir que j'ai été : tu es magnifique. Sois bienveillant envers toi-même, même quand ton pays ne l'est pas.

Cet ouvrage a été mis en page par IGS-CP
à L'Isle-d'Espagnac (16)

CET OUVRAGE
A ÉTÉ ACHEVÉ D'IMPRIMER
SUR ROTO-PAGE
PAR L'IMPRIMERIE FLOCH
À MAYENNE EN NOVEMBRE 2021

N° d'édition : L.69ELFN000492.N001. N° d'impression : 99389
Dépôt légal : janvier 2022
(Imprimé en France)